DUNGEONS & DRAGONS®

Outros títulos de literatura da Jambô

Dungeons & Dragons

A Lenda de Drizzt, Vol. 1 — Pátria

A Lenda de Drizzt, Vol. 2 — Exílio

A Lenda de Drizzt, Vol. 3 — Refúgio

A Lenda de Drizzt, Vol. 4 — O Fragmento de Cristal

A Lenda de Drizzt, Vol. 5 — Rios de Prata

A Lenda de Drizzt, Vol. 7 — Legado

A Lenda de Drizzt, Vol. 8 — Noite sem Estrelas

Crônicas de Dragonlance, Vol. 1 — Dragões do Crepúsculo do Outono

Crônicas de Dragonlance, Vol. 2 — Dragões da Noite do Inverno

Crônicas de Dragonlance, Vol. 3 — Dragões do Alvorecer da Primavera

Tormenta

A Deusa no Labirinto

A Flecha de Fogo

A Joia da Alma

Trilogia da Tormenta, Vol. 1 — O Inimigo do Mundo

Trilogia da Tormenta, Vol. 2 — O Crânio e o Corvo

Trilogia da Tormenta, Vol. 3 — O Terceiro Deus

Crônicas da Tormenta, Vol. 1

Crônicas da Tormenta, Vol. 2

Crônicas da Tormenta, Vol. 3

Outras séries

Dragon Age: O Trono Usurpado

Profecias de Urag, Vol. 1 — O Caçador de Apóstolos

Profecias de Urag, Vol. 2 — Deus Máquina

LENDAS

Volume Dois

Guerra dos Gêmeos

Margaret Weis & Tracy Hickman

Poesia original por Michael Williams

Capa por Matt Stawicki

Arte interna por Valerie Valusek

Tradução por Ana Cristina Rodrigues

Jambô

DUNGEONS & DRAGONS®

Lendas Vol. 2 — Guerra dos Gêmeos

Título Original: Legends Vol. 2 — War of the Twins
Tradução: Ana Cristina Rodrigues
Revisão: Aline Haar e Gilvan Gouvêa
Editor: Vinicius Mendes
Ilustrações Adicionais: Ana Carolina Gonçalves e Cássia Bellman
Diagramação: Cássia Bellmann e Vinicius Mendes
Editor-Chefe: Guilherme Dei Svaldi

Equipe da Jambô: Guilherme Dei Svaldi, Rafael Dei Svaldi, Leonel Caldela, Ana Carolina Gonçalves, Andrew Frank, Cássia Bellmann, Dan Ramos, Daniel Boff, Davide Di Benedetto, Elisa Guimarães, Felipe Della Corte, Freddy Mees, Glauco Lessa, J. M. Trevisan, Karen Soarele, Matheus Tietbohl, Marcel Reis, Marcelo Cassaro, Maurício Feijó, Pietra Nunes, Priscilla Souza, Thiago Rosa, Tatiana Gomes, Tiago Guimarães, Vinicius Mendes.

Rua Coronel Genuíno, 209 • Porto Alegre, RS
CEP 90010-350 • Tel (51) 3391-0289
contato@jamboeditora.com.br • www.jamboeditora.com.br

1ª edição: agosto de 2022 | ISBN: 978658863412-7

Dados Internacionais de Catalogação na Publicação

W426g Weis, Margaret
Guerra dos Gêmeos / Margaret Weis e Tracy Hickman; tradução de Ana Cristina Rodrigues. — Porto Alegre: Jambô, 2022.
416p. il.

1. Literatura norte-americana. I. Tracy, Hickman. II. Rodrigues, Ana Cristina. III. Título.

CDU 869.0(81)-311

Este livro é dedicado a você, que está compartilhando nossas jornadas através de Krynn. Obrigado, leitor, por trilhar este caminho conosco.

— Margaret Weis e Tracy Hickman

AGRADECIMENTOS

Foram o interesse e o trabalho de várias pessoas nos livros e módulos de DRAGONLANCE que tornaram a série o sucesso que é hoje. Agradecemos profundamente sua ajuda e seu apoio.

Membros da equipe de design de DRAGONLANCE: Harold Johnson, Laura Hickman, Douglas Niles, Jeff Grubb, Michael Dobson, Michael Breault, Bruce Heard, Roger E. Moore.

Músicas e Poemas: Michael Williams
Arte da capa original: Larry Elmore
Artes internas: Valerie A. Valusek
Design: Ruth Hoyer
Mapas: Steve Sullivan
Editor: Jean Blashfield Black
Ajuda e conselhos valiosos: Patrick L. Price, Dezra e Terry Phillips, John "Dalamar" Walker, Carolyn Vanderbilt, Bill Larson, Janet e Gary Pack

Artistas do Calendário DRAGONLANCE de 1987: Clyde Caldwell, Larry Elmore, Keith Parkinson, Jeff Easley

E, finalmente, queremos agradecer a todos que tiraram um tempo para nos escrever. Apreciamos muito.

—Margaret Weis e Tracy Hickman

O Mundo de Krynn

O Continente de Ansalon

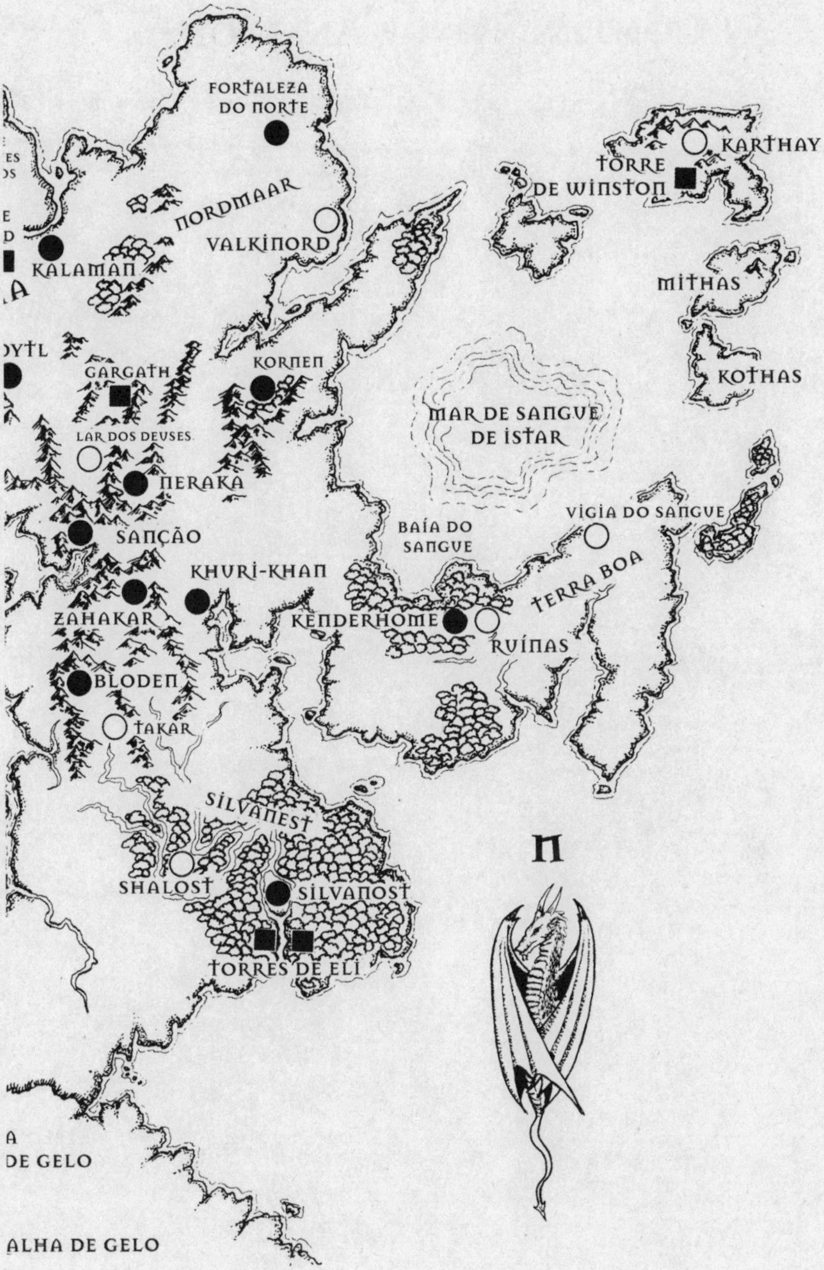
FORTALEZA DO NORTE
NORDMAAR
VALKINORD
KALAMAN
TORRE DE WINSTON
KARTHAY
MITHAS
KOTHAS
GARGATH
KORNEN
MAR DE SANGUE DE ISTAR
LAR DOS DEUSES
NERAKA
SANÇÃO
VIGIA DO SANGUE
BAÍA DO SANGUE
KHURI-KHAN
TERRA BOA
ZAHAKAR
KENDERHOME
RUÍNAS
BLODEN
TAKAR
SILVANEST
SHALOST
SILVANOST
TORRES DE ELI
N
DE GELO
ALHA DE GELO

Pegadas na areia, me guiando...

Olhando para cima, vejo o palanque, a figura encapuzada do carrasco, a lâmina afiada do machado brilhando no sol escaldante.

O machado cai, a cabeça cortada da vítima rola na plataforma de madeira, o capuz é retirado...

— Minha cabeça! — Raistlin sussurrou febrilmente, juntando e torcendo as mãos em sua angústia.

O carrasco, risonho, remove seu capuz, revelando...

— Meu rosto! — Raistlin sussurrou, seu medo se espalhando pelo seu corpo como um tumor maligno, fazendo-o suar e resfriar alternadamente. Apertando a cabeça, tentou banir as visões malignas que assombravam seus sonhos continuamente, noite após noite, e se demoravam perturbando-o também quando estava acordado, transformando tudo o que comia ou bebia em cinzas na sua boca.

Mas elas não sumiam.

— Mestre do Passado e do Presente! — Raistlin riu sem humor, uma risada amarga e zombeteira. — Eu sou Mestre de nada! Todo este poder e estou encurralado! Encurralado! Seguindo *seus* passos, sabendo que cada segundo que passa já *se passou antes*! Vejo pessoas que nunca vi, mas conheço! Ouço o eco de minhas próprias palavras antes de as dizer! Este rosto! — Suas mãos pressionaram as bochechas. — Este rosto! O rosto dele! Não o meu! Não! Quem sou eu? Sou meu próprio carrasco!

LIVRO 1

Capítulo 1

Um grito rouco de medo e horror estilhaçou o sono de Crysania. Tão súbito e impressionante foi o berro, tão profundo era o seu sono que, por um momento, ela sequer conseguia pensar no que a teria despertado. Apavorada e confusa, olhou ao seu redor, tentando entender onde estava, tentando descobrir o que a teria assustado de tal forma que mal conseguia respirar.

Estava deitada em um chão úmido e duro. Seu corpo tremeu convulsivamente por causa do arrepio que ia até os ossos; seus dentes batiam de frio. Prendendo a respiração, tentou ouvir ou ver algo. Mas a escuridão ao redor era grossa e impenetrável, o silêncio intenso.

Ela soltou a respiração e tentou puxar o ar de novo, mas a escuridão parecia roubá-lo. O pânico tomou conta dela. Desesperada, tentou estruturar a escuridão, povoá-la com formas e figuras. Mas nada veio à sua mente. Havia só a escuridão e ela não tinha matéria. Ela era eterna…

Ouviu o grito novamente e o reconheceu como o que a despertara. E, apesar de quase soluçar de alívio ao ouvir o som da voz de outro ser humano, o medo exposto naquele berro ecoou em sua alma.

Tentando freneticamente penetrar na escuridão, ela se forçou a pensar, a lembrar…

Havia pedras cantantes, uma voz melódica — a voz de Raistlin — e os braços dele ao seu redor. Então a sensação de entrar na água e ser carregada para uma escuridão vasta e ligeira.

"Raistlin!" Estendendo a mão trêmula, Crysania nada sentiu por perto além da pedra úmida e fria. A memória retornou com impacto terrível. Caramon investindo contra seu irmão com a espada em sua mão... Suas palavras ao entoar um feitiço clerical para proteger o mago... O som de uma espada retinindo na pedra.

Mas aquele grito... era a voz de Caramon! E se ele...

— Raistlin! — Crysania chamou, temerosa, esforçando-se para ficar de pé.

Sua voz sumiu, desapareceu, engolida pela escuridão. Foi uma sensação tão terrível que ela não se atreveu a falar novamente. Apertando os braços ao seu redor, tremendo por causa do frio intenso, a mão de Crysania foi sem perceber para o medalhão de Paladine pendurado em seu pescoço. A bênção do deus fluiu por ela.

— Luz — sussurrou e, segurando o medalhão com força, ela orou para que o deus iluminasse as trevas.

Uma luz suave saiu do medalhão entre seus dedos, empurrando o preto aveludado que a sufocava, deixando-a respirar. Erguendo a corrente sobre sua cabeça, Crysania segurou o medalhão no alto. Fazendo-o iluminar seus arredores, tentou lembrar a direção de onde viera o grito.

Teve impressões fugazes de móveis quebrados e enegrecidos, teias de aranha, livros espalhados pelo chão, prateleiras caídas. Aquilo era quase tão assustador como a própria escuridão; foi a escuridão que os criou. Aqueles objetos tinham mais direito a estar ali do que ela.

Então o grito surgiu de novo.

Com a mão trêmula, Crysania virou-se rapidamente na direção do som. A luz divina fendeu as trevas, colocando duas figuras em um destaque chocante. Uma, envolta em mantos negros, estava caída imóvel e silencioso no chão frio. De pé acima desta figura, havia um homem enorme. Usava armadura dourada com manchas de sangue, um anel de ferro aparafusado em seu pescoço, ele encarava a escuridão, as mãos estendidas, a boca escancara, o rosto branco de pavor.

O medalhão escorregou das mãos de Crysania quando ela reconheceu o corpo encolhido aos pés do guerreiro.

— Raistlin! — ela sussurrou.

Somente quando sentiu o fio de platina deslizar por seus dedos, só quando a preciosa luz ao seu redor vacilou, ela pensou em apanhar o medalhão que caía.

Ela correu, o mundo cambaleando com a luz que balançava enlouquecida em sua mão. Formas escuras corriam embaixo de seus pés, mas Crysania não as notou. Cheia de um medo mais sufocante do que a escuridão, ela se ajoelhou ao lado do mago.

Ele estava deitado de bruços, o capuz jogado sobre a cabeça. Crysania o ergueu com cuidado, virando-o. Com medo, tirou o capuz do rosto dele e colocou o medalhão em cima. O pavor gelava seu coração.

A pele do mago estava pálida, os lábios azuis, seus olhos fechados e afundados no rosto abatido.

— O que você fez? — Ela gritou para Caramon, encarando-o de onde se ajoelhara ao lado do corpo aparentemente sem vida do mago. — O que você fez? — Questionou, a voz embargada por dor e fúria.

— Crysania? — Caramon sussurrou em voz rouca.

A luz do medalhão lançava sombras estranhas na figura do gladiador imponente. Com braços ainda estendidos e mãos agarrando debilmente o ar, ele virou o rosto na direção da sua voz. — Crysania? — Repetiu com um soluço. Dando um passo em direção a ela, tropeçou nas pernas de seu irmão e caiu no chão.

Ele se reergueu quase imediatamente, apoiado nas mãos e nos joelhos, respiração ofegante, os olhos ainda arregalados e vazios. Ele estendeu a mão.

— Crysania? — ele avançou na direção da sua voz. — Sua luz! Traga a sua luz! Rápido!

— Eu estou com a luz, Caramon! Eu... Abençoado Paladine! — Crysania sussurrou, encarando o na luz suave do medalhão. — Você está cego!

Estendendo a mão, ela agarrou seus dedos trêmulos. Ao seu toque, Caramon soluçou novamente, aliviado. Sua mão se fechou sobre a dela com força esmagadora, e Crysania mordeu o lábio por causa da dor. Mas ela manteve o aperto firme nele firmemente com uma mão, o medalhão na outra.

Levantando-se, ela ajudou Caramon a ficar de pé. O corpo do guerreiro tremeu, e ele agarrou-a com um terror desesperado, os olhos ainda encarando o vazio à sua frente, selvagens, cegos. Crysania espiou a escuridão, procurando desesperadamente por uma cadeira, um sofá... alguma coisa.

De repente, percebeu que as trevas a encaravam de volta.

Desviou logo o olhar, mantendo-o preso dentro da luz do medalhão, e guiou Caramon para o único móvel grande o bastante à vista.

— Venha, sente-se — ela instruiu. — Encoste aqui.

Ela sentou Caramon no chão, de costas apoiadas contra uma escrivaninha de madeira esculpida que lhe parecia vagamente familiar. A visão trouxe uma onda de dor, memórias familiares — tinha visto aquilo em algum lugar. Mas estava preocupada e angustiada demais para pensar muito nisso.

— Caramon? — ela perguntou trêmula. — Raistlin está… Você o ma… — Sua voz sumiu.

— Raistlin? — Caramon virou seus olhos cegos na direção da voz dela. Seu rosto passou a expressar alarme e tentou ficar de pé. — Raist! Onde...

— Não. Sente-se! — Crysania logo ordenou, com raiva e medo. Pôs a mão em seu ombro e o empurrou para baixo.

Caramon fechou os olhos, um sorriso irônico contorcendo seu rosto. Naquele momento, pareceu-se muito com seu gêmeo.

— Não, eu não o matei! — disse, com amargura. — Como eu poderia? A última coisa que ouvi foi você gritando para Paladine e tudo ficou escuro. Meus músculos não se moviam, a espada caiu da minha mão. E então…

Mas Crysania não estava ouvindo. Correndo de volta para onde Raistlin estava, a poucos metros deles, ela se ajoelhou ao lado do mago mais uma vez. Segurando o medalhão perto de seu rosto, colocou a mão pelo lado de dentro do capuz preto e sentiu a vida pulsar em seu pescoço. Fechando os olhos com alívio, ela respirou, fazendo uma oração silenciosa para Paladine.

— Está vivo! — ela sussurrou. — Então, o que há de errado com dele?

— O que *há* de errado com ele? — Caramon perguntou, amargura e medo ainda presentes em sua voz. — Eu não posso ver……

Ruborizando quase com culpa, Crysania descreveu a condição do mago.

Caramon deu de ombros.

— Exaurido pelo feitiço — ele disse, a voz inexpressiva. — E, lembre-se, ele já estava fraco antes, pelo menos foi o que você me disse. Doente por causa da proximidade dos deuses ou algo assim. — Sua voz afundou. — Eu já o vi assim antes. A primeira vez que usou o orbe do dragão, mal conseguia se mover depois. Eu o segurei…

Ele parou, encarando para as trevas, seu rosto calmo, calmo e sombrio.

— Não há nada que possamos fazer por ele — disse. — Precisa descansar.

Depois de uma breve pausa, Caramon perguntou em voz baixa.

— Dama Crysania, pode me curar?

O rosto de Crysania queimou.

— Temo… temo que não — ela respondeu, perturbada. — Deve… deve ter sido o meu feitiço que o cegou. — Mais uma vez viu em sua memória o grande guerreiro, a espada manchada de sangue na mão, com a intenção de matar seu irmão gêmeo e matá-la… se ficasse em seu caminho.

— Desculpe — ela disse suavemente, tão cansada e gelada que quase vomitou. — Mas eu estava desesperada e… e com medo. Mas não se preocupe — acrescentou — o feitiço não é permanente. Ele vai passar com o tempo.

Caramon suspirou.

— Eu entendo — ele disse. — Tem luz nesta sala? Você disse que tinha uma.

— Sim — ela respondeu. — Estou com o medalhão…

— Olhe ao redor, conte para mim onde estamos. Descreva o lugar

— Mas Raistlin…

— Ele vai ficar bem! — Caramon bateu, retrucou, em tom de comando. — Volte aqui para perto de mim. Faça o que estou dizendo! Nossa vida, a vida dele… podem depender disto! Me diga onde estamos!

Olhando para a escuridão, Crysania sentiu o medo voltar. Deixou o mago com relutância e voltou para se sentar ao lado de Caramon.

— Eu… eu não sei — ela vacilou, segurando o medalhão no alto de novo. — Não consigo ver muita coisa além da luz do medalhão. Mas parece ser um lugar em que eu já estive, só não sei dizer onde. Tem móveis, mas todos quebrados e carbonizados, como se tivesse havido um incêndio. Tem muitos livros espalhados. Há uma grande escrivaninha de madeira, onde você está apoiado. Parece ser o único móvel inteiro e me parece familiar — ela acrescentou em voz baixa, intrigada. — É linda, entalhada com vários tipos de estranhas criaturas.

Caramon tateou por baixo dele.

— Tapete — ele disse — sobre pedras.

— Sim, o chão está coberto com um tapete… ou estava. Mas agora está rasgada e parece que algo andou comendo pedaços…

Ela se engasgou ao ver uma forma escura deslizar para longe por causa da luz.

— O que foi? — Caramon perguntou rispidamente.

— Acho que é quem está comendo o tapete — Crysania respondeu com uma risadinha nervosa — Ratos. — Ela tentou continuar. — Tem uma lareira, mas parece não ter sido usada por anos. Está coberta de teias de aranha. Aliás, tudo está coberto de teias de aranha…

Mas sua voz falhou. Imagens repentinas de aranhas caindo do teto e ratos correndo entre seus pés a fizeram estremecer e envolver-se em seus mantos brancos. A lareira queimada e vazia a lembrava do frio que sentia.

Sentindo seu corpo tremer, Caramon sorriu tristemente e estendeu a mão para ela. Apertando-a com força, ele disse com uma calma terrível.

— Dama Crysania, se tudo que tivermos para encarar forem ratos e aranhas, podemos nos considerar sortudos.

Ela lembrou do grito de puro terror que a acordara. Porém, ele não conseguia enxergar! Rapidamente, ela olhou ao seu redor.

— O que foi? Você deve ter ouvido ou sentido algum coisa, mesmo...

— Sentir... — Caramon repetido, baixinho. — Sim, eu senti algo. Tem *coisas* aqui, Crysania. Coisas horríveis. Posso senti-las nos observando! Posso sentir o ódio delas. Onde quer que estejamos, nós somos intrusos. Não consegue sentir isso?

Crysania olhou para a escuridão. Então, ela *encarava-a* de volta. Depois de Caramon falar sobre isso, podia sentir algo ali. Ou, como Caramon disse, *coisas*!

Quanto mais ela olhava e se concentrava, mais reais se tornavam. Embora não pudesse vê-las, sabia que esperavam, um pouco além do círculo de luz lançado pelo medalhão. O ódio delas era forte, como Caramon havia dito, e, o que era pior, ela sentia o mal fluindo ao seu redor. Era como... como...

Crysania prendeu a respiração.

— O que foi? — Caramon gritou, endireitando-se.

— Xiiiu — ela sibilou, apertando a mão dele com firmeza. — Nada. É só que... eu sei onde estamos! — ela disse em tom abafado.

Ele não respondeu, mas voltou seus olhos cegos.

— A Torre da Alta Magia em Palanthas! — ela sussurrou.

— Onde Raistlin vive? — Caramon parecia aliviado.

— Sim... não — Crysania encolheu os ombros, impotente. — É o mesmo quarto em que estive, seu escritório, mas não parece o mesmo. Parece que ninguém viveu aqui por uns cem anos ou mais e... Caramon! É isso! Ele disse que estava me levando para "um lugar e tempo em que não havia clérigos!". Isso deve ser depois do Cataclismo e antes da guerra. Antes de...

— Antes de ele retornar para reivindicar a Torre como sua — Caramon disse, sombriamente. — E isso significa que a maldição ainda está sobre a Torre, dama Crysania. Que estamos no único lugar em Krynn onde o mal reina supremo. Um lugar mais temido do que qualquer outro na face do mundo. O único lugar onde nenhum mortal ousa pisar, guardado pelo Bosque Shoikan e os deuses sabem o que mais! Ele nos trouxe aqui! Nós nos materializamos em seu centro!

Crysania de repente viu rostos pálidos aparecerem fora do círculo de luz, como se convocados pela voz de Caramon. Cabeças descarnadas olhando-a com olhos há muito fechados pela morte sombria, flutuavam pelo ar frio ar, bocas arreganhadas antecipando o sangue quente.

— Caramon, eu posso vê-las! — Crysania se engasgou, encolhendo-se para perto do homem grande. — Consigo ver seus rostos!

— Eu senti as mãos deles em mim — disse Caramon. Tremendo convulsivamente, ele sentiu que ela também estremecia e a envolveu em seus braços, puxando-a para perto dele. — Eles me atacaram. Seu toque congelou minha pele, foi quando você me ouviu gritar.

— Mas por que eu não os vi antes? O que os impede de nos atacar agora?

— Você, Dama Crysania — Caramon disse suavemente. — Você é uma clériga de Paladine. Estas são criaturas geradas pelo mal, nascidas de uma maldição. Não têm poder para feri-la.

Crysania olhou para o medalhão em suas mãos. A luz ainda se espalhava, mas enquanto a observava, parecia estar diminuindo. Culpada, ela se lembrou do clérigo élfico, Loralon. Lembrou da sua recusa em acompanhá-la. Suas palavras ecoavam em sua mente: Você só verá quando estiver cegada pelas Trevas...

— Sim, sou uma clériga — ela disse suavemente, tentando esconder o desespero em sua voz — mas minha fé é imperfeita. Essas coisas sentem minhas dúvidas, minha fraqueza. Talvez um clérigo forte como Elistan teria poder para lutar contra elas. Acho que não tenho. — O brilho diminuiu ainda mais. — Minha luz está falhando, Caramon — ela disse, depois de um momento. Olhando para cima, ela via os rostos pálidos e ansiosos flutuando próximos e ela se encolheu mais para perto dele. — O que podemos fazer?

— O que *podemos* fazer! Não tenho armas! Não posso ver! — Caramon gritou em agonia, fechando o punho.

— Silêncio! — Crysania ordenou, agarrando-lhe o braço, os olhos fixos nas figuras cintilantes. — Eles parecem ficar mais fortes quando você fala assim! Talvez eles se alimentem do medo. Os no Bosque Shoikan se alimentam, segundo o que Dalamar me contou.

Caramon respirou fundo. Seu corpo brilhava com o suor e começou a tremer violentamente.

— Temos que tentar acordar Raistlin — Crysania disse.

— Não adianta — Caramon sussurrou entre dentes que batiam. — Eu sei...

— Temos que tentar! — Crysania disse com firmeza, apesar de tremer só de pensar em andar mesmo que poucos metros sob aqueles olhares terríveis.

— Tenha cuidado e vá devagar — Caramon aconselhou, soltando-a. Segurando o medalhão no alto, os olhos encarando os olhos nas trevas, Crysania rastejou até Raistlin. Ela colocou a mão no ombro magro e coberto de tecido preto do mago. — Raistlin! — ela disse o mais alto que ousou, sacudindo-o. — Raistlin!

Não houve resposta. Ela poderia muito bem ter tentado despertar um corpo. Pensando nisso, olhou para as figuras à espera. Ela se perguntou se elas o matariam. Afinal, ele não existia naquele tempo. O "Mestre do passado e do presente" ainda não tinha retornado para reclamar sua propriedade— aquela Torre.

Ou teria?

Crysania chamou o mago novamente e, ao fazê-lo, manteve o olhar nos mortos-vivos, que se aproximavam conforme sua luz se enfraquecia.

— Fistandantilus! — ela disse para Raistlin.

— Sim! — Caramon gritou, ouvindo-a e compreendendo. — Elas reconhecem esse nome. O que está acontecendo? Sinto uma mudança.

— Pararam! — Crysania disse sem fôlego. — Eles estão olhando para ele agora.

— Volte! — Caramon ordenou, ficando meio agachado. — Fique longe dele. Tire a luz daí! Deixe que eles o vejam como ele existe nas trevas deles!

— Não! — Crysania respondeu com raiva. — Você está louco! Assim que a luz se for, irão devorá-lo…

— É nossa única chance!!

Procurando por Crysania às cegas, Caramon a pegou desprevenida. Ele a agarrou em seus braços fortes e a puxou para longe de Raistlin, jogando-a no chão. Caiu sobre ela, esmagando a ponto de deixá-la sem fôlego.

— Caramon! — Ela ofegou por ar. — Eles vão matá-lo! Não… — Crysania lutou contra o grande guerreiro, mas ele a manteve presa.

O medalhão ainda estava preso em seus dedos. Sua luz brilhava cada vez mais fraca. Torcendo o corpo, ela viu Raistlin, deitado na escuridão, fora do círculo de luz.

— Raistlin! — ela gritou. — Não! Me deixe levantar, Caramon! Estão indo até ele…

Mas Caramon a segurou com mais firmeza, pressionando-a contra o chão frio. Seu rosto estava angustiado, mas sério e determinado, seu olhar cego encarando-a. Sua carne estava fria contra a dela, os músculos tensos.

Ela lançaria outro feitiço sobre ele! As palavras estavam em seus lábios quando um grito estridente de dor perfurou as trevas.

— Paladine, me ajude! — Crysania orou…

Nada aconteceu.

Sem forças, tentou mais uma vez escapar de Caramon, mas não havia esperança e ela sabia disso. E agora, aparentemente, até seu deus a havia abandonado. Gritando de frustração, xingando Caramon, só podia assistir.

As figuras pálidas e cintilantes cercavam Raistlin. Ela só conseguia vê-lo à luz da aura horrível que os corpos decadentes lançavam. Sua garganta doía e um gemido baixo escapou de seus lábios quando uma das criaturas medonhas ergueu as mãos frias e as colocou sobre o corpo dele.

Raistlin gritou. Sob as mantos negros, seu corpo estremeceu em espasmos de agonia.

Caramon também ouviu o grito do irmão. Crysania podia ver refletido na palidez mortal do seu rosto.

— Me deixe levantar! — ela implorou. Mas, embora o suor frio cobrisse sua testa, ele sacudiu a cabeça, decidido, e conteve as mãos dela com firmeza.

Raistlin gritou novamente. Caramon estremeceu, e Crysania sentiu os músculos dele ficando moles. Deixando cair o medalhão, ela libertou seus braços para golpeá-lo com seus punhos. Porém, ao fazer isso, a luz do medalhão desapareceu, mergulhando-os em escuridão total. O corpo de Caramon foi arrancado de cima dela de repente. Seu grito rouco e agonizante misturou-se com os gritos do seu irmão.

Tonta, coração acelerado, Crysania lutou para sentar-se, as mãos arranhando o chão à procura do medalhão.

Um rosto surgiu perto do dela. Ela desviou os olhos rapidamente de sua busca, pensando que era Caramon…

Não era. Uma cabeça sem corpo aproximava-se dela, flutuando.

— Não! — ela sussurrou, incapaz de se mover, sentindo a vida se esvair pelas suas mãos, seu corpo, até pelo seu coração. Mãos descarnadas agarraram seus braços, puxando-a para perto; lábios sem sangue se abriram, ansiosos por seu calor.

— Paladi… — Crysania tentou rezar, mas sentiu sua alma ser sugada de seu corpo pelo toque mortal da criatura.

Então ouviu, vaga e distante, uma voz fraca cantando palavras de magia. A luz explodiu ao seu redor. A cabeça tão perto da sua desapareceu com um guincho, as mãos sem carne soltaram seu aperto. Sentiu o cheiro acre de enxofre.

— Shirak. — A luz explosiva se foi. Um brilho suave iluminou a sala.

Crysania sentou-se.

— Raistlin! — ela sussurrou, agradecida. Cambaleando ajoelhada, rastejou para frente pelo chão enegrecido e chamuscado para alcançar o mágico, que estava deitado de costas, respirando pesadamente. Uma mão repousava sobre o cajado de Magius. Luz se irradiava da bola de cristal presa na garra dourada do dragão no topo.

— Raistlin! Você está bem?

Ajoelhada ao lado dele, observou o rosto fino e pálido enquanto ele abria os olhos. Cansado, ele assentiu. Então, estendendo a mão, ele a puxou para si. Abraçando-a, ele acariciou seu cabelo preto e macio. Ela podia sentir o coração batendo. O estranho calor do seu corpo afastou o frio.

— Não tenha medo! — ele sussurrou suavemente, sentindo-a tremer. — Não irão nos ferir, pois me viram e me reconheceram. Não machucaram você, machucaram?

Ela não conseguiu falar, só balançou a cabeça. Ele suspirou novamente. Crysania, olhos fechados, relaxou em seu abraço, perdida em conforto.

Quando a mão dele foi para o seu cabelo mais uma vez, ela sentiu o corpo dele ficar tenso. Quase com raiva, ele agarrou seus ombros e a empurrou para longe dele.

— Conte-me o que aconteceu — ele ordenou com voz fraca.

— Eu acordei aqui — Crysania vacilou. O horror daquela experiência e a memória do toque caloroso de Raistlin a confundia e a irritava. Vendo o olhar dele ficar frio e impaciente, ela se obrigou a continuar, mantendo a voz firme. — Ouvi Caramon gritar...

Raistlin arregalou os olhos.

— Meu irmão? — ele disse, espantado. — Então o feitiço o trouxe também. Estou espantado por ainda estar vivo. Onde ele está? — Erguendo a cabeça fracamente, viu seu irmão deitado inconsciente no chão. — Qual é o problema com ele?

— Eu... lancei um feitiço. Ele está cego... — disse Crysania, corando. — Não queria isso, mas foi quando ele estava tentando matar você em Istar, pouco antes do Cataclismo...

— Você o cegou! Paladine... o cegou! — Raistlin riu. O som reverberou nas pedras frias, e Crysania encolheu-se, sentindo um calafrio de medo. Mas o riso se engasgou na garganta de Raistlin. O mago começou a tossir e arquejar, tentando respirar.

Crysania assistiu, inútil, até o espasmo passar e Raistlin ficar imóvel mais uma vez. — Continue — ele sussurrou, irritado.

— Eu o ouvi gritar, mas eu não podia ver na escuridão. O medalhão me forneceu luz e eu consegui encontrá-lo... descobri que ele estava cego. Também encontrei você, inconsciente. Não conseguimos acordá-lo. Caramon pediu para que eu descrevesse o lugar onde estávamos e foi quanto eu vi... — ela estremeceu — eu vi... esses... horrores...

— Continue — Raistlin disse.

Crysania respirou fundo.

— A luz do medalhão começou a falhar…

Raistlin assentiu.

—… e essas… coisas vieram em nossa direção. Eu te chamei, usando o nome de Fistandantilus. Isso fez com que parassem. Então — a voz de Crysania perdeu o medo e ficou ríspida com a raiva — seu irmão me agarrou e me jogou no chão, gritando algo sobre "deixe que eles o vejam como ele existe nas trevas deles". Quando a luz de Paladine parou de tocar em você, aquela criatura… — Ela estremeceu e cobriu o rosto com as mãos, ainda ouvindo o grito terrível ecoando em sua mente.

— Meu irmão disse aquilo? — Raistlin perguntou suavemente, depois de um momento.

Crysania moveu as mãos para olhá-lo, intrigada com o tom de admiração e espanto misturados.

— Sim — disse ela friamente, depois de um momento. — Por quê?

— Ele salvou nossas vidas — Raistlin comentou, sua voz ácida de novo. — O grande idiota realmente teve uma boa ideia. Talvez seja melhor você deixá-lo cego, ajuda-o a pensar melhor.

Raistlin tentou rir, mas o riso virou uma tosse que quase o sufocou. Crysania foi em sua direção para ajudá-lo, mas ele a impediu com um olhar altivo, mesmo com seu corpo contorcendo-se de dor. Virando de lado, vomitou.

Caiu de costas, os lábios manchados de sangue, as mãos contraindo-se. Sua respiração era rasa e rápida, e por vezes uma tosse espasmódica contorcia seu corpo.

Crysania o encarava, impotente.

— Você me falou uma vez que os deuses não poderiam curar esta doença. Mas você está morrendo, Raistlin! Não tem *nada* que eu possa fazer? — ela perguntou, sem ousar tocá-lo.

Ele assentiu, mas por um minuto não conseguiu falar nem se mover. Por fim, com um esforço evidente, ergueu a mão trêmula do chão frio e fez sinal para Crysania se aproximar. Ela se curvou sobre ele. Estendendo a mão, ele tocou a sua bochecha, aproximando os dois rostos. Seu hálito era quente contra a pele dela.

— Água! — ele ofegou, inaudível. Ela só conseguia entender lendo os movimentos de seus lábios cobertos de sangue. — Uma poção… pode ajudar. — Debilmente, a mão foi para um bolso dentro de seus mantos. — E… um fogo quente! Não… tenho… força…

Crysania assentiu, para mostrar que entendia.

— Caramon? — Seu lábios formaram a palavra.

— Essas... essas coisas o atacaram — ela disse, olhando para o corpo imóvel do grande guerreiro. — Não sei se ele está ainda vivo.

— Nós precisamos dele! Você ... deve curá-lo! — ele não conseguiu continuar e ficou deitado, ofegante, de olhos fechados.

Crysania engoliu em seco, tremendo.

— Tem... tem certeza? — perguntou, hesitante. — Ele tentou matar vo...

Raistlin sorriu e sacudiu seu cabeça. O capuz farfalhou com o movimento. Abrindo os olhos, encarou Crysania e ela pode ver no fundo do seu olhar castanho. A chama dentro do mago queimava baixo, dando aos seus olhos um calor suave, muito diferente do incêndio que ela vira antes.

— Crysania... — ele respirou fundo. — Estou perdendo... a consciência... Você... ficará... sozinha... neste lugar de trevas ... Meu irmão... pode ajudar... calor... — Fechou os olhos, mas seu aperto na mão de Crysania aumentou, como se estivesse se esforçando para usar a força vital dela e se manter agarrado à realidade. Com um esforço violento, abriu os olhos de novo para olhar diretamente nos dela. — Não saia deste quarto! — ele murmurou e revirou os olhos.

Você ficará sozinha! Crysania olhou ao redor com medo, sentindo-se sufocada de medo. Água! Calor! Como iria conseguir? Não podia! Não dentro daquele aposento maligno!

— Raistlin! — ela implorou, agarrando a mão frágil nas suas e apoiando a bochecha nela. — Raistlin, por favor não me deixe! — ela sussurrou, encolhendo-se ao toque da carne fria. — Não posso fazer o que você pede! Não tenho o poder! Não posso criar água do pó...

Os olhos de Raistlin se abriram. Estavam quase tão escuros quanto o aposento que os cercava. Movendo sua mão, a mão que ela segurava, traçou uma linha de seus olhos por sua bochecha. A mão ficou mole, a cabeça pendeu para o lado.

Crysania levou a mão ao próprio rosto, confusa, perguntando-se o que ele quis dizer com um gesto tão estranho. Não foi uma carícia. Estava tentando dizer-lhe algo, o que era aparente por seu olhar insistente. Mas o quê? Sua pele tinha queimado com o toque... trazendo de volta memórias...

E então ela soube.

"Não posso criar água do pó..."

— Minhas lágrimas! — sussurrou.

Capítulo

2

Sentada sozinha na sala fria, ajoelhada ao lado do corpo imóvel de Raistlin, vendo Caramon deitado pálido e sem vida, Crysania de repente invejou os dois com força. Como seria fácil, pensou, cair na inconsciência e deixar a escuridão me levar! O mal do lugar, que aparentemente havia fugido com o som da voz de Raistlin, estava retornando. Ela podia sentir como uma corrente de ar frio na sua nuca. Olhos a encaravam das sombras, olhos que só eram detidos pela luz do cajado de Magius, que ainda brilhava. Mesmo inconsciente, a mão de Raistlin descansava ali.

Crysania, com cuidado, colocou a outra mão do arquimago, a que ela segurava, no peito dele. Ela se recostou, os lábios apertados, engolindo suas lágrimas.

— Ele depende de mim — ela disse para si mesma para dissipar os sussurros que ouvia ao seu redor. — Em sua fraqueza, ele confia na minha força. Por toda a minha vida — continuou, enxugando as lágrimas dos olhos e observando a água brilhar em seus dedos à luz do cajado — eu me orgulhei da minha força. No entanto, até agora, nunca soube o que é força de verdade. — Seus olhos foram para Raistlin. — Mas vejo isso nele! Não irei decepcioná-lo!

— Calor — disse, tremendo tanto que mal conseguia ficar de pé. — Ele precisa de calor. Todos precisamos. — Suspirou, impotente. — Mas como farei isso? Se estivéssemos no castelo da Muralha de Gelo, só precisaria das minhas orações para nos manter aquecidos. Paladine nos ajudaria. Mas este não é o frio do gelo ou da neve.

— É mais profundo, congela o espírito mais do que o sangue. Aqui, neste lugar do mal, minha fé pode me sustentar, mas jamais irá nos aquecer!

Pensando nisso e olhando ao redor pela sala mal iluminada pela luz do cajado, Crysania viu as formas sombrias de cortinas rasgadas penduradas nas janelas. Eram de veludo e grandes o suficiente para cobrir todos eles. Ela se animou, mas isso logo se desvaneceu ao perceber que estavam do outro lado da sala, longe. Pouco visíveis nas trevas ondulantes, as janelas estavam fora do círculo da luz emitida pelo cajado.

— Vou ter que ir até lá — disse para si mesma — no escuro! — Seu coração quase falhou e sua força diminuiu. — Vou pedir ajuda de Paladine. — Mas enquanto falava, seu olhar foi até o medalhão caído, frio e apagado, no chão.

Abaixando-se para pegá-lo, ela hesitou, por um momento temendo tocá-lo, lembrando, triste, de como a luz sumira com a chegada do mal.

Mais uma vez, ela pensou em Loralon, o grande clérigo élfico que tinha ido buscá-la antes do Cataclismo. Ela recusou, escolhendo arriscar sua vida para ouvir as palavras do Rei-sacerdote, as palavras que causaram a fúria dos deuses. Paladine estaria com raiva? Teria ele a abandonado em sua fúria, como muitos acreditavam que ele havia abandonado toda Krynn depois da terrível destruição de Istar? Ou seu guia era simplesmente incapaz de penetrar nas camadas frias do mal que envolviam a amaldiçoada Torre da Alta Magia?

Confusa e assustada, Crysania levantou o medalhão. Ele não brilhou. Não fez nada. O metal estava frio na sua mão. De pé no centro da sala, segurando o medalhão, os dentes batendo, ela se forçou a andar até uma janela.

— Se não conseguir — ela murmurou com lábios rígidos — vou morrer de frio. Todos nós vamos morrer — adicionou, seu olhar voltando-se para os irmãos. Raistlin usava seus mantos de veludo negro, mas ela lembrava da sensação gelada de sua mão na dela. Caramon ainda estava vestido para os jogos de gladiador, pouco mais do que uma armadura dourada e uma tanga.

Erguendo o queixo, Crysania lançou um olhar desafiador para as coisas invisíveis e sussurrantes que espreitavam ao seu redor, e caminhou firme para fora do círculo de luz mágica espalhado pelo cajado de Raistlin.

Quase instantaneamente, a escuridão ganhou vida! Os sussurros ficaram mais altos e, horrorizada, percebeu que podia entender as palavras!

Quão alto seu coração chama, amor,
Quão perto as trevas de seu seio
Como são agitados os rios, amor
Fluindo por seu moribundo pulso.

E amor, que calor sua frágil pele esconde
Puro como o sal, doce como a morte
E nas sombras a lua vermelha governa
A raposa de fogo do seu respirar.

Houve um toque de dedos frios em sua pele. Crysania assustou -se e recuou, apenas para não ver nada lá! Quase doente de medo e horror com a horrível canção de amor dos mortos, ficou sem conseguir se mover por um longo momento.

— Não! — Ela disse com raiva. — Vou continuar! Essas criaturas do mal não vão me parar! Sou uma clériga de Paladine! Mesmo que meu deus tenha me abandonado, eu não abandonarei a minha fé!

Erguendo a cabeça, Crysania estendeu a mão como se pudesse abrir a escuridão como se esta fosse uma cortina. Continuou na direção da janela. O silvo de sussurros soava ao seu redor, ouviu risadas estranhas, mas nada a feriu, nada a tocou. Finalmente, depois de uma jornada que pareceu ter quilômetros, alcançou as janelas.

Agarrando nas cortinas, tremendo, ela as afastou, esperando ver a luz da cidade de Palanthas para se reconfortar. Tem outros seres vivos lá fora, disse para si mesma, pressionando o rosto contra o vidro. Vou ver as luzes…

Mas a profecia ainda não havia se cumprido. Raistlin, como mestre do passado e do presente, ainda não havia retornado para reivindicar a Torre, como aconteceria no futuro. E assim a Torre permanecia envolta em uma escuridão impenetrável, como se um eterno nevoeiro negro a cercasse. Se as luzes da bela cidade do Palanthas brilhavam, não conseguiria vê-las.

Com um suspiro desanimado, Crysania agarrou o pano e puxou. O tecido apodrecido cedeu quase imediatamente, quase a enterrando em uma mortalha de brocado de veludo conforme as cortinas caíam ao seu redor. Grata, enrolou o material pesado em volta dos ombros como uma capa, encolhendo-se agradecida em seu calor.

Derrubando de forma desajeita outra cortina, ela a arrastou de volta pela sala escura, ouvindo-a se arrastar no chão ao passar por pedaços do mobiliário pelo caminho.

A luz do cajado mágico brilhava, guiando-a através da escuridão. Ao alcançá-lo, ela caiu no chão, tremendo de exaustão e pela reação ao medo.

Até então, não tinha percebido o quão cansada estava. Não dormia direito há muitas noites, desde que a tempestade começou em Istar. Depois de se aquecer, a ideia de se enrolar nas cortinas e deslizar para o esquecimento ficou muito tentadora.

— Pare com isto! — Ordenou para si mesma. Forçando-se a ficar de pé, arrastou a cortina até Caramon e se ajoelhou ao lado dele. Ela o cobriu com o tecido pesado, puxando-o para cima dos ombros largos. Seu peito estava imóvel, ele mal respirava. Colocando a mão no pescoço frio, procurou a pulsação. Estava devagar e irregular. Foi quando viu marcas em seu pescoço, marcas de um branco mortal, como se deixadas por lábios sem carne.

A cabeça descarnada flutuou na memória de Crysania. Estremecendo, ela a baniu de seus pensamentos e, enrolada na cortina, colocou a mão na testa de Caramon.

— Paladine, — ela orou baixinho — se você não se afastou desta clériga por raiva, se você puder entender que ela só faz o que faz para honrá-lo, se puder adentrar nesta escuridão terrível por tempo o bastante para me conceder um único pedido... cure este homem! Se seu destino não tiver sido cumprido, se ainda há algo mais a fazer, conceda-lhe saúde. Se não, recolha sua alma gentilmente em seus braços, Paladine, para que possa habitar eternamente...

Crysania não conseguia continuar. Sua força acabou. Cansada, drenada pelo terror e suas próprias lutas internas, perdida e sozinha na vasta escuridão, afundou a cabeça em suas mãos e começou a chorar, com os soluços amargos de quem não tem esperança.

Ela sentiu uma mão tocar a sua. Enrijeceu de medo, mas a mão era forte e quente.

— Pronto, Tika. — Disse uma voz grave e adormecida. — Vai dar tudo certo. Não chore.

Erguendo o rosto manchado de lágrimas, Crysania viu o peito de Caramon se movimentar com respirações profundas. Seu rosto perdeu a palidez mortal, as marcas brancas em seu pescoço desapareceram. Acariciando a mão dela suavemente, ele sorriu.

— Só sonho ruim, Tika — ele murmurou. — De manhã... vai ter ido embora.

Enrolando a cortina no pescoço, aconchegado no seu calor, Caramon deu um grande bocejo e rolou para o lado, caindo em um sono profundo e pacífico.

Cansada e entorpecida demais até para agradecer, Crysania apenas ficou sentada, observando o grandalhão dormir por um momento. Então, um som chegou aos seus ouvidos... o som de água gotejando! Virando, ela viu pela primeira vez um jarro de vidro descansando na borda da escrivaninha. Com o longo gargalo quebrado, estava caído de lado, a boca pendendo sobre a borda. Estava vazio há muito tempo, seu conteúdo derramado uma centena de anos antes. Mas agora brilhava com um líquido claro que pingava sobre o piso, suavemente, uma gota por vez, cada uma delas brilhando à luz do cajado.

Estendendo a mão, Crysania pegou algumas gotas na sua palma e levantou-a, hesitante, até seus lábios.

— Água! — Ela suspirou.

O sabor era levemente amargo, quase salgado, mas para ela era a água mais deliciosa que jamais bebera. Forçando o corpo dolorido a se movimentar, derramou mais água na mão, engolindo tudo sedenta. Colocando o frasco em pé sobre a mesa, viu o nível da água elevar-se, substituindo o que havia bebido.

Ela poderia agradecer a Paladine com palavras vindas do fundo do seu ser, tão profundas que ela sequer podia falar. Seu medo da escuridão e suas criaturas sumiu. Seu deus não a abandonara, ele ainda estava com ela, mesmo que talvez o tivesse decepcionado.

Seus medos apaziguados, deu um último olhar para Caramon. Vendo-o adormecido e em paz, com as linhas de dor em seu rosto suavizadas, ela se virou e caminhou até onde seu irmão estava, envolto em suas roupas, os lábios azuis de frio.

Deitado ao lado do mago, sabendo que o calor do seu corpo aqueceria os dois, Crysania enrolou a cortina sobre eles e, descansando a cabeça no ombro de Raistlin, fechou os olhos e deixou a escuridão envolvê-la.

Capítulo 3

Ela o chamou de "Raistlin!".

— Mas então… "Fistandantilus!".

— Como podemos ter certeza? Isto não está certo! Ele não veio pelo Bosque, como previsto. Ele não veio com poder! E esses outros? Ele devia vir sozinho!

— Mas sinta sua magia! Eu não ouso desafiá-lo.

— Nem mesmo por essa rica recompensa?

— O cheiro de sangue deixou você louco! Se isto for ele, e ele descobrir que você se banqueteou com seus escolhidos, ele o enviará de volta para as trevas eternas onde vai sonhar sempre com o sangue quente sem jamais prová-lo!

— E se não for, e falharmos em nossos deveres de guardar este lugar, então Ela irá vir em fúria e fazer esse destino parecer agradável.

Silêncio. Então.

— Tem um jeito de ter certeza.

— Isto é perigoso. Ele está fraco, podemos matá-lo.

— Precisamos saber! Melhor ele morrer do que nós fracassarmos em nosso dever com Sua Majestade Sombria.

— Sim… Sua morte pode ser explicada. Sua vida… talvez não.

A dor fria e lancinante penetrou nas camadas da inconsciência como lascas de gelo furando seu cérebro. Raistlin lutou contra esse aperto, brigando em uma névoa de doença e exaustão para retornar por um breve momento à percepção consciente. Abrindo os olhos, o medo quase o sufocou ao ver duas cabeças pálidas flutuando acima dele, encarando-o com olhos de imensa escuridão. Suas mãos estavam em seu peito; foi o toque daqueles dedos gélidos que rasgou a sua alma.

Observando aqueles olhos, o mago soube o que procuravam e um terror súbito tomou conta dele.

— Não — ele falou sem fôlego. — Não vou viver aquilo de novo!

— Você vai. Precisamos saber — foi tudo o que disseram.

A raiva por esse ultraje tomou conta de Raistlin. Rosnando uma maldição, tentou levantar os braços do chão para soltar-se do aperto mortal daquelas mãos espectrais. Mas foi inútil. Seus músculos recusaram-se a responder, apenas um dedo contraiu-se e nada mais.

Fúria, dor e uma frustração amarga fizeram com que gritasse, um som que ninguém ouviu — nem mesmo ele. As mãos aumentaram o aperto, a dor o apunhalou, e ele afundou, não dentro da escuridão, mas para dentro das lembranças.

Não havia janelas na sala de aprendizado onde os sete usuários de magia aprendizes trabalhavam naquela manhã. A luz do sol não era permitida, nem a luz das duas luas— prateada e vermelha. Quanto à terceira lua, a lua negra, sua presença podia ser sentida ali como em qualquer outro lugar de Krynn sem ser vista.

A sala estava iluminada por velas grossas de cera de abelha em castiçais de prata em cima da mesa. Assim, poderiam ser facilmente pegas e carregadas de acordo com a conveniência dos aprendizes conforme desenvolviam seus estudos.

Era a única sala do grande castelo de Fistandantilus iluminada por velas. Em todos os outros, globos de vidro com feitiços de luz contínua lançados sobre eles pairavam no ar, espalhando radiação mágica para iluminar a escuridão perpétua daquela fortaleza escura. Os globos não eram usados na sala de aprendizado, no entanto, por um motivo muito bom: se fossem levados para lá, sua luz iria apagar instantaneamente, pois um feitiço de Dissipar Magia estava em efeito constante aqui. Por isso a necessidade de velas e de impedir qualquer influência que pudesse vir do sol ou das duas luas de luz.

Seis dos aprendizes sentavam-se próximos uns dos outros em uma mesa, alguns conversando, alguns estudando em silêncio. O sétimo sentava-se separado, em uma mesa do outro lado da sala. Ocasionalmente, um dos seis levantava a cabeça e lançava um olhar inquieto para aquele mais afastado e depois abaixava a cabeça rapidamente, pois, não importava quem fizesse isso ou em que momento o fizesse, o sétimo sempre parecia estar encarando de volta.

O sétimo achava isso divertido e se permitiu um sorriso amargo. Raistlin não tinha encontrado muito para sorrir durante aqueles meses morando no castelo de Fistandantilus. Não foi uma época para ele. Oh, fora bem simples manter o disfarce, impedindo que Fistandantilus adivinhasse sua verdadeira identidade, escondendo seus verdadeiros poderes, parecendo que ele era simplesmente um deste grupo de tolos trabalhando para ganhar o favor do grande mago e assim tornar-se seu aprendiz.

Enganar os outros era inerente a Raistlin. Ele até gostava de seus joguinhos de superação com os aprendizes, sempre fazendo as coisas só um pouco melhor, mantendo-os sempre nervosos, desprevenidos. Também tinha gostado de jogar com Fistandantilus. Ele podia sentir o arquimago observando-o. Sabia o que o grande mago estava pensando — quem é esse aprendiz? Onde ele conseguia o poder que o arquimago sentia queimar dentro do jovem, mas não conseguia definir.

Às vezes, Raistlin achava que podia detectar Fistandantilus estudando seu rosto como se o achasse familiar…

Não, Raistlin gostava do jogo. Mas foi totalmente inesperado se deparar com algo de que não gostava. E isso era ser inevitavelmente lembrado da época mais infeliz da sua vida, os dias passados na sua velha escola.

O Esperto tinha sido seu apelido entre os aprendizes na escola do seu antigo Mestre. Nunca apreciado, nunca confiável, temido até por seu próprio Mestre, Raistlin teve uma juventude solitária e amarga. A única pessoa que se importava com ele era seu irmão gêmeo, Caramon, e aquele amor era tão condescendente e sufocante que muitas vezes Raistlin considerava mais fácil aceitar o ódio dos colegas de classe.

E agora, apesar de desprezar aqueles idiotas que tentavam agradar a um Mestre que, no final, mataria o escolhido, apesar de gostar de enganá-los e provocá-los, Raistlin ainda sentia uma ponta de dor às vezes, na solidão da noite, ao ouvi-los todos juntos, rindo…

Com raiva, lembrou a si mesmo de que aquilo estava abaixo dele. Tinha um objetivo maior a ser alcançado. Tinha que se concentrar e conservar sua força. Pois aquele era o dia, o dia em que Fistandantilus iria escolher seu aprendiz.

Vocês seis vão embora, Raistlin pensou consigo mesmo. *Irão sair me odiando e me desprezando, e nenhum de vocês jamais saberá que um de vocês me deve a vida!*

A porta da sala de aprendizado se abriu com um rangido, fazendo as seis figuras de preto na mesa terem um sobressalto. Raistlin, observando-os com um sorriso retorcido, viu o mesmo sorriso zombeteiro refletido no rosto enrugado e cinza do homem parado na porta.

O olhar brilhante do mago passou por cada um dos seis, fazendo-os empalidecer e abaixar mais o capuz, enquanto as mãos remexiam componentes mágicos ou se torciam de nervoso.

Finalmente, Fistandantilus voltou seus olhos negros para o sétimo aprendiz, sentado à parte. Raistlin encontrou seu olhar sem vacilar, o sorriso se retorcendo ainda mais, com deboche. As sobrancelhas de Fistandantilus se contraíram. Com raiva, bateu a porta. Os seis aprendizes se assustaram com o som estilhaçando o silêncio.

O mago caminhou para a frente da sala, com passos lentos e vacilantes. Ele se apoiava em um cajado e seus velhos ossos estalaram quando ele se acomodou em uma cadeira. O olhar do mago foi de novo até os seis aprendizes sentados à sua frente e, enquanto olhava para eles, para seus corpos jovens e saudáveis, uma das mãos murchas de Fistandantilus ergueu-se para acariciar o pingente que ele usava em uma corrente longa e pesada ao redor do pescoço. Era um pingente de aparência estranha, uma única pedra de sangue oval incrustada em prata.

Por muitas vezes os aprendizes discutiram sobre o pingente, imaginando o que ele faria. Era o único enfeite que Fistandantilus jamais usara, e todos sabiam que devia ser muito valioso. Até o aprendiz de nível mais baixo podia sentir os fortes feitiços de proteção colocados nele, protegendo-o de todos os tipos de magia. "O que ele fazia?," sussurravam entre si, e as especulações iam desde atrair seres dos planos celestiais até de se comunicar com Sua Majestade Sombria em pessoa.

Um deles, é claro, poderia ter contado. Raistlin sabia o que aquilo fazia. Mas manteve aquele conhecimento para si mesmo.

A mão enrugada e trêmula de Fistandantilus se fechou sobre a pedra de sangue, e seu olhar faminto foi de um aprendiz para outro. Raistlin podia jurar que o mago lambera os lábios, e o jovem mago sentiu um súbito medo momentâneo.

"E se eu falho?", perguntou para si mesmo, estremecendo. "Ele é poderoso! O mago mais poderoso que já existiu! Sou forte o suficiente? E se…".

— Comecem o teste — Fistandantilus disse em voz falha, o olhar indo para o primeiro dos seis.

Raistlin baniu seus medos. Tinha trabalhado a vida toda para alcançar aquilo. Se fracassasse, iria morrer. Tinha encarado a morte antes. Na verdade, seria como encontrar uma velha amiga…

Um por um, os jovens magos se levantaram de seus lugares, abriram seus livros e recitaram seus feitiços. Se o feitiço de dissipar magia não tivesse sido colocado na sala, esta teria se enchido de coisas maravilhosas. Bolas de fogo teriam explodido dentro de suas paredes, incinerando todos lá dentro, dragões fantasmas teriam cuspido fogo ilusório; seres terríveis teriam sido arrastados de outros planos de existência aos berros. Mas, como era, a sala permaneceu na sua calma à luz de velas, silenciosa exceto pelos cantos dos conjuradores e pelo farfalhar dos livros de feitiços.

Um por um, cada mago completou seu teste e voltou ao seu lugar. Todos tiveram um desempenho notável. Isso não era inesperado. Fistandantilus permitia que apenas sete dos mais habilidosos jovens usuários de magia, já tendo passado pelo teste exaustivo na Torre da Alta Magia, estudassem com ele. Dentre estes, escolheria um para ser seu assistente.

Era o que achavam.

A mão do arquimago tocou a pedra de sangue. Seu olhar foi até Raistlin.

— Sua vez, mago — ele disse. Os olhos velhos brilharam. As rugas na testa do mago aprofundaram-se de leve, como se tentasse lembrar do rosto do jovem.

Raistlin levantou-se devagar, ainda com o mesmo sorriso cínico, como se tudo aquilo estivesse abaixo dele. Encolhendo os ombros de forma condescendente, fechou seu livro de feitiços. Os outros seis aprendizes trocaram olhares sombrios. Fistandantilus franziu a testa, mas havia uma fagulha em seus olhos escuros.

Alegre e zombeteiro, Raistlin começou a recitar o complicado feitiço de memória. Os outros aprendizes se agitaram com essa exibição de habilidade, encarando-o com ódio e inveja indisfarçáveis. Fistandantilus assistia, sua carranca mudando para um olhar de fome tão malévolo que por pouco não quebrou a concentração de Raistlin.

Forçando-se a manter a mente firme no trabalho, o jovem mago completou o feitiço, e, de repente, a sala foi iluminada por um clarão brilhante de luz multicolorida, o silêncio quebrando-se com o som de uma explosão!

Fistandantilus assustou-se, o sorriso se apagando no rosto. Os outros aprendizes ofegaram.

— Como você desfez o feitiço de dissipar magia? — Fistandantilus exigiu saber, com raiva. — Que poder estranho é esse?

Em resposta, Raistlin abriu as mãos. Nas palmas abertas, mantinha uma bola de chama azul e verde, brilhando com tal força que não se podia olhá-la diretamente. Então, com o mesmo sorriso debochado, bateu palmas e a chama desapareceu.

A sala ficou silenciosa uma vez mais, só que agora era o silêncio do medo enquanto Fistandantilus se levantava. Sua raiva brilhava ao seu redor como uma auréola de chamas e ele avançou sobre o sétimo aprendiz.

Raistlin não se encolheu perante essa raiva. Ele permaneceu de pé em silêncio, observando a aproximação do mago.

— Como você — a voz de Fistandantilus estava rouca. Então seu olhar pousou nas mãos finas do jovem mago. Com um rosnado, o mago estendeu a mão e agarrou o pulso de Raistlin.

Raistlin ofegou de dor, o toque do arquimago era gelado como um túmulo. Mas ele se forçou a continuar sorrindo, apesar de saber que seu sorriso parecia o de uma caveira.

— Pó de brilho! — Fistandantilus puxou Raistlin para a frente, segurando sua mão sob a luz de velas para que todos pudessem ver. — Um truque banal de prestidigitação, que só serve para ilusionistas de rua!

— Assim ganhei a vida — disse Raistlin, com os dentes apertados por causa da dor. — Achei adequado usá-lo na coleção de amadores que você reuniu, ó Grandioso.

Fistandantilus aumentou o aperto. Raistlin se engasgou de agonia, mas não resistiu nem tentou se soltar. Nem abaixou o olhar do olhar de seu mestre. Apesar do aperto doloroso, o rosto do mago estava interessado, intrigado.

— Então você se considera mesmo melhor do que estes? — Fistandantilus perguntou a Raistlin em um tom de voz suave, quase gentil, ignorando os murmúrios nervosos dos aprendizes.

Raistlin teve que fazer uma pausa para reunir forças e falar através da névoa de dor.

— Você sabe que sou!

Fistandantilus olhou para ele, ainda segurando-o pelo pulso. Raistlin viu um medo repentino no olhar do velho que logo foi substituído por aquele olhar de fome insaciável. Fistandantilus soltou o braço de Raistlin. O jovem mago não conseguiu reprimir um suspiro de alívio intenso enquanto afundava na cadeira, esfregando o pulso. A marca da mão do arquimago poderia ser vista claramente, tendo deixado a sua pele com uma palidez mortal.

— Saiam! — Fistandantilus exclamou. Os seis magos ergueram-se, os mantos negros farfalhando ao seu redor. Raistlin também se levantou. — Você fica — o arquimago disse friamente.

Raistlin sentou-se de novo, ainda esfregando o pulso ferido. O calor e a vida estavam voltando a ele. Enquanto os outros jovens saíam em fila, Fistandantilus os seguiu até a porta. Voltando-se, encarou seu novo aprendiz.

— Os outros logo irão embora e teremos o castelo só para nós. Me encontre nas câmaras secretas que ficam lá embaixo quando for Vigia Sombria. Estou realizando um experimento que irá precisar da sua... assistência.

Raistlin assistiu com uma espécie de fascínio horrível a mão do velho mago ir até a pedra de sangue, acariciando-a amorosamente. Por um momento, Raistlin não conseguiu responder. Então, deu um sorriso zombeteiro, mas desta vez para si mesmo, para seu próprio medo.

— Eu estarei lá, Mestre — ele disse.

Raistlin estava deitado sobre a laje de pedra no laboratório localizado muito abaixo do castelo do arquimago. Nem mesmo seu grosso manto de veludo preto podia manter o frio afastado, e Raistlin estremeceu de forma incontrolável. Mas se foi por causa do frio, do medo ou da empolgação, ele não sabia dizer.

Ele não podia ver Fistandantilus, mas podia ouvi-lo... o sussurro de seus mantos, o baque suave do cajado sobre o chão, o virar de uma página no livro de feitiços. Deitado sobre a pedra, fingindo estar impotente sob a influência do mago, Raistlin ficou tenso. O momento se aproximava rápido.

Como que em resposta, Fistandantilus apareceu em sua linha de visão, inclinando-se sobre o jovem mago com aquele olhar de fome, a pedra de sangue balançando na corrente em seu pescoço.

— Sim — disse o bruxo — você é habilidoso. Mais habilidoso e poderoso do que qualquer outro jovem aprendiz que conheci nestes muitos, muitos anos.

— O que você fará comigo? — Raistlin perguntou com a voz rouca. A nota de desespero em sua voz não era totalmente falsa. Precisava saber como o medalhão funcionava.

— E o que isso importa? — Fistandantilus questionou com frieza, colocando a mão sobre o peito do jovem.

— Meu ... objetivo era vir até você e aprender — Raistlin disse, cerrando os dentes e tentando não se contorcer de aversão por aquele toque. — Irei aprender, até o fim!

— Louvável — Fistandantilus assentiu, seus olhos encarando a escuridão, os pensamentos abstraídos. Provavelmente está repassando o feitiço na sua mente, Raistlin pensou. — Vou gostar de habitar um corpo e uma mente tão sedentos por conhecimento, bem como inatamente hábeis na arte. Muito bem, vou explicar. Minha última lição, aprendiz. Escute com atenção.

— Você não conhece, jovem, os horrores de envelhecer. Lembro bem da minha primeira vida e lembro muito bem do terrível sentimento de raiva e frustração que senti ao perceber que eu, o usuário de magia mais poderoso que já viveu, estava destinado a ficar preso em um corpo fraco e miserável sendo consumido pelo tempo! Minha mente... minha mente estava ótima! Na verdade, estava mentalmente mais forte do que jamais estive na minha vida! Mas todo esse poder, todo esse vasto conhecimento seria desperdiçado... transformado em pó! Devorado por vermes!

— Eu usava os mantos vermelhos então...

— Você se mexeu. Ficou surpreso? Usar os mantos vermelhos foi uma decisão consciente, tomada a sangue frio depois de calcular como eu ganharia mais. Na neutralidade, aprende-se melhor, podendo tirar dos dois extremos do espectro e não estar preso a nenhum. Fui até Gilean, Deus da Neutralidade, com meu apelo para ter permissão de permanecer neste plano e ampliar meu conhecimento. Mas nisto o Deus do Livro não poderia me ajudar. Os humanos eram sua criação, e foi por causa da minha natureza humana impaciente e o conhecimento da brevidade da minha vida que eu prossegui com meus estudos. Fui aconselhado a aceitar o meu destino.

Fistandantilus deu de ombros.

— Vejo a compreensão em seus olhos, Aprendiz. De certa forma, lamento ter que destruí-lo. Acho que poderíamos chegar a um raro entendimento. Mas, para encurtar a história, eu saí para a escuridão. Amaldiçoando a lua vermelha, pedi que me permitissem olhar o negro. A rainha das trevas ouviu minha oração e aceitou meu pedido. Usando as mantos negros, me dediquei ao seu serviço e, em retribuição, fui levado até seu plano de existência. Vi o futuro, vivi o passado. Ela me deu este pingente, para que eu possa escolher um novo corpo durante a minha estadia neste tempo. E, quando eu escolher cruzar as fronteiras do tempo e entrar no futuro, há um corpo preparado e pronto para aceitar minha alma.

Raistlin não conseguiu reprimir um tremor. Seu lábio contorceu-se de ódio. Era do *seu* corpo que o feiticeiro falava! Preparado e pronto...

Mas Fistandantilus não percebeu. O mago levantou a pedra de sangue, preparando-se para lançar o feitiço.

Olhando para o pingente que brilhava na luz pálida difundida por um globo no centro do laboratório, Raistlin sentiu seu coração acelerar. Suas mãos se fecharam.

Com esforço, a voz tremendo de uma excitação que ele esperava ser tomada como terror, ele sussurrou.

— Me diga como isso funciona! Conte o que irá acontecer comigo!

Fistandantilus sorriu, a mão girando devagar a pedra de sangue acima do peito de Raistlin.

— Colocarei isto sobre o seu peito, bem em cima do coração. E, devagar, você irá sentir a força vital começando a sair de seu corpo. A dor é, creio, excruciante. Mas não vai durar muito, aprendiz, se não resistir. Ceda e logo perderá a consciência. Pelo que tenho observado, lutar gera apenas uma grande agonia.

—Não há palavras a serem ditas? — Raistlin perguntou, tremendo.

— Claro — Fistandantilus respondeu friamente, seu corpo curvando-se para perto de Raistlin, seus olhos quase no mesmo nível dos do jovem mago. Com cuidado, ele pôs a pedra de sangue no peito de Raistlin. — Você está prestes a ouvi-la. Serão os últimos sons que irá escutar.

Raistlin sentiu sua carne se contorcer com aquele toque e por um momento mal conseguia se conter para não se libertar e fugir. *Não*, ele disse a si mesmo friamente, apertando as mãos, cravando as unhas na carne para que a dor distraísse seus pensamentos para longe do medo, *Preciso ouvir as palavras!*

Tremendo, ele se forçou a ficar ali, deitado, mas não conseguiu evitar de fechar os olhos bloqueando a visão do mal, o rosto enrugado tão perto do seu que ele podia sentir o cheiro da respiração decadente...

— Assim mesmo — disse uma voz suave. — Relaxe — Fistandantilus começou a cantar.

Concentrando no feitiço complexo, o bruxo fechou os olhos, balançando para frente e para trás enquanto pressionava o pingente na carne de Raistlin. Fistandantilus não viu, portanto, que suas palavras estavam sendo repetidas, murmuradas febrilmente por sua suposta vítima. Quando percebeu que algo estava errado, já havia terminado a recitação do feitiço e estava parado à espera de que a primeira infusão de vida nova aquecesse seus ossos antigos.

Nada aconteceu.

Alarmado, Fistandantilus abriu os olhos. Encarou espantado o jovem mago deitado na pedra fria, fez um som estranho e inarticulado, e recuou com um medo súbito que não conseguiu ocultar.

— Vejo que finalmente me reconheceu — disse Raistlin, sentando-se. Uma mão descansava sobre a pedra, a outra estava dentro de um dos bolsos secretos de sua roupa. — Parece que não terá corpo esperando no futuro.

Fistandantilus não respondeu. Seu olhar logo foi para o bolso de Raistlin, como se pudesse perfurar o pano com seus olhos negros. Rapidamente, ele recuperou a compostura.

— O grande Par-Salian o mandou de volta, pequeno mago? — Ele perguntou com ironia. Mas seu olhar ficou fixo no bolso do mago.

Raistlin sacudiu a cabeça enquanto descia da laje de pedra. Mantendo a mão no bolso, levou a outra até o seu capuz negro, permitindo que Fistandantilus visse seu verdadeiro rosto, não a ilusão que ele manteve naqueles últimos meses.

— Vim por mim mesmo. Eu sou o mestre da Torre agora.

— Isso é impossível — o bruxo rosnou.

Raistlin sorriu, mas não havia sorriso em seus olhos frios, que mantinham Fistandantilus presos em seu olhar espelhado.

— Era o que você pensava. Mas você cometeu um erro. Me subestimou. Você arrancou parte da minha força vital durante o Teste, em troca de me proteger do drow. Você me forçou a viver uma vida de dor constante em um corpo despedaçado, condenado a depender de meu irmão. Você me ensinou a usar o orbe do dragão e me manteve vivo quando eu teria morrido na Grande Biblioteca de Palanthas. No decorrer da Guerra da Lança, você me ajudou a conduzir a Rainha das Trevas de volta ao Abismo, onde ela não seria mais uma ameaça para o mundo ou para você. Então, quando você ganhasse força suficiente neste tempo, você pretendia retornar ao futuro e reivindicar meu corpo! *Você* teria se tornado *eu*.

Raistlin viu Fistandantilus estreitar os olhos, e o jovem mago ficou tenso, a mão fechando sobre o objeto dentro de seus mantos. Mas o mago apenas disse suavemente.

— Tudo isso está correto. O que pretende fazer? Me matar?

— Não, — disse Raistlin suavemente — *eu* pretendo me tornar *você*!

— Tolo! — Fistandantilus gargalhou, estridente. Ergueu uma mão murcha, suspendeu o pingente de pedra de sangue. — A única maneira de conseguir isso é usando esta pedra em mim! E ela está protegida contra todos os tipos de magia por encantos cujo poder você sequer consegue sonhar ainda, pequeno mago…

Sua voz morreu em um sussurro, estrangulada de repente pelo medo e pelo choque ao ver Raistlin retirar a mão de seus mantos. Na sua mão, estava o pingente com a pedra de sangue.

— Protegida contra todos os tipos de magia — disse o jovem mago, seu sorriso como o de uma caveira — mas não contra a prestidigitação. Não contra as habilidades de um ilusionista de rua qualquer.

Raistlin viu o mago ficar mortalmente pálido. Os olhos de Fistandantilus foram, febris, até a corrente em seu pescoço. Agora que a ilusão fora desfeita, ele percebeu que não havia nada em sua mão.

O som de algo quebrando rachou o silêncio. O chão de pedra abaixo de Raistlin sacudiu, fazendo o mago cair de joelhos. Pedras estouraram conforme a base do laboratório se partia ao meio. Acima do caos erguia-se a voz de Fistandantilus entoando um poderoso feitiço de convocação.

Reconhecendo isso, Raistlin respondeu, agarrando a pedra de sangue em sua mão enquanto lançava um feitiço de proteção ao redor do corpo para ter tempo de fazer sua mágica. Agachado no chão, virou-se e viu uma figura irrompendo pelo chão, sua forma e rosto hediondos como algo visto apenas em sonhos insanos.

— Pegue-o, prenda-o! — Fistandantilus gritou, apontando para Raistlin. A aparição atravessou o chão em ruínas na direção do jovem mago e estendeu seus tentáculos.

O medo dominou Raistlin enquanto a criatura sobrenatural usava sua própria horrível magia nele. O feitiço de blindagem desmoronou debaixo daquele ataque. Aquela aparição iria devorar sua alma e se banquetear com sua carne.

Controle! Longas horas de estudo, uma autodisciplina rigorosa e a força de uma longa prática trouxeram as palavras do feitiço que Raistlin precisava até a sua mente. Em instantes, estava completo. Enquanto o jovem mago começava a cantar as palavras de banimento, sentia o êxtase de sua magia fluir através de seu corpo, livrando-o do medo.

A aparição hesitou.

Fistandantilus, furioso, ordenou que continuasse.

Raistlin ordenou que parasse.

A aparição olhou para cada um, seus tentáculos se retorcendo, sua própria aparência mudando e brilhando nos ventos tempestuosos de sua criação. Ambos os magos o mantiveram sob controle, um observando o outro, esperando pelo piscar de olhos, pela contração do lábio, o movimento espasmódico de um dedo que se provaria fatal.

Nenhum dos dois se moveu, nem parecia que iria se mover. A resistência de Raistlin era maior, mas a magia de Fistandantilus vinha de fontes ancestrais e poderia invocar poderes invisíveis para o apoiarem.

Por fim, a própria aparição não aguentou mais. Apanhada entre dois poderes iguais e conflitantes, puxada e empurrada por instruções opostas, a criatura mágica não conseguiu mais se manter inteira. Com um brilho instantâneo, explodiu.

O impacto arremessou os dois magos nas paredes. Um cheiro horrível encheu a câmara, e vidro quebrado caiu como chuva. As paredes do laboratório ficaram enegrecidas e carbonizadas. Aqui e ali, pequenos focos de incêndio queimavam com chamas brilhantes e multicoloridas, jogando um brilho lúgubre no local da destruição.

Raistlin ficou rapidamente de pé, limpando o sangue que saía de sua testa. Seu inimigo não foi menos rápido, pois os dois sabiam que fraqueza significaria morte. Os dois magos se enfrentaram na luz vacilante.

— Então, é isso! — Fistandantilus disse em sua voz falha e antiga. — Você poderia ter continuado, vivendo uma vida fácil. Eu o teria poupado das debilidades, das indignidades da idade avançada. Por que correr para sua destruição!

— Você sabe — Raistlin disse suavemente, respirando com esforço, sua força quase esvaída.

Fistandantilus assentiu lentamente, seus olhos em Raistlin.

— Como eu disse, — ele sussurrou — é uma pena que isso precise acontecer. Poderíamos ter feito muito juntos, você e eu. Mas agora...

— É vida para um. Morte para o outro — Raistlin disse. Estendendo a mão, deixou com cuidado a pedra de sangue na laje de pedra. Ouviu as palavras sendo entoadas e ergueu a sua voz para responder ao cântico.

A batalha durou muito. Os dois guardiões da Torre que assistiam a visão que conjuraram a partir das memórias do mago vestido de preto em seu aperto, estavam perdidos e confusos. Até então, tinham visto tudo pela visão de Raistlin. Mas os dois usuários de magia estavam tão próximos que os guardiões da Torre viam a batalha através dos olhos dos dois oponentes.

Relâmpagos estalaram dos dedos, corpos vestidos de preto contorceram-se de dor, gritos de agonia e fúria ecoavam entre os sons de madeira e pedra quebrando.

Paredes mágicas de fogo derreteram paredes de gelo, ventos quentes sopraram com a força dos furacões. Tempestades de chamas varreram o salão, aparições surgiram do Abismo a mando de seus mestres, elementais sacudiram as fundações do castelo. A grande fortaleza escura de Fistandantilus começou a rachar, pedras caindo de suas ameias.

E então, com um grito medonho de fúria e dor, um dos magos vestidos de preto desabou, sangue fluindo de sua boca.

Quem era quem? Quem caiu? Frenéticos, os guardiões procuravam descobrir, mas era impossível.

O outro mágico, quase exaurido, descansou por um momento, então conseguiu se arrastar pelo chão. Sua mão trêmula alcançou o topo da pedra, tateou, encontrou e agarrou o pingente com a pedra de sangue. Com suas últimas forças, o mago pegou o pingente e arrastou-se de volta para o corpo ainda vivo de sua vítima.

O mago no chão não conseguia falar, mas seus olhos, enquanto encaravam os olhos de seu assassino, lançaram uma maldição de aspecto tão medonho que os dois guardiões da Torre sentiram que até o frio de sua existência atormentada seria quente em comparação.

O mago segurando a pedra de sangue hesitou. Ele estava tão perto da mente de sua vítima que podia ler a mensagem não dita em seus olhos, e sua alma se encolheu com o que viu. Mas seus lábios se apertaram. Balançando a cabeça encapuzada e dando um sorriso sinistro de triunfo, ele, com cuidado e intento, pressionou rapidamente o pingente no peito vestido de preto de sua vítima.

O corpo no chão contorceu-se em agonia, um grito estridente borbulhou em lábios ensanguentados. De repente, os gritos cessaram. A pele do mago enrugou-se e rachou como pergaminho seco, seu olhos encararam cegos a escuridão. Lentamente, ele murchou.

Com um suspiro trêmulo, o outro mago desmoronou em cima do corpo de sua vítima, ele próprio fraco, ferido, à beira da morte. Mas presa em sua mão estava a pedra de sangue e fluindo através das suas veias havia sangue novo, dando a ele vida que iria, com o tempo, restaurar sua saúde por completo. Em sua mente havia conhecimento, lembranças de centenas de anos de poder, feitiços, visões de maravilhas e terror que se estendiam por gerações. Mas também havia memórias de um irmão gêmeo, de um corpo estilhaçado, de uma existência prolongada e dolorosa.

Conforme as duas vidas se misturavam dentro dele, enquanto centenas de recordações conflitantes fluíam por ele, o mago se encolheu com o impacto. Agachado ao lado do cadáver de seu rival, o mago vestido de negro que saíra vencedor encarou a pedra de sangue em sua mão. Então ele sussurrou em horror.

— Quem sou eu?

Capítulo 4

Os guardiões deslizaram para longe de Raistlin, encarando-o com seus olhos vazios. Fraco demais para se mover, o mago os encarou de volta, seus olhos refletindo a escuridão.

— Estou avisando — falou com eles sem usar a voz e foi entendido. — Toquem-me de novo e irei transformá-los em pó, como fiz com ele.

— Sim, Mestre — as vozes sussurraram enquanto seus rostos pálidos desapareciam nas sombras.

— O que… — murmurou Crysania sonolenta. — Você disse algo?

Percebendo que estava dormindo com a cabeça no ombro dele, ela corou de vergonha, e logo se sentou.

— Posso pegar alguma coisa para você? — Ela perguntou.

— Água quente — Raistlin estava deitado sem forças — para… minha poção.

Crysania olhou ao redor, tirando o cabelo escuro dos olhos. A luz cinzenta penetrava pelas janelas. Fina e translúcida como um fantasma, não a reconfortava. O cajado de Magius ainda lançava sua luz, afastando as coisas escuras da noite. Mas não trazia calor. Crysania esfregou o pescoço dolorido. Ela estava rígida, com dores, e sabia que devia estar dormindo há horas. O quarto ainda estava gelado. Desolada, observou a lareira fria e enegrecida.

— Tem madeira — ela hesitou, o olhar indo para os móveis quebrados e espalhados. — Mas não tenho uma pederneira ou outra forma de fazer fogo. Não posso…

— Acorde, meu irmão! — Rosnou Raistlin, e imediatamente passou a ofegar, tentando respirar. Quis dizer mais alguma coisa, mas só conseguiu gesticular debilmente. Seus olhos brilharam com tanta raiva e seu rosto se contorceu com tal fúria que Crysania o encarou espantada, sentido um frio ainda mais intenso do que o do ar ao seu redor.

Raistlin fechou os olhos cansados e pôs a mão no peito.

— Por favor — ele sussurrou em agonia — a dor…

— Claro — disse Crysania gentilmente, assolada pela vergonha. Como seria viver todos os dias com aquela dor? Inclinando-se para frente, puxou a cortina de seus ombros e a enrolou com cuidado ao redor de Raistlin. O mago assentiu, agradecido, mas não conseguiu falar. Tremendo, Crysania cruzou a sala até onde Caramon estava.

Ao estender a mão para tocá-lo no ombro, hesitou. "E se ainda estiver cego?", pensou, "Ou se puder ver e decidir … decidirá matar Raistlin?".

Sua hesitação durou apenas um momento. Resoluta, ela colocou a mão em seu ombro e o sacudiu. "Se ele fizer isso," disse para si mesma sombriamente, "irei impedi-lo. Já fiz uma vez, posso fazer de novo".

Ao encostar nele, estava consciente dos guardiões pálidos à espreita nas trevas, assistindo cada movimento seu.

— Caramon — chamou suavemente — Caramon, acorde. Por favor! Nós precisamos…

— O quê? — Caramon sentou-se rapidamente, sua mão indo por reflexo até o punho da espada, que não estava lá. Seus olhos focaram em Crysania, e ela percebeu, com alívio tingido de medo, que ele podia vê-la. Ele a olhou fixamente, no entanto, sem reconhecer, e deu uma olhada rápida ao seu redor.

Então Crysania viu que estava se lembrando pela transformação em olhos, que ficaram sombrios, assombrados pela dor. Viu as memórias no aperto dos músculos da sua mandíbula e o olhar frio que lançou sobre ela. Estava prestes a dizer algo, se desculpar, se explicar, discutir, quando o olhar ficou subitamente terno, o rosto suavizando com preocupação.

— Dama Crysania, — ele disse, sentando-se e tirando a cortina do seu corpo — você está congelando! Aqui, enrole-se nisto.

Antes de ela conseguir dizer algo, Caramon a envolveu confortavelmente com a cortina. Reparou que, ao fazer isso, olhou uma vez para seu gêmeo. Mas seu olhar passou rapidamente por Raistlin, como se ele não existisse.

Crysania agarrou o braço dele.

— Caramon, — ela disse — ele salvou nossas vidas. Ele fez um feitiço. Aqueles coisas na escuridão nos deixaram em paz porque ele mandou!

— Porque elas reconhecem um dos seus! — Caramon disse asperamente, baixando o olhar e tentando tirar o braço do aperto dela. Mas Crysania o segurou firme, mais com o olhar do que com a mão fria.

— Você pode matá-lo — ela disse com raiva. — Veja, está fraco, indefeso. Claro, se você fizer isso, todos nós vamos morrer. Mas você estava preparado para isso de qualquer forma, não?

— Eu não posso matá-lo — disse Caramon. Seus olhos castanhos estavam limpos e frios, e Crysania, mais uma vez, notou uma semelhança surpreendente entre os gêmeos. — Vamos ser francos, Reverenda Filha, se eu tentar, você irá me cegar de novo.

Caramon afastou a mão dela de seu braço.

— Pelo menos um de nós deve ver com clareza — ele disse.

Crysania sentiu-se corar de vergonha e raiva, ao ouvir as palavras de Loralon ecoando no sarcasmo do guerreiro. Afastando-se dela, Caramon levantou-se.

— Vou fazer uma fogueira — ele disse em voz dura — se aqueles — ele acenou com a mão — amigos do meu irmão deixarem.

— Acho que vão — Crysania disse, falando com a mesma frieza enquanto também se erguia. — Eles não me impediram quando... quando eu rasguei as cortinas.

Não conseguiu evitar que sua voz tremesse ao lembrar de estar cercada por aquelas sombras mortais.

Caramon olhou para ela e, pela primeira vez, pensou em como devia estar a sua aparência. Envolta em uma cortina de veludo preto apodrecida, seus mantos brancos rasgadas e manchadas de sangue, pretas pelo pó e cinzas do chão. Involuntariamente, sua mão foi até o seu cabelo, antes tão suave, cuidadosamente trançado e enrolado. Agora caía ao redor do seu rosto em mechas despenteadas. Ela podia sentir as lágrimas secas em seu rosto, a sujeira, o sangue...

Constrangida, passou a mão no rosto e tentou ajeitar o cabelo. Então, percebendo quão fútil e idiota devia parecer, ainda mais irritada pelo olhar de pena de Caramon, endireitou-se com o mínimo de dignidade que lhe restava.

— Então, não sou mais a donzela de mármore que você conheceu — ela disse altiva — assim como você não é mais o bêbado inútil. Parece que ambos aprendemos uma coisa ou outra em nossa jornada.

— Eu sei que aprendi — Caramon disse gravemente.

— Aprendeu? — Crysania retrucou. — Imagino! Você aprendeu, como eu aprendi, que os magos me enviaram de volta no tempo, sabendo que eu não retornaria?

Caramon a encarou. Ela sorriu sombriamente.

— Não. Você não sabia desse pequeno fato, foi o que seu irmão disse. O dispositivo de tempo só poderia ser usado por uma pessoa, a pessoa a quem foi dado… você! Os magos me mandaram de volta no tempo para morrer… porque eles me temiam!

Caramon franziu a testa. Ele abriu a boca, fechou-a, então balançou a cabeça.

— Você poderia ter deixado Istar com aquele elfo que foi buscar você.

— Você teria ido? — Crysania pediu. — Você iria desistir de sua vida em nosso tempo? Não! Sou tão diferente assim?

O rosto de Caramon ficou mais fechado e ele começou a responder, mas, naquele momento, Raistlin tossiu. Olhando de relance para o mago, Crysania suspirou.

— É melhor você acender o fogo, ou vamos todos perecer de qualquer maneira. — Virando as costas para Caramon, que ainda a observava em silêncio, caminhou para o irmão dele.

Olhando o mago, Crysania se perguntou se ele ouvira. Ela se perguntou se sequer estava consciente.

Estava consciente, mas se Raistlin percebeu alguma coisa do que havia passado entre os outros dois, parecia estar fraco demais para se interessar. Colocando um pouco de água em uma tigela rachada, Crysania ajoelhou-se ao lado dele. Rasgando um pedaço da parte mais limpa de seu manto, ela enxugou o rosto dele, que queimava com febre mesmo na sala fria.

Atrás dela, pôde ouvir Caramon juntando pedaços de madeira dos móveis quebrados e os empilhando na lareira.

— Eu preciso de algo para colocar fogo — o grandalhão murmurou para si mesmo. — Oh, esses livros…

Nisso, os olhos de Raistlin se abriram, sua cabeça se moveu e ele tentou erguer-se sem forças.

— Não, Caramon! — Crysania gritou, alarmada. Caramon parou, um livro na mão.

— Perigo, meu irmão! — Raistlin ofegou. — Livros de feitiço! Não toque neles.

Sua voz falhou, mas seus olhos brilhantes fixaram-se em Caramon com uma preocupação tão visível que até Caramon pareceu desconcertado. Murmurando algo ininteligível, ele largou o livro e começou a procurar pela escrivaninha. Crysania viu Raistlin fechar os olhos com alívio.

— Aqui está... parece... cartas — Caramon disse depois de folhear os papéis espalhados no chão por um momento. — Isso... isso serve? — Perguntou, mal-humorado.

Raistlin assentiu sem palavras, e, em instantes, Crysania ouviu o crepitar das chamas. Com acabamento em laca, a madeira dos móveis quebrados pegou rapidamente, e logo o fogo queimava em uma luz brilhante e animadora. Olhando de relance para as sombras, Crysania viu os rostos pálidos se afastarem, mas não se foram.

— Precisamos levar Raistlin para perto do fogo — ela disse, levantando-se. — E também falou algo sobre uma poção...

— Sim — Caramon respondeu sem emoção. Indo para o lado de Crysania, olhou para seu irmão e encolheu os ombros. — Ele que faça uma mágica para ir até lá, se ele quiser.

Os olhos de Crysania brilharam de raiva. Ela virou para Caramon, palavras mordazes em seus lábios, mas, a um gesto fraco de Raistlin, mordeu os lábios e ficou em silêncio.

— Você escolheu um momento inoportuno para amadurecer, meu irmão — o mago sussurrou.

— Talvez — disse Caramon devagar, o rosto cheio de uma tristeza terrível. Balançando a cabeça, ele voltou para perto do fogo. — Ou talvez não me importe mais.

Crysania, vendo o olhar de Raistlin seguir o irmão, ficou espantada ao vê-lo dar um sorriso breve e secreto, e sacudir a cabeça, satisfeito. Ao olhar para ela, o sorriso desapareceu rapidamente. Erguendo um braço, ele gesticulou para que ela se aproximasse.

— Posso ficar de pé — ele sussurrou — com sua ajuda.

— Aqui, você vai precisar do seu cajado — disse ela, estendendo a mão para pegá-lo.

— Não toque nisso! — Raistlin ordenou, pegando a mão dela na sua. — Não — repetiu com mais suavidade, tossindo até que mal conseguia respirar. — Outras mãos... tocando... luz falha.

Tremendo involuntariamente, Crysania lançou um rápido olhar pela sala. Raistlin, vendo-a e vendo as formas brilhantes pairando fora da luz do cajado, balançou a cabeça.

— Não, não acho que irão nos atacar — disse quando Crysania colocou os braços em volta dele e o ajudou a levantar. — Sabem quem eu sou. — Seu lábio se contorceu de forma zombeteira e ele se engasgou. — Eles sabem quem eu sou — repetiu com mais firmeza — e não se atrevem a me contrariar. Mas… — ele tossiu de novo e apoiou-se pesadamente em Crysania, com um braço ao redor do ombro dela, a outra segurando seu cajado — será mais seguro manter a luz do cajado acesa.

O mago tropeçou ao falar e por pouco não caiu. Crysania fez uma pausa para deixá-lo recuperar o fôlego. Sua própria respiração estava mais rápida do que o normal, revelando o emaranhado confuso de suas emoções. Ouvindo a respiração áspera e custosa de Raistlin, ela foi consumida pela piedade por sua fraqueza. Porém, ela podia sentir o calor daquele corpo apertado contra o dela. Havia o cheiro inebriante dos componentes mágicos — pétalas de rosa, especiarias — e suas mantos negros eram suaves ao toque, mais suaves que a cortina em volta de seus ombros. Seu olhar encontrou o dela enquanto eles estavam parados; por um momento, a superfície espelhada de seus olhos se partiu e ela viu calor e paixão. O braço ao redor dela se apertou reflexivamente, levando-a mais para perto, aparentemente sem querer.

Crysania corou, querendo desesperadamente fugir e ficar para sempre naquele caloroso abraço ao mesmo tempo. Ela logo abaixou o olhar, mas foi tarde demais. Ela sentiu Raistlin endurecer. Com raiva, ele tirou o braço, empurrou e agarrou-se ao cajado para se apoiar.

Mas ainda estava fraco demais. Tropeçou e começou a cair. Crysania moveu-se para ajudá-lo, mas de repente um corpo enorme se colocou entre ela e o mago. Braços fortes prenderam Raistlin como se fosse apenas uma criança. Caramon carregou seu irmão até uma poltrona desgastada e enegrecida, mas cheia de almofadas, que arrastou para perto do fogo.

Por alguns momentos, Crysania poderia não mover a partir de onde ela se levantou, encostada na mesa. Foi só quando ela realmente percebeu que estava sozinha na escuridão, fora da luz do fogo e cajado, que caminhou apressadamente perto do fogo ela mesma.

— Sente-se, dama Crysania — disse Caramon, puxando outra poltrona e tirando o pó e as cinzas com as mãos o melhor que podia.

— Obrigada — ela murmurou, tentando, por algum motivo, evitar o olhar dele. Afundando na poltrona, encolheu-se para perto das chamas, olhando-as fixamente até sentir que recuperou um pouco da sua compostura.

Quando foi capaz de olhar ao redor, viu Raistlin deitado na sua poltrona, olhos fechados e respiração irregular. Caramon aquecia água em uma maltratada panela de ferro que, por sua aparência, ele provavelmente tirara das cinzas da lareira.

Ele estava na frente dela, olhando fixamente para a água. A luz do fogo brilhava em sua armadura dourada, brilhava na pele lisa e bronzeada. Seu músculos definidos tremulavam enquanto flexionava os braços grandes para se aquecer.

"Ele tem mesmo um corpo magnífico," Crysania pensou e estremeceu. Mais uma vez, pode vê-lo entrando na sala sob o Templo condenado, a espada sangrenta em sua mão, morte em seus olhos...

— A água está pronta — Caramon anunciou, e Crysania retornou para a Torre com um sobressalto.

— Deixe-me preparar a poção — ela disse rapidamente, grata por ter algo para fazer.

Raistlin abriu os olhos quando ela se aproximou. Procurando naquele olhar, ela viu apenas um reflexo de si mesma, pálida, desarrumada. Sem falar, ele estendeu uma pequena bolsa de veludo. Quando ela a pegou, ele gesticulou para seu irmão e afundou de volta, exausto.

Pegando a bolsa, Crysania virou-se para encontrar Caramon observando-a, um olhar de perplexidade e tristeza misturados, dando ao rosto uma seriedade incomum. Tudo o que disse foi:

— Ponha algumas folhas na xícara, então a encha com água quente.

— O que é isso? — Crysania perguntou, curiosa. Abriu a bolsa e franziu o nariz com o cheiro estranho e amargo das ervas. Caramon derramou água na xícara que ela segurava.

— Não sei — disse ele, encolhendo os ombros. — Raist sempre colhia ervas e as misturava ele mesmo. Par-Salian deu a receita para dele depois... depois do Teste, quando ficou doente assim. Sei que... — ele sorriu — o cheiro é horrível e o gosto deve ser pior. Seu olhar para o irmão quase foi de ternura. — Mas vai ajudar. — Sua voz soou dura. Abruptamente, ele se virou.

Crysania levou a poção fumegante para Raistlin, que a agarrou com as mãos trêmulas e levou avidamente a xícara aos lábios. Bebendo, deu um suspiro de alívio e, mais uma vez, afundou de volta entre as almofadas.

Um silêncio constrangedor caiu. Caramon estava olhando para o fogo mais uma vez. Raistlin também olhava para as chamas e bebia sua poção sem comentários. Crysania voltou para sua própria poltrona e fez o que os outros deviam estar fazendo… tentando organizar pensamentos, tentando dar sentido ao que acontecera.

Horas antes, ela estava em uma cidade condenada, uma cidade destinada a morrer pela fúria dos deuses. Estava à beira do colapso mental e físico completo. Conseguia admitir, mas na hora não aceitou. Imaginara graciosamente que sua alma era cercada pelas paredes de aço de sua fé. Não era aço, ela via agora, com vergonha e arrependimento. Não era aço, mas gelo. Gelo que derretera à luz severa da verdade, deixando-a exposta e vulnerável. Se não tivesse sido Raistlin, ela teria perecido em Istar.

Raistlin… Seu rosto enrubesceu. Também era algo com que nunca pensara lidar… amor, paixão. Havia sido noiva de um jovem, anos antes, e gostava bastante dele. Mas não o amara. Na verdade, nunca realmente acreditara no amor, aquele tipo de amor que existia nas histórias contadas às crianças. Estar tão envolvida com outra pessoa parecia uma desvantagem, uma fraqueza a ser evitada. Ela se lembrava de algo que Tanis Meio-Elfo havia dito sobre sua esposa, Laurana… como era? "Quando ela não está, é como se eu tivesse perdido meu braço direito."

Que bobagem romântica, pensou na época. Mas agora se perguntava se ela se sentia assim sobre Raistlin. Seus pensamentos foram para o último dia em Istar, a terrível tempestade, o clarão do relâmpago, e como ela de repente se encontrou nos braços de Raistlin. Seu coração contraiu-se com a pontada ligeira de desejo ao sentir, de novo, seu forte abraço. Mas além disso havia um medo agudo, uma estranha repulsa. Sem querer, lembrou o brilho febril dentro de seus olhos, a exultação pela tempestade, como se ele mesmo a tivesse chamado.

Era como o cheiro estranho dos componentes mágicos que se agarrava a ele — o cheiro agradável de rosas e especiarias, mas, misturado com este, o odor sufocante de criaturas apodrecendo, o cheiro acre do enxofre. O seu corpo ansiava por seu toque, ao mesmo tempo que algo em sua alma recuava com horror…

O estômago de Caramon roncou alto. O som, no silêncio mortal da sala, foi surpreendente.

Erguendo o olhar, seus pensamentos espalhados, Crysania viu o grandalhão corar profundamente de vergonha. De repente, foi lembrada da sua própria fome… não conseguia se lembrar da última vez que foi capaz de engolir um bocado de comida e começou a rir.

Caramon olhou para ela desconfiado, talvez pensando que estivesse histérica. Ao ver o olhar perplexo no rosto do grande homem, Crysania apenas riu mais forte. Era bom rir, na verdade. O escuro do quarto parecia ser empurrado para trás, as sombras levantadas da sua alma. Ela gargalhou com alegria e, finalmente apanhado pela natureza contagiosa de sua alegria, Caramon começou a dar risada também, apesar de ainda sacudir a cabeça, o rosto vermelho.

— Assim os deuses nos lembram que somos humanos — disse Crysania quando conseguiu falar, limpando as lágrimas em seus olhos. — Aqui estamos, no lugar mais horrível de todos, cercados de criaturas esperando ansiosamente para nos devorar inteiros, e tudo que posso pensar agora é na fome desesperada que estou!

— Precisamos de comida — disse Caramon, sério de repente. — E roupas decentes, se formos ficar aqui por muito tempo. — Olhou para o irmão. — Por quanto tempo *iremos* ficar aqui?

— Não muito — Raistlin respondeu. Ele terminou a poção, e sua voz já estava mais forte. Alguma cor retornou ao rosto pálido. — Preciso de tempo para descansar, para recuperar as forças e completar meus estudos. Esta senhora… — seu olhar brilhante foi para Crysania, e ela estremeceu pelo súbito tom impessoal em sua voz. — precisa comungar com seu deus e renovar sua fé. Então, estaremos prontos para entrar no Portal. E nesse momento, meu irmão, você poderá ir onde quiser.

Crysania sentiu o olhar de Caramon questionador nela, mas manteve seu rosto suave e inexpressivo, embora a menção fria casual de Raistlin sobre entrar no terrível Portal, de ir até o Abismo e encarar a Rainha das Trevas tenha congelado seu coração. Ela recusou-se a encontrar os olhos de Caramon e virou-se para o fogo.

O grande homem suspirou e pigarreou.

— Você me mandaria de volta para casa? — Ele perguntou ao seu gêmeo.

— Se é para onde deseja ir.

— Sim — Caramon disse, a voz grave e séria. — Quero voltar para Tika e… falar com Tanis. — Sua voz falhou. — Tenho que… explicar, de alguma forma, sobre a morte de Tas… lá em Istar.

— Em nome dos deuses, Caramon — Raistlin estrilou, fazendo um gesto nervoso com a mão fina. — Pensei que tínhamos visto o vislumbre de um adulto à espreita nesse corpanzil! Você sem dúvida retornará para encontrar Tasslehoff sentado em sua cozinha, regalando Tika com uma história estúpida depois de outra, tendo roubado tudo em sua casa enquanto isso!

— O quê? — O rosto de Caramon empalideceu, seus olhos se arregalaram.

— Escute-me, meu irmão! — Raistlin sibilou, apontando um dedo para Caramon. — O kender condenou a si mesmo quando interrompeu o feitiço de Par-Salian. Existe uma boa razão para proibir os de sua raça e as raças dos anões e gnomos de viajar de volta no Tempo. Como foram criadas acidentalmente, por um acaso do destino e o descuido do deus Reorx, essas raças não estão dentro do fluxo do tempo, como estão humanos, elfos e ogros, as raças primeiro criadas pelos deuses.

— Assim, o kender poderia ter alterado o tempo, como ele logo percebeu quando eu inadvertidamente deixei escapar esse fato. Eu não podia permitir que isso acontecesse! Se ele tivesse parado o Cataclismo, como tencionava fazer, quem sabe o que poderia ter ocorrido? Talvez nós retornássemos ao nosso próprio tempo para encontrar a Rainha das Trevas reinando suprema e incontestada, já que o Cataclismo foi enviado, em parte, para preparar o mundo para enfrentar sua chegada e dar-lhe forças para desafiá-la...

— Então você o matou! — Caramon interrompeu com a voz rouca.

— Eu disse a ele para pegar o dispositivo — Raistlin mordeu as palavras. — Ensinei-o a usá-lo e mandei-o para casa!

Caramon piscou.

— Você fez isso? — Perguntou suspeitosamente.

Raistlin suspirou e deitou a cabeça de volta nas almofadas.

— Fiz, mas não espero que acredite em mim, meu irmão. — Suas mãos puxaram debilmente as mantos negros que usava. — Por que o faria, depois de tudo?

— Sabem... — disse Crysania suavemente. — Acho que lembro, naqueles últimos momentos horríveis antes do terremoto, de ver Tasslehoff. Ele... ele estava comigo... na Câmara Sagrada...

Ela viu Raistlin abrir os olhos em uma fenda. Seu olhar brilhante perfurou seu coração e a assustou-a, distraindo-a por um momento.

— Continue — Caramon insistiu.

— Eu... eu lembro que estava com o dispositivo mágico. Pelo menos acho que sim. Ele disse algo sobre isso. — Crysania colocou a mão na testa. — Mas consigo lembrar o quê... Tudo é tão terrível e confuso. Mas... tenho certeza de que ele disse que estava com o dispositivo!

Raistlin sorriu levemente.

— Certamente, você vai acreditar na Dama Crysania, não, meu irmão? — Ele encolheu os ombros. — Um clérigo de Paladine não mentiria.

— Então, Tasslehoff em casa? Agora? — Caramon disse, tentando assimilar essa surpreendente informação. — E quando eu voltar, irei encontrá-lo...

— ... são e salvo, e carregado com boa parte de suas posses pessoais — Raistlin finalizou, ironicamente. — Mas, agora, nós devemos voltar a nossa atenção para assuntos mais urgentes. Você está certo, irmão. Precisamos de comida e roupas quentes, e é muito provável que não iremos encontrá-las aqui. O tempo para o qual viemos é cerca de cem anos depois do Cataclismo. Esta Torre — ele acenou com a mão — ficou deserta por todos aqueles anos. Agora é guardada pelas criaturas das trevas chamadas pela maldição do usuário de magia cujo corpo ainda está empalado nas pontas dos portões abaixo de nós. O Bosque Shoikan cresceu ao seu redor, e ninguém em Krynn ousa entrar.

— Ninguém, exceto eu mesmo, claro. Não, ninguém pode entrar. Mas os guardiões não impediriam um de nós, como você por exemplo, eu por exemplo, de sair. Você irá até Palanthas para comprar comida e roupas. Eu poderia produzi-las com magia, mas não ouso gastar energia desnecessária até eu... melhor Crysania e eu entrarmos no Portal.

Caramon arregalou os olhos. Seu olhar foi para a janela enegrecida pela fuligem, seus pensamentos para as histórias horríveis sobre o Bosque Shoikan.

— Eu vou dar um amuleto para protegê-lo, meu irmão — Raistlin adicionou, exasperado, vendo o olhar assustado no rosto de Caramon. — Ele será necessário, de fato, mas não para ajudá-lo no seu caminho pelo bosque. É muito mais perigoso aqui. Os guardiões me obedecem, mas anseiam pelo seu sangue. Não ponha os pés fora desta sala sem mim. Lembre-se disso. Você também, Dama Crysania.

— Onde está este... este Portal? — Caramon perguntou abruptamente.

— No laboratório acima de nós, no topo da Torre — Raistlin respondeu. — Os Portais eram mantidos no local mais seguro que os magos podiam conceber porque, como podem imaginar, são muito perigosos!

— Típico de magos mexerem no que deveriam ser deixado quieto — Caramon rosnou. — Por que em nome dos deuses criaram uma Porta de entrada para o Abismo?

Juntando as pontas dos dedos, Raistlin encarou o fogo, falando com as chamas como se fossem as únicas com o poder de compreendê-lo.

— Na fome de conhecimento, muitas coisas são criadas. Algumas são boas e beneficiam a todos nós. Uma espada em suas mãos, Caramon defende a causa da justiça e da verdade e protege os inocentes. Mas uma espada nas mãos de, digamos, nossa amada irmã, Kitiara, abriria as cabeças dos inocentes se lhe fosse conveniente. É culpa do criador da espada?

— Não... — Caramon começou a falar, mas seu gêmeo ignorou-o.

— Muitos anos atrás, no decorrer da Era dos Sonhos, quando usuários mágicos eram respeitados e a magia florescia em Krynn, as cinco Torres da Alta Feitiçaria firmavam-se como faróis de luz no sombrio mar de ignorância que era este mundo. Aqui, grandes magos trabalhavam, beneficiando a todos. Havia planos para algo ainda maior. Quem sabe se agora não estaríamos cavalgando os ventos, subindo pelos céus como dragões. Talvez deixando este miserável mundo e habitando outros mundos, muito, muito distantes...

Sua voz ficou suave e calma. Caramon e Crysania permaneceram muito quietos, fascinados por seu tom, capturados pela visão de sua magia.

Ele suspirou.

— Mas não era para ser. Em seu desejo de apressar suas grandes obras, os magos decidiram que precisavam comunicar-se diretamente entre si, de uma Torre para outra, sem a necessidade de feitiços de teletransporte complicados. E assim, os Portais foram construídos.

— Eles conseguiram? — Os olhos de Crysania brilharam de admiração.

— Conseguiram! — Raistlin bufou. — Para além deles, dos seus sonhos mais selvagens... — sua voz diminuiu — de seus piores pesadelos. Pois os Portais poderiam não só permitir o movimento por um passo entre qualquer uma das Torres e fortalezas de magia espalhadas... mas para além disso, para os reinos dos deuses, como um inepto mago descobriu, para seu infortúnio.

Raistlin estremeceu, de repente, e puxou suas mantos negros mais para perto de si, amontoando-se na direção do fogo.

— Tentado pela Rainha das Trevas, como só ela pode tentar homem mortal quando quer, — o rosto de Raistlin ficou pálido— ele usou o Portal para entrar no Reino dela e conseguir o prêmio que ela lhe oferecia todas as noites, em seus sonhos — Raistlin deu uma risada amarga e zombeteira. — Tolo! O que aconteceu com ele, ninguém sabe. Mas jamais retornou pelo Portal. A Rainha, no entanto, veio. E com ela, legiões de dragões...

— A primeira Guerra dos Dragões! — Crysania ofegou.

— Sim, causadas por um dos meus, sem disciplina nem autocontrole. Um que se permitiu ser seduzido... — A voz falhou e Raistlin encarou o fogo, taciturno.

— Mas nunca ouvi falar disso! — Caramon protestou. — De acordo com as lendas, o dragões vieram junto...

— Seu conhecimento se limita a histórias de ninar, meu irmão! — Raistlin disse impaciente. — E só prova o quão pouco você conhece sobre dragões. São criaturas independentes, orgulhosas, centradas e completamente incapazes de se unir para cozinharem juntos, muito menos para coordenar um esforço de guerra. Não, a rainha entrou no mundo completamente naquela época, não apenas como a sombra que foi durante nossa guerra. Ela travou a guerra contra o mundo, e só pelo grande sacrifício de Huma ela foi mandada de volta.

Raistlin parou, mãos nos lábios, ponderando.

— Alguns dizem que Huma *não* usou a Lança do Dragão para destruí-la fisicamente. Em vez disso, a lança tinha alguma propriedade mágica que permitiu que ele a levasse de volta ao Portal e o selar. O fato dele *realmente* ter a levado de volta prova que, neste mundo, ela é vulnerável. — Raistlin olhou fixamente para as chamas. — Se lá tivesse alguém, alguém com poder *de verdade* no Portal quando ela entrou, alguém capaz de destruí-la totalmente em vez de só levá-la de volta… então a história poderia muito bem ser reescrita.

Ninguém falou. Crysania olhou para as chamas, vendo, talvez, a mesma visão gloriosa do arquimago. Caramon encarou o rosto do seu gêmeo.

O olhar de Raistlin de repente deixou as chamas, piscando até focar de novo com fria intensidade.

— Quando estiver mais forte, amanhã, subirei até o laboratório sozinho — seu olhar severo varreu Caramon e Crysania — e começar a minha preparação. E você, senhora, é melhor começar a comunhão com seu deus.

Crysania engoliu, nervosa. Tremendo, ela puxou a poltrona para mais perto do fogo. Mas de repente Caramon estava de pé diante dela. Suas mãos fortes agarraram-na pelos braços, forçando-a a olhar para cima, para seus olhos.

— Isso é loucura, senhora — disse ele, a voz suave e compassiva. — Deixe-me tirá-la deste lugar sombrio! Você está assustada, e tem motivos para ter medo! Talvez nem tudo o que Par-Salian disse sobre Raistlin fosse verdade. Talvez tudo o que eu penso sobre ele também não seja verdade. Talvez eu o tenha julgado mal. Mas isto eu vejo claramente, senhora. Você está assustada, eu não a culpo! Deixe Raistlin fazer isso sozinho! Deixe que ele desafie os deuses, se é isso que ele quer! Mas você não precisa ir com ele! Venha para casa! Deixe-me levá-la de volta ao nosso tempo, longe daqui.

Raistlin não falou, mas seus pensamentos ecoaram na mente de Crysania tão claramente como se tivesse. "Você ouviu o Rei-sacerdote! Você mesma disse que sabia qual era o erro dele! Paladine a favorece. Até neste lugar sombrio, atende suas orações. Você é a escolhida dele! Você terá sucesso onde o Rei-sacerdote fracassou! Venha comigo, Crysania. É o seu destino!".

— Estou com medo — disse Crysania, soltando-se gentilmente das mãos de Caramon. — E eu estou realmente tocada por sua preocupação. Mas este meu medo é uma fraqueza dentro de mim contra a qual devo lutar. Com a ajuda de Paladine, vou superá-lo... antes de entrar no Portal com seu irmão.

— Que seja — Caramon disse, afastando-se.

Raistlin sorriu, aquele sorriso secreto e sombrio que não se refletia em seus olhos ou na sua voz.

— E agora, Caramon — ele disse de forma cáustica. — Se você já tiver se intrometido o bastante em assuntos que você é completamente incapaz de entender, é melhor se preparar para sua jornada. Estamos no meio da manhã, agora. Os mercados, os que existem nesses tempos sombrios, estão abrindo.

Alcançando um bolso em suas mantos negros, Raistlin retirou várias moedas e jogou-as para seu irmão.

— Deve ser o suficiente para nossas necessidades.

Caramon apanhou as moedas sem pensar. Então hesitou, encarando seu irmão com o mesmo olhar que Crysania o viu usar no Templo de Istar, e se lembrou de ter pensado "Que ódio terrível... que amor terrível!".

Finalmente, Caramon baixou o olhar, enfiando o dinheiro no cinto.

— Venha até aqui, Caramon — Raistlin suavemente disse.

— Por quê? — Ele murmurou, desconfiado de repente.

— Bem, tem esse colar de ferro ao redor de seu pescoço. Você andaria pelas ruas com a marca da escravidão? E ainda há o amuleto — Raistlin falou com infinita paciência. Vendo Caramon hesitar ainda, ele acrescentou. — Não o aconselho a deixar este aposento sem ele. Ainda assim, a decisão é sua...

Olhando de relance para os rostos pálidos que ainda assistiam atentos nas sombras, Caramon foi para a frente de seu irmão, os braços cruzados diante do peito.

— E agora? — Ele rosnou.

— Ajoelhe-se.

Os olhos de Caramon brilharam de raiva. Um palavrão amargo queimou em seus lábios, mas, os olhos indo furtivamente até Crysania, ele se engasgou e engoliu suas palavras.

O rosto de Raistlin ficou triste. Ele suspirou.

— Estou exausto, Caramon. Não tenho forças para levantar. Por favor...

Cerrando a mandíbula, Caramon abaixou-se lentamente, joelho dobrado no chão para ficar no mesmo nível de seu frágil gêmeo.

Raistlin falou uma palavra suave. O colar de ferro se partiu e caiu do pescoço de Caramon, caindo com estardalhaço no chão.

— Venha mais perto — Raistlin disse.

Engolindo e esfregando o pescoço, Caramon fez o que lhe foi dito, embora olhasse com amargura para seu irmão.

— Estou fazendo isso por Crysania — ele disse, a voz tensa. — Se fôssemos somente você e eu, deixaria você apodrecendo neste lugar maldito!

Estendendo as mãos, Raistlin as colocou em ambos os lados da cabeça de seu gêmeo com um gesto terno, quase uma carícia.

— Deixaria, meu irmão? — O mago perguntou, muito baixinho, quase uma respiração. — Você me deixaria? Lá, em Istar... você teria mesmo me matado?

Caramon apenas olhou para ele, incapaz de responder. Então, Raistlin inclinou-se para frente e beijou seu irmão na testa. Caramon se encolheu, como se tivesse sido tocado por um ferro quente.

Raistlin o soltou.

Caramon olhou para ele com angústia.

— Não sei! — Ele sussurrou, quebrado. — Que os deuses me ajudem, eu... eu não sei!

Com um soluço estremecedor, cobriu o rosto com as mãos. Afundou a cabeça no colo do irmão.

Raistlin acariciou o cabelo castanho e encaracolado do irmão.

— Então, Caramon — ele disse. — Eu lhe dei o amuleto. As criaturas das Trevas não podem feri-lo, não enquanto eu estiver aqui.

Capítulo 5

Caramon ficou na porta do escritório, espiando a escuridão do corredor, uma escuridão viva com sussurros e olhos. Ao lado dele estava Raistlin, uma mão no braço de seu gêmeo, o cajado de Magius na outra.

— Tudo vai ficar bem, meu irmão — Raistlin disse suavemente. — Confie em mim.

Caramon olhou para seu gêmeo com o canto do olho. Vendo sua expressão, Raistlin sorriu sardonicamente.

— Vou mandar um destes com você — o mago continuou, gesticulando com a mão fina.

— Acho melhor não! — Caramon murmurou, carrancudo, enquanto o par de olhos desencarnados se aproximava mais ainda.

— Sirvam a ele — Raistlin comandou os olhos. — Ele está sob minha proteção. Vocês me veem? Vocês sabem quem eu sou?

Os olhos abaixaram seu olhar, em reverência, então se fixaram, frios e fantasmagóricos, em Caramon. O grande guerreiro tremeu e lançou um último olhar para Raistlin, apenas para ver o rosto do irmão ficar sério.

— Os guardiões irão guiá-lo com segurança pelo bosque. Você pode ter muito mais a temer, no entanto, depois de deixá-lo. Seja cauteloso, meu irmão. Esta cidade não é o lugar lindo e sereno que será em duzentos anos Agora, os refugiados a lotam, vivendo nas sarjetas, nas ruas, onde quer que possam. Carroças ressoam sobre os paralelepípedos todas as manhãs, removendo os corpos de quem morreu no decorrer da noite. Há homens ali que o matariam por suas botas. Compre primeiro uma espada, e a leve abertamente na mão.

— Eu vou me preocupar com a cidade — Caramon replicou. Girando abruptamente, andou pelo corredor, tentando sem muito sucesso ignorar os olhos pálidos e brilhantes que flutuavam perto de seu ombro.

Raistlin observou até seu irmão e o guardião passarem além do raio de luz mágica do cajado e serem engolidos pela escuridão silenciosa. Esperando até que mesmo o eco dos passos pesados de seu irmão tivesse desaparecido, Raistlin virou e retornou ao estúdio.

Dama Crysania estava sentada em sua poltrona, tentando sem muito sucesso pentear os cabelos emaranhados com os dedos. Pisando suavemente no chão até ficar perto dela, sem ser visto, Raistlin enfiou a mão em um dos bolsos de suas mantos negros e puxou para fora um punhado de areia branca e fina. Chegando por trás dela, o mago levantou a mão e deixou a areia cair sobre o cabelo escuro.

— Ast tarek simiralan krynawi — Raistlin sussurrou, e quase imediatamente a cabeça de Crysania pendeu, olhos fechados, e ela deslizou para um sono profundo, mágico. Indo para a frente dela, Raistlin encarou-a por muito tempo.

Apesar dela ter limpado as manchas de lágrimas e sangue do rosto, as marcas da jornada através das trevas eram ainda visíveis nas sombras azuis sob os longos cílios, um corte sobre o lábio, e a palidez de sua tez. Estendendo a mão, Raistlin gentilmente jogou para trás o cabelo que caía em mechas escuras sobre seus olhos.

Crysania tinha abandonado a cortina de veludo que usara como cobertor quando o aposento ficou aquecido pelo fogo. Seus mantos brancos, rasgadas e manchadas de sangue, estavam soltas no pescoço. Raistlin podia ver as curvas suaves de seus seios sob o pano branco que subia e descia com sua respiração profunda e irregular.

— Se eu fosse como os outros homens, ela seria minha — disse, baixinho.

A mão dele ficou perto do rosto dela, seu cabelo escuro enrolando-se em seus dedos.

— Mas não sou como outros homens — Raistlin murmurou. Deixando o cabelo dela cair, colocou a cortina de veludo sobre seus ombros e sua forma adormecida. Crysania sorriu, por causa de algum doce sonho, talvez, e aninhou-se mais confortavelmente na poltrona, descansando o rosto na mão enquanto ela deitava a cabeça no apoio de braço.

A mão de Raistlin roçou a pele lisa de seu rosto, trazendo memórias vívidas. Ele começou a tremer. Só precisava reverter o feitiço do sono, pegá-la nos braços e abraçá-la como fizera quando chegaram naquele lugar. Eles teriam uma hora sozinhos juntos, antes Caramon retornou…

— *Não* sou como os outros homens! — Raistlin rosnou.

Afastando-se abruptamente, seu olhar severo encontrou os olhos vigilantes dos guardiões.

— Cuidem dela quando eu estiver fora — disse para os vários espectros que vislumbrava à espreita nas sombras escuras no canto do estúdio. — Vocês dois — ele ordenou aos dois que estiveram com ele ao acordar. — Me acompanhem.

— Sim, Mestre — os dois sussurraram. Quando a luz do cajado caiu sobre eles, vagos contornos de mantos negros ficaram visíveis.

Saindo pelo corredor, Raistlin fechou com cuidado a porta do escritório atrás de si. Ele agarrou o cajado, falou uma leve palavra de comando, e foi imediatamente levado para o laboratório no topo da Torre da Alta Magia.

Sequer tinha respirado quando, materializando-se nas trevas, foi atacado.

Gritos e uivos de raiva e desprezo berraram ao seu redor. Formas escuras dispararam pelo ar, desafiando a luz do cajado enquanto dedos ossudos e brancos agarraram sua garganta e seus mantos, rasgando o pano. Tão rápido e repentino foi o ataque e tão impactante o sentimento de ódio que Raistlin quase perdeu o controle.

Mas logo recuperou o controle de si mesmo. Fazendo um arco amplo com o cajado, gritando palavras mágicas ásperas, ele voltou-se para os espectros.

— Falem com eles! — Ele comandou os dois guardiões com ele. — Contem a eles quem eu sou!

— Fistandantilus — ele os ouviu dizer através de um rugido em seu ouvidos — … apesar de seu tempo ainda não ter chegado como previsto… algum experimento mágico.

Enfraquecido e tonto, Raistlin cambaleou até uma poltrona e se deixou cair. Amaldiçoando-se amargamente por não estar preparado para tal ataque e amaldiçoando o corpo frágil que estava, mais uma vez, falhando com ele, limpou o sangue de um corte no rosto e lutou para ficar consciente.

"Isso é obra *sua*, minha Rainha". Seus pensamentos vieram sombrios por uma névoa de dor. "Você não ousa lutar comigo abertamente. Sou forte demais para você neste plano, o meu plano, de existência! Você tem apoio neste mundo. Agora mesmo, o Templo surgiu com sua forma pervertida em Neraka. Você despertou os dragões malignos. Eles estão roubando os ovos dos dragões bondosos.

Mas a porta continua fechada, a Pedra Fundamental foi bloqueada pelo amor abnegado. E esse foi o seu erro. Por enquanto, ao entrar em *nosso* plano, você tornou possível que nós entremos no seu! Não consigo alcançá-la ainda... Você não consegue me alcançar... Mas a hora chegará... a hora chegará...

— Você não está bem, Mestre? — Veio uma voz assustada perto dele. — Lamento não termos os impedido de ferir você, mas você se moveu rápido demais! Por favor, nos perdoe. Deixe-nos ajudar...

— Não há nada que possa fazer! — Raistlin rosnou, tossindo. Sentiu a dor no seu peito diminuir. — Deixem-me a sós por um momento. Deixe-me descansar. Expulse os outros daqui.

— Sim, Mestre.

Fechando os olhos, esperando a vertigem e a dor passarem, Raistlin sentou-se por uma hora na escuridão, repassando seus passos mentalmente. Precisaria de duas semanas de descanso ininterrupto e de estudos para se preparar. Dessa vez, seria fácil encontrar. Crysania era dele — iria segui-lo de boa vontade, até mesmo ansiosa, clamando pelo poder de Paladine para ajudá-lo a abrir o Portal e lutar contra os seus pavorosos guardiões.

Tinha o conhecimento de Fistandantilus, acumulado pelo mago ao longo dos tempos. Tinha seu próprio conhecimento, mais a força do seu corpo jovem. No momento que estivesse pronto para entrar, estaria no ápice de seus poderes, o maior arquimago a ter vivido sobre Krynn!

O pensamento o confortou e renovou suas energias. A tontura finalmente cedeu, a dor aliviou. Ficando de pé, ele lançou um rápido olhar ao redor do laboratório. Ele o reconhecia, claro. Estava exatamente igual ao em que ele entrara em um passado que agora estava duzentos anos no futuro. *Então* chegara ali com poder, como previsto. Os portões foram abertos, os guardiões malignos o saudaram reverentemente, sem atacá-lo.

Caminhando pelo laboratório, o cajado de Magius iluminando seu caminho, Raistlin olhou ao redor, curioso, e ficou intrigado ao perceber mudanças. Tudo devia estar exatamente como ele encontrara ao chegar, duzentos anos à frente. Mas um jarro que estava intacto agora estivera quebrado quando ele o encontrou. Um livro de feitiços que estava na ampla mesa de pedra fora descoberto por ele no chão.

— Os guardiões mexeram em algo? — Ele perguntou aos que permaneceram com ele. Suas vestes farfalharam em torno de seus tornozelos enquanto andava até a parte mais profunda do imenso laboratório, até a Porta que Nunca Foi Aberta.

— Não, Mestre — disse um, chocado. — Não nos é permitido tocar em nada.

Raistlin deu de ombros. Muitas coisas podiam acontecer em duzentos anos para responsabilizar por tais ocorrências. "Talvez um terremoto", disse para si mesmo, perdendo interesse no assunto ao se aproximar das sombras onde o imenso Portal ficava.

Erguendo o cajado de Magius, jogou a sua luz mágica para frente. As sombras fugiram para o canto mais distante do laboratório, o canto onde ficava o Portal com suas esculturas em platina das cinco cabeças de dragão e sua enorme porta de aço prateado que nenhuma chave em Krynn poderia abrir.

Raistlin manteve o cajado erguido... e ofegou.

Por um longo momento, não conseguiu fazer nada além de olhar, a respiração chiando em seus pulmões, seus pensamentos ardendo e queimando. Então, seu grito estridente de raiva e fúria perfurou a atmosfera viva da escuridão da Torre.

Tão terrível foi o grito, ecoando pelos corredores escuros da Torre que os malignos guardiões encolheram-se nas sombras, se perguntando se por acaso a sua terrível rainha tinha irrompido entre eles.

Caramon ouviu o grito ao entrar pela porta na parte inferior da Torre. Tremendo com um súbito pavor, largou os pacotes que carregava e, mãos trêmulas, acendeu a tocha que ele havia trazido. Então, com a lâmina nua de sua nova espada em sua mão, o grande guerreiro correu escadas acima, pulando os degraus de dois em dois.

Irrompendo no escritório, ele viu Dama Crysania olhando ao seu redor com aparência sonolenta e assustada.

— Ouvi um grito — ela disse, esfregando os olhos e se levantando.

— Você está bem? — Caramon se engasgou, tentando recuperar o fôlego.

— Sim, claro... — disse ela, assustando-se ao perceber o que ele estava pensando. — Não fui eu. Devo ter adormecido. Foi isso que me acordou...

— Onde está Raist? — Caramon perguntou.

— Raistlin! — Ela repetiu, alarmada, e tentou passar empurrando Caramon quando este a segurou.

— Foi por isso que você adormeceu — ele disse severamente, limpando a fina areia branca de seu cabelo. — Feitiço para dormir.

Crysania piscou.

— Mas por quê...

— Vamos descobrir.

— Guerreiro — disse uma voz gélida quase em sua orelha.

Virando, Caramon empurrou Crysania para trás dele, levantando sua espada enquanto uma figura espectral vestida de preto materializava-se nas Trevas.

— Está procurando o mago? Ele está lá acima, no laboratório. Ele está precisando de ajuda, e temos ordens para não tocá-lo.

— Eu irei — Caramon disse — sozinho.

— Eu vou com você — disse Crysania. — Eu *vou* com você — ela repetiu firmemente, ao ver a carranca de Caramon.

Caramon ia argumentar, mas lembrou-se que ela era clériga de Paladine e já exercera seus poderes sobre aquelas criaturas das trevas, deu de ombros e cedeu, mesmo que de má vontade.

— O que aconteceu com ele, se vocês têm ordens para não o tocar? — Caramon perguntou rispidamente ao espectro enquanto ele e Crysania o seguiam do escritório para o corredor escuro. — Mantenha-se perto de mim — ele murmurou para Crysania, mas a ordem não era necessária.

Se a escuridão parecia viva antes, passara a pulsar, bater, contorcer-se e tagarelar com vida com os guardiões, agitados pelo grito e lotando os corredores. Embora estivesse agasalhado, tendo comprado roupas no mercado, Caramon estremecia convulsivamente com o frio que fluía dos corpos mortos-vivos. Ao lado dele, Crysania tremia tanto que mal podia andar.

— Me deixe levar a tocha — ela disse sem abrir a boca. Caramon entregou-lhe a tocha e, em seguida, a envolveu com seus braços, trazendo-a para perto. Ela agarrou o braço dele, ambos encontrando conforto no toque de carne viva enquanto escalavam a escadaria atrás do espectro.

— O que aconteceu? — Ele perguntou de novo, mas o espectro não respondeu. Simplesmente apontou para cima, para as escadas em espiral.

Segurando a espada em sua mão esquerda, Caramon e Crysania seguiram o espectro que flutuava acima dos degraus, a luz da tocha dançando e vacilando.

Depois do que pareceu uma escalada infinita, os dois alcançaram o topo da Torre da Alta Magia, doloridos, assustados e gelados até o fundo da alma.

— Precisamos descansar — disse Caramon com os lábios tão entorpecidos que foi praticamente inaudível. Crysania encostou-se nele, olhos fechados e respiração ofegante. Caramon mesmo achava que não conseguiria subir outro degrau, e estava em excelente forma física.

— Onde está Raist… Fistandantilus? — Crysania gaguejou depois de sua respiração estar quase de volta ao normal.

— Ali dentro — o espectro apontou de novo, desta vez para uma porta fechada que, ao seu movimento, abriu-se em silêncio.

O ar frio fluía do quarto em uma onda escura, agitando o cabelo de Caramon e afastando o manto de Crysania. Por um momento, Caramon não conseguiu se mover. A sensação maligna vinda de dentro daquele quarto era pesada demais. Mas Crysania, a mão apertada sobre o medalhão de Paladine, começou a seguir em frente.

Estendendo a mão, Caramon a puxou de volta.

— Deixe-me ir primeiro.

Crysania deu um sorriso cansado.

— Em qualquer outra situação, guerreiro, — ela disse — eu lhe concederia esse privilégio. Mas aqui, o medalhão que seguro é uma arma tanto quanto sua espada.

— Você não precisa de nenhuma arma — afirmou o espectro friamente. — O mestre ordenou que cuidássemos para que você não se ferisse. Iremos obedecer.

— E se ele estiver morto? — Caramon perguntou asperamente, sentindo Crysania endurecer de medo ao seu lado.

— Se ele tivesse morrido — o espectro respondeu, seus olhos brilhando — seu sangue quente já estaria em nossos lábios. Agora entrem.

Hesitante, Crysania apertada contra ele, Caramon entrou no laboratório. Crysania ergueu a tocha, segurando no alto, enquanto os dois pararam para olhar ao redor.

— Ali — Caramon sussurrou, a intimidade inata que existia entre os gêmeos levando-o a encontrar a massa escura, quase invisível no chão no fundo do laboratório.

Seu medo esquecido, Crysania correu, com Caramon seguindo-a mais devagar, seu olhos cautelosamente examinando as trevas. Raistlin estava deitado de lado, o capuz puxado sobre o rosto. O cajado de Magius estava caído a alguma distância, sua luz apagada, como se Raistlin, tomado de raiva, tivesse o jogado longe. Na sua trajetória, aparentemente, quebrou um frasco e derrubou um livro de feitiços no chão.

Entregando a tocha para Caramon, Crysania ajoelhou-se ao lado do mago e procurou o pulso em seu pescoço. Estava fraco e desigual, mas ele vivia. Suspirou de alívio, então balançou a cabeça.

— Ele está bem. Mas não entendo. O que aconteceu com ele?

— Ele não está ferido fisicamente — disse o espectro, pairando perto deles. — Veio até esta parte do laboratório como se estivesse procurando algo.

Então, caminhou para cá, murmurando acerca de um portal. Segurando o cajado no alto, parado onde ele está agora, olhou para frente. Então ele gritou, atirou o cajado e caiu no chão, xingando em fúria até perder a consciência.

Intrigado, Caramon ergueu a tocha.

— Fico curioso com o que poderia ter acontecido? — Ele murmurou. — Ora, não há nada aqui! Nada, apenas uma parede em branco!

Capítulo 6

Como ele está? — Crysania perguntou ao entrar na sala. Puxando o capuz branco para trás, desamarrou a capa para deixar Caramon tirá-la de seus ombros.

— Inquieto — o guerreiro respondeu olhando para um canto nas sombras. — Tem estado impaciente pelo seu retorno.

Crysania suspirou e mordeu o lábio.

— Gostaria de ter notícias melhores — ela sussurrou.

— Estou feliz que não tenha — Caramon disse severamente, dobrando a capa de Crysania sobre uma poltrona. — Pode ser que ele desista dessa ideia insana e volte para casa.

— Eu não posso… — começou Crysania, mas foi interrompida.

— Se vocês dois já terminaram com o que quer que estejam fazendo na escuridão, talvez você possa vir me dizer o que descobriu, senhora.

Crysania corou profundamente. Lançando um olhar irritado para Caramon, ela correu pela sala até onde Raistlin estava deitado em um palete perto do fogo.

A fúria do mago lhe foi custosa. Caramon teve que carregá-lo do laboratório onde o encontraram caído na frente da parede vazia para o estúdio. Crysania tinha arrumado uma cama no piso, e assistiu, impotente, Caramon cuidar do irmão tão suavemente quanto uma mãe de uma criança doente. Mas havia muito pouco que o grande homem pudesse fazer por seu frágil gêmeo. Raistlin ficou deitado inconsciente por mais de um dia, murmurando palavras estranhas em seu sono. Uma vez, ele despertou e gritou aterrorizado, mas imediatamente afundou de volta para dentro de quaisquer trevas por onde vagueasse.

Desprovidos da luz do cajado que nem Caramon ousava tocar e fora obrigado a deixar no laboratório, ele e Crysania ficavam encolhidos perto de Raistlin. Eles mantiveram o fogo aceso com força, mas ambos estavam sempre conscientes da presença das sombras dos guardiões da Torre, esperando, observando.

Finalmente, Raistlin acordou. Na sua primeira respiração, ordenou a Caramon que preparasse sua poção e, depois de bebê-la, foi capaz de mandar um dos guardiões buscar o cajado. Acenou para Crysania.

— Vocês devem ir até Astinus — ele sussurrou.

— Astinus! — Crysania repetiu, espantada e sem compreender. — O historiador? Mas por que... não entendo...

Os olhos de Raistlin brilharam, uma mancha de cor queimou em seu rosto pálido como um brilho febril.

— O Portal não está aqui! — Ele rosnou, rangendo os dentes em fúria impotente. Apertou as mãos e quase imediatamente começou a tossir. Encarou Crysania.

— Não desperdice meu tempo com perguntas tolas! Apenas vá! — Ordenou com uma raiva tão terrível que ela se encolheu, assustada. Raistlin caiu deitado, tentando respirar.

Caramon olhou preocupado para Crysania. Ela foi até a mesa, olhando sem ver alguns dos livros de feitiço rasgados e enegrecidos largados em cima dela.

— Espere um pouco, senhora — Caramon disse suavemente, levantando-se e indo até ela. — Você não está realmente pensando em ir? Quem é este Astinus? E como você irá passar pelo bosque sem um encanto?

— Eu tenho um encanto — Crysania sussurrou — dado a mim por seu irmão quando... quando nos encontramos pela primeira vez. E Astinus é o guardião da Grande Biblioteca de Palanthas, o Cronista da História de Krynn.

— Pode ser isso em nosso tempo, mas não vai estar lá agora! — Caramon disse, exasperado. — Pense, senhora!

— Estou pensando — Crysania retrucou, olhando-o com raiva. — Astinus é conhecido como O Sem Idade. Ele foi o primeiro a pisar em Krynn, assim dizem as lendas, e será o último a sair.

Caramon a observou com ceticismo.

— Ele registra toda a história conforme ela acontece. Sabe tudo que aconteceu no passado e está acontecendo no presente. Porém... — Crysania olhou para Raistlin com preocupação — ele não pode ver o futuro. Assim, não tenho certeza de que possa nos ajudar.

Caramon, ainda duvidoso e sem acreditar em metade daquela história selvagem, argumentou por muito tempo contra ela ir. Crysania só ficou mais determinada, até que, finalmente, Caramon percebeu que não tinham escolha. Raistlin piorava em vez de melhorar. Sua pele queimava de febre, entrava em grandes períodos de incoerência — e, quando voltava a si exigia, com raiva, saber por que Crysania não tinha ido ver Astinus ainda.

Então, ela desbravou os terrores do bosque, e os terrores igualmente assustadores das ruas de Palanthas. Ela se ajoelhava ao lado da cama do mago, seu coração doendo enquanto o observava lutar para se sentar com a ajuda de seu irmão, seu olhar brilhante fixo e ansioso sobre ela.

— Conte-me tudo! — Ele ordenou com a voz rouca. — Exatamente como aconteceu sem deixar nada de fora.

Assentindo sem palavras, ainda abalada pela caminhada aterrorizante pela Torre, Crysania tentava se acalmar e organizar seus pensamentos.

— Fui até a Grande Biblioteca e pedi para ver Astinus — ela começou, alisando nervosamente as dobras dos mantos brancos e simples que Caramon trouxe para substituir o vestido manchado de sangue que usara. — Os Estetas recusaram-se a me deixar entrar, mas então mostrei a eles o medalhão de Paladine. Isso os deixou muito confusos, como pode imaginar — ela sorriu. — Faz centenas de anos desde algum sinal dos velhos deuses. Assim, finalmente, um correu para falar com Astinus.

— Depois de esperar por algum tempo, fui levada até seus aposentos, onde ele senta o dia todo e várias vezes à noite também, registrando a história do mundo. — Crysania fez uma pausa, subitamente assustada com a intensidade do olhar de Raistlin. Parecia que arrancá-las-ia direto de seu coração se pudesse.

Desviando o olhar por um momento para se recompor, ela continuou, olhando para o fogo.

— Entrei na sala e ele... apenas ficou sentado lá, escrevendo e me ignorando. Então, o Esteta que estava comigo anunciou meu nome, "Crysania da casa de Tarinius", como você mandou que me apresentasse. E então...

Ela parou, franzindo a testa ligeiramente. Raistlin remexeu-se.

— O quê?

— Astinus olhou para cima — Crysania disse, intrigada, virando-se para encarar Raistlin. — Na verdade, ele parou de escrever e largou sua caneta. Ele disse "Você!" com uma voz tão trovejante que eu me assustei e o Esteta quase desfaleceu. Mas antes que eu pudesse dizer algo ou perguntar que ele queria dizer ou até mesmo como ele me conhecia, ele pegou sua caneta e, voltando para as palavras que ele acabara de escrever, riscou-as!

— Riscou-as — Raistlin repetiu pensativo, seu olhos escuros e abstratos. — Riscou-as — ele murmurou, afundando de volta no palete.

Vendo Raistlin absorto em seus pensamentos, Crysania ficou quieta até ele voltar a encará-la.

— O que ele fez então? — o mago perguntou, sem forças.

— Escreveu algo por cima de onde errara, se foi isso mesmo. Ergueu o olhar para mim novamente e pensei que ele ia ficar com raiva. O Esteta também pensou, eu podia senti-lo tremendo. Mas Astinus estava muito calmo. Ele dispensou o Esteta e me fez sentar. Então perguntou por que eu fui até lá.

— Contei que estávamos procurando o Portal. Acrescentei, como você instruiu, que havíamos recebido informações que nos levaram a acreditar que ele estaria localizado na Torre da Alta Magia em Palanthas, mas ao investigarmos descobrimos que a informação estava errada. O Portal não estava lá.

— Ele assentiu como se isso não o surpreendesse. "O portal moveu-se quando o Rei-sacerdote tentou assumir a Torre. Por segurança, claro. Com o tempo, pode ser que volte para a Torre da Alta Magia em Palanthas, mas não está lá agora". "Onde ele está, então?", perguntei.

— Por um longo tempo, não me respondeu. E então... — Crysania hesitou e olhou para Caramon com medo, como se o avisasse para se preparar.

Vendo este olhar, Raistlin sentou-se no palete.

— Conte! — Ele exigiu.

Crysania respirou fundo. Teria desviado o olhar, mas Raistlin agarrou seu pulso e, apesar de sua fraqueza, segurou-a com tanta força que ela viu que não poderia se libertar com facilidade daquele aperto.

— Ele... ele disse que tal informação teria um custo. Todo homem tem seu preço, até ele.

— Custo! — Raistlin repetido inaudível, seu olhos queimando.

Crysania tentou, sem sucesso, libertar-se conforme o aperto ficava mais doloroso.

— Qual é o custo? — Raistlin perguntou.

— Ele disse que você saberia! — Crysania engasgou. — Ele disse que você prometeu, muito tempo atrás.

Raistlin soltou o pulso dela e Crysania afastou, esfregando o braço e evitando o olhar compassivo de Caramon. Abruptamente, o grande homem levantou-se e afastou-se. Ignorando-o, ignorando Crysania, Raistlin afundou de volta em seus travesseiros puídos, o rosto abatido, seu olhar subitamente sombrio.

Crysania levantou-se e se serviu de um copo de água. Mas sua mão tremia demais e ela derramou a maior parte, sendo forçada a colocar o jarro de volta. Vindo por trás dela, Caramon serviu a água e entregou-lhe o copo, expressão séria no rosto.

Levando o copo até os lábios, Crysania de repente percebeu o olhar de Caramon indo para seu pulso. Olhando para baixo, ela viu as marcas da mão de Raistlin em sua carne. Colocando o copo de volta na mesa, Crysania puxou rapidamente o vestido sobre o braço ferido.

— Ele não quis me machucar — ela disse suavemente em resposta ao olhar severo e silencioso de Caramon. — Sua dor o torna impaciente. O que é o nosso sofrimento, comparado ao dele? Certamente, você, entre todas as pessoas, entende isso, não? Ele está tão envolvido por sua visão que não percebe quando machuca os outros.

Afastando-se, ela caminhou de volta para onde Raistlin estava, encarando o fogo sem o ver.

—Ah, ele sabe sim — Caramon murmurou para si mesmo. — Estou começando a ver que ele sempre soube!

Astinus de Palanthas, historiador de Krynn, estava sentado em seus aposentos, escrevendo. A hora era muito, muito avançada, passava de Vigia Sombria. Os Estetas há muito haviam fechado e barrado as portas para a Grande Biblioteca. Poucos eram admitidos durante o dia, nenhum de noite. Mas barras e fechaduras eram nada para o homem que entrou na Biblioteca e que estava de pé, uma figura de escuridão, perante Astinus.

O historiador não ergueu os olhos.

— Eu estava começando a me perguntar onde você estaria — ele disse, continuando a escrever.

— Eu tenho estado doente — a figura respondeu, suas mantos negros farfalhando. Como se lembrado, tossiu suavemente.

— Creio que esteja se sentindo melhor? — Astinus não levantou a cabeça.

— Estou melhorando lentamente — respondeu a figura. — Muitas coisas drenam minha força.

— Sente-se, então — comentou Astinus, gesticulando com a ponta da pena para uma poltrona, o olhar ainda sobre seu trabalho.

A figura, um sorriso torto no rosto, foi até a poltrona e se sentou. Houve silêncio nos aposentos por muitos minutos, interrompidos apenas pelo arranhar da caneta de Astinus e a tosse ocasional do intruso vestido de preto.

Finalmente, Astinus pousou a caneta e ergueu o olhar para o do seu visitante. Este abaixou o capuz preto. Olhando-o em silêncio por longos momentos, Astinus assentiu para si mesmo.

— Não conheço esse rosto, Fistandantilus, mas conheço seus olhos. Há algo estranho neles, no entanto. Eu vejo o futuro em suas profundezas. Então você se tornou mestre do tempo, mas não retornou com poder como foi previsto.

— Meu nome não é Fistandantilus, Imortal. É Raistlin, e isto é explicação suficiente para o que aconteceu — O sorriso de Raistlin desapareceu, seus olhos se estreitaram. — Mas certamente você sabia disso? — Ele gesticulou. — Certamente a batalha final entre nós foi registrada...

— Registrei o nome como registrei a batalha — disse Astinus friamente. — Gostaria de ver a entrada... Fistandantilus?

Raistlin franziu a testa, seus olhos brilhando perigosamente. Mas Astinus permaneceu imperturbável. Inclinando-se para trás em sua poltrona, estudou o arquimago em silêncio.

— Trouxe o que eu pedi?

— Eu trouxe — Raistlin respondeu amargamente. — Sua fabricação me custou dias de dor e minou minhas forças, senão eu teria vindo mais cedo.

E pela primeira vez, um laivo de emoção brilhou no rosto frio e sem idade de Astinus. Avidamente, ele se inclinou para frente, olhos brilhando enquanto Raistlin afastava devagar das dobras de suas mantos negros, revelando o que pareceu ser um globo de cristal vazio pairando em seu peito oco como um coração cristalino.

Mesmo Astinus não pôde reprimir um susto com essa visão, mas aparentemente nada mais era do que uma ilusão, pois, com um gesto, Raistlin fez o globo flutuar para frente. Com a outra mão, ele colocou o tecido preto de volta.

Enquanto o globo flutuava para perto dele, Astinus colocou as mãos sobre ele, acariciando-o com amor. Ao seu toque, o globo se encheu com a luz do luar — prata, vermelho, até mesmo a estranha aura da lua negra era visível. Sob as luas, giravam visões sucessivas.

— Você vê o tempo passando, enquanto está sentado aqui — Raistlin disse, a voz tingida com um orgulho inconsciente. — Portanto, Astinus, não terá mais que confiar em seus mensageiros invisíveis dos planos além para saber o que acontece no mundo ao seu redor. Seus próprios olhos serão seus mensageiros a partir deste ponto.

— Sim! Sim! — Astinus respirou fundo, os olhos observando aquele mundo cintilante cheio de lágrimas, as mãos que o seguravam tremendo.

— Agora, meu pagamento — Raistlin continuou com frieza. — Onde está o Portal?

Astinus tirou os olhos do globo.

— Não consegue adivinhar, Homem do Futuro e do Passado? Você leu as histórias.

Raistlin olhou para Astinus sem falar, seu rosto ficando pálido e frio até poder ser confundido com uma máscara mortuária.

— Você tem razão. Eu *li* as histórias. Então, é por isso que Fistandantilus foi para Zhaman — o arquimago disse por fim.

Astinus assentiu sem palavras.

— Zhaman, a fortaleza mágica, localizada nas Planícies de Dergoth perto de Thorbardin, lar dos anões das montanhas. E Zhaman está em terra controlada por estes — Raistlin continuou, sua voz inexpressiva como se estivesse lendo um livro didático. — E para onde, agora mesmo, seus primos, os anões das colinas, estão indo, impulsionados pelo mal que consumiu o mundo desde o Cataclismo para exigir abrigo dentro do antigo lar na montanha.

— O Portal está localizado...

— ... nas profundezas das masmorras de Zhaman — Raistlin disse amargamente. — Ali, Fistandantilus lutou na Grande Guerra Anã...

— *Irá* lutar — Astinus corrigiu.

— *Irá* lutar — Raistlin murmurou — a guerra que envolverá... a sua própria destruição!

O mago ficou silencioso. Então, abruptamente, ergueu-se e foi até a mesa de Astinus. Colocando as mãos sobre o livro, ele virou-se para encará-lo. Astinus observou-o com um interesse frio e distante.

— Você está certo — disse Raistlin, examinando a escrita ainda molhada no pergaminho. — Eu sou do futuro. Eu li as Crônicas enquanto você as escrevia. Partes, pelo menos. Lembro de ter lido esta passagem... uma que você irá escrever aqui — ele apontou para um espaço em branco, então recitou de memória. — "Nesta data, 30 pós-Vigia Sombria, Fistandantilus me trouxe o Globo da Passagem do Tempo Presente".

Astinus não respondeu. As mãos de Raistlin começaram a tremer. — Você *vai* escrever isso? — Ele insistiu, a raiva tornando sua voz áspera.

Astinus hesitou e assentiu, com um leve dar de ombros.

Raistlin suspirou.

— Portanto, não estou fazendo nada que não tenha sido feito antes! — Sua mão se fechou de repente e, quando falou novamente, seu voz estava tensa com o esforço de se controlar.

— Dama Crysania veio a você vários dias atrás. Disse que você estava escrevendo quando ela entrou e que, depois de vê-la, você riscou algo. Mostre-me o que foi.

Astinus franziu a testa.

— Mostre-me! — A voz de Raistlin falhou, soltando um quase uivo.

Colocando o globo em um lado da mesa, onde ficou pairando perto dele, Astinus relutantemente tirou as mãos de sua superfície de cristal. A luz piscou, o globo ficou escuro e vazio. Esticando a mão para trás, o historiador puxou um grande volume encadernado em couro e, sem hesitar, encontrou a página pedida.

Virou o livro para que Raistlin pudesse ver.

O arquimago leu o que havia sido escrito, depois leu a correção. Quando se ergueu, as mantos negros sussurrando ao seu redor enquanto cruzava as mãos dentro das mangas, seu rosto estava mortalmente pálido, mas calmo.

— Isso altera o tempo.

— Isso não altera nada — Astinus disse friamente. — Ela veio no lugar dele, só isso. Uma troca igual. O tempo flui, imperturbável.

— E me carrega com ele?

— A menos que você tenha poder para mudar o curso dos rios jogando uma pedra — Astinus comentou com ironia.

Raistlin o encarou, dando um breve sorriso. Então apontou para o globo.

— Observe, Astinus — ele sussurrou. — Fique observando a pedra! Até a próxima, Imortal.

A sala ficou vazia de repente, exceto por Astinus. O historiador sentou-se em silêncio, ponderando. Então, virando o livro para si, leu mais uma vez o que estava escrevendo quando Crysania entrou.

Nesta data, 15 pós-Vigia, Denubis, um clérigo de Paladine, chegado aqui, tendo sido enviado pelo grande arquimago, Fistandantilus, para descobrir o paradeiro do Portal. Em troca de minha ajuda, Fistandantilus irá fazer o que me prometeu há muito tempo: O Globo da Passagem do Tempo Presente…

O nome de Denubis fora riscado, e o de Crysania escrito.

Capítulo 7

Estou morto — disse Tasslehoff Burrfoot. Esperou por um momento, na expectativa.

— Estou morto — ele disse novamente. — Ora, ora. Isto aqui deve ser o Além-vida.

Outro momento passou.

— Bem, — disse Tas — posso dizer uma coisa daqui, com certeza é escuro.

Nada aconteceu. Ele viu seu interesse em estar morto minguar. Descobriu que estava deitado em algo extremamente duro e desconfortável, frio e com a sensação de ser de pedra.

— Talvez eu esteja deitado em uma laje de mármore, como a de Huma — ele disse, tentando encontrar entusiasmo. — Ou numa cripta de herói, como Sturm.

Esse pensamento o entreteve por um tempo, então, "Ai!", colocou a mão na lateral do corpo, sentindo uma dor aguda nas costelas e, ao mesmo tempo, percebeu que sentia dor também na cabeça. Sentiu que ele estava tremendo, um rocha afiada o cutucava nas costas e seu pescoço estava duro.

— Bem, certamente não esperava por isto — exclamou, irritado. — Quer dizer, pelo que falam, quando você está morto, não deveria sentir qualquer coisa. — Ele disse isso bem alto, no caso de alguém estar ouvindo. — Eu disse que você não deveria sentir nada! — repetiu incisivamente quando a dor não passou.

— Droga! — Murmurou Tas. — Talvez seja algum tipo de confusão. Talvez eu esteja morto e meu corpo ainda não saiba. Com certeza, ainda não ficou todo rígido, e estou *certo* de que é assim que acontece. Então, vou ficar só esperando.

Contorcendo-se para ficar confortável (primeiro removendo a pedra das costas), Tas cruzou as mãos sobre o peito e olhou para a escuridão espessa e impenetrável. Depois de alguns minutos, franziu a testa.

— Se isto é estar morto, com certeza não é tudo o que diziam — comentou severamente. — Agora, além de morto, estou entediado também. Bem — ele disse depois de mais alguns momentos olhando a escuridão — Acho que não posso fazer nada sobre estar morto, mas posso fazer algo sobre estar entediado. Obviamente, houve uma confusão. Só preciso falar com alguém sobre isso.

Sentando, começou a balançar as pernas para pular da laje de mármore, apenas para descobrir que estava — aparentemente — deitado no chão de pedra.

— Que grosseria! — Ele comentou indignado. — Só me jogaram dentro do porão de alguém?

Erguendo-se aos tropeços, deu um passo à frente e colidiu em algo duro e sólido.

— Uma pedra — disse ele sombriamente, passando as mãos sobre ela. — Humph! Flint morre e recebe uma árvore! *Eu* morro e ganho uma pedra. É óbvio que alguém fez tudo errado.

— Ei! — Ele gritou, tateando na escuridão. — Tem alguém... bem, quer saber? Ainda tenho minhas bolsas! Eles me deixaram trazer tudo comigo, até o dispositivo mágico. Pelo menos isso foi considerado. Porém... — os lábios de Tas se apertaram em firme resolução — é melhor alguém fazer algo sobre esta dor. Simplesmente não vou aturar isto.

Investigando com as mãos, já que não podia ver nada, Tas passou os dedos curiosos sobre a rocha. Parecia estar coberta com imagens esculpidas — runas, talvez? E *aquilo* lhe pareceu familiar. O formato da rocha também era esquisito.

— Ora, não é uma rocha! Parece ser uma mesa — disse ele, intrigado. — Uma mesa de pedra entalhada com runas — Então sua memória voltou. — Eu sei! — Ele gritou triunfante. — É aquela mesona de pedra no laboratório onde eu fui parar catando Raistlin e Caramon e Crysania, e descobri que todos tinham ido embora e me deixado para trás. Estava bem lá quando a montanha de fogo caiu em cima de mim! Na verdade, é o lugar onde eu morri!

Botou a mão no pescoço. Sim, o colar de ferro ainda estava lá — o colar que prenderam nele ao venderem-no como escravo. Ainda tateando ao seu redor, Tas tropeçou em algo. Abaixando-se, ele se cortou em algo afiado.

— A espada de Caramon! — Ele disse, sentindo o punho. — Lembro de a encontrar no chão. E isso quer dizer que... — disse Tas em crescente indignação — que sequer me enterraram! Eles simplesmente deixaram meu corpo onde estava! Estou na base de um templo destruído. — Chorando, ele chupou o dedo sangrando. Um pensamento repentino lhe ocorreu. — Suponho que eles pretendam que eu caminhe até onde quer que eu vá no Além-vida. Sequer providenciaram transporte! Realmente é o fim da picada!

Ergueu a voz para gritar.

— Escutem aqui! — Ele disse, sacudindo seu pequeno punho. — Quero falar com quem quer que esteja encarregado aqui!

Mas não houve nenhum som.

— Sem luz — resmungou Tas, tropeçando sobre alguma outra coisa. — Preso embaixo de um templo arruinado... morto! Provavelmente no fundo do Mar de Sangue de Istar — ele disse, parando para pensar — talvez eu encontre alguns elfos do mar, como Tanis me contou uma vez. Mas eu esqueci... — ele suspirou — estou morto e não dá, até onde sei, para conhecer pessoas depois de morrer. A menos que você seja um morto-vivo, como Lorde Soth. — O kender animou-se consideravelmente. — Fico pensando como conseguir um trabalho desses... Vou perguntar. Ser um Cavaleiro da Morte deve ser excitante. Porém, primeiro, tenho que descobrir onde deveria estar e por que não estou lá!

Endireitando-se de novo, Tas conseguiu abrir caminho até o que ele imaginava ser provavelmente a frente da sala abaixo do Templo. Estava pensado sobre o Mar de Sangue de Istar e se perguntando por que não tinha mais água por ali quando de repente algo lhe ocorreu.

— Oh céus! — Ele murmurou. — O Templo não entrou no Mar de Sangue! Foi para Neraka! Eu estava no Templo, de fato, quando derrotei a Rainha da Escuridão.

Tas chegou a uma porta — soube disso porque podia sentir a moldura — e olhou para a escuridão que era muito escura.

— Neraka, hein — disse ele, imaginando se isso era melhor ou pior do que estar no interior do oceano.

Com cautela, deu um passo à frente e sentiu algo debaixo de seu pé. Abaixou-se e sua mãozinha se fechou ao redor de...

— Uma tocha! Deve ser a que estava sobre a porta. Agora, eu tenho uma pederneira em algum lugar... — Remexendo em seus muitos bolsos, ele finalmente a encontrou.

— Estranho — ele disse, olhando pelo corredor à luz da tocha. — Está exatamente como eu o deixei... tudo quebrado e em pedaços após o terremoto. Achei que a Rainha já teria arrumado as coisas, pelo menos um pouco. Não me lembro de ter essa bagunça quando eu estava em Neraka. E me pergunto qual o caminho leva pra fora.

Olhou para trás, na direção da escadaria que ele descera para procurar Crysania e Raistlin. Recordações vívidas de paredes rachando e colunas caindo vieram à sua mente.

— Isso não é nada bom, com certeza — ele murmurou, sacudindo a cabeça. — Ai, isso dói. — Ele colocou a mão na testa. — Mas era a única saída, pelo que me lembro. — Suspirou, sentindo-se um pouco para baixo no momento. Mas seu otimismo kender logo ressurgiu. — Com certeza tem muitas rachaduras nas paredes, no entanto. Talvez algum caminho se abriu.

Andando devagar, atento à dor na cabeça e na costelas, Tas foi para o corredor. Ele verificou cuidadosamente cada parede sem ver nada promissor até chegar ao final do corredor. Ali, descobriu uma rachadura imensa no mármore que, ao contrário das outras, tinha uma abertura tão profunda que a luz da tocha não conseguia iluminar toda.

Apenas um kender poderia ter espremido para dentro daquela rachadura, e, mesmo para Tas, foi um bem apertado, forçando-o a reorganizar todas as suas bolsas e deslizar lateralmente.

— Tudo o que posso dizer é que estar morto é muito incômodo! — Ele murmurou, apertando-se pela rachadura e fazendo um buraco na sua calça azul.

As coisas não melhoraram. Uma de suas bolsas ficou pendurada em uma pedra e teve que parar, puxando-a até se soltar. Então a rachadura ficou estreita demais e ele já não tinha certeza se conseguiria. Tirando todas as suas bolsas, ele as segurou com a tocha sobre a sua cabeça e, depois de prender a respiração e rasgar a camisa, deu uma última remexida e conseguiu pular para fora. A essa altura, porém, ele estava dolorido, quente, suado e de mau humor.

— Sempre me perguntei por que as pessoas se opunham à morte — disse, limpando o rosto. — Agora eu sei!

Fazendo uma pausa para recuperar o fôlego e reorganizar suas bolsas, o kender ficou muito animado ao ver luz no outro extremo da rachadura. Passando a tocha ao redor, descobriu que a rachadura ficava maior, então, depois de um momento, continuou em frente e logo chegou ao fim, à fonte de luz.

Chegando na abertura, Tas espiou para fora, respirou fundo e disse.

— Isto é mais do que esperava!

A paisagem não era parecida com nada que ele já vira na vida. Era vasta e desolada, estendendo-se até um céu amplo e vazio que estava iluminado com um brilho estranho, como se o sol tivesse acabado de se pôr ou houvesse um incêndio queimando ao longe. Mas o céu inteiro era daquela cor estranha, mesmo acima dele. E ainda, apesar de todo o brilho, as coisas ao seu redor estavam muito escuras. A terra pareceu ter sido cortada de papel preto e colada embaixo do céu assustador. E o próprio céu estava vazio — sem sol, luas ou estrelas. Nada.

Tas deu um ou dois passos cautelosos à frente. Não sentiu nada de diferente naquele chão, mesmo que, enquanto caminhasse por ele, notasse que assumia a mesma cor do céu. Olhando para cima, viu que, ao longe, ficava preto novamente. Depois de mais alguns passos, parou e olhou para trás, para as ruínas do grande Templo.

— Pela barba do Grande Reorx! — Tas engasgou, quase deixando cair a tocha.

Não havia nada atrás dele! De onde quer que tivesse vindo, tinha sumido! O kender fez um círculo completo. Nada à frente dele, nada atrás dele, nada em nenhuma direção que olhasse.

O coração de Tasslehoff Burrfoot afundou até o fundo de seus sapatos verdes e ficou lá, recusando-se a ser reconfortado. Era sem dúvida o lugar mais chato que já vira em toda a sua existência!

— Isso não pode ser o Além-vida — o kender disse, triste. — Isto *não pode* estar certo! *Deve* haver algum erro. Ei, espere um pouco! Eu deveria encontrar Flint! Fizban disse isso e Fizban pode ter estado meio confuso sobre outras coisas, mas não parecia estar confuso sobre *isso*!

— Vamos ver... como foi mesmo? Havia uma grande árvore, uma bela árvore e abaixo dela estava um anão velho e resmungão, esculpindo em madeira e... Ei! Lá está a árvore! Agora, de onde isso saiu?

O kender piscou atônito. Bem na frente dele, onde não havia nada um momento antes, podia ver uma grande árvore.

— Não é exatamente a minha ideia de uma bela árvore — Tas murmurou, caminhando em direção a ela, notando que o chão tinha desenvolvido o curioso hábito de tentar deslizar sob seus pés. — Mas Fizban tinha um gosto estranho também, se for pensar assim, Flint.

Ele se aproximou da árvore, que era preta, como tudo o mais, torcida e recurvada como uma bruxa que ele vira uma vez. Não tinha folhas.

— Esta coisa está morta há pelo menos cem anos! — Tas fungou. — Se Flint acha que vou gastar meu pós vida sentado debaixo de uma árvore morta com ele, é melhor mudar de ideia. Eu... Ei, Flint! — O kender gritou, chegando perto da árvore e olhando ao redor. — Flint? Onde está você? Eu... Oh, aí está você — ele disse, vendo uma figura baixinha e barbuda sentada no chão do outro lado da árvore. — Fizban me disse que eu ia encontrar você aqui. Aposto que você está surpreso por me ver! Eu...

O kender contornou a árvore e parou.

— Então — ele gritou com raiva — Você não é o Flint! Quem... Arack!

Tas cambaleou para trás quando o anão que fora o Mestre dos Jogos em Istar de repente virou a cabeça e o encarou com um sorriso tão maligno em seu rosto retorcido que o kender sentiu o sangue gelar, uma sensação muito incomum que ele não lembrava de ter experimentado antes. Porém, antes que ele tivesse tempo para apreciá-la, o anão ficou de pé em um salto e, com um rosnado, pulou no kender.

Com um grito assustado, Tas balançou sua tocha para manter Arack para trás, enquanto com a outra mão procurava a pequena faca em seu cinto. Mas, assim que a sacou, Arack desapareceu. A árvore desapareceu. Mais uma vez, Tas se viu de pé bem no meio do nada sob aquele céu cor de fogo.

— Muito bem — Tas disse, um pequeno tremor em sua voz, apesar de tentar ao máximo escondê-lo. — Não estou achando isso nada divertido. É miserável e horrível e, enquanto Fizban não chegou a prometer que a vida após a morte seria uma festa sem fim, tenho *certeza* de que não estava falando disso aqui! — O kender virou devagar, mantendo a faca na mão e a tocha estendida à sua frente.

— Sei que não tenho sido muito religioso, — acrescentou Tas com um fungar, olhando o cenário sombrio da paisagem e tentando ficar de pé no chão estranho — mas eu pensei que tive uma boa vida. E eu *derrotei* a Rainha das Trevas. Claro, tive alguma ajuda — acrescentou, achando que era uma bora para ser honesto — e sou amigo pessoal de Paladine e...

— Em nome de Sua Majestade Sombria, — disse uma voz suave atrás dele — o que você está fazendo aqui?

Tasslehoff saltou um metro no ar em alarme, um sinal certeiro de que o kender estava nervoso, e virou. Lá, onde não havia ninguém de pé um momento antes, estava uma figura que o lembrava muito do clérigo de Paladine, Elistan, só que aquela figura vestia preto em vez de branco e em volta do pescoço, no lugar do medalhão de Paladine, usava o medalhão do Dragão de Cinco Cabeças.

— Uh, me perdoe, senhor, — gaguejou Tas — mas eu não sei bem o que estou fazendo aqui. Eu não tenho certeza nem de onde aqui é, para ser bem honesto e... oh, a propósito, meu nome é Tasslehoff Burrfoot. — Ele estendeu a mãozinha educadamente. Qual o seu?

Mas a figura ignorou a mão do kender, jogou o capuz para trás e deu um passo para mais perto. Tas ficou bem espantado ao ver longos cabelos cinzas fluindo por baixo do capuz, cabelo tão comprido, na verdade, que facilmente teria tocado o chão se não tivesse flutuado ao redor da figura de um jeito estranho, assim como a longa barba cinzenta que de repente parecia brotar do rosto, semelhante a um crânio.

— E-então... isso é bastante... notável — Tas gaguejou, a boca aberta. — Como você fez isso? E, eu não acho que você possa me dizer, mas onde é que estou mesmo? S-sabe... — A figura deu mais um passo para mais perto e, embora Tas certamente não estivesse com medo dele, ou daquilo, ou o que quer que fosse, o kender percebeu que não o queria chegando mais perto por algum motivo. — E-eu estou morto — Tas continuou, tentando recuar apenas para descobrir que, por alguma razão inexplicável, algo o impedia — e, a propósito — a indignação superou o medo. — É você que manda aqui? Porque não acho que essa coisa de morte esteja sendo bem conduzida! Estou machucado e com dor! — Ele disse, olhando para a figura acusadoramente. — Minha cabeça dói, minhas costelas também. E tive que andar todo esse caminho, depois que saí da base do Templo...

— A base do Templo! — A figura parou a centímetros de Tasslehoff. Seu cabelo cinza flutuava como se um vento quente o movesse. Seus olhos eram do mesmo vermelho do céu, seu rosto da cor das cinzas.

— Sim! — Tas engoliu em seco. Além de tudo, a figura tinha um cheiro horrível. — Eu... eu estava seguindo a dama Crysania e ela seguiu Raistlin e...

— Raistlin! — A figura falou aquele nome em um tom de voz que fez os cabelos de Tas ficarem literalmente de pé. — Venha comigo!

A mão dele, de aparência bastante peculiar, fechou-se ao redor do pulso de Tasslehoff.

— Ai! — Tas gemeu quando sentiu a dor no braço. — Você está me machucando...

Mas a figura não prestou atenção. Fechando os olhos, como se perdido em concentração, agarrou o kender com força e o chão ao redor de Tas de repente começou a se mover e se erguer. O kender engasgou maravilhado enquanto a paisagem começou um movimento rápido e fluido.

"Não estamos nos movendo", Tas percebeu, admirado, "A terra que está!".

— Uh, — disse Tas em voz baixa — onde mesmo você disse que eu estava?

— Você está no Abismo — disse o rosto em tom sepulcral.

— Ah, certo — Tas disse com tristeza. — Não achei que era tão ruim assim. — Uma lágrima escorreu por seu nariz. — Então, aqui é o Abismo. Espero que você não se importe se eu disser que estou terrivelmente decepcionado. Sempre achei que o Abismo seria um lugar fascinante. Mas até agora não achei. Nem um pouco. É terrivelmente chato e... feio... e, eu realmente não quero ser rude, mas tem um cheiro muito peculiar. — Fungando, ele limpou o nariz na manga, infeliz demais até mesmo para pegar um lenço no bolso. — Para onde você disse que estamos indo?

— Você pediu para ver a pessoa responsável — disse a figura, e sua mão esquelética se fechou sobre o medalhão que usava no pescoço.

A paisagem mudou. Parecia com cada cidade que Tas já visitara e ao mesmo tempo não parecia com nenhuma. Era familiar, mesmo se não reconhecesse nada. Era preta, plana e sem vida, mas repleta de vida. Não via nem ouvia nada, e mesmo assim ao seu redor havia som e movimento.

Tasslehoff olhou para a figura ao seu lado, para planos mutantes além e acima e abaixo dele, e o kender ficou mudo. Pela segunda vez em sua vida (a primeira tinha sido quando encontrou Fizban vivo quando o velho homem deveria estar morto), Tas não conseguia falar uma palavra.

Se todos os kender na face de Krynn tivessem sido solicitados a nomear os Lugares Que Mais Gostariam de Visitar, o plano de existência onde a Rainha das Trevas morava teria entrado em pelo menos terceiro em muitas listas.

Mas ali estava Tasslehoff Burrfoot, de pé na sala de espera da grande e terrível Rainha, em um dos lugares mais interessantes jamais conhecidos por homens ou kender, e nunca se sentira tão infeliz na sua vida.

Primeiro, o aposento onde o clérigo grisalho e vestido de preto lhe disse para ficar estava completamente vazio. Não havia mesas com pequenos objetos interessantes, não havia cadeiras (por isso ele estava de pé). Não havia sequer paredes! De fato, só sabia que estava dentro de uma sala porque quando o clérigo lhe disse para "ficar na sala de espera", Tas de repente *sentiu* que estava na sala.

Mas, até onde podia ver, estava parado no meio do nada. Sequer sabia que lado era para cima ou para baixo. Ambos pareciam iguais, de uma cor estranha e brilhante como uma chama.

Ele tentou se confortar dizendo a si mesmo repetidamente que ia conhecer a Rainha das Trevas. Lembrou-se das histórias que Tanis contou sobre o encontro com a Rainha no templo em Neraka.

— Eu estava cercado por uma grande escuridão — Tanis disse, e, embora tivessem se passado meses da experiência, sua voz ainda tremia — mas parecia uma escuridão de minha própria mente, não uma presença física real. Eu não conseguia respirar. Então a escuridão se foi e ela falou comigo, sem dizer uma palavra. Eu a ouvi em minha mente. E eu a vi em todas as suas formas... o Dragão de Cinco Cabeças, o Guerreiro Sombrio, a Sedutora das Trevas, pois ela ainda não estava completamente em nosso mundo. Ainda não tinha conseguido o controle.

Tas se lembrou de Tanis balançando a cabeça.

— Ainda assim, sua majestade e seu poder eram imensos. Ela é, afinal, uma deusa, uma dos criadores do mundo. Seus olhos escuros encararam a minha alma e eu não resisti, caí de joelhos para... adorá-la.

E agora ele, Tasslehoff Burrfoot, ia conhecer a Rainha em seu próprio plano de existência, forte e poderosa.

— Talvez ela surja como o Dragão de Cinco Cabeças — Tas falou para se alegrar. Mas nem *aquela* maravilhosa possibilidade ajudou, apesar de ele nunca ter visto nada com cinco cabeças antes, muito menos um dragão. Era como se todo o espírito de aventura e curiosidade estivessem escorrendo do kender como sangue gotejando de uma ferida.

— Eu vou cantar um pouco — disse para si só para ouvir o som da sua voz. — Isso geralmente me anima.

Começou a cantarolar a primeira música a vir à sua cabeça, um Hino à Alvorada que Lua Dourada lhe ensinou.

Até a noite deve falhar
Pois a luz dorme nos olhos
E a sombra torna-se uma sombra na sombra
Até a escuridão morrer.

Logo o olho revolve
As complexidades da noite
Na quietude, onde o coração
Cai na luz prometida.

Tas estava começando o segundo verso quando percebeu, horrorizado, que sua canção estava ecoando de volta para ele, só que com palavras distorcidas e terríveis…

Até a noite deve falhar
Quando luz dorme nos olhos,
Quando a sombra se torna uma sombra na sombra
E morre na escuridão.

Logo o olho se dissolve,
Intrigado pela misteriosa noite
Dentro da quietude do coração
Uma fábula de luz caída.

— Pare com isso — gritou Tas freneticamente no silêncio misterioso e escaldante que ressoou com sua canção. — Eu não quis dizer isso! Eu…

De repente, o clérigo vestido de preto materializou-se diante de Tasslehoff, parecendo ter saído da escuridão.

— Sua Majestade Sombria o verá agora — o clérigo disse, e, antes que Tasslehoff pudesse piscar, estava em outro lugar.

Ele sabia que era outro lugar, não por ter dado um passo ou por ser diferente do lugar anterior, mas por *sentir* que estava em outro lugar. Ainda havia o mesmo brilho estranho, o mesmo vazio, só que agora tinha a impressão de não estar sozinho.

No momento em que percebeu isso, ele viu um assento preto de madeira aparecer, de costas para ele. Sentada ali estava uma figura vestida de preto, capuz cobrindo o rosto.

Pensando que talvez fosse algum erro e que o clérigo o levara para o lugar errado, Tasslehoff, segurando nervoso as bolsas na mão, andou cuidadosamente ao redor do assento para ver o rosto da figura. Ou talvez o assento se virou para ver o *seu* rosto. O kender não tinha certeza.

Mas, quando a cadeira se moveu, o rosto da figura apareceu. Tasslehoff soube que não houve erro.

Não viu um dragão de cinco cabeças. Nem um grande guerreiro em armadura preta e ardente. Nem sequer a sombria sedutora que tanto assombrava os sonhos de Raistlin. Era uma mulher vestida toda de preto, um capuz justo puxado sobre seu cabelo, emoldurando seu rosto como um oval pálido. Sua pele era branca, lisa e sem idade, os olhos grandes e escuros. Seus braços, envoltos em pano preto, descansado nos braços do seu trono, as mãos brancas curvadas calmamente na ponta.

A expressão em seu rosto não era horripilante, nem aterrorizadora, nem ameaçadora ou inspiradora, na verdade não era sequer uma expressão. No entanto, Tas estava ciente de que ela estava o analisando intensamente, mergulhando em sua alma, estudando partes dele que ele sequer sabia que existiam.

— E-eu sou Tasslehoff Burrfoot, M-majestade — disse o kender, estendendo a mãozinha, por reflexo. Tarde demais, percebeu o insulto e começou a puxar a mão e a fazer uma reverência, mas sentiu o toque de cinco dedos em sua palma. Foi um toque breve, mas era como se Tas tivesse agarrado um punhado de urtigas. Cinco ramos pungentes de dor atravessaram seu braço e perfuraram seu coração, fazendo-o arquejar.

Mas, tão rapidamente quanto o tocaram, eles se foram. Viu-se de pé, muito perto da bela e pálida mulher, e tão suave era a expressão em seus olhos que Tas poderia até duvidar que ela fosse a causa da dor, mas ao olhar para a palma da mão viu uma marca, uma estrela de cinco pontas.

Conte a sua história.

Ele se assustou. Os lábios da mulher não se moveram, mas a ouviu falar. Além disso, percebeu com um medo súbito que ela provavelmente sabia mais da história do que ele.

Suando, segurando suas bolsas nervosamente, Tasslehoff Burrfoot fez história naquele dia, pelo menos no que diz respeito às narrativas dos kender. Ele contou toda a história de sua viagem para Istar em cinco segundos. E cada palavra foi verdadeira.

— Par-Salian acidentalmente me mandou de volta no tempo com meu amigo Caramon. Nós íamos matar Fistandantilus, mas descobrimos que era Raistlin, então não o fizemos. Eu ia parar o Cataclismo com o dispositivo mágico, mas Raistlin me fez quebrá-lo. Segui uma clériga chamada Dama Crysania para o laboratório embaixo do Templo de Istar para encontrar Raistlin e fazê-lo consertar o dispositivo. O teto cedeu e me derrubou. Quando eu acordei, todos tinham me deixado e o Cataclismo aconteceu, e agora estou morto e fui enviado para o Abismo.

Tasslehoff respirou fundo, trêmulo, e esfregou o rosto com a ponta de seu longo topete de cabelo. Então, percebendo que seu último comentário não fora muito elogioso, ele se apressou a acrescentar:

— Não que eu esteja reclamando, Vossa Majestade. Estou certo de quem quer que tenha feito isso teve ter uma razão muito boa. Afinal, eu quebrei um orbe de dragão, e acho que me lembro de uma vez alguém dizer que peguei algo que não me pertencia e... e não respeitei Flint como deveria, acho, e uma vez, de brincadeira, escondi as roupas de Caramon enquanto ele foi tomar banho e ele teve que andar até Consolação pelado. Mas...— Tas não conseguiu evitar de bufar — sempre ajudei Fizban a encontrar seu chapéu!

Você não está morto, disse a voz, *nem foi mandado para cá. Na verdade, nem deveria estar aqui e ponto.*

Com essa revelação surpreendente, Tasslehoff olhou diretamente nos olhos escuros e sombrios da Rainha.

— Não estou? — Ele guinchou, sentindo sua voz ficar estranha. — Não estou morto? — Sem notar, colocou a mão na cabeça, que ainda doía. — Tudo se explica! Achei que alguém tinha errado em alguma coisa...

Kender não são permitidos aqui, continuou a voz.

— Isso não me surpreende — disse Tas triste, sentindo-se muito mais ele mesmo, já que não estava morto. — Existem muitos lugares em Krynn onde kender não são permitidos.

A voz pode nem tê-lo ouvido. *Quando você entrou no laboratório do Fistandantilus, você estava protegido pelo encantamento que ele colocou ali. O resto de Istar afundou muito abaixo do solo no momento que o Cataclismo ocorreu. Mas eu fui capaz de salvar o Templo do Rei-Sacerdote. Quando eu estiver pronta, ele retornará para o mundo, como eu o farei.*

— Mas você não vai ganhar — Tas falou sem pensar. — E-eu sei — ele gaguejou quando o olhar sombrio veio na sua direção. — Eu estava lá.

Não, você não estava lá, pois isso ainda não aconteceu. Entenda, kender, ao interromper o feitiço de Par-Salian, você tornou possível alterar o tempo. Fistandantilus, ou Raistlin, como você o conhece, disse isso a você. Foi por isso que ele o mandou para a morte, ou assim supôs. Ele não queria que o tempo fosse alterado: o Cataclismo era necessário para ele pudesse levar a clériga de Paladine mais à frente no tempo, quando seria a única clériga verdadeira na terra.

Pareceu a Tasslehoff que viu, pela primeira vez, um lampejo de diversão sombria nos olhos escuros da mulher, e ele estremeceu sem saber por quê.

Muito em breve você irá se arrepender dessa decisão, Fistandantilus, meu ambicioso amigo. Mas é tarde demais. Pobre e insignificante mortal. Você cometeu um erro, um erro dispendioso. Você está preso em seu próprio ciclo de tempo. Você corre para a sua própria desgraça.

— Não entendo — exclamou Tas.

Sim, você entende, disse a voz calmamente. Sua vinda me mostrou o futuro. Você me deu a chance de mudá-lo. E, ao destruir você, Fistandantilus destruiu sua única chance de se libertar. Seu corpo perecerá novamente, como pereceu há muito tempo. Porém desta vez, quando sua alma procurar outro corpo, irei impedi-lo. Assim, o jovem mago, Raistlin, no futuro, fará o Teste na Torre da Alta Magia e morrerá lá. Ele não vai viver para mais tarde atrapalhar meus planos. Um por um, os outros morrerão. Pois sem a ajuda de Raistlin, Lua Dourada não encontrará cajado de cristal azul. Então, será o começo do fim para o mundo.

— Não! — Tas choramingou, horrorizado. — Não… não pode ser! Eu não queria fazer isso. Eu só queria ir com Caramon em uma aventura! Ele não podia fazer isso sozinho. Precisava de mim!

O kender olhou ao redor freneticamente, procurando alguma fuga. Mas, embora parecesse que podia correr para qualquer lugar, não havia onde se esconder. Caindo de joelhos diante da mulher vestida de negro, Tas olhou para ela.

— O que foi que eu fiz? O que eu fiz? — Ele chorou, desesperado.

Você fez algo que até mesmo Paladine pode estar tentado a virar suas costas para você, kender.

— O que você vai fazer comigo? — Tas soluçou miseravelmente. — Para onde eu vou? — Ele ergueu o rosto manchado de lágrimas. — Não creio que você possa me mandar de volta para Caramon… ou de volta para minha época?

Seu tempo não existe mais. Quanto a enviar você para Caramon, isso é completamente impossível, como você certamente deve entender. Não, você vai permanecer aqui, comigo, assim eu posso garantir que nada vai dar errado.

— Aqui? — Tas ofegou. — Por quanto tempo?

A mulher começou a desaparecer diante de seus olhos, brilhando até sumir por completo no nada à sua frente. *Não muito, pelo que posso imaginar, kender. Não muito mesmo. Ou talvez para sempre…*

— O que você… o que ela quis dizer? — Tas virou para encarar o clérigo de cabelos grisalhos, que surgira para ocupar o vazio deixado por Sua Majestade Sombria. — Não muito ou para sempre?

— Apesar de não estar morto, você está, neste momento, morrendo. Sua força vital o está deixando, como faz em qualquer ser vivo que por engano se aventura aqui sem ter poder para combater o mal que os devora por dentro. Quando estiver morto, os deuses determinarão seu destino.

— Entendo — disse Tas, sufocando um nó na garganta. Baixou a cabeça. — Acho que mereço isto. Oh, Tanis, desculpe! Eu realmente não queria fazer isso.

O clérigo agarrou seu braço dolorosamente. Os arredores mudaram, o chão se deslocou sob seus pés. Mas Tasslehoff sequer notou. Seus olhos cheios de lágrimas, ele se entregou ao desespero e esperava que a morte viesse logo.

Capítulo 8

Aqui estamos — disse o clérigo.

— Onde? — Tas perguntou apático, mais por força do hábito do que por interesse.

O clérigo parou e encolheu os ombros.

— Presumo que se houvesse uma prisão no Abismo, é onde você estaria agora.

Ele olhou ao redor. Como de costume, não havia nada lá— simplesmente uma vasta extensão estéril de um vazio sinistro. Não havia paredes, celas, janelas gradeadas, portas, fechaduras, carcereiro. E ele sabia, com um profunda certeza, que daquela vez, não havia como escapar.

— Vou ficar aqui até cair? — Tas perguntou em voz baixa — Quer dizer, não posso pelo menos ter uma cama e um… um banquinho… oh!

Enquanto ele falava, uma cama se materializou diante de seus olhos, assim como uma banqueta de madeira de três pernas. Mas mesmo aqueles objetos familiares pareciam horripilantes ali no meio do nada, e Tas não aguentava olhar por muito tempo.

— O-obrigado — ele gaguejou, andando até o banco onde se sentou com um suspiro. — E comida e água?

Ele esperou um momento, para ver se também apareceriam. Mas não. O clérigo sacudiu a cabeça, o cabelo cinza formando no redemoinho nuvens por aí dele.

— Não, as necessidades do seu corpo mortal serão atendidas enquanto você estiver aqui. Você não sentirá fome ou sede. Até curei seus ferimentos.

Tas de repente percebeu que suas costelas pararam de doer e a dor em sua cabeça se fora. O colar de ferro havia desaparecido do seu pescoço.

— Não há necessidade de agradecer — continuou o clérigo, vendo Tas abrir a boca. — Fazemos isso para que você não nos interrompa em nosso trabalho. E, assim, até a próxima...

O clérigo levantou as mãos, obviamente se preparando para partir.

— Espere! — Tas gritou, pulando do banco e agarrando as vestes escuras e esvoaçantes. — Não vou ver você de novo? Não me deixe sozinho! — Mas era como tentasse pegar fumaça. As vestes escorregaram entre seus dedos e o clérigo sumiu.

— Quando você estiver morto, devolveremos seu corpo às terras acima e colocaremos sua alma em seu caminho... ou ela ficará aqui, de acordo com o julgamento. Até lá, não temos necessidade de estar em contato com você.

— Estou sozinho! — Tas disse, olhando ao seu redor pelo ambiente sombrio em desespero. — Verdadeiramente sozinho... sozinho até morrer, o que não vai demorar — acrescentou triste. Caminhou até seu banco. — Poderia pelo menos morrer o mais rápido possível e acabar logo com isso. Pelo menos, irei para um lugar diferente... espero.

Olhou para cima e encarou a vastidão vazia.

— Fizban, — Tas disse suavemente — você provavelmente não pode me ouvir bem aqui. E acho que não há o que você pudesse fazer por mim, de qualquer forma, mas *queria* te contar, antes de morrer, que eu não *queria* causar todo esse problema, interrompendo o feitiço de Par-Salian e voltando no tempo quando não era para ter ido e essas coisas todas.

Levantando-se com um suspiro, Tas apertou as mãos pequenas, seu lábio inferior tremendo.

— Talvez isso não conte muito... e acho que, se devo ser honesto, parte de mim foi junto com Caramon só porque... — ele engoliu as lágrimas que estavam começando a escorrer por seu nariz — só porque parecia muito divertido! Mas, na verdade, parte de mim foi porque ele não tinha nada de voltar ao passado sozinho! Ele estava confuso por causa da bebida, sabe. E prometi a Tika que cuidaria dele. Ah, Fizban! Se tivesse um jeito de sair dessa bagunça, eu tentaria o meu melhor para endireitar tudo. Honestamente...

— Olávocê.

— O quê? — Ele quase caiu do banco. Virando, quase pensando que veria Fizban, em vez disso, viu uma figura baixa, menor até do que ele mesmo, vestindo calças marrons, túnica cinza e um avental de couro marrom.

— Eudisseolávocê — repetiu a voz, bem irritada.

— Ah, o-olá — gaguejou Tas, olhando para a figura. Certamente não parecia ser um clérigo sombrio, pelo menos Tas nunca tinha ouvido falar de um que usasse aventais de couro marrom. Mas, ele supôs, sempre podia haver exceções, especialmente considerando o fato de que os aventais de couro marrom são tão úteis. Porém, a pessoa tinha uma forte semelhança com alguém que ele conhecia, se apenas pudesse se lembrar…

— Nossa! — Exclamou de repente, estalando os dedos. — Você é um gnomo! Uh, desculpe fazer uma pergunta tão pessoal — o kender corou de vergonha — mas você está… uh… morto?

— Vocêestá? — O gnomo perguntou, olhando para o kender desconfiado.

— Não — disse Tas, bastante indignado.

— Bemeutambémnão! — Rebateu o gnomo.

— Uh, poderia ir mais devagar um pouco? — Tas sugeriu. — Sei que seu povo fala rapidamente, mas fica difícil para a gente entender às vezes…

— Eu disse "Eu também não"! — O gnomo gritou.

— Obrigado — disse Tas educadamente. — E eu não tenho problemas para ouvir. Você pode falar em um tom de voz normal… fale devagar em um tom de voz normal — o kender apressou-se a acrescentar, vendo o gnomo respirar fundo.

— Qual… é… seu… nome? — O gnomo perguntou, falando na velocidade de um caramujo.

— Tasslehoff… Burrfoot. — O kender estendeu a mão, que o gnomo tomou e sacudiu com vontade. — Qual… é… o… seu? Quer dizer, qual é o seu? Oh, não! Eu não quis dizer…

Mas era tarde demais. O gnomo estava a toda.

— Gnimshmarigongalesefrahootsputhturandotsamanella…

— A forma curta! — Tas gritou quando o gnomo parou para respirar.

— Oh. — O gnomo pareceu desapontado. — Gnimsh.

— Obrigado. Prazer em conhecê-lo… uh… Gnimsh — Tas disse, suspirando de alívio. Tinha esquecido completamente que cada nome de gnomo fornece ao incauto ouvinte a história completa da vida da família do gnomo, começando com seu ancestral mais antigo conhecido (ou imaginado).

— Prazer em conhecê-lo, Burrfoot — disse o gnomo, e apertaram as mãos novamente.

— Você vai se sentar? — Tas disse sentando-se na cama e gesticulando educadamente em direção ao banquinho. Mas Gnimsh deu um olhar mordaz ao banco e sentou-se em uma cadeira que se materializou bem abaixo dele. Tas se engasgou com a visão. Era realmente uma cadeira admirável. Tinha um apoio para os pés que subia e descia, balancins na parte inferior que faziam a cadeira balançar para frente e para trás e até inclinar completamente para trás, fazendo a pessoa ali sentada ficar deitada.

Infelizmente, quando Gnimsh se sentou, a cadeira se inclinou demais para trás, virando o gnomo de cabeça para baixo. Resmungando, subiu de volta e apertou uma alavanca. Desta vez, o apoio para os pés voou, atingindo-o no nariz. Ao mesmo tempo, as costas vieram para a frente e, em pouco tempo, Tas teve que ajudar a resgatar Gnimsh da cadeira, que parecia estar comendo-o.

— Droga — disse o gnomo e, com um aceno de sua mão, mandou a cadeira de volta para onde quer que tivesse vindo, e sentou-se, desconsolado, no banco de Tasslehoff.

Tendo visitado gnomos e visto suas invenções antes, Tasslehoff murmurou o que era apropriado.

— Muito interessante... verdadeiramente um projeto avançado de cadeira.

— Não, não é — Gnimsh retrucou, para grande espanto de Tas. — É podre. Pertenceu ao primo da minha esposa. Eu deveria saber que não deveria ter pensado isto. Mas... — ele suspirou — às vezes fico com saudades de casa.

— Eu sei — disse Tas, engolindo um súbito nó na garganta. — Se-se você não se importa que eu pergunte, o que você está fazendo aqui, se você... hum... não está morto?

— Você me contaria o que *você* está fazendo? — Gnimsh retrucou.

— Claro — disse Tas, então algo lhe veio à mente. Olhando ao redor com cautela, ele se inclinou. — Ninguém se *importa*, né? — Ele perguntou em um sussurro. — De estarmos falando, sabe? Pode ser que a gente não deva...

— Ah, *eles* não ligam — Gnimsh disse desdenhosamente. — Enquanto os deixamos em paz, somos livres para ir a qualquer lugar. Claro... — ele adicionou — qualquer lugar parece com isso aqui, então nem vale a pena.

— Entendo — Tas disse com interesse. — Como se viaja aqui?

— Com sua mente. Você ainda não tinha percebido isso? Não, provavelmente não. — O gnomo bufou. — Kender nunca foram famosos por seus cérebros.

— Gnomos e kenders *são* parentes — apontou Tas em tom irritado.

— É o que dizem — Gnimsh respondeu com ceticismo, obviamente não acreditando naquilo.

Tasslehoff decidiu, para manter a paz, mudar de assunto.

— Então, se eu quiser ir a algum lugar, só preciso pensar nele e estarei lá?

— Com limites, é claro — disse Gnimsh. — Você não pode, por exemplo, entrar em nenhum dos recintos sagrados onde os clérigos sombrios estão...

— Ah. — Tas suspirou, pois isto estava bem no topo de sua lista de atrações turísticas. Então ele se animou novamente. — Você fez aquela cadeira do nada e, pensando nisso, *eu* fiz esta cama e este banco. Se eu pensar em algo, será que apenas aparece?

— Experimente — sugeriu Gnimsh. Tas pensou em algo.

Gnimsh bufou quando um cabide de chapéus apareceu no pé da cama.

— Realmente, *isso* é útil.

— Estava somente praticando — Tas disse, magoado.

— É melhor você tomar cuidado — disse o gnomo, vendo o rosto de Tas se iluminar. — Às vezes, as coisas aparecem, mas não exatamente do jeito que você espera.

— Sim. — De repente, lembrou-se da árvore e do anão. Estremeceu. — Acho que você está certo. Bem, pelo menos temos um ao outro. Alguém para conversar. Você não pode imaginar como estava *chato*. — O kender recostou-se na cama, primeiro imaginando... com cuidado... um travesseiro. — Bem, vamos em frente. Conte-me sua história.

— Você começa. — Gnimsh olhou para Tas de esguelha.

— Não, você é meu convidado.

— Eu insisto.

— *Eu* insisto.

— Você. Afinal, estou aqui há mais tempo.

— Como você sabe?

— Só sei... vamos.

— Mas... — Tas de repente viu que aquilo não levaria a lugar algum, e embora aparentemente tivessem toda a eternidade, não planejava gastá-la discutindo com o gnomo. Além do mais, não tinha um motivo para *não* contar sua história. Ele adorava contar histórias, de qualquer maneira. Então, recostando-se confortavelmente, contou. Gnimsh ouviu com interesse, embora tenha irritado Tas constantemente interrompendo e dizendo a ele para "ir em frente", bem nas partes mais emocionantes.

Finalmente, Tas concluiu.

— E assim aqui estou. Agora, você — ele disse, feliz por poder parar e respirar.

— Bem — Gnimsh disse hesitantemente, olhando ao redor como se tivesse medo de alguém estar ouvindo. — Tudo começou anos e anos atrás com a Missão de Vida da minha família. Você sabe... — ele encarou Tas — o que é a Missão de Vida?

— Claro — disse Tas. — Meu amigo Gnosh teve uma Missão de Vida. Só que a sua eram orbes de dragão. Cada gnomo tem atribuído um projeto específico que ele deve concluir com sucesso ou nunca entrará na vida após a morte. — Tas teve um pensamento repentino. — Não é por isso que você está aqui, é?

— Não. — O gnomo sacudiu a cabeça de cabelo ralo. — A missão da minha família era desenvolver uma invenção que pudesse nos levar de um plano dimensional de existência para outro. E... — Gnimsh deu um suspiro pesado — o meu funcionou.

— Funcionou? — Tas disse, sentando-se com espanto.

— Perfeitamente — Gnimsh respondeu, com desapontamento.

Tasslehoff ficou atordoado. Nunca antes ouvira tal coisa — uma invenção gnômica funcionando... e perfeitamente! Gnimsh olhou para ele.

— Ah, eu sei o que você está pensando — ele disse. — Sou um fracasso. Você não sabe a metade da história. Sabe... todas as minhas invenções funcionam. Todas.

Gnimsh pôs a cabeça nas mãos.

— Como... como isso faz de você um fracasso? — Tas perguntou, confuso.

Gnimsh levantou a cabeça, olhando para ele.

— Bem, de que adianta inventar algo que funciona? Onde está o desafio? A necessidade da criatividade? O pensamento avançado? O que seria do progresso? Você sabe, — ele disse com melancolia profunda — se eu não tivesse vindo para cá, estavam prestes a me exilar. Disseram que eu era uma ameaça para a sociedade. Eu retrocedi a exploração científica centenas de anos.

A cabeça de Gnimsh pendeu.

— É por isso que não me importo de estar aqui. Assim como você, eu mereço. É onde eu provavelmente vou acabar de qualquer forma.

— Onde está o seu dispositivo? — Tas perguntou empolgado.

— Ah, eles tiraram de mim, claro — Gnimsh respondeu, acenando com a mão.

— Bem! — O kender pensou — Você não pode imaginar um? Como fez com a cadeira?

— E você viu o resultado! — Gnimsh respondeu. — Provavelmente vou acabar recriando a invenção do meu pai. Levou-o para outro plano do existência, claro. O Comitê de Dispositivos Explosivos está estudando isso agora, na verdade, ou pelo menos estavam quando fiquei preso aqui. O que está tentando fazer? Encontrar um caminho para fora do Abismo?

— Eu preciso — disse Tas resoluto. — A Rainha das Trevas pode ganhar a guerra, caso contrário, e tudo será minha culpa. Além do mais, tenho amigos que estão correndo um perigo terrível. Bem, um não é exatamente amigo, mas é uma pessoa interessante e, apesar de ele ter tentado me matar, me fazendo quebrar o dispositivo mágico, tenho certeza de que não foi nada pessoal. Ele teve um bom motivo…

Tas parou.

— É isso! — Ele disse, pulando para fora da cama. — É isso! — Ele gritou com tanta empolgação que uma floresta inteira de cabides surgiu ao redor da cama, para grande espanto do gnomo.

Gnimsh deslizou para fora de seu banquinho, olhando Tas com cautela.

— O que foi? — Inquiriu, batendo em um cabide.

— Veja! — Tas disse, mexendo em suas bolsas. Abriu uma, então outra. — Aqui está! — Ele disse, segurando uma bolsa aberta para mostrar a Gnimsh. Mas, assim que o gnomo olhou, Tas a fechou de repente. — Espere!

— O quê? — Gnimsh perguntou, assustado.

— *Eles* estão observando? — Tas perguntou sem fôlego. — Vão ficar sabendo?

— Sabendo o quê?

— Só… só sabendo…?

— Não, eu presumo que não — Gnimsh respondeu hesitantemente. — Não posso dizer com certeza, pois não sei o que eles não deveriam saber. Mas sei que estão bem ocupados agora, acordando dragões do mal e esse tipo de coisa. Dá muito trabalho.

— Bom — Tas disse sombriamente, sentando-se na cama. — Agora, olha isto. — Abriu sua bolsa e despejou o conteúdo. — O que isso te lembra?

— Do ano em que minha mãe inventou o dispositivo projetado para lavar pratos — disse o gnomo. — A cozinha estava até os joelhos de louça quebrada. Tivemos que...

— Não! — Tas interrompeu, irritado. — Veja, coloque essa peça perto desta e...

— Meu dispositivo de viagem dimensional! — Gnimsh ofegou. — Você está certo! Parecia com algo assim. O meu não tinha essas bugigangas e joias, mas... Não, veja. Você entendeu errado. Acho que isso vai aqui, não lá. Sim. Viu? E então esta corrente prende aqui e enrola por ali assim. Não, não é bem isso. Isto deve ir... Espere, entendi. Este tem que se ajustar aqui primeiro. — Sentando-se na cama, Gnimsh pegou uma das joias e prendeu-a no lugar. — Agora, eu preciso de outra dessas paradas vermelhas. — Ele começou a procurar nas joias. — O que você fez com essa coisa, afinal? — Ele murmurou. — Colocou num moedor de carne?

Mas o gnomo, absorto em sua tarefa, ignorou completamente a resposta de Tas. O kender, enquanto isso, aproveitou a oportunidade para contar sua história novamente. Empoleirado no banco, Tas falou alegremente e sem interrupção enquanto, esquecendo por completo a existência do kender, Gnimsh começou a organizar a miríade de joias e pequenas coisas e correntes de ouro e prata, empilhando-as em pilhas organizadas. Tas falava o tempo todo, mas também estava assistindo Gnimsh, a esperança enchendo seu coração. Claro, ele pensou com angústia, ele havia orado a Fizban, e havia todas as possibilidades de que, se Gnimsh fizesse o dispositivo funcionar, fossem parar em uma lua ou transformados em galinhas ou algo assim. Mas, Tas decidiu, tinha que aproveitar aquela oportunidade. Afinal, prometeu que tentaria endireitar as coisas, e embora encontrar um gnomo fracassado não fosse bem o que ele esperava, era melhor do que se sentar ali, esperando para morrer.

Gnimsh, enquanto isso, tinha imaginado um quadro de ardósia e um pedaço de giz, e esboçava gráficos, murmurando:

— Colocar a joia A na gerigonça de ouro B...

Capítulo 9

Que lugar horrível, meu irmão — Raistlin comentou em voz baixa ao desmontar do cavalo lenta e custosamente.

— Já estivemos em piores — Caramon comentou, ajudando dama Crysania a descer de sua montaria. — Está quente e seco lá dentro, o que o torna cem vezes melhor do que aqui. Além do mais, — acrescentou com rispidez, olhando para seu irmão, que tinha caído contra o seu cavalo, tossindo e tremendo — nenhum de nós pode cavalgar mais sem descanso. Vou ver os cavalos. Vocês dois vão lá para dentro.

Crysania, enrolada na capa encharcada, estava com os pés cobertos de lama e encarava estupidamente a pousada. Esta era, como Raistlin disse, um lugar horrível.

Qual poderia ser o nome, ninguém sabia, pois não havia placa pendurada acima da porta. A única coisa, de fato, que a marcava como uma pousada era uma lousa com letras grosseiras presa na janela frontal que dizia: "Viaxantes benvindos". A construção de pedra em si era velha e de construção robusta. Mas o teto estava caindo, embora tivessem tentado evitar isso em alguns lugares com remendos de palha. Uma janela estava quebrada. Uma lona velha a cobria, supostamente para proteger da chuva. O jardim só tinha lama e algumas ervas daninhas.

Raistlin tinha ido à frente. Estava parado na porta aberta, olhando para Crysania. A luz brilhava lá dentro, e o cheiro de fumaça de lenha prometia uma lareira. O rosto de Raistlin endureceu em uma expressão impaciente e uma rajada de vento jogou o capuz de Crysania para trás, jogando chuva em seu rosto. Com um suspiro, ela se arrastou pela lama para alcançar a porta.

— Bem-vindo, mestre. Bem-vinda, madame.

Crysania espantou ao ouvir a voz ao seu lado. Não tinha visto ninguém quando entrou. Virando, viu um homem de má aparência encolhido nas sombras atrás da porta, que bateu nesse instante.

— Um dia horrível, mestre — o homem disse, esfregando as mãos de forma servil. Isso, um avental manchado de gordura, e o trapo jogado sobre seu braço indicava ser o estalajadeiro. Olhando de relance a pousada suja, Crysania considerou que bastava para o que precisavam. O homem aproximou-se, ainda esfregando as mãos, até estar tão perto de Crysania que ela podia sentir o cheiro azedo de cerveja na respiração dele. Tampando o rosto com seu manto, ela se afastou. Ele pareceu sorrir, de um jeito bêbado que seria tolo não fosse a expressão ardilosa no olhar estrábico. Encarando-o, Crysania sentiu por um momento que quase preferia voltar para a tempestade. Mas Raistlin, com um olhar afiado e penetrante para o estalajadeiro, disse friamente:

— Uma mesa perto do fogo.

— Sim, mestre, sim. Uma mesa perto do fogo, claro. Bom num dia como este. Venham, Mestre, madame, por aqui. — Curvando-se de uma maneira bajuladora que foi, mais uma vez, desmentida pelo olhar, o homem se arrastou de lado, nunca tirando o olhar deles, pastoreando-os em direção a uma mesa suja.

— Um mago, é, mestre? — Perguntou o estalajadeiro, estendendo a mão para tocar os mantos negros de Raistlin, mas retirando-a imediatamente ao olhar penetrante do mago. — E dos de preto, faz tempo que não vejo um desses, como faz — Raistlin não respondeu. Tomado por outro ataque de tosse, inclinou-se fortemente sobre seu cajado. Crysania o ajudou a chegar a uma cadeira perto do fogo. Afundando nele, amontou-se agradecido na direção do calor.

— Água quente — ordenou Crysania, desamarrando sua capa molhada.

— O que tem de errado com ele? — O estalajadeiro perguntou, desconfiado e recuando um pouco. — Não é a febre ardente, é? Se for, vocês podem sair…

— Não — Crysania retrucou, tirando a capa. — A doença é só dele, não faz mal aos outros. — Inclinando-se para perto do mago, ela olhou de volta para o estalajadeiro. — Pedi água quente.

— Certo. — Ele torceu o lábio. Não esfregava mais as mãos, colocando-as debaixo do avental engordurado antes de ele se afastar.

Seu desprezo esquecido na preocupação com Raistlin, Crysania deixou o estalajadeiro de lado ao tentar colocar o mago mais confortável. Desamarrou a capa de viagem e o ajudou a removê-la, para estendê-la perto do fogo. Procurando pela sala da pousada, ela descobriu várias almofadas desconjuntadas e, tentando ignorar a sujeira que as cobria, trouxe-as de volta para acomodá-las ao redor de Raistlin para que ele pudesse se recostar e respirar mais facilmente.

Ajoelhada ao lado dele para ajudá-lo a remover as botas molhadas, sentiu o toque de uma mão no seu cabelo.

— Obrigado — Raistlin sussurrou quando ela ergueu os olhos.

Crysania corou de prazer. Os olhos castanhos dele pareciam mais calorosos do que a lareira, e com a mão colocou seu cabelo molhado para trás com um toque suave. Ela não conseguia falar nem se mover, e permaneceu ajoelhada ao seu lado, presa ao seu olhar.

— Você é mulher dele?

A voz áspera do estalajadeiro, vinda de trás dela, fez Crysania assustar-se. Ela nem o vira se aproximar, sequer ouviu seu passo arrastado. Levantando-se, incapaz de encarar Raistlin, ela virou abruptamente o rosto para o fogo, sem dizer nada.

— Ela é uma dama de uma das casas reais de Palanthas — disse uma voz grave na porta. — E agradeço se tratá-la com respeito, estalajadeiro.

— Sim, mestre, claro — murmurou o estalajadeiro, aparentemente assustado com o tamanho de Caramon conforme o grande homem entrava, trazendo consigo uma rajada de vento e chuva. — Com certeza não quis desrespeitar e espero que ninguém tenha se ofendido.

Crysania não respondeu. Virando só metade do rosto, disse em voz abafada:

— Deixe a água na mesa.

Quando Caramon fechou a porta e veio se juntar a eles, Raistlin tirou a bolsa que continha as ervas para sua poção. Jogando-a sobre a mesa, direcionou Crysania com um gesto para preparar sua bebida. Afundou de volta entre as almofadas, sua respiração ofegante, olhando para as chamas.

Consciente do olhar preocupado de Caramon sobre ela, Crysania manteve os olhos na poção que preparava.

— Os cavalos estão alimentados e com água. Temos mantido um ritmo fácil o suficiente, assim vão ser capazes de continuar após uma hora de descanso. Quero chegar a Solanthus antes do anoitecer — disse Caramon depois de um momento de silêncio desconfortável. Estendeu sua capa perto do fogo. O vapor subia dela dentre nuvens. — Pediu comida? — Perguntou a Crysania abruptamente.

— Não, apenas a… a água quente — ela murmurou, entregando a beberagem para Raistlin.

— Estalajadeiro, vinho para a dama e o mago, água para mim, e o que você tiver para comer — Caramon disse, sentando-se próximo do fogo, do lado oposto ao seu irmão. Depois de semanas viajando por aquela terra desolada em direção às Planícies de Dergoth, tinham aprendido que se comia o que estivesse disponível nas pousadas, se houvesse algo.

— É apenas o começo das tempestades de outono — Caramon disse baixinho para seu irmão enquanto o estalajadeiro deslizava para fora da sala novamente. — Irá piorar quanto mais para o sul formos. Tem certeza de que quer continuar? Pode ser a sua morte.

— O que você quer dizer com isso? — A voz de Raistlin falhou. Erguendo-se, derramou um pouco da poção.

— Nada, Raistlin — Caramon disse, surpreso com o olhar penetrante do irmão. — Apenas… apenas… sua tosse. Sempre piora com a umidade.

Encarando seu gêmeo, e vendo que aparentemente Caramon não quis dizer nada além do que dissera, Raistlin se inclinou de volta nas almofadas mais uma vez.

— Sim tenho certeza. E você também deveria, meu irmão. Pois é o único caminho para que você veja sua preciosa casa novamente.

— Isso não vai me servir de nada se você morrer no caminho — Caramon rosnou.

Crysania olhou para Caramon em choque, mas Raistlin apenas sorriu amargamente.

— Sua preocupação é tocante, irmão. Mas não tema por minha saúde. Minha força será suficiente para chegar lá e lançar o feitiço final, se não me sobrecarregar enquanto isso.

— Parece que você tem alguém que vai cuidar para que isso não aconteça — Caramon respondeu sério, o olhar em Crysania.

Ela corou novamente e teria feito algum comentário, mas o estalajadeiro voltou. Trazia uma panela com alguma substância fumegante em uma mão e um jarro rachado na outra, e os analisou com cautela.

— Desculpem a pergunta, mestres, — ele gemeu — mas preciso ver a cor do dinheiro antes. São tempos...

— Aqui — disse Caramon, tirando uma moeda de sua bolsa e jogando-a sobre a mesa. — É o bastante?

— Sim, mestres, claro. — Os olhos do estalajadeiro brilharam tanto quanto a peça de prata. Largando a panela e o jarro, derramando ensopado sobre a mesa, agarrou a moeda avidamente, observando o mago o tempo todo como se ele pudesse fazê-la desaparecer.

Enfiando a moeda no bolso, o estalajadeiro foi por trás do balcão desconjuntado e retornou com três tigelas, três colheres de chifre e três canecas. Também os jogou sobre a mesa e recuou, esfregando as mãos mais uma vez. Crysania pegou uma das tigelas e, encarando-as com nojo, imediatamente começou a lavá-las no resto da água quente.

— Precisam de mais alguma coisa, mestres, madame? — O estalajadeiro perguntou com um tom tão bajulador que Caramon fez uma careta.

— Você tem pão e queijo?

— Sim, Mestre.

— Embrulhe um pouco de cada e ponha numa cesta.

— Vocês vão... viajar, é? — Perguntou o estalajadeiro.

Colocando as tigelas de volta sobre a mesa, Crysania olhou para cima, percebendo uma mudança sutil na voz do homem. Ela olhou para Caramon para ver se ele tinha percebido, mas o grandalhão estava remexendo o guisado, farejando-o avidamente. Raistlin, parecendo não ter ouvido, olhava fixamente para o fogo, as mãos segurando a caneca vazia.

— Com certeza não vamos passar a noite aqui — Caramon disse, colocando o ensopado nas tigelas.

— Num vão encontrar lugar melhor daqui até... pronde vocês disseram que ia mesmo? — O estalajadeiro perguntou.

— Não é problema seu — Crysania respondeu friamente. Pegando uma tigela cheia de ensopado, levou-a até Raistlin. Mas o mago, depois de uma olhada na substância espessa e coberta de gordura, acenou, recusando. Mesmo faminta como estava, Crysania só conseguiu engolir um alguns goles da mistura. Empurrando a tigela de lado, envolveu-se na capa ainda úmida e acomodou-se na sua cadeira, fechando os olhos e tentando não pensar que em uma hora ela estaria de volta ao seu cavalo, cavalgando por aquela terra deserta e tempestuosa de novo.

Raistlin já caíra no sono. Os únicos sons vinham de Caramon, comendo o ensopado com o apetite de um velho soldado, e pelo estalajadeiro, retornando à cozinha para arrumar como ordenado.

Uma hora depois, Caramon trouxe os cavalos do estábulo — três cavalos de montaria e um cavalo de carga, pesadamente carregado, o fardo protegido com um cobertor e amarrado com cordas. Ajudando seu irmão e a dama Crysania a montar, e vendo os dois se acomodarem cansados em suas selas, Caramon montou seu gigantesco corcel. O estalajadeiro ficou na chuva, de cabeça descoberta, segurando o cesto. Ele o entregou a Caramon, sorrindo e se balançando enquanto a chuva encharcava suas roupas.

Com um curto agradecimento, e jogando outra moeda que caiu na lama aos pés do estalajadeiro, Caramon pegou as rédeas do cavalo de carga e partiu. Crysania e Raistlin o seguiram, bem protegidos do aguaceiro em suas capas.

O estalajadeiro, aparentemente ignorando a chuva, pegou a moeda e ficou olhando enquanto se afastavam. Duas figuras surgiram dos fundos do estábulo, juntando-se a ele.

Jogando a moeda no ar, o estalajadeiro os encarou.

— Digam a ele que estão indo pela estrada de Solanthus.

Foram vítimas fáceis da emboscada.

Cavalgando na luz desvanecente do dia sombrio, abaixo de árvores grossas de cujos galhos pingavam água monotonamente e cujas folhas caídas abafavam até o som dos passos dos cavalos, cada um estava perdido em seus próprios e sombrios pensamentos. Ninguém ouviu o galope de cascos ou o som de aço até ser tarde.

Antes de perceberem o que estava acontecendo, figuras sombrias caíram das árvores como pássaros imensos e aterrorizantes, sufocando-os com as asas de seus mantos negros. Tudo aconteceu em silêncio, feito com habilidade.

Um subiu atrás de Raistlin, derrubando o mago antes que pudesse se virar. Outro caiu de um galho ao lado de Crysania, colocando a mão sobre a boca e segurando a ponta de sua adaga em sua garganta. Mas precisou de três deles para arrastar Caramon de seu cavalo e lutar com o grandalhão caído, e, quando a luta finalmente acabou, um dos ladrões não ficou de pé, nem parecia que o faria de novo. Estava deitado na lama, a cabeça virada na direção errada.

— Pescoço quebrado — relatou um dos ladrões a uma figura que apareceu, depois de tudo acabado para avaliar o trabalho feito.

— E foi um belo trabalho — o ladrão comentou friamente, olhando para Caramon, que era mantido por quatro homens, os braços grandes presos com cordas de arco. Um corte fundo na cabeça sangrava livremente, a água da chuva lavando o sangue do seu rosto. Sacudindo a cabeça, tentando clarear os pensamentos, Caramon continuava a lutar. O líder, notando os músculos salientes que esticavam as cordas de arco molhadas fazendo vários de seus guardas olharem apreensivos, sacudiu a cabeça com admiração.

Caramon, finalmente vencendo a confusão em sua mente, sacudiu a cabeça para tirar o sangue e a água da chuva dos olhos, olhou ao redor. Pelo menos vinte ou trinta homens fortemente armados os cercavam. Olhando para o líder, Caramon murmurou um xingamento. O homem era de longe o maior humano que ele jamais vira!

Seus pensamentos voltaram-se para Raag e a arena de gladiadores em Istar. "Parte ogro", disse para si mesmo, cuspindo um dente que deve ter se soltado durante a luta. Lembrando vividamente do enorme ogro que ajudava Arack a treinar os gladiadores para os Jogos, Caramon viu que, embora obviamente humano, este homem tinha um tom amarelo em sua pele e o mesmo rosto de nariz chato. Ele era maior que a maioria dos humanos também, — a cabeça e os ombros ficavam acima do alto Caramon — com braços iguais a troncos de árvores. Mas tinha um andar estranho, Caramon notou, além de usar uma capa longa, arrastando no chão e escondendo seus pés.

Tendo sido ensinado na arena para avaliar um inimigo e procurar cada fraqueza, Caramon observou o homem com atenção. Quando o vento afastou o grosso manto de pele que o cobria, Caramon viu com espanto que o homem tinha uma perna só. A outra era uma prótese de aço.

Percebendo o olhar de Caramon em sua perna falsa, o meio-ogro sorriu largamente e deu um passo para mais perto do homem. Estendendo a mão, o ladrão acariciou a bochecha de Caramon.

— Admiro um homem que luta bem — disse ele em uma voz suave. Então, com uma agilidade incrível, ele fechou a mão em um punho, recuou o braço e acertou Caramon na mandíbula. A força do golpe fez o guerreiro recuar, quase fazendo com que os bandidos que o seguravam caíssem também. — Mas você vai pagar pela morte do meu homem.

Enrolando-se em seu longo manto de pele, o meio-ogro cambaleou até onde Crysania estava, presa com força nos braços de um dos ladrões. Seu captor mantinha a mão sobre a sua boca e, apesar do rosto pálido, seu olhar estava sombrio e cheio de raiva.

— Ora, mas que coisa boa — o meio-ogro disse suavemente. — Um presente, e nem é Yule. — Sua risada ecoou entre as árvores. Estendendo a mão, pegou a capa dela e a tirou do seu pescoço, rasgando-a. Seu olhar passou rapidamente por sua figura curvilínea, bem delineada quando a chuva encharcou seus mantos brancos. Seu sorriso se alargou e seus olhos brilharam. Ele estendeu de novo a mão imensa.

Crysania se encolheu, mas o meio-ogro agarrou facilmente, rindo.

— Então, que bugiganga é essa que está usando, docinho? — Ele perguntou, o olhar indo até o medalhão de Paladine pendurado no pescoço fino. — Considero isto muito... impróprio. E é platina pura! — Ele assobiou. — Melhor eu guardar isto para você, querida. Você pode perder no meio da nossa paixão...

Caramon já havia se recuperado o suficiente para ver o meio-ogro agarrar o medalhão. Houve um brilho de diversão sombria nos olhos de Crysania, embora ela estremecesse visivelmente ao toque do homem. Um lampejo de pura luz branca estalou através da chuva constante. O meio-ogro agarrou a sua mão e a recuou, com um rosnado de dor, liberando Crysania.

Houve um murmúrio entre os homens que observavam. O homem que segurava Crysania de repente afrouxou o aperto e ela se libertou, olhando-o com raiva e puxando sua capa de volta.

O meio-ogro ergueu a mão, o rosto contorcido de raiva. Caramon temia que ele atingisse Crysania, mas, naquele momento, um dos homens gritou.

— O mago está acordando!

O meio-ogro ainda mantinha os olhos em Crysania, mas baixou a mão e sorriu.

— Bem, bruxa, você ganhou a primeira rodada, pelo que parece. — Ele olhou de volta para Caramon. — Gosto de competições, em batalhas ou no amor. Esta promete ser uma noite de diversão.

Com um gesto, ordenou ao homem que estivera segurando Crysania para contê-la de novo, e ele assim o fez, apesar de Caramon perceber que teve muita relutância. O meio-ogro foi até onde Raistlin estava caído na terra, gemendo de dor.

— De todos, o mago é o mais perigoso. Prendam as mãos dele nas costas e o amordacem — ordenou o ladrão com voz áspera. — Se ele der um pio, cortem a língua dele. Vai ser o fim dos seus dias de feitiços.

— Por que não o matamos de uma vez? — Um dos homens rosnou.

— Vá em frente, Brack — disse o meio-ogro agradavelmente, virando-se para ver quem tinha falado. — Pegue sua faca e corte a garganta dele.

— Não com as minhas mãos — o homem murmurou, recuando um passo.

— Não? Você prefere que eu seja o amaldiçoado por assassinar um dos Mantos Negros? — O líder continuou, ainda no mesmo tom agradável. — Você gostaria de ver minha mão boa murchar e cair?

— Eu... eu não quis dizer isso, Pé-de-aço. Não pensei direito, foi isso.

— Então comece a pensar direito. Ele não pode nos prejudicar agora. Olhe para ele — Pé-de-aço gesticulou para Raistlin. O mago estava deitado de costas, as mãos amarradas na sua frente. Suas mandíbulas foram abertas à força e amarraram uma mordaça na sua boca. No entanto, seus olhos brilhavam nas sombras do seu capuz com raiva, e suas mãos apertavam-se em uma fúria tão impotente que mais de um dos homens ao seu redor se perguntavam se aquelas medidas eram suficientes.

Talvez sentindo-se um pouco assim, Pé-de-aço mancou até onde Raistlin estava deitado, olhando para cima com ódio e amargura. Parou perto do mago e um sorriso marcou o rosto amarelado quando, de repente, bateu a prótese contra o lado da cabeça de Raistlin. O mago ficou mole. Crysania gritou, mas seu captor a manteve presa. Até Caramon ficou surpreso ao sentir uma dor rápida e aguda contraindo seu coração ao ver a forma do seu irmão amontoada na lama.

— Isso deve mantê-lo quieto por um tempo. Quando chegarmos ao acampamento, vendamos os olhos e o levamos para passear na Rocha. Se ele escorregar e cair do penhasco, bem, acontece, não é, pessoal? Seu sangue não vai estar em nossas mãos.

Houve algumas risadas dispersas, mas Caramon viu que muitos se entreolharam inquietos, sacudindo a cabeça.

Pé-de-aço afastou-se de Raistlin para examinar, os olhos brilhando, o cavalo carregado.

— Conseguimos uma carga muito rica hoje, homens — ele disse com satisfação. Mancando, foi até onde Crysania estava, presa nos braços do seu captor, já um pouco nervoso.

— Muito rica mesmo — murmurou. Com a mão enorme agarrou o queixo de Crysania. Inclinando-se, ele pressionou seus lábios contra os dela em um beijo brutal. Presa, Crysania nada poderia fazer. Não lutou; talvez alguma coisa lhe dissesse que isso era precisamente o que o homem queria.

Ela ficou ereta, seu corpo rígido. Mas Caramon viu suas mãos se apertarem e, quando Pé-de-aço a soltou, ela teve que virar o rosto, o cabelo escuro caindo sobre o rosto.

— Vocês conhecem minha política, homens — disse Pé-de-aço, acariciando o cabelo dela de forma grosseira — Dividam os despojos entre nós... depois que eu pegar minha parte, claro.

Houve mais risadas desta vez e alguns aplausos dispersos. Caramon não tinha dúvidas da maldade do homem. E soube, pelos poucos comentários que ouviu, que não seria a primeira vez que despojos seriam "compartilhados".

Mas havia alguns rostos jovens que franziram a testa, olhando uns aos outros em silêncio, balançando a cabeça. Houve até alguns que murmuram "Não quero nada com uma bruxa" e "Prefiro deitar com o mago!".

Bruxa! Lá estava aquele termo. Vagas recordações vieram na mente de Caramon, memórias dos dias em que ele e Raistlin tinham viajado com Flint, o ferreiro anão, dias antes do retorno dos verdadeiros deuses. Caramon estremeceu, lembrando com clareza a vez que entraram em uma cidade que ia queimar uma velha na fogueira por feitiçaria. Ele lembrou como seu irmão e Sturm, o sempre nobre cavaleiro, arriscaram as vidas para salvarem a velha, que se mostrou uma ilusionista de segunda classe.

Mas Caramon tinha esquecido, até então, como as pessoas daquele tempo viam qualquer tipo de poderes mágicos, e os poderes clericais de Crysania, naqueles dias em que não havia clérigos verdadeiros, eram ainda mais suspeitos. Estremeceu, e se forçou a pensar com lógica e frieza. Queimar na fogueira seria uma morte dura, porém mais rápida do quê...

— Tragam a bruxa para mim. — Pé-de-aço mancava pela trilha até onde um dos seus homens mantinha seu cavalo. Montando, gesticulou. — Sigam com os outros.

O captor de Crysania arrastou-a para a frente. Inclinando-se, Pé-de-aço agarrou-a pelos braços e levantou-a, sentando-a na frente dele. Agarrando as rédeas, os braços grossos em volta dela, ele a engolia por completo. Crysania sentou-se olhando para frente, o rosto frio e impassível.

"Será que ela sabe?", Caramon se perguntou, assistindo impotente quando Pé-de-aço passou por ele, o rosto amarelado do homem retorcido com malícia. "Ela sempre foi protegida de coisas assim. Talvez não entenda os atos terríveis de que os homens são capazes".

E então Crysania olhou para Caramon. O rosto dela estava calmo e pálido, mas tinha um olhar de tanto horror em seus olhos, horror e súplica, que ele deixou a cabeça cair, o coração dolorido.

"Ela sabe… Os deuses a ajudem. Ela sabe…".

Alguém empurrou Caramon por trás. Vários homens o agarraram e o jogaram de cabeça sobre a sela do seu cavalo. Pendurado de cabeça para baixo, seus braços fortes amarrados com as cordas de arco que cortavam sua pele, Caramon os viu erguerem o corpo flácido de seu irmão e o jogarem sobre a sela do seu cavalo. Os bandidos montaram e levaram seus cativos para dentro de floresta.

A chuva escorria sobre a cabeça descoberta de Caramon enquanto o cavalo, arado pela lama, sacudia-o. O pomo da sela o espetava, o sangue indo para sua cabeça o deixava tonto. Mas tudo o que podia ver em sua mente enquanto cavalgavam eram aqueles olhos escuros e cheios de terror, suplicando ajuda.

E Caramon sabia, com uma certeza doentia, que nenhuma ajuda chegaria.

Capítulo 10

Raistlin caminhava por um deserto ardente. Uma linha de passos se estendia diante dele na areia, e ele estava andando por cima desses passos. Mais e mais os passos o levavam, subindo e descendo dunas brancas e brilhantes, ardendo com o sol. Estava com calor, cansado e terrivelmente sedento. Sua cabeça doía, seu peito doía, e ele só queria deitar e descansar. À distância havia um pequeno lago, cercado por árvores frondosas. Mas, por mais que tentasse, não conseguia alcançá-lo. Os passos não seguiam para lá e ele não conseguia mover o pés em outra direção.

Mais e mais, ele se arrastava, seus mantos negros penduradas pesadamente sobre ele. Então, quase exaurido por completo, olhou para cima e ofegou, aterrorizado. Os passos o levavam e conduziam para um palanque! Uma figura com o rosto coberto por um capuz preto ajoelhava com a cabeça sobre o bloco. E, apesar de não conseguir ver o rosto, ele sabia, com terrível certeza, que era ele mesmo ali ajoelhado, prestes a morrer. O carrasco estava de pé ao lado, um machado sangrento em sua mão. O executor também usava um capuz preto cobrindo seu rosto. Ergueu o machado e o segurou acima do pescoço de Raistlin. E quando o machado caiu, Raistlin viu em seus últimos momentos um vislumbre do rosto de seu carrasco…

— Raist! — Sussurrou uma voz.

O mago sacudiu a cabeça dolorida. Com a voz, veio a confortável descoberta de que estivera sonhando. Lutou para acordar, para sair do pesadelo.

— Raist! — Voltou a voz, mais urgente.

Uma sensação de perigo real, não sonhado, despertou ainda mais o mago. Totalmente acordado, ficou imóvel por mais um momento, mantendo seus olhos fechados até estar mais consciente do que o cercava.

Estava deitado no chão molhado, com as mãos amarradas à sua frente, boca amordaçada. Sentia uma dor pulsante na cabeça e a voz de Caramon em seus ouvidos.

Em volta, conseguia ouvir sons de vozes e risadas, sentir o cheiro da fumaça dos fogos para cozinhar. Mas nenhuma das vozes parecia próxima, exceto a de seu irmão. Então tudo voltou. Lembrou do ataque, do homem com uma perna de aço. Com cautela, Raistlin abriu os olhos.

Caramon jazia perto dele na lama, de barriga para baixo, seus braços amarrados firmemente com cordas de arco. Havia um brilho familiar nos olhos castanhos de seu gêmeo, um brilho que trouxe de volta recordações dos velhos tempos, há muito passados, lutando juntos, combinando aço e magia.

E, apesar da dor e da escuridão ao seu redor, Raistlin sentiu uma sensação de alegria que não havia experimentado em muito tempo.

Reunidos pelo perigo, o vínculo entre os dois era forte, permitindo que se comunicassem com palavras e pensamentos. Vendo seu irmão totalmente ciente de sua situação, Caramon se contorceu o mais perto que ousou, sua voz apenas uma respiração.

— Existe alguma maneira de libertar suas mãos? Ainda tem o punhal de prata?

Raistlin assentiu uma vez, brevemente. No início dos tempos, usuários de magia foram proibidos pelos deuses de carregar qualquer tipo de arma ou usar qualquer tipo de armadura. A razão era, ostensivamente, que precisavam dedicar tempo para estudar, tempo que não poderia ser gasto para ter habilidade na arte da guerra. Mas, depois que os usuários de magia ajudaram Huma a derrotar a Rainha das Trevas criando os orbes mágicos do dragão, os deuses concederam-lhes o direito de carregar punhais consigo — em memória da lança de Huma.

Ligado ao seu pulso por uma engenhosa correia de couro que permitia que a arma deslizasse para sua mão quando necessário, o punhal de prata era a última defesa de Raistlin, para ser usado apenas quando todos os seus feitiços fossem lançados... ou em um momento como aquele.

— Tem força o bastante para usar sua magia? — Caramon sussurrou.

Raistlin, cansado, fechou seu olhos por um momento. Sim, ele estava forte o suficiente. Mas isso significava enfraquecer mais, significava que precisaria de mais tempo para recuperar-se a ponto de encarar os Guardiões do Portal. Porém, se não vivesse até lá... Claro que *iria* viver, ele pensou amargamente. Fistandantilus tinha vivido! Nada mais fazia além de seguir passos na areia.

Com raiva, Raistlin baniu o pensamento. Abrindo os olhos, ele assentiu. "Estou forte o suficiente", ele disse mentalmente ao irmão, e Caramon suspirou de alívio.

— Raist — o grandalhão sussurrou, seu rosto de repente sério — você... você pode adivinhar... o que planejam para Crysania.

Raistlin teve uma visão repentina daquelas mãos imensas, quase inumanas sobre Crysania e sentiu algo estranho, uma sensação de raiva e fúria como raramente experimentara o tomou. Seu coração contraiu-se dolorosamente e, por um momento, ficou cego por uma névoa de sangue.

Vendo Caramon encará-lo com espanto, Raistlin percebeu que suas emoções estavam aparentes. Fez uma careta, e Caramon continuou apressadamente.

— Eu tenho um plano.

Raistlin assentiu irritado, já ciente do que seu irmão tinha em mente. Caramon sussurrou,

— Se eu falhar...

"Vou matá-la primeiro, depois a mim mesmo", concluiu Raistlin. Mas, claro, não seria necessário. Ele estava seguro... protegido...

Então, ouvindo homens aproximando-se, o mago fechou os olhos, agradecido por fingir a inconsciência. Isso lhe dava tempo para ordenar suas emoções emaranhadas e se forçar a recuperar o controle. A adaga de prata estava fria contra seu braço. Ele flexionou os músculos que a soltariam. E, o tempo todo, ponderava sobre aquela estranha reação que sentiu sobre uma mulher que nada significava para ele... exceto por sua utilidade como clériga, claro.

Dois homens levantaram Caramon e o empurraram. Caramon ficou grato ao notar que, além de um rápido olhar para ter certeza de que o mago ainda estava inconsciente, ninguém prestou atenção ao seu gêmeo. Tropeçando pelo chão irregular, rangendo os dentes por causa da dor em seus músculos gelados e com câimbra, Caramon se viu pensando sobre aquela expressão estranha no rosto de seu irmão quando ele mencionou Crysania. Caramon teria considerado a expressão indignada de um apaixonado se estivesse no rosto de outros homens. Mas seu irmão? Raistlin seria capaz de tal emoção? Caramon tinha concluído em Istar que Raistlin não era, tendo sido completamente consumido pelo mal.

Mas agora, seu gêmeo parecia diferente, muito mais parecido com o antigo Raistlin, o irmão com quem lutara lado a lado várias vezes antes, suas vidas na mão um do outro. O que Raistlin contou a Caramon sobre Tas fez sentido. No fim, ele não tinha matado o kender. E, embora às vezes irritável, Raistlin era sempre infalivelmente gentil com Crysania. Talvez…

Um dos guardas o espetou dolorosamente nas costelas, lembrando-o do desespero da situação. "Talvez!", ele bufou. Talvez aquilo acabasse ali, naquele momento. Talvez a única coisa que conseguiria com sua vida seria a morte rápida para os outros dois.

Andando pelo acampamento, pensando sobre tudo o que vira e ouvira desde a emboscada, Caramon mentalmente revisava seu plano.

O acampamento dos bandidos parecia mais uma pequena cidade do que um esconderijo de ladrões. Viviam em cabanas grosseiras de madeira, mantendo seus animais abrigados em uma grande caverna. Obviamente estavam ali há algum tempo e não pareciam temer a lei, um testemunho silencioso da força e da capacidade de liderança do meio-ogro, Pé-de-aço.

Mas Caramon, já tendo tido mais do que alguns desentendimentos com ladrões, viu que muitos daqueles homens não eram rufiões malucos. Ele tinha visto vários olharem para Crysania e balançarem a cabeça com óbvio desgosto pelo que estava por vir. Embora vestidos com pouco mais que trapos, vários carregavam armas — espadas do tipo que eram passadas de pai para filho, tratadas com o cuidado dado a uma herança de família, não a um espólio de guerra. E, embora não pudesse ter certeza na luz fraca do dia tempestuoso, Caramon pensou ter visto em muitas das espadas a Rosa e o Martim-pescador, o ancestral símbolo dos cavaleiros de Solamnia.

Os homens estavam barbeados, sem os longos bigodes que marcavam os cavaleiros, mas Caramon podia perceber nos rostos severos e jovens traços de seu amigo, o cavaleiro Sturm Brightblade. E, lembrando de Sturm, Caramon também se lembrou do que sabia sobre a história da cavalaria depois do Cataclismo.

Acusados pela maioria dos seus vizinhos de causar a calamidade, os cavaleiros foram expulsos de sua casa por turbas zangadas. Vários foram assassinados, suas famílias mortas diante de seus olhos. Os que sobreviveram foram se esconder, vagando pela terra por conta própria ou juntando-se a bandos de fora-da-lei... como aquele.

Olhando para os homens ao redor do acampamento limpando suas armas e falando em voz baixa, Caramon viu a marca das maldades cometidas em vários rostos, mas também viu resignação e desesperança. Ele passara por tempos difíceis. Sabia o que podiam levar um homem a fazer.

Tudo aquilo alimentava a esperança de que seu plano tivesse sucesso.

Uma fogueira ardia no meio do acampamento, pouco distante de onde ele e Raistlin tinham sido jogados. Olhando para trás, ele viu seu irmão ainda fingindo inconsciência. Mas ele também viu, sabendo o que procurar, que o mago tinha conseguido torcer seu corpo para uma posição em que poderia ver e ouvir claramente.

Quando Caramon pisou dentro do círculo de luz da fogueira, a maioria dos homens parou o que estava fazendo e o seguiu, formando um meio-círculo ao seu redor. Sentado em uma ampla cadeira perto do fogo estava Pé-de-aço, um jarro na mão. Perto dele, rindo e brincando, havia várias homens que Caramon reconheceu imediatamente como bandidos típicos, bajulando seu líder. E não ficou surpreso ao ver, na beira do grupo, o rosto feio e sorridente do estalajadeiro.

Sentada em uma cadeira ao lado de Pé-de-aço estava Crysania. Seu manto havia sido tirado. Seu vestido estava rasgado na corpete e ele podia imaginar por quais mãos. Com raiva crescente, Caramon viu uma mancha arroxeada em sua bochecha e que um canto da sua boca estava inchado.

Mas ela se mantinha com uma dignidade rígida, olhando para frente e tentando ignorar as piadas brutas e as histórias assustadoras trocadas. Caramon deu um sorriso sombrio de admiração. Lembrando do pânico quase enlouquecido ao qual ela havia sido reduzida durante os últimos dias de Istar, e pensando em sua vida anterior suave e protegida, ficou satisfeito, se não espantado, em vê-la reagindo naquela situação perigosa com uma frieza que Tika teria invejado.

Tika. Caramon fez uma careta. Não queria ter pensado em Tika, principalmente em conexão com a dama Crysania! Forçando seus pensamentos para o presente, friamente desviou os olhos da mulher para seu inimigo, concentrando-se nele.

Vendo Caramon, Pé-de-aço parou de conversar e gesticulou para que o guerreiro se aproximasse.

— Hora de morrer, guerreiro — Pé-de-aço disse a ele, ainda no mesmo tom de voz agradável. Ele olhou preguiçosamente para Crysania. — Tenho certeza, minha senhora, de que não irá se importar se nosso encontro for adiado por alguns momentos enquanto cuido desse assunto. Basta pensar nisso como um pequeno entretenimento antes da cama, querida. — Ele acariciou a bochecha de Crysania com a mão. Quando ela se afastou, os olhos escuros brilhando de raiva, mudou sua carícia para um tapa, batendo no rosto dela.

Crysania não gritou. Levantando a cabeça, olhou para seu algoz com orgulho severo.

Sabendo que não podia deixar-se distrair com sua preocupação por ela, Caramon manteve seu olhar no líder, estudando-o com calma. "Este homem governa pelo medo e pela força bruta", ele pensou. "Daqueles que o seguem, muitos o fazem com relutância. Todos têm medo; ele é provavelmente a única lei nesta terra esquecida por Deus. E obviamente ele os manteve alimentados e vivos quando de outra forma teriam perecido. Então são leais, mas até onde essa lealdade vai?".

Mantendo sua voz com tom regular, Caramon endireitou-se, olhando o meio-ogro com desdém.

— É assim que demonstra bravura? Espancando mulheres? — Caramon zombou. — Desamarre-me e me dê minha espada, e veremos que tipo de homem você realmente é!

Pé-de-aço olhou para ele com interesse e Caramon viu, com preocupação, um lampejo de inteligência no rosto bruto.

— Pensei que você seria mais original, guerreiro — Pé-de-aço disse com um suspiro que só em parte era falso enquanto se levantava. — Talvez você não me dê o desafio que eu estava esperando. Mas não tenho nada melhor para fazer esta noite. No início da noite, quero dizer — ele emendou, com um olhar malicioso e uma reverência depravada para Crysania, que o ignorou.

O meio-ogro tirou o grande manto de pele que usava e, virando, ordenou que um dos seus homens trouxesse a sua espada. Os bajuladores se espalharam para cumprirem suas ordens, enquanto os outros homens se moviam para abrir espaço ao lado da fogueira — obviamente este era um jogo que já havia sido apreciado antes. No decorrer da confusão, Caramon conseguiu prender o olhar de Crysania.

Inclinando a cabeça, olhou significativamente para onde Raistlin estava. Crysania entendeu na hora. Olhando para o mago, ela sorriu tristemente e assentiu. Sua mão se fechou sobre o medalhão de Paladine e seus lábios inchados moveram-se.

Os guardas de Caramon o empurraram para dentro do círculo e ele não a via mais.

— Vai precisar de mais do que orações para Paladine para nos tirar desta, senhora — ele murmurou, imaginando, levemente divertido, se seu irmão estaria naquele momento rezando para a Rainha das Trevas por ajuda.

Bem, ele não tinha ninguém a quem rezar, nada para ajudá-lo além de seus músculos, ossos e tendões.

Cortaram as amarras em seus braços. Caramon se encolheu com a dor do sangue retornando aos membros, mas flexionou os músculos, esfregando-os para ajudar a circulação e se aquecer. Então tirou a camisa encharcada e a calça para lutar nu. As roupas davam ao inimigo onde agarrar, fora o que seu antigo instrutor, Arack, o anão, o ensinara nos Jogos em Istar.

Houve um sussurro de admiração entre os homens que o cercavam ao verem seu físico magnífico. A chuva escorria sobre o corpo bronzeado e musculoso, o fogo brilhava no peito forte e nos ombros, destacando as numerosas cicatrizes de batalha. Alguém lhe entregou uma espada e o guerreiro a balançou, com facilidade e habilidade. Até Pé-de-aço, passando pelo círculo de homens, pareceu um pouco desconcertado ao ver o antigo gladiador.

Mas se Pé-de-aço ficou momentaneamente espantado com a aparência do seu oponente, Caramon não ficou menos admirado com a aparência de Pé-de-aço. Meio ogro e meio humano, ele herdara os melhores traços de ambas as raças. Tinha o tamanho e a musculatura dos ogros, mas era rápido e ágil, enquanto, nos seu olhos, havia a perigosa inteligência humana. Ele também lutaria quase nu, vestindo nada além de uma tanga de couro. Mas o que fez Caramon assobiar entre seus dentes foi a arma que o meio-ogro carregava. Era de longe a espada mais impressionante que jamais vira.

Uma lâmina gigantesca foi projetada para ser usada como uma arma de duas mãos. De fato, Caramon pensou, avaliando-a, havia poucos homens que ele conhecia que poderiam tê-la levantado, muito menos empunhado. Pé-de-aço não só o fazia com facilidade, mas a usava com uma mão! E usava bem, como Caramon podia avaliar pelo balançar cronometrado do meio-ogro. A lâmina de aço pegava a luz do fogo ao cortar o ar e zumbia enquanto fendia a escuridão, deixando uma trilha ardente de luz.

Enquanto seu oponente mancava para dentro do círculo, a perna falsa brilhando, Caramon viu com desespero que não ia enfrentar um oponente brutal e estúpido como esperava, mas um espadachim habilidoso, um homem esperto que superara sua incapacidade para lutar com uma maestria que muitos com duas pernas invejariam.

Pé-de-aço não só superou sua deficiência, mas fazia uso desta de forma mortal, como Caramon descobriu após a primeira investida.

Os dois perseguiram um ao outro, desviando, esperando por qualquer fraqueza na defesa do oponente. De repente, apoiando-se facilmente em sua perna boa, Pé-de-aço usou sua perna de aço como uma outra arma. Girando, atingiu Caramon com tanta força que o grandalhão se chocou contra o solo, a espada voando para longe.

Rapidamente recuperando seu equilíbrio, Pé-de-aço avançou com a espada imensa, pretendendo acabar com a batalha e ir para outras diversões. Mas, embora pego de surpresa, Caramon já tinha visto aquele tipo de movimento na arena. Deitado na terra, ofegante, fingindo estar sem fôlego, Caramon esperou até que seu inimigo se aproximasse. Estendendo a mão, ele agarrou a perna boa de Pé-de-aço e a puxou.

Os homens ao redor aplaudiram e gritaram. O som trouxe de volta memórias vívidas da arena em Istar e Caramon sentiu seu sangue ferver. Preocupações com irmãos vestidos de preto e clérigas vestidas de branco desapareceram. Assim como os pensamentos sobre sua casa. As dúvidas desapareceram. A emoção da luta, a droga inebriante do perigo corria através de suas veias, o enchendo com um êxtase muito similar ao de seu gêmeo usando magia.

Ficando de pé, vendo seu inimigo fazer o mesmo, Caramon fez uma investida repentina e desesperada para sua espada, a vários metros dele. Mas Pé-de-aço foi mais rápido. Chegando na espada primeiro, chutou-a para longe.

Mantendo um olho em seu oponente, Caramon olhou ao redor procurando outras armas e viu a fogueira que ardia do outro lado do círculo.

Pé-de-aço reparou no olhar de Caramon. Adivinhando seu propósito, o meio-ogro mudou de posição para bloqueá-lo.

Caramon correu. O meio-ogro cortou com a lâmina a pele do seu abdômen, deixando um brilhante rastro de sangue. Com um salto, Caramon rolou até a lenha em chamas, agarrou um toco e ficou de pé no momento que Pé-de-aço enfiava a espada no chão, onde a cabeça do grandalhão estivera segundos antes.

A espada arqueou pelo ar de novo. Caramon ouviu o zunido e por muito pouco conseguiu bloquear com o galho. Lascas e faíscas voaram quando a espada mordeu a madeira, pois Caramon pegara um toco que estava queimando em uma ponta. A força do golpe de Pé-de-aço foi imensa, fazendo as mãos de Caramon ressoarem e as farpas afiadas do tronco enfiarem-se dolorosamente em sua carne. Mas ele segurou firme, usando sua grande força para empurrar o meio-ogro para trás enquanto Pé-de-aço lutava para recuperar o equilíbrio.

O meio-ogro se manteve firme, finalmente enfiando a perna falsa no chão e empurrando Caramon para trás. Devagar, os dois homens tomaram suas posições novamente, circulando-se. Então o ar encheu-se da luz do aço e das cinzas flamejantes.

Caramon não fazia ideia de há quanto tempo estava lutando. O tempo se afundou em uma névoa pungente de dor, medo e exaustão. Sua respiração vinha em ofegos irregulares. Seus pulmões queimavam como a extremidade do tronco, suas mãos estavam em carne viva e sangrando. Mas ainda assim ele não ganhara vantagem. Nunca em sua vida enfrentara um oponente como aquele. Pé-de-aço entrou na luta com um esgar de confiança, e agora enfrentava seu inimigo com sombria determinação. Ao seu redor, os homens estavam em silêncio, hipnotizados pela disputa mortal.

Os únicos sons, na verdade, eram o crepitar do fogo, a respiração pesada dos adversários, o respingo de um corpo ao cair na lama, ou o grunhido de dor quando um golpe acertava.

O círculo de homens e a luz do fogo começaram a se confundir nos olhos de Caramon. Para seus braços doloridos, o toco parecia mais pesado que uma árvore inteira. Respirar era agonia. Seu oponente estava tão exausto quanto ele; Caramon soube ao ver que Pé-de-aço não tinha seguido um golpe vantajoso, sendo forçado a simplesmente ficar de pé e recuperar o fôlego. O meio-ogro tinha um feio vergão roxo na lateral, onde o toco de Caramon o atingira. Todos no círculo ouviram o estalar de suas costelas e viram o rosto amarelado se contorcer de dor.

Mas ele respondeu com um golpe de sua espada que fez Caramon cambalear para trás, sacudindo o galho em uma tentativa frenética de aparar o golpe. Os dois se perseguiam sem ouvir nem se importar com nada além do inimigo à sua frente. Ambos sabiam que o próximo erro seria fatal.

E então Pé-de-aço escorregou na lama. Foi apenas um pequeno escorregão, fazendo-o dobrar o joelho bom e equilibrar-se na perna falsa. No início da batalha, ele teria se levantado em segundos. Mas sua força estava se esgotando e levou um tempo maior para voltar à luta.

Esse segundo era o que Caramon estava esperando. Cambaleando para frente, usando as últimas forças em seu corpo, Caramon levantou o galho e golpeou o mais forte que podia no joelho ao qual a prótese estava presa. Assim como um martelo atinge um prego, o golpe de Caramon afundou a perna de aço na terra encharcada.

Rosnando de fúria e dor, o meio-ogro se virava e se torcia, tentando desesperadamente soltar a perna, o tempo todo tentando fazer Caramon recuar com golpes da sua espada. Sua força era tanta que ele quase conseguiu. Mesmo agora, vendo seu oponente preso, Caramon teve que lutar contra a tentação de deixar seu corpo machucado corpo descansar e deixar seu oponente ir.

Mas só poderia haver um fim para a disputa. Ambos sabiam disso desde o início. Cambaleando para a frente, balançando o toco, Caramon atingiu a lâmina do meio-ogro e a fez voar de suas mãos. Vendo a morte nos olhos de Caramon, Pé-de-aço ainda lutou desafiadoramente para se libertar. Até o último momento, enquanto o pedaço de madeira nas mãos do grandalhão assobiava no ar, o gigantesco meio-ogro fez uma tentativa de agarrar os braços de Caramon...

A tora bateu na cabeça do meio-ogro com um baque encharcado e ossos esmagados, arremessando o meio-ogro para trás. O corpo se contorceu, e ficou imóvel. Pé-de-aço ficou caído na lama, a perna de aço ainda fixa na terra, a chuva lavando o sangue e os pedaços de cérebro que escorriam das rachaduras em seu crânio.

Tropeçando de cansaço e dor, Caramon caiu de joelhos, apoiando-se no tronco encharcado de sangue e chuva, tentando recuperar o fôlego. Havia um rugido em seus ouvidos, os gritos de raiva dos homens avançando para matá-lo. Ele não se importou. Isto não importava. Deixe que venham...

Mas ninguém atacou.

Confuso, Caramon ergueu seu olhar turvo para a figura vestida de preto ajoelhada ao lado dele. Ele sentiu o braço fino do irmão o envolvendo protetoramente, e viu raios cintilantes e quentes saindo dos dedos do mago. Fechando os olhos, Caramon inclinou a cabeça contra o peito frágil do irmão e respirou fundo, trêmulo.

Sentiu mãos frias tocarem sua pele e uma suave voz murmurou uma oração a Paladine. Os olhos de Caramon abriram de repente. Ele empurrou a assustada Crysania para longe, mas era tarde demais. Sua influência curativa se espalhava pelo seu corpo. Podia ouvir os homens reunidos ao seu redor sussurrando enquanto os ferimentos desapareciam, as contusões sumiam, e a cor voltava ao seu rosto mortalmente pálido. Até mesmo a pirotecnia do arquimago não criou a explosão de gritos de alarme e choque que a cura fez.

— Feitiçaria! Ela o curou! Queimem a bruxa!

— Queimem os dois, a bruxa e o mago!

— Fizeram o guerreiro de escravo. Vamos dar fim neles e libertar essa alma!

Olhando de relance para o irmão, ele viu, pela expressão sinistra no rosto de Raistlin, que o mago também estava revivendo antigas memórias e entendia o perigo.

— Esperem! — Caramon ofegou, ficando de pé enquanto a multidão se aproximava. Apenas o medo da magia de Raistlin impedia que investissem contra eles e, ao ouvir o súbito ataque de tosse do irmão, Caramon temia que a força de Raistlin pudesse acabar em breve.

Agarrando a confusa Crysania, Caramon empurrou-a protetoramente para trás dele enquanto confrontava a multidão de homens assustados e nervosos.

— Toquem nesta mulher e morrerão como seu líder — ele gritou, sua voz soando alto e claro por cima do som da chuva.

— Por que devemos deixar a bruxa viver? — Rosnou um e houve murmúrios de acordo.

— Porque ela é minha bruxa! — Caramon disse severamente, lançando um olhar desafiador. Atrás dele, ouviu Crysania respirar fundo, mas Raistlin deu-lhe um olhar de advertência e, se ela ia falar, manteve-se sensatamente calada. — Ela não me fez de escravo, mas obedece minhas ordens e as do mago. Não irá ferir vocês, eu juro.

Houve murmúrios entre os homens, mas seus olhos, ao encararem Caramon, não estavam mais ameaçadores. Antes, havia admiração, agora podia ver um respeito relutante e disposição para ouvir.

— Vamos seguir nosso caminho — Raistlin começou em sua voz suave — e nós…

— Espera! — Rosnou Caramon. Agarrando o braço de seu irmão, ele o trouxe para mais perto e sussurrou. — Eu tenho uma ideia. Cuide de Crysania!

Assentindo, Raistlin moveu-se para ficar perto de Crysania, que estava quieta, seus olhos no agora silencioso grupo de bandidos. Caramon caminhou para onde o corpo do meio-ogro estava caído na lama avermelhada. Inclinando-se, ele arrancou a grande espada do aperto de Pé-de-aço e levantou-a bem alto sobre sua cabeça. O grande guerreiro era uma visão magnífica, a luz do fogo refletindo em sua pele bronzeada, os músculos ondulando em seus braços enquanto ficava em triunfo sobre o corpo do seu inimigo.

— Eu destruí seu líder. Agora, reivindico o direito de tomar o lugar dele! — Caramon gritou, sua voz ecoando entre as árvores. — Só peço uma coisa: que deixem esta vida de carnificina, estupro e roubo. Nós viajamos para o sul…

Isso teve uma reação inesperada.

— Sul! Eles vão para o sul! — Várias vozes gritaram e houve comemoração de alguns. Caramon olhou para eles, desconcertado, sem entender. Raistlin, chegando para frente, agarrou-o.

— O que você está fazendo? — O mágico questionou, o rosto pálido.

Caramon encolheu os ombros, olhando ao redor intrigado com o entusiasmo que criou.

— Só me pareceu uma boa ideia ter uma escolta armada, Raistlin — ele disse. — Até onde sei, as terras do sul são mais selvagens do que estas. Achei que poderíamos levar alguns desses homens conosco, só isso. Não entendo…

Um jovem de porte nobre, que fazia Caramon lembrar de Sturm mais do que qualquer um dos outros, deu um passo à frente. Sinalizando para que os demais ficassem quietos, ele perguntou. — Vocês vão para o sul? Por acaso estão procurando a lendária riqueza dos anões de Thorbardin?

Raistlin fez uma careta.

— Agora você entendeu? — Ele rosnou. Asfixiado, foi sacudido por um acesso de tosse que o deixou fraco e ofegante. Se não fosse por Crysania correndo para dar-lhe apoio, ele poderia ter caído.

— Eu entendi que você precisa descansar — Caramon respondeu severamente. — Todos precisamos. E a menos que tenhamos uma escolta armada, não iremos ter uma boa noite de sono. O que os anões de Thorbardin têm a ver com isso? O que está acontecendo?

Raistlin olhou para o chão, o rosto escondido pelo capuz. Suspirando, ele disse friamente:

— Diga a eles que sim, vamos para o sul. Vamos atacar os anões.

Caramon arregalou os olhos.

— Atacar Thorbardin?

— Explico mais tarde — Raistlin rosnou suavemente. — Faça o que estou falando.

Caramon hesitou.

Encolhendo os ombros magros, Raistlin sorriu desagradavelmente.

— Seu único caminho de volta para casa, irmão! E pode ser o único jeito de sairmos vivos daqui.

Caramon olhou ao redor. Os homens começaram a murmurar durante essa breve troca, obviamente desconfiados de suas intenções. Percebendo que tinha que tomar uma decisão rápida ou os perderia para sempre — e talvez até enfrentasse outro ataque — ele se virou, tentando ganhar tempo para pensar melhor.

— Nós vamos para o sul, — ele disse — é verdade. Mas temos nossos motivos. Que história é essa de fortuna em Thorbardin?

— Dizem que os anões armazenaram uma imensa fortuna no reino debaixo da montanha — o jovem respondeu prontamente. Os outros assentiram.

— Riqueza que roubaram de humanos — adicionou um.

— Isso! E não só dinheiro, — gritou um terceiro — mas grãos, gado e ovelha. Eles vão comer como reis este inverno, enquanto nossas barrigas ficarão vazias!

— Nós conversamos sobre ir para o sul e pegar nossa parte, — o jovem continuou — mas Pé-de-aço disse que as coisas estavam bem o bastante por aqui. Alguns de nós, porém, estavam repensando isso.

Caramon refletiu, desejando saber mais História. Tinha ouvido falar das Grandes Guerras do Portão dos Anões, é claro. Seu velho amigo, Flint, quase só falava disso. Flint foi um anão da colina, e encheu a cabeça de Caramon com histórias sobre a crueldade dos anões da montanha de Thorbardin, dizendo as mesmas coisas que esses homens disseram. Mas na versão de Flint, a riqueza que os anões da montanha roubaram era de seus primos, os anões da colina.

Se isso fosse verdade, então Caramon teria uma justificativa para tomar esta decisão. Podia, claro, fazer como seu irmão comandava. Mas algo dentro de Caramon se partira em Istar. Mesmo que começasse a achar que tinha julgado mal seu irmão, ele o conhecia bem o suficiente para continuar a desconfiar dele. Jamais obedeceria Raistlin cegamente de novo.

Mas então sentiu os olhos brilhantes de Raistlin sobre ele, e ouviu a voz do seu irmão ecoar na sua mente.

Seu único caminho de volta para casa!

Caramon apertou as mãos, zangado, mas Raistlin o pegara.

— Vamos para o sul, para Thorbardin — disse com dureza, seu olhar conturbado na espada em sua mão. Ergueu a cabeça para olhar os homens ao seu redor. — Vocês vêm conosco?

Houve um momento de hesitação. Vários dos homens se adiantaram para falar com o jovem nobre, que se tornara um porta-voz. Ele ouviu, assentiu e encarou Caramon mais uma vez.

— Seguiremos você sem hesitar, grande guerreiro, — disse o jovem — mas o que você tem com esse mago de preto? Quem é *ele* para ser seguido por nós?

— Meu nome é Raistlin — o mago respondeu. — Este homem é minha escolta.

Não houve resposta, só testas franzidas e olhares desconfiados.

— Sim, eu sou mesmo a escolta dele, isso é verdade, — Caramon disse em voz baixa — mas o nome real do mago é Fistandantilus.

Ao ouvirem isso, vários homens respiraram fundo.

As carrancas mudaram para olhares de respeito, até mesmo medo e admiração.

— Meu nome é Garic — o jovem disse, curvando-se perante o arquimago com a cortesia antiquada dos Cavaleiros de Solamnia. — Já ouvimos falar de você, Grandioso. Embora suas ações sejam sombrias como seus mantos, vivemos em um tempo de ações sombrias. Seguiremos você e o grande guerreiro que o acompanha.

Avançando, Garic jogou a espada nos pés de Caramon. Outros seguiram o exemplo, alguns ansiosos, outros mais cautelosos. Uns poucos sumiram nas sombras. Reconhecendo-os como os covardes rufiões que eram, Caramon os deixou ir.

Isso o deixou com cerca de trinta homens; uns poucos com o mesmo porte nobre de Garic, mas maioria era apenas de ladrões comuns e sujos.

— Meu exército — Caramon disse para si mesmo com um sorriso sombrio naquela noite, enquanto estendia seu cobertor na cabana que Pé-de-aço construíra para seu uso pessoal. Do lado de fora, podia ouvir Garic falando com o outro homem que Caramon tinha julgado confiável o bastante para ficar de sentinela.

Cansado até os ossos, Caramon achou que logo cairia no sono. Mas ele se viu deitado e acordado na escuridão, pensando e fazendo planos.

Como a maioria dos jovens soldados, Caramon muitas vezes sonhara em se tornar um oficial. Agora, inesperadamente, encontrou sua chance. Não era um destacamento, mas era um começo. Pela primeira vez desde que chegaram naquele tempo esquecido por Deus, sentia uma pontada de prazer.

Planos rolavam em sua mente. Treinamento, a melhor rota para o sul, provisões, suprimentos… Eram problemas novos e diferentes para o ex-soldado mercenário. Mesmo na Guerra da Lança, ele geralmente seguira a liderança de Tanis. Seu irmão não sabia nada sobre esses assuntos; Raistlin informou Caramon friamente que ele estava sozinho nessa. Caramon achou isso desafiador e estranhamente refrescante. Eram problemas de carne e sangue, tirando as questões sombrias e obscuras de seu irmão da sua mente. Ao pensar em seu gêmeo, Caramon olhou para onde Raistlin estava amontoado perto do fogo que ardia na imensa lareira de pedra. Apesar do calor, estava enrolado em sua capa e com todos os cobertores que Crysania tinha sido capaz de encontrar. Caramon poderia ouvir a respiração do irmão chacoalhando em seus pulmões, e o ocasional acesso de tosse.

Crysania dormia do outro lado do fogo. Embora esgotada, seu sono era intranquilo e interrompido. Mais de uma vez, ela gritou e sentou-se de repente, pálida e trêmula. Caramon suspirou. Gostaria de poder reconfortá-la, puxando-a para seus braços e acalmando-a até ela dormir. E pela primeira vez, na verdade, percebeu o *quanto* gostaria de fazer isso. Talvez fosse por ter dito aos homens que ela era dele. Talvez fosse por ver as mãos do meio-ogro sobre ela, sentindo o mesmo ultraje que vira refletido no rosto do seu irmão.

Fosse qual fosse o motivo, Caramon se pegou observando-a naquela noite de uma maneira muito diferente, tendo pensamentos que, mesmo agora, faziam sua pele queimar e seu pulso acelerar.

Fechando os olhos, desejou que imagens de Tika, sua esposa, preenchessem sua mente. Mas tinha banido aquelas recordações há tanto tempo que eram insatisfatórias. Tika era uma imagem nebulosa e estava muito distante. Crysania era carne e sangue, e estava ali! Ele estava muito consciente da sua respiração suave, tranquila…

Droga! Mulheres! Irritado, Caramon virou de barriga para baixo, determinado a varrer todos os pensamentos sobre mulheres para baixo do tapete de seus outros problemas. Funcionou. O cansaço finalmente o venceu.

Quando caiu no sono, uma coisa permaneceu para incomodá-lo, pairando em sua mente. Não foi logística, nem guerreiras ruivas nem clérigas encantadoras, vestidas de branco.

Foi apenas um olhar, o olhar estranho que ele vira Raistlin lhe dar quando Caramon disse o nome "Fistandantilus".

Não tinha sido um olhar de raiva ou irritação, como Caramon teria esperado. A última coisa que Caramon viu antes do sono apagar a memória foi a expressão de horror abjeto de Raistlin.

Livro 2

Conforme o bando comandado por Caramon viajava para o sul, até o imenso reino anão de Thorbardin, sua fama crescia, junto com suas fileiras. A famosa "riqueza sob a montanha" há muito era lenda entre os miseráveis e famintos de Solamnia. Naquele verão, tinham visto a maioria das plantações murchar e morrer nos campos. Doenças terríveis assolavam a terra, mais temidas e mortais do que os bandos selvagens de goblins e ogros que foram expulsos de suas antigas terras pela fome.

Apesar de ainda ser outono, o frio do inverno vindouro já estava no ar noturno. Enfrentando a sombria perspectiva de ver seus filhos morrerem de fome ou frio, ou pelas doenças que os clérigos dos novos deuses não podiam curar, os homens e mulheres de Solamnia concluíam que não tinham nada a perder. Abandonavam as suas casas, juntavam suas famílias e seus bens escassos para se juntar ao exército e viajar para o sul.

Da preocupação inicial com a alimentação de trinta homens, Caramon de repente se viu responsável por várias centenas, e mais mulheres e crianças. E todos os dias, mais chegavam ao acampamento. Alguns eram cavaleiros, treinados com espada e lança, a nobreza aparente até nos trapos. Outros eram fazendeiros, que seguravam as espadas que Caramon punha em suas mãos como se fossem enxadas. Mas neles também havia um tipo de nobreza severa. Depois de anos enfrentando, impotentes, a Fome e a Necessidade, era estimulante estar se preparando para encarar um inimigo que podia ser morto e conquistado.

Sem perceber desde quando aquilo acontecera, Caramon tornou-se general do que estava sendo chamado de "Exército de Fistandantilus". No início, ele tinha tudo para adquirir alimentos para o grande número de homens e suas famílias. Porém, lembranças dos dias difíceis da vida de mercenário voltaram. Descobrindo os que tinham habilidade com caça, ele os enviou para os campos, em busca de presas. As mulheres defumavam ou secavam a carne, para armazenar o que não fosse imediatamente utilizado.

Muitos dos que vieram trouxeram o grão e fruta que conseguiram colher. Estes, Caramon juntou, mandando que moessem o grão para virar farinha e fazer o pão duro, mas substancial, que podia alimentar um exército viajante durante meses. Até as crianças tinham suas tarefas: fazer armadilhas, capturar pequenos animais, pescar, transportar água, cortar madeira. Depois teve que fazer o treinamento dos recrutas crus, ensinando o uso de lança e arco, espada e escudo.

Por fim, precisou encontrar lanças e arcos, espadas e escudos.

E conforme o exército avançava sem parar para o sul, notícias sobre ele se espalhavam…

Capítulo 1

Pax Tharkas — um monumento para a paz. Tinha se tornado um símbolo de guerra.

A história da grande fortaleza de pedra de Pax Tharkas tem suas raízes em uma lenda improvável — a história de uma raça perdida de anões conhecida como Kal-thax.

Assim como os humanos estimam o aço — a forja de armas brilhantes, o cintilar da moeda, assim como os elfos apreciam suas florestas — criando e cuidando da vida; assim os anões adoram a rocha — o moldar dos ossos do mundo.

Antes da Era dos Sonhos, houve a Era do Crepúsculo, quando a história do mundo fica encoberta pelas névoas do seu alvorecer. Nos grandes salões de Thorbardin, morava uma raça de anões cujo trabalho com pedra era tão perfeito e notável que o deus Reorx, Forjador do Mundo, olhou para ele e se maravilhou. Sabendo, em sua sabedoria, que ao alcançar tal perfeição nada mais havia na vida para os mortais, Reorx tomou a toda a raça dos Kal-thax corrida e os levou para viver com ele próximo da forja do céu.

Restavam poucos exemplos do trabalho ancestral dos Kal-thax. Estes ficavam no reino anão de Thorbardin e são valorizados acima de todas as outras coisas. Depois da era dos Kal-thax, a ambição da vida de todo anão era ganhar tal perfeição no seu trabalho em pedra para também ser levado para viver com Reorx.

Com o passar do tempo, no entanto, esse objetivo digno tornou-se pervertido e retorcido em obsessão. Pensando e sonhando com nada além de pedra, a vida dos anões tornou-se tão flexível e mutável quanto o meio de seu ofício. Elas aprofundaram-se nos salões ancestrais abaixo da montanha, evitando o mundo exterior. E o mundo exterior os evitava.

O tempo passou e trouxe as trágicas guerras entre elfos e homens. Isso terminou com a assinatura do Pergaminho da Bainha e o exílio voluntário de Kith-Kanan e seus seguidores da antiga pátria élfica de Silvanesti. Pelos termos do Tratado da Bainha, os elfos qualinesti (que significava "nação liberta") receberam as terras a oeste de Thorbardin para estabelecer sua nova pátria.

Isso agradou tanto humanos quanto elfos. Infelizmente, ninguém se deu ao trabalho de consultar os anões. Vendo o fluxo de elfos como uma ameaça ao seu modo de vida sob a montanha, os anões atacaram. Kith-Kanan descobriu, para sua tristeza, que ele havia se afastado de uma guerra apenas para se encontrar enredado em outra.

Depois de muitos anos, o sábio rei élfico conseguiu convencer os teimosos anões que os elfos não tinham interesse nas suas pedras. Queriam apenas a beleza viva daquela região selvagem. Apesar desse amor por algo mutável e selvagem ser totalmente incompreensível para os anões, acabaram aceitando a ideia. Os elfos não eram mais vistos como ameaça. As raças poderiam, afinal, tornar-se amigas.

Para honrar este acordo, construiu-se Pax Tharkas. Guardando a passagem de montanha entre Qualinesti e Thorbardin, a fortaleza era um monumento às diferenças — um símbolo de unidade e diversidade.

Naqueles tempos, antes do Cataclismo, elfos e anões ocupavam juntos as ameias desta poderosa fortaleza. Mas agora, só anões mantinham vigia nas suas duas altas torres. Pois aquela época maligna dividira as raças de novo.

Retirando-se para sua terra natal coberta de florestas de Qualinesti, cuidando dos ferimentos que os levaram a procurar solidão, os elfos deixaram Pax Tharkas. Seguros em suas florestas, fecharam as fronteiras para todos. Invasores— fossem humanos ou goblins, anões ou ogros — eram mortos imediatamente e sem questionamento.

Duncan, Rei de Thorbardin, pensou nisso enquanto observava o sol descer por trás das montanhas, caindo do céu em Qualinesti. Ele teve uma visão repentina e divertida dos elfos atacando o próprio sol por ousar entrar em sua terra, e bufou ironicamente. "Bem, eles têm boas razões para serem paranoicos", disse a si mesmo. "Têm boas razões para se fechar para o mundo. O que o mundo fez por eles? Entraram em suas terras, estupraram suas mulheres, assassinaram suas crianças, queimaram suas casas, roubaram sua comida. E foram goblins ou ogros, crias do mal? Não!", Duncan rosnou selvagemente dentro da sua barba. "Foram aqueles em quem confiaram, aqueles que eles tinham recebido como amigos: os humanos".

"Agora, é nossa vez," Duncan pensou, andando pelas ameias, de olho no pôr do sol que banhava o céu de sangue. "Nossa vez de trancar as portas e dizer ao mundo que se vire! Que vá para o Abismo por seu próprio caminho e nos deixem seguir o nosso!".

Perdido em seus pensamentos, Duncan só gradualmente se conscientizou que outra pessoa se juntara ao seu ritmo; passos envoltos em ferro acompanhando-o. O novo anão era mais de uma cabeça mais alto que seu rei e, com suas longas pernas, poderia ter dado dois passos para cada um dos seus. Mas tinha, por respeito, diminuído seu passo para combinar com o do monarca.

Duncan franziu a testa, desconfortável. Em qualquer outro momento, ele teria dado boas-vindas a esta companhia. Agora, tomou como sinal de mau agouro. Jogava uma sombra sobre seus pensamentos, como o sol poente fazendo a sombra fria dos picos da montanha alongar-se e esticar os dedos em direção a Pax Tharkas.

— Irão manter bem a nossa fronteira ocidental — Duncan disse para iniciar a conversa, seu olhar nas fronteiras de Qualinesti.

— Sim, tano — o outro anão respondeu, e Duncan lançou um olhar agudo por baixo das grossas sobrancelhas cinzas. Embora o anão mais alto tivesse concordado com seu rei, havia uma reserva, uma frieza na voz indicando desaprovação.

Bufando de irritação, Duncan girou abruptamente em seu caminhar, indo na outra direção, e teve a satisfação de ter pego seu companheiro desprevenido. Mas o anão mais alto, em vez de tropeçar para se virar e alcançar seu rei, simplesmente parou e ficou olhando triste sobre as ameias de Pax Tharkas para as ensombrecidas terras élficas além.

Irritado, Duncan primeiro considerou simplesmente continuar sem seu companheiro, mas parou, dando ao anão alto tempo para alcançá-lo. Porém, este não fez nenhum movimento, então, com exasperação, Duncan se virou e marchou de volta.

— Pelas barbas de Reorx, Kharas — ele rosnou. — O que foi?

— Acho que você deveria se encontrar com Forjardente — disse Kharas devagar, seus olhos no céu que estava ficando roxo. Muito acima, distante, brilhava uma única e cintilante estrela na escuridão.

— Não tenho nada para dizer a dele — Duncan disse em breve.

— O tano é sensato — Kharas falou as palavras rituais com uma reverência, mas acompanhadas com um suspiro pesado, apertando as mãos nas costas.

Duncan explodiu.

— O que você quis dizer foi "O tano é um burro!" — O rei cutucou Kharas no braço. — Não é mais próximo da verdade?

Kharas virou a cabeça, sorrindo, acariciando as tranças de seda da barba grande e ondulada que brilhava com a luz das tochas sendo acesas nas paredes. Ele começou a responder, mas o ar de repente ficou cheio de ruídos: o soar metálico das botas, o bater de pés e vozes chamando, o choque de machados contra aço. A mudança de turno de vigia. Capitães gritaram comandos, homens saíram de suas posições, outros tomaram seus lugares. Kharas, assistindo em silêncio, usou isso como um apoio significativo para sua declaração quando finalmente falou.

— Acho que você deveria ouvir o que ele tem a dizer, Tano Duncan — Kharas disse. — Dizem que você está levando nossos primos a uma guerra...

— Eu! — Duncan rugiu com raiva. — Eu estou levando-os para a guerra! São eles que estão em marcha, enxameando para fora de suas colinas como ratos! Eles que deixaram a montanha. Nunca pedimos a eles que abandonassem seu lar ancestral! Mas não, por causa de um orgulho besta, ele... — e continuou, em seu relato de uma longa história de erros, tanto justificados quanto imaginados. Kharas permitiu que ele falasse, esperando pacientemente até que Duncan tivesse ventilado a maior parte da sua raiva. O anão alto disse, pacientemente:

— Não lhe custará nada ouvir, Tano, e podemos ganhar muito a longo prazo. Outros olhos além dos de nossos primos estão observando, você pode ter certeza.

Duncan rosnou, mas ficou quieto, pensativo. Ao contrário do que ele acusara Kharas de pensar, o rei Duncan não era um idiota. Nem Kharas o considerava assim, pelo contrário. Um dos sete tanos que governam os sete clãs do reino anão, Duncan conseguiu aliar os outros sob sua liderança, dando aos anões de Thorbardin um rei pela primeira vez em séculos. Até mesmo os dewar o reconheciam como líder, embora relutantes.

Os dewar, chamados de anões das trevas, moravam muito abaixo no solo, em cavernas tão mal iluminadas e fedorentas que até mesmo os anões da montanha de Thorbardin, acostumados a passar maior parte de sua vida no subterrâneo, hesitavam entrar. Há muito tempo, um traço de insanidade havia aparecido neste clã em particular, fazendo com que fosse evitado pelos outros. Agora, depois de séculos de endogamia forçada a eles pelo isolamento, a insanidade era mais proeminente enquanto aqueles julgados sãos formavam um grupo amargurado e rígido.

Mas também tinham seus usos. Fáceis de se enfurecer, eram assassinos ferozes que tinham prazer em matar, e se tornaram uma parte valiosa do exército do tano. Duncan os tratava bem por esse motivo e porque era, no fundo, um anão gentil e justo. Mas também inteligente o suficiente para virar de costas.

Duncan também era inteligente o bastante para considerar a sabedoria das palavras de Kharas. "Outros olhos estão assistindo".

Era bem verdade. Lançou o olhar de volta para o ocidente, cauteloso desta vez. Os elfos não queriam problemas, disso tinha certeza. No entanto, se achassem que os anões poderiam provocar uma guerra, agiriam rapidamente para proteger seus lares. Virando-se, olhou para o norte. Corria o boato de que o belicoso povo da planície de Abanasínia estava considerando uma aliança com os anões da colina, a quem permitira que acampasse em suas terras. Na verdade, por tudo que Duncan sabia, essa aliança poderia já ter sido feita. Pelo menos se ele falasse com aquele anão da colina, Forjardente, poderia descobrir.

E também, havia rumores ainda mais sombrios... rumores sobre o exército marchando das terras destruídas de Solamnia, um exército conduzido por um poderoso mago de preto...

— Muito bem! — O rei Duncan rosnou mal-humorado. — Você venceu novamente, Kharas. Diga ao anão da colina que irei encontrá-lo no Salão dos Tanos na próxima vigília. Veja se você pode reunir os representantes dos outros tanos. Vamos fazer isso do jeito certo, já que é o que você recomenda.

Sorrindo, Kharas curvou-se, sua longa barba quase varrendo o topo de suas botas. Com um aceno mal-humorado, Duncan se virou e saiu pisando duro, o soar de suas botas dando a medida do seu desagrado. Os outros anões ao longo das ameias curvaram quando seu rei passou, mas quase imediatamente voltaram à sua vigia. Anões são muito independentes, leais aos seus clãs primeiro e a qualquer outro depois. Embora todos respeitassem Duncan, ele não era reverenciado e sabia disso. Manter sua posição era uma luta diária.

As conversas, brevemente interrompidas pela passagem do rei, renovavam-se quase imediatamente. Aqueles anões sabiam que a guerra estava chegando, e na verdade estavam ansiosos por isso. Ouvindo suas vozes, escutando suas conversas de batalhas e lutas, Kharas soltou outro suspiro.

Virando na direção oposta, partiu em busca da delegação de anões da colina, seu coração quase tão pesado quanto o gigantesco martelo de guerra que carregava — um martelo que poucos anões conseguiriam carregar. Kharas também via a guerra chegando. Sentia-se como se sentira uma vez, ainda criança, quando viajou para a cidade de Tarsis e ficou na praia, assistindo maravilhado as ondas quebrando na praia. Essa guerra que estava chegando parecia tão inevitável e imparável quanto as ondas. Mas ele estava determinado a fazer o que pudesse para tentar evitá-la.

Kharas não fazia segredo do seu ódio pela guerra, e tinha argumentos fortes pela paz. Muitos anões achavam isso estranho, pois Kharas era o herói reconhecido de sua raça. Como um jovem anão nos dias anteriores ao Cataclismo, esteve entre aqueles que lutaram contra as legiões de goblins e ogros dentro das Grandes Guerras Goblins fomentadas pelo Rei-sacerdote de Istar.

Foi uma época em que ainda havia confiança entre as raças. Aliados dos Cavaleiros, os anões foram ajudá-los quando os goblins invadiram Solamnia. Os anões e cavaleiros lutaram lado a lado, e o jovem Kharas ficou profundamente impressionado com o Código e a Providência cavalheiresco. Os Cavaleiros, por sua vez, ficaram impressionados com as habilidades do jovem anão.

Mais alto e mais forte do que qualquer outro de sua raça, Kharas empunhava um enorme martelo que ele mesmo havia feito, segundo a lenda com a ajuda do deus Reorx, e por inúmeras vezes manteve a posição sozinho até que seus homens pudessem se reunir para expulsar os invasores.

Por seu valor, os Cavaleiros lhe deram o nome de "Kharas", que significa "cavaleiro" em sua língua. Não havia honraria mais alta que pudessem conceder a um estrangeiro.

Quando Kharas voltou para casa, descobriu que sua fama tinha se propagado.

Poderia ter sido o líder militar dos anões; na verdade, poderia ter sido o rei, mas não teve não tal ambição. Ele tinha sido um dos maiores apoiadores de Duncan, e vários acreditavam que Duncan devia a sua ascensão ao poder de seu clã a Kharas. Mas, se tivesse sido assim, aquilo não envenenou a relação. O anão mais velho e o herói mais jovem tornaram-se um — a praticidade dura como pedra de Duncan mantendo o idealismo de Kharas com os pés no chão.

E então veio o Cataclismo. Nos primeiros anos terríveis que se seguiram ao estilhaçamento da terra, a coragem de Kharas brilhou como um exemplo para seu povo atormentado. Foi o seu discurso que levou os tanos a se unirem e nomearem Duncan como rei. Os dewar confiavam nele e não confiavam em ninguém. Por causa dessa unificação, os anões sobreviveram e até conseguiram florescer.

Agora, Kharas estava em seu auge. Ele foi casado uma vez, mas sua amada esposa morreu durante o Cataclismo, e anões, quando se casam, casam-se para a vida. Não haveria filhos a quem legar seu nome, mas Kharas, ao contemplar o futuro sombrio que ele previu para o mundo, sentia-se quase grato por isso.

— Reghar Forjardente, dos anões da colina, e escolta.

O arauto pronunciou o nome, batendo a ponta da lança cerimonial no chão de granito. Os anões da colina entraram, caminhando orgulhosamente até o trono onde Duncan estava, dentro que era chamado de Salão dos Tanos na fortaleza de Pax Tharkas. Atrás dele, em cadeiras menores arrastadas às pressas para a ocasião, sentavam-se os seis representantes dos outros clãs para atuar como testemunhas de seus tanos. Eram testemunhas, ali apenas para relatar aos tanos o que foi dito e feito. Como era tempo de guerra, toda a autoridade estava com Duncan (pelo menos toda a que ele conseguia ter).

Na verdade, as testemunhas eram os capitães de suas respectivas divisões. Apesar de ser supostamente uma única unidade composta coletivamente de todos os anões de cada clã, o exército era, no entanto, apenas uma coleção de clãs reunidos. Cada clã fornecia unidades com seus líderes; cada clã vivia separado e isolado dos outros. As brigas entre os clãs não eram incomuns, e havia rixas de sangue que duravam a gerações. Duncan tinha tentado o seu melhor para manter as tampas presas sobre esses caldeirões ferventes, mas, de vez em quando, a pressão ficava alta demais, fazendo as tampas voarem.

Agora, porém, enfrentando um inimigo comum, os clãs se uniam. Até o representante dewar, um capitão esfarrapado de cara feia chamado Argat, que usava a barba trançada em nós à moda bárbara e que se divertia durante as audiências jogando uma faca no ar e a pegando, ouviu as discussões com uma expressão menos desdenhosa do que o habitual.

Também havia um capitão do esquadrão dos anões tolos. Conhecido como o Grandegug, ele estava lá apenas por cortesia de Duncan. A palavra "gug" significa "soldado" na língua do seu povo, este anão era, portanto, nada mais do que um "grande soldado", uma classificação considerada ridícula pelo resto do exército. Porém, era uma grande honra entre os anões tolos, no entanto, e o Grandegug era admirado pela maioria da sua tropa. Duncan, sempre político, era infalivelmente educado com o Grandegug e, portanto, conquistara sua lealdade eterna. Embora houvesse muitos que pensassem que isso poderia ser uma dificuldade, Duncan respondia que nunca se sabia quando poderiam ser úteis.

Assim, o Grandegug estava ali, embora poucos o vissem dele. Deram-lhe uma cadeira em um canto obscuro e disseram-lhe para sentar e ficar quieto, instruções que seguiu ao pé da letra. De fato, tiveram que voltar dois dias depois para buscá-lo.

"Anões é anões" era um velho ditado comum entre a população do resto de Krynn ao se referir às diferenças entre anões da colina anões e da montanha.

Mas havia diferenças, imensas para a mente anã, embora estas não fossem prontamente aceitas por um observador externo. Curiosamente, e nem o elfos nem os anões admitiriam, os anões das colinas tinham deixado o ancestral reino de Thorbardin por várias das mesmas razões pelas quais os qualinesti deixaram a tradicional pátria de Silvanesti.

Os anões de Thorbardin levavam vidas rígidas e altamente estruturadas. Todos sabiam o seu lugar dentro do seu próprio clã. O casamento entre clãs era desconhecido; a lealdade ao clã sendo a força de ligação vital de cada anão. O contato com o mundo exterior era evitado — a pior punição que podia ser infligida a um anão era o exílio; até a execução era considerada mais piedosa. A ideia de vida idílica para um anão era nascer, crescer e morrer sem nunca colocar um nariz para fora dos portões de Thorbardin.

Infelizmente, isto era — ou pelo menos fora no passado — apenas um sonho. Constantemente chamados à guerra para defender seus domínios, os anões eram forçados a se misturar com o mundo exterior. E, se não houvesse guerras, sempre havia aqueles que procuravam a habilidade para construir e que estavam dispostos a pagar grandes somas para adquiri-lo. A bela cidade de Palanthas tinha sido amorosamente construída por um verdadeiro exército de anões, assim como muitas das outras cidades em Krynn. Assim, surgiram anões viajantes, de espírito livre e independentes. Eles falavam de casamentos entre os clãs, discutiam com naturalidade sobre o comércio com humanos e alunos. Expressavam o desejo de viver ao ar livre. E, o mais hediondo de tudo, expressavam a crença que havia outras coisas na vida com mais importância do que trabalhar com pedra.

Isso, é claro, era visto pelos anões mais rígidos como uma ameaça direta para a sociedade anã em si. A divisão aconteceu. Os anões independentes deixaram sua casa embaixo da montanha em Thorbardin. A separação não ocorreu pacificamente. Houve palavras duras de ambos os lados. Rixas de sangue começaram ali para durar centenas de anos. Aqueles que partiram foram para as colinas onde, se a vida não fosse tudo o que esperavam, pelo menos era livre — poderiam se casar com quem quisessem, ir e vir como achassem melhor, ganhar seu próprio dinheiro. Os anões que ficaram simplesmente se fecharam e ficaram mais rígidos, se é que era possível.

Os dois anões que se encaravam pensavam nisso, enquanto se analisavam. Talvez também estivessem pensando que aquele era um momento histórico — a primeira vez que os dois lados se encontravam em séculos.

Reghar Forjardente era o mais velho dos dois, membro do clã mais forte de anões das colinas. Embora perto do seu ducentésimo Dia do Dom de Vida, o velho anão ainda era bronzeado e saudável. Vinha de um clã longevo. O mesmo não podia ser dito de seus filhos. A mãe deles morreu de um coração fraco e a mesma doença parecia correr pela família. Reghar viveu para enterrar seu filho mais velho e já podia ver alguns dos mesmos sintomas de uma morte prematura em seu segundo mais velho — um jovem de setenta e cinco anos, apenas recém-casado.

Vestido com peles de animais, parecendo tão bárbaro (embora mais limpo) do que o dewar, Reghar fincou os pés bem separados, encarando Duncan, seus olhos duros como pedra brilhando por baixo de sobrancelhas tão grossas que muitos se perguntavam como o velho anão conseguia enxergar. Seu cabelo era cinza, assim como a sua barba, e ele as usava trançadas, penteadas e enfiadas no cinto, a moda dos anões da colina. Ladeado por uma escolta de anões da colina, todos vestidos da mesma forma, o velho anão era uma visão impressionante.

Rei Duncan retornou o olhar de Reghar sem vacilar — esta disputa de encaradas era uma antiga prática anã e, se as partes fossem particularmente teimosas, havia casos conhecidos que resultariam nos dois anões tombando de exaustão a menos que fossem interrompidos por um terceiro, neutro. Duncan, enquanto analisava Reghar sombriamente, começou a acariciar a barba sedosa que fluía livremente sobre seu estômago largo. Era um sinal de desprezo, e Reghar, notando-o sem admitir que tinha percebido, corou de raiva.

Os seis representantes dos clãs sentavam-se estoicamente em suas cadeiras, preparados para uma longa sessão. A escolta de Reghar abriu os pés e fixou seus olhos no nada. O dewar continuou a jogar sua faca no ar, para grande aborrecimento de todos. O Grandegug sentou-se em seu canto, esquecido, exceto pelo odor fragrante de anão tolo que permeava a sala fria. Parecia provável, pelo andar das coisas, que Pax Tharkas iria desmoronar com o tempo sobre suas cabeças antes que um deles falasse. Finalmente, com um suspiro, Kharas pisou entre Reghar e Duncan. Com a linha de visão entre eles quebrada, cada lado poderia desviar o olhar sem perder dignidade.

Curvando-se perante seu rei, Kharas virou-se e curvou-se para Reghar com profundo respeito. Depois se retirou. Os dois lados agora tinham igual liberdade para falar, embora cada um pudesse ter suas próprias ideias sobre essa liberdade.

— Eu lhe concedi audiência — afirmou Duncan, começando a conversa com uma polidez formal que, entre os anões, nunca durava muito — Reghar Forjardente, a fim de ouvir o que levou os nossos parentes a uma jornada até um reino de onde saíram tanto tempo atrás.

— Foi um bom dia para nós quando sacudimos a poeira da velha tumba mofada de nossos pés — Reghar rosnou — para viver em aberto como homens honestos em vez de se esconder sobre a rocha como lagartos.

Reghar bateu na sua barba trançada, Duncan acariciou a sua. Ambos olharam um para o outro. A escolta de Reghar balançou a cabeça, pensando que o chefe deles levara a melhor na primeira disputa verbal.

— Então por que esses homens honestos voltariam para esta velha tumba mofada, se não como ladrões? — Replicou Duncan, reclinando-se para trás com ar satisfeito. Houve um sussurro de apreciação dos seis anões da montanha, claramente considerando que seu tano marcara um ponto.

Reghar corou.

— O homem que retoma o que lhe foi roubado é um ladrão? — Perguntou.

— Não entendo o seu ponto com essa pergunta — Duncan disse suavemente — já que vocês não têm nada de valor para alguém querer roubar. Dizem que até os kender evitam sua terra.

Houve risadas de apreciação dos anões da montanha, enquanto os anões da colina literalmente tremeram de raiva, pois aquele era um insulto mortal. Kharas suspirou.

— Vou te falar sobre roubo! — Reghar rosnou, a barba trêmula de raiva. — Contratos, é isso que você tem roubado! Nos contratando para trabalhar por vocês, trabalhando com prejuízo para tirar o pão das nossas bocas! E houve invasões em nossas terras, roubando nosso grão e gado! Ouvimos as histórias sobre a fortuna que vocês acumularam e viemos reclamar o que é nosso por direito! Nem mais, nem menos!

— Mentiras! — Rugiu Duncan, pondo-se de pé com fúria. — Tudo mentira! A fortuna que temos embaixo da montanha a conseguimos com nosso suor honesto! E vocês voltam aqui, como crianças perdulárias, choramingando que suas barrigas estão vazias depois de desperdiçar dias farreando quando deveriam estar trabalhando! — Ele fez um gesto insultante. — Vocês até mesmo parecem com pedintes!

— Mendigos? — Reghar rugiu por sua vez, o rosto ficando de um roxo profundo. — Pelas barbas de Reorx, jamais! Se eu estivesse morrendo de fome e você me desse uma casca de pão, eu cuspiria em seus sapatos! Negue que você está fortificando este lugar, praticamente em nossas fronteiras! Negue que colocou os elfos contra nós, fazendo com que parassem de negociar conosco! Pedintes! Não! Pelas barbas de Reorx, por sua forja e seu martelo, voltamos sim, mas como conquistadores! Teremos o que é nosso por direito e ainda lhe daremos uma lição!

— Vocês virão, seus covardes chorões, — Duncan zombou — escondidos atrás das saias de um mago de preto e dos escudos brilhantes de guerreiros humanos, ávidos pelo saque! Irão esfaqueá-lo pelas costas e irão roubar seus corpos!

— E quem melhor para falar sobre roubar cadáveres! — Reghar gritou. — Você está roubando os nossos há anos!

Os seis membros do clã saltaram de suas cadeiras, e a escolta de Reghar saltou para frente. Os risos agudos do dewar se ergueram acima dos gritos e ameaças trovejantes. O Grandegug agachou-se no seu canto, boquiaberto.

A guerra poderia ter-se iniciado ali, naquele momento se Kharas não tivesse corrido para ficar entre os dois lados, sua figura alta elevando-se sobre todos. Empurrando e afastando, forçou ambos os lados a recuar. Ainda assim, mesmo depois de separados, havia o grito de escárnio ou um insulto ocasional. Mas, com um olhar severo de Kharas — estes logo cessaram e todos caíram em um silêncio sombrio e mal-humorado.

Kharas falou, sua voz grave rouca e cheia de tristeza.

— Anos atrás, rezei a deus para me conceder mim força para lutar contra a injustiça e o mal do mundo. Reorx respondeu minha oração me permitindo que usasse sua forja, e lá, na forja do próprio deus, eu fiz este martelo. Ele brilhou em batalha desde então, brigando contra as coisas malignas deste mundo e protegendo minha pátria, a pátria do meu povo. Agora, você, meu rei, me pediria que eu fosse à guerra contra meus parentes? E vocês, meus parentes, ameaçariam trazer guerra à nossa terra? É isso onde suas palavras estão os levando, para que eu use meu martelo contra meu sangue?

Nenhum dos lados falou. Ambos olharam um para o outro por baixo das sobrancelhas emaranhadas, parecendo quase envergonhados. O discurso sincero de Kharas tocou muitos. Apenas dois ouviram impassíveis. Os dois eram velhos que há muito perderam suas ilusões sobre o mundo, ambos sabiam que essa fenda havia crescido demais para ser cruzada com uma ponte de palavras. Mas o gesto precisava ser feito.

— Eis minha oferta, Duncan, Rei de Thorbardin — Reghar disse, respirando fortemente. — Retire seus homens desta fortaleza. Dê Pax Tharkas e as terras que a cercam para nós e nossos aliados humanos. Dê-nos metade do tesouro debaixo da montanha, a metade que por direito é nossa, e permita que aqueles de nós que quiserem retornem à segurança da montanha se o mal cresce nesta terra. Convença os elfos a levantar suas barreiras comerciais e divida todos os contratos de construção meio a meio.

— Em troca, vamos cultivar a terra ao redor de Thorbardin e trocar nossas colheitas com você por menos do que custa fazê-los crescer no subsolo. Ajudaremos a proteger suas fronteiras e a montanha, se a necessidade surgir.

Kharas lançou um olhar suplicante ao seu senhor, implorando que levasse aquilo em consideração, ou pelo menos negociasse. Mas Duncan parecia estar além da razão.

— Saiam! — Ele rosnou. — Volte para o seu mago de preto! Volte para seus amigos humanos! Vamos ver se o seu mago é poderoso o bastante para derrubar as paredes desta fortaleza, ou arrancar as pedras de nossa montanha. Veremos quão amigos os humanos serão quando os ventos de inverno girarem ao redor de suas fogueiras e o sangue deles gotejar na neve!

Reghar deu a Duncan um olhar final, tão cheio de inimizade e ódio que poderia ter sido um golpe. Girando em seus calcanhares, fez um gesto para seus acompanhantes. Eles o seguiram para fora do Salão dos Tanos e de Pax Tharkas.

A notícia se espalhou rapidamente. Quando os anões da colina ficaram prontos para partir, as ameias estavam apinhadas com anões das montanhas, gritando e vaiando ironicamente. Reghar e sua escolta se afastaram, os rostos sombrios, sem olhar para trás.

Kharas, enquanto isso, ficou no Salão dos Tanos, sozinho com seu Rei (e o esquecido Grandegug). As seis testemunhas voltaram para seus clãs, espalhando a notícia. Barris de cerveja e da potente bebida conhecida como licor anão foram abertas naquela noite em comemoração. Os sons dos cânticos e das risadas estridentes já podiam ser ouvidos ecoando pelo grande monumento à paz.

— O que custava negociar, tano? — Kharas perguntou, a voz pesada de tristeza.

Duncan, a raiva súbita aparentemente desvanecida, olhou para o anão mais alto e sacudiu a cabeça, a barba grisalha roçando nas seus mantos formais. Era direito dele se recusar a responder a uma pergunta tão impertinente. Na verdade, ninguém além de Kharas teria tido a coragem de questionar a decisão de Duncan.

— Kharas — disse Duncan, colocando a mão no braço de seu amigo com afeto. — Diga-me... há algum tesouro sob a montanha? Roubamos nossos parentes? Invadimos suas terras, ou as terras dos humanos, por falar nisso? As acusações deles são justas?

— Não — Kharas respondeu, seus olhos encontrando os do seu soberano com firmeza.

Duncan suspirou.

— Você viu a colheita. Sabe que o pouco que resta no tesouro será gasto para arranjarmos provisões para este inverno.

— Diga isso a eles! — Kharas falou, sério. — Diga a verdade! Eles não são monstros! São nossos parentes, irão entender...

Duncan sorriu, triste e cansado.

— Não, não são monstros. Mas, pior ainda, eles se tornaram infantis. — Ele encolheu os ombros. — Ah, poderíamos dizer a verdade, mostrar até. Mas não acreditariam em nós. Não acreditariam em seus próprios olhos. Por quê? Porque *querem* acreditar que é de outra maneira!

Kharas franziu a testa, mas Duncan continuou pacientemente.

— Querem acreditar, meu amigo. Mais do que isso, *precisam* acreditar. É sua única esperança de sobrevivência. Eles não têm nada, nada exceto essa esperança. E estão dispostos a lutar por isto. Eu os entendo. — Os olhos do velho rei escureceram por um momento, e Kharas, olhando-o com espanto, percebeu que aquela explosão de raiva tinha sido fingimento.

— Agora, podem voltar para suas esposas e seus filhos famintos e dizer "Vamos lutar contra os usurpadores! Quando ganharmos, vocês irão encher as barrigas de novo". E isso vai ajudá-los a esquecer a fome por um tempo.

O rosto de Kharas se contorceu de angústia.

— Mas ir tão longe! Certamente, podemos dividir o pouco que...

— Meu amigo, — Duncan disse suavemente — pelo Martelo de Reorx, eu lhe juro... se eu concordasse com os termos deles, todos pereceríamos. Nossa raça cessaria de existir.

Kharas o encarou.

— Tão ruim assim? — Ele perguntou.

Duncan assentiu.

— Tão ruim assim. Poucos sabem disso, só os líderes dos clãs, e agora você. E eu lhe peço que jure segredo. A colheita foi desastrosa. Nossos cofres estão quase vazios, e agora precisamos acumular o que pudermos para pagar por esta guerra. Até para o nosso próprio povo, seremos forçados a racionar alimentos neste inverno. Com o que temos, calculamos que dê para fazer isso, mas mal. Adicione mais centenas de bocas... — Ele balançou sua cabeça.

Kharas ficou pensativo e levantou a cabeça, os olhos escuros brilhando.

— Se isso é verdade, então que seja! — Ele disse, sério. — Melhor todos nós morremos famintos do que brigando uns com os outros!

— Nobres palavras, meu amigo — Duncan respondeu. Tambores ressoaram pela sala e vozes graves se ergueram em comoventes cânticos de guerra, mais antigos que as rochas de Pax Tharkas, mais velhos, talvez, do que os ossos do próprio mundo. — Não se pode comer palavras nobres, Kharas. Não se pode bebê-las ou enrolá-las em torno de seus pés ou queimá-las em sua fogueira ou dá-las para crianças chorando de fome.

— E as crianças que irão chorar quando o pai sair para nunca retornar? — Kharas perguntou.

Duncan ergueu uma sobrancelha.

— Vão chorar por um mês — ele disse simplesmente — e irão comer a sua parte das provisões. E ele não iria querer que fosse assim?

Com isso, ele se virou e deixou o Salão dos Tanos, dirigindo-se mais uma vez para as ameias.

Enquanto Duncan aconselhava Kharas no Salão dos Tanos, Reghar Forjardente e seu grupo estavam saindo com seus pôneis pequenos e desgrenhados da fortaleza de Pax Tharkas, as vaias e as risadas de seus parentes ressoando em seus ouvidos.

Reghar não falou palavra por longas horas, até estarem fora da vista das enormes torres duplas da fortaleza. Quando chegaram a um cruzamento na estrada, o velho anão puxou as rédeas de seu cavalo.

Virando-se para o membro mais jovem do grupo, disse com voz sombria e emocionada:

— Continue para o norte, Darren Ironfist. — O velho anão pegou uma bolsa maltratada de couro. Remexendo ali, tirou sua última peça de ouro. Olhou-a por muito tempo, então a pressionou nas mãos do anão. — Aqui. Compre passagem pelo Novo Mar. Encontre este Fistandantilus e diga a ele… diga a ele…

Reghar fez uma pausa, percebendo a enormidade de sua ação. Mas não tinha escolha. Isso havia sido decidido antes de partir. Carrancudo, rosnou:

— Diga a ele que, ao chegar aqui, terá um Exército à espera para lutar por ele.

Capítulo 2

A noite era fria e escura sobre as terras de Solamnia. As estrelas acima lançavam uma luz brilhante e quebradiça. As constelações do Dragão de Platina, Paladine, e Takhisis, Rainha da Escuridão, circulavam infinitamente em torno da Balança de Gilean. Demoraria ainda duzentos anos ou mais antes dessas mesmas constelações desaparecerem dos céus, quando os deuses e homens guerreassem sobre Krynn.

Por enquanto, estavam satisfeitos em se vigiar.

Se algum deus tivesse olhado para baixo, ele ou ela talvez tivesse se divertido ao ver o que pareciam ser débeis tentativas da humanidade de imitar sua glória celestial. Nas planícies de Solamnia, fora da cidade-fortaleza montanhosa de Granada, fogueiras pontilhavam as pastagens, iluminando a noite no chão como as estrelas o faziam no céu.

O Exército de Fistandantilus.

As chamas das fogueiras refletiam-se em escudos e peitorais, dançavam nas lâminas de espadas e brilhavam em pontas de lança. O fogo iluminava rostos brilhantes de esperança e de orgulho recém-descoberto, queimava nos olhos escuros dos seguidores do acampamento e saltava para iluminar os jogos das crianças.

Ao redor das fogueiras, grupos de homens estavam reunidos, em pé ou sentados, falando e rindo, comendo e bebendo, trabalhando no seu equipamento. O ar da noite estava cheio de brincadeiras e palavrões e histórias.

Aqui e ali havia gemidos de dor, enquanto os homens esfregavam ombros e braços doloridos por estarem desacostumados aos exercícios. Mãos calejadas de balançar enxadas estavam cheias de bolhas por empunhar lanças. Mas eram aceitas com bom humor. Podiam ver seus filhos brincarem ao redor do fogo e saber que comeram, se não bem, pelo menos adequadamente naquela noite. Podiam encarar as esposas com orgulho. Pela primeira vez em anos, aqueles homens tinham uma meta, um objetivo na vida.

Alguns sabiam que esse objetivo podia ser a morte, mas estes compreendiam e escolheram permanecer de qualquer forma.

— Afinal — Garic disse para si mesmo quando seu substituto chegou para o aliviar do serviço de guarda — a morte chega para todos. Melhor encontrá-la na luz ardente do sol, a espada brilhando na mão, do que tê-la subindo sorrateiramente durante a noite sem saber, ou agarrando-o com mãos pestilentas.

O jovem, fora de serviço, foi até sua fogueira e pegou uma capa grossa em seu saco de dormir. Engoliu apressado uma tigela de guisado de coelho e saiu caminhando entre as fogueiras.

Indo para os arredores do acampamento, caminhou de forma objetiva, ignorando muitos convites para se juntar a amigos em torno de suas fogueiras. Acenou para eles cordialmente e continuou o seu caminho. Poucos se importaram com isso. Muitos fugiam das luzes das fogueiras à noite. As sombras eram quentes com suspiros suaves, sussurros e doces risadas.

Garic *tinha* um compromisso nas sombras, mas não com uma amante, embora várias jovens no acampamento ficariam felizes em fazer companhia durante a noite ao jovem nobre. Chegando a uma grande pedra, longe de acampamento e de qualquer companhia, Garic enrolou-se em sua capa, sentou e esperou.

Não esperou muito.

— Garic? — Disse uma voz hesitante.

— Michael! — Garic gritou animado, levantando-se. Os dois apertaram as mãos e, emocionados, abraçaram-se com carinho.

— Não acreditei nos meus olhos quando vi você entrar no acampamento hoje, primo — Garic continuou, agarrando a mão do outro jovem como se estivesse com medo de deixá-lo ir, com medo de que ele pudesse sumir na escuridão.

— Nem eu — disse Michael, mantendo o aperto de mão com força, tentando livrar a sua garganta de uma rouquidão que parecia ter surgido de repente. Tossindo, ele se sentou na pedra e Garic juntou-se a ele. Ambos ficaram em silêncio por alguns momentos, enquanto limpavam as gargantas e fingiam estar sérios e soldadescos.

— Pensei que vi um fantasma — Michael disse com uma risada que soou vazia. — Disseram que você estava morto — sua voz morreu e ele tossiu novamente. — Esse tempo úmido maluco — ele murmurou — acaba com a nossa garganta.

— Eu escapei — Garic disse calmamente. — Mas meu pai, minha mãe e minha irmã não foram tão afortunados.

— Anne? — Michael sussurrou, com dor em sua voz.

— Ela faleceu rapidamente — Garic disse, baixinho. — Assim como minha mãe. Meu pai providenciou isso, antes de ser massacrado pela turba, que ficou enlouquecida por causa disso. Mutilaram seu corpo...

Garic engasgou. Michael apertou seu braço em solidariedade.

— Seu pai era um homem nobre. Morreu como um verdadeiro Cavaleiro, defendendo sua casa. Uma morte melhor do que alguns tiveram — acrescentou ele sombriamente, fazendo Garic lançar um olhar penetrante. — Mas, qual é a sua história? Como você se livrou da multidão? Onde esteve neste último ano?

— Eu não me livrei — Garic disse amargamente. — Cheguei quando tudo já havia acabado. Onde eu estava não importa — o jovem corou — mas eu deveria ter estado lá, para morrer com eles!

— Seu pai não iria querer isso. — Michael balançou a cabeça. — Você está vivo. Irá perpetuar o nome.

Garic franziu a testa, seus olhos brilhando.

— Talvez. Embora eu não me deite com uma mulher desde... — ele sacudiu a cabeça. — De qualquer maneira, fiz por eles o que eu podia. Coloquei fogo no castelo...

Michael ofegou, mas Garic continuou, sem ouvir.

— ... para que a turba não o tomasse. As cinzas da minha família permanecem lá, entre as pedras enegrecidas do salão que meu tataravô construiu. Andei sem rumo por um tempo, sem me importar com o que me aconteceria. Por fim, encontrei com um grupo de outros homens, muitos como eu, expulsos de suas casas por várias razões.

— Não fizeram perguntas. Não se importavam comigo além de saber se eu conseguia empunhar uma espada com habilidade. Eu me juntei a eles e vivemos de nossas habilidades.

— Bandidos? — Michael perguntou, tentando disfarçar o espanto em sua voz, mas pelo olhar que Garic lhe lançara, não conseguira.

— Sim, bandidos — o jovem respondeu friamente. — Ficou chocado? Que um Cavaleiro de Solamnia se esquecera do Código e a Providência e se juntado à fora-da-lei? Deixe-me lhe perguntar, Michael, onde estavam o Código e a Providência quando assassinaram meu pai, seu tio? Onde ficam nessa terra miserável?

— Em nenhum lugar, talvez, — Michael respondeu com firmeza — exceto em nossos corações.

Garic ficou em silêncio. Então, começou a chorar, soluços ásperos que sacudiam seu corpo. Seu primo colocou os braços ao seu redor, abraçando-o. Garic deu um suspiro trêmulo, enxugando os olhos com as costas da mão.

— Eu não chorei uma vez desde que os encontrei — disse ele em voz abafada. — E você está certo, primo. Vivendo com ladrões, afundei em um poço do qual eu poderia não ter escapado se não fosse o general...

— Esse tal de Caramon?

Garic assentiu.

— Emboscamos ele e seu grupo uma noite. E isso abriu meus olhos. Antes, sempre roubei as pessoas sem pensar muito e, às vezes, até gostava... dizendo a mim mesmo que cães como aqueles assassinaram meu pai. Mas nesse grupo havia uma mulher e um usuário de magia. O mago estava doente. Bati nele e ele caiu aos meus pés, como uma boneca quebrada. E a mulher... sabia o que fariam com ela e o pensamento me enojou. Mas tinha medo do líder... Pé-de-aço, como o chamavam. Ele era uma fera! Meio-ogro.

— O general o desafiou. Eu vi a verdadeira nobreza naquela noite... um homem disposto a dar sua vida para proteger os mais fracos. E ele venceu. — Garic ficou mais calmo. Enquanto falava, seus olhos brilhavam de admiração. — Vi, então, o que minha vida tinha se tornado. Quando Caramon perguntou se gostaríamos de ir com dele, concordei, assim como a maioria dos outros. Mas não me importava a opinião deles, eu o teria seguido para qualquer lugar.

— E agora você faz parte da guarda pessoal dele? — Michael disse, sorridente.

Garic acenou com a cabeça, ruborizando satisfeito.

— Eu... disse a ele que não era melhor do que os outros... um bandido, um ladrão. Mas ele só olhou para mim, como se pudesse ver dentro da minha alma, sorriu e disse que todo homem tinha que atravessar uma noite escura e sem estrelas e, quando encarasse a manhã, ele seria melhor por isto.

— Estranho — Michael disse. — Fico pensando no que ele quis dizer com isso.

— Acho que entendi — Garic disse. Seu olhar foi para o outro lado do acampamento onde estava a enorme tenda de Caramon, a fumaça das fogueiras enrolando-se em torno da bandeira de seda esvoaçante, uma marca preta contra as estrelas. — Às vezes, fico pensando se ele não está andando em sua própria "noite escura". Às vezes, vejo uma expressão em seu rosto... — Garic sacudiu a cabeça. — Você sabia que ele e o mago são irmãos gêmeos — disse, abruptamente.

Os olhos de Michael se arregalaram. Garic confirmou com um aceno de cabeça.

— É uma relação estranha. Não há amor entre eles.

— Um dos de preto? — Michael disse, bufando. — Com certeza, não! Fico pensando até porque o mago viaja conosco. Pelo que ouvi, magos podem cavalgar os ventos noturnos e convocar forças das sepulturas para suas batalhas.

— Este poderia, não duvido — Garic respondeu, olhando sombriamente para uma barraca menor próxima à do general. — Apesar de só tê-lo visto fazer magia uma vez, no acampamento dos bandidos, sei que é poderoso. Só de sentir seus olhos sobre mim, meu estômago murcha dentro de mim, meu sangue vira água. Mas, como eu disse, ele não estava bem quando encontramos eles pela primeira vez. Todas as noites, quando ele ainda dormia na tenda do irmão, ouvi-o tossir até achar que não respiraria novamente. Me perguntei mais de uma vez como pode um homem viver com tanta dor.

— Ele me pareceu bem quando eu o vi hoje.

— A saúde dele melhorou muito. Mas também não faz nada para se exaurir. Apenas passa o dia todo em sua tenda, estudando os livros de feitiço que carrega consigo naqueles baús enormes. Mas ele também está passando por uma "noite escura" — Garic acrescentou. — Há uma sombra ao redor dele, e está crescendo conforme vamos para o sul. Ele é assombrado por sonhos terríveis. Eu o ouvi gritar ao dormir. Gritos horríveis, de despertar os mortos.

Michael estremeceu, então, suspirando, olhou para a barraca de Caramon.

— Eu tinha sérias dúvidas sobre me juntar a um exército liderado por um dos vestidos de preto. E de todos os magos que já viveram, os rumores dizem que este Fistandantilus é o mais poderoso. Não estava totalmente comprometido a me juntar a vocês quando entrei aqui hoje. Pensei em saber mais sobre, descobrir se é verdade que estão indo para o sul para ajudar o povo oprimido de Abanasínia em sua luta contra os anões das montanhas.

Suspirando novamente, ele fez um gesto como se fosse acariciar um grande bigode, mas sua mão parou. Ele estava barbeado, tendo tirado o antigo símbolo dos Cavaleiros, símbolo que naqueles dias levava à morte.

— Embora meu pai ainda viva, Garic, — Michael continuou — acho que ele trocaria essa vida pela morte que seu pai teve. O senhor da fortaleza de Vingaard nos deu uma escolha, poderíamos ficar na cidade e morrer ou sair e viver. Pai teria morrido. Eu também, se tivéssemos que pensar apenas em nós mesmos. Mas não podíamos nos dar ao luxo da honra. Foi um dia amargo aquele em que colocamos o que podíamos em uma carroça e deixamos o Salão. Eu os acomodei em uma cabana miserável em Throytl. Eles vão ficar bem, por este inverno pelo menos. Minha mãe é forte e faz o trabalhar de um homem. Meus irmãos menores são bons caçadores.

— E seu pai? — Garic perguntou com calma quando Michael parou de falar.

— Ficou de coração partido — Miguel disse simplesmente. — Fica sentado olhando pela janela, a espada no colo. Ele não falou uma palavra desde o dia que deixamos nossa casa.

Michael de repente apertou o punho.

— Por que estou mentindo para você, Garic? Eu não dou a mínima para as pessoas oprimidas em Abanasínia! Eu vim para encontrar o tesouro! O tesouro embaixo da montanha! E glória! Glória para trazer de volta a luz aos olhos dele! Se ganharmos, os Cavaleiros podem erguer a cabeça de novo!

Ele também olhou para a pequena tenda ao lado da maior, a que tinha o sinal de ser a residência de um mago pendurada ali, a que no acampamento evitavam, se possível.

— Mas, irei encontrar essa glória liderado pelo homem chamado O Sombrio. Os antigos Cavaleiros não fariam isso. Paladine...

— Paladine nos esqueceu — Garic disse amargamente. — Estamos por nossa conta. Eu não sei nada de magos vestidos de preto, e me importo pouco sobre aquele ali. Eu fico aqui e sigo por causa de um homem, o general. Se ele me levar à minha fortuna, muito bem. Se não... — Garic suspirou fundo — ele pelo menos me levou a encontrar paz dentro de mim. Eu poderia desejar o mesmo para ele — disse, baixinho. Então, levantando-se, deixou esses pensamentos sombrios.

Michael ergueu-se também.

— Preciso voltar ao acampamento e dormir um pouco. Vamos acordar amanhã — Garic disse. — Estamos nos preparando para marchar ainda esta semana, pelo que ouvi. Então, primo, vai ficar?

Michael olhou para Garic. Olhou para a tenda de Caramon, a brilhante bandeira com a estrela de nove pontas esvoaçante no ar frio. Olhou para a tenda do mago. Então, assentiu. Garic deu um sorriso largo. Os dois apertaram as mãos e caminharam de volta para as fogueiras de acampamento, abraçados pelos ombros.

— Só me diga uma coisa, — Michael disse em voz baixa enquanto caminhavam — é verdade que Caramon tem uma bruxa?

Capítulo 3

Vai para onde? — Caramon inquiriu duramente. Entrando na tenta, piscou os olhos para se acostumar com a escuridão depois de estar no brilho frio do sol de outono.

— Estou me mudando — disse Crysania, dobrando com cuidado as vestes clericais brancas e colocando-as no baú que tinha guardado embaixo do catre e que estava aberto no chão ao lado dela.

— Já passamos nisso — Caramon rosnou em voz baixa. Olhando de relance para os guardas atrás dele, do lado de fora da entrada da tenda, abaixou a aba com cuidado.

A tenda de Caramon era o seu orgulho. Tendo originalmente pertencido a um próspero Cavaleiro de Solamnia, foi trazida para Caramon como um presente por dois jovens sérios, que, embora alegassem tê-la "encontrado", lidavam com ela com mãos tão habilidosas e com tanto carinho que era óbvio que não a "encontraram" mais do que encontraram seus braços ou pernas.

Feita de um tecido que ninguém naquela época poderia identificar, foi habilmente tecida, nem o vento penetrava pelas costuras. A água da chuva batia e rolava direto, Raistlin dissera que foi tratada com algum tipo de óleo. Era ampla o suficiente para o catre de Caramon, vários amplos baús com mapas, o dinheiro e as joias que trouxeram da Torre de Alta Feitiçaria, roupas e armaduras, mais um catre para Crysania, e um baú para suas roupas. E ainda assim, não parecia lotada quando Caramon recebia visitantes.

Raistlin dormia e estudava em uma tenda menor feita dos mesmos tecidos e construção que foi montada próxima à do seu irmão. Embora Caramon tivesse se oferecido para compartilhar a tenda maior, o mago insistiu em ter privacidade. Conhecendo a necessidade de solidão e sossego do seu gêmeo e não fazendo exatamente muita questão de ficar com o irmão de qualquer forma, Caramon não argumentou. Crysania, no entanto, rebelou-se quando disseram que devia permanecer na tenda de Caramon.

Em vão, Caramon argumentou que ali era mais seguro. Histórias sobre "feitiçaria", o estranho medalhão do deus renegado que usava, e a cura do grande guerreiro propagaram-se rapidamente pelo acampamento e eram ansiosamente sussurradas para todo recém-chegado. A clériga nunca deixava a tenda sem olhares sombrios a seguindo. As mulheres apertavam seus bebês contra o peito quando ela se aproximava. Crianças corriam ao vê-la, com um medo que só em parte era fingido.

— Estou ciente de seus argumentos — observou Crysania, continuando a dobrar suas roupas e embalá-las sem olhar para ele. — E eu não os aceito. Ah… — ela o deteve quando ele respirou fundo para falar — eu já ouvi suas histórias sobre bruxas queimando. Mais de uma vez! Não duvido delas, mas isso foi em um dia e época muito distantes.

— Para qual barraca você está se mudando, então? — Caramon perguntou, o rosto vermelho. — Do meu irmão?

Crysania parou de dobrar as roupas, segurando-as por um longo tempo em seus braços, olhando direto à frente. Seu rosto não ganhou cor. Ficou, se possível, um tom mais pálido. Seus lábios pressionaram-se com firmeza. Quando respondeu, sua voz estava fria e calma como um dia de inverno. — Há uma outra tenda pequena, igual à dele. Irei morar lá. Pode colocar um guarda ali, se achar necessário.

— Crysania, desculpe — Caramon disse, indo em direção a ela. Ela ainda não olhava para ele. Estendendo as mãos, ele segurou seus braços, gentilmente, e a virou, forçando-a a enfrentá-lo. — Eu… eu não quis dizer isso. Por favor, me perdoe. E sim, acho necessário colocar um guarda! Mas não há ninguém em quem eu confie, Crysania, a menos que seja eu mesmo. E, mesmo assim… — respirando acelerado, as mãos nos braços dela apertaram-se quase imperceptivelmente.

— Eu te amo, Crysania — ele disse suavemente. — Você não é como as outras mulheres que conheci! Eu não queria. Não sei como isso aconteceu. Eu… eu nem mesmo gostava de você quando a vi pela primeira vez. Achei que fosse fria e indiferente, envolta nessa sua religião. Mas quando eu te vi nas garras daquele meio-ogro, vi sua coragem, e quando pensei no que… no que podiam fazer com você…

Ele a sentiu estremecer involuntariamente; ela ainda tinha sonhos sobre aquela noite. Ela tentou falar, mas Caramon aproveitou sua reação para prosseguir.

— Tenho te observado com meu irmão. Me lembra como eu era, nos velhos tempos, — sua voz ficou melancólica — você cuidando dele com tanta ternura e paciência.

Crysania não tentou se libertar. Simplesmente ficou ali, encarando-o com olhos claros e cinzentos, segurando o vestido branco dobrado contra o peito.

— E isso também é um motivo, Caramon — ela disse tristemente. — Tenho visto sua… — ela corou — afeição por mim crescer e, embora eu o conheça bem o bastante para não achar que você me forçaria a aceitar atenções que eu consideraria indesejáveis, não me sinto confortável dormindo sozinha na mesma barraca com você.

— Crysania! — Caramon começou a falar, seu rosto angustiado, suas mãos tremendo ao segurá-la.

— O que você sente por mim não é amor, Caramon — Crysania disse suavemente. — Você está sozinho e sente falta de sua esposa. É ela que você ama. Eu sei, vi a ternura em seus olhos quando você fala sobre Tika.

O rosto dele ficou sombrio ao ouvir o nome de Tika.

— O que você sabe sobre amor? — Caramon perguntou abruptamente, liberando-a e desviando o olhar. — Eu amo Tika, claro. Já amei muitas mulheres. Tika também já deve ter amado muitos homens, aposto. — Inspirou fundo, nervoso. Não era verdade, e ele sabia disso. Mas aliviava sua própria culpa, contra a qual lutava há meses. — Tika é humana! — Continuou mal-humorado. — Ela é de carne e sangue, não um pilar de gelo!

— O que eu sei sobre amor? — Crysania repetiu, sua calma sumindo, seus olhos cinzas escurecendo de raiva. — Eu vou dizer o que sei. Eu…

— Não diga isso! — Caramon exclamou em voz baixa, perdendo o controle e envolvendo-a em seus braços. — Não diga que você ama Raistlin! Ele não merece seu amor! Ele está usando você, assim como me usou! E vai jogá-la de lado quando terminar!

— Solte-me! — Crysania exigiu, suas bochechas rosadas de fúria, os olhos de um cinza escuro.

— Você não vê!! — Caramon gritou, quase tremendo de frustração. — Está cega?

— Perdoem-me se estou interrompendo — disse uma voz suave. — Mas são notícias urgentes.

Ao som daquela voz, o rosto de Crysania ficou branco, e depois escarlate. Caramon também se assustou com o som, suas mãos perdendo seu domínio. Crysania afastou-se dele e, em sua pressa, tropeçou sobre o baú e caiu de joelhos. Com o rosto escondido por seus longos cabelos negros e soltos, ela permaneceu ajoelhada ao lado do baú, fingindo reorganizar suas coisas com mãos trêmulas.

Carrancudo, seu próprio rosto em um vermelho forte, Caramon virou-se para encarar seu gêmeo.

Raistlin olhou friamente para seu irmão. Não havia expressão em seu rosto, como não havia em sua voz quando falou ao entrar. Mas Caramon viu, por um mero segundo, uma rachadura nos espelhos. O vislumbre do ciúme escuro e ardente por dentro assustou-o, acertando-o com um golpe quase físico. Mas o olhar desapareceu instantaneamente, deixando Caramon em dúvida se ele realmente o tinha visto. Apenas o aperto no seu estômago e o repentino gosto amargo em sua boca o faziam acreditar que sim.

— Que notícias? — Ele rosnou, limpando a garganta.

— Mensageiros chegaram do sul — Raistlin disse.

— Sim? — Caramon instou seu irmão a prosseguir.

Tirando o capuz, Raistlin deu um passo à frente, seu olhar preso no do irmão, unindo-os, fortalecendo a semelhança entre eles. Naquele momento, a máscara do mago caiu.

— Os anões de Thorbardin estão se preparando para a guerra! — Raistlin sibilou, a mão fina apertando-se em um punho. Falou com uma paixão tão intensa que Caramon piscou para ele, espantado e Crysania levantou a cabeça para encará-lo com preocupação.

Confuso e desconfortável, Caramon se libertou do olhar fixo e febril do irmão, e virou de costas, fingindo folhear alguns mapas na mesa. O guerreiro deu de ombros.

— Não sei o que você esperava — ele disse friamente. — Foi ideia sua, afinal, falar de fortunas escondidas. Não fizemos segredo de para onde estamos indo. Na verdade, acabou virando nosso lema de recrutamento! "Junte-se a Fistandantilus e saqueie a montanha!".

Caramon disse isso sem pensar, mas seu efeito foi surpreendente. Raistlin ficou lívido. Tentou falar, mas nenhum som inteligível saiu de seus lábios, apenas uma espuma sangrenta. Seus olhos afundados brilharam, como a lua em um lago de gelo. Seu punho ainda fechado, ele deu um passo na direção de seu irmão.

Crysania levantou-se de um salto. Caramon, verdadeiramente alarmado, deu um passo para trás, sua mão se fechando sobre o punho de sua espada. Mas, devagar e com esforço visível, Raistlin recuperou o controle. Com um rosnado, ele se virou e saiu da tenda, sua raiva intensa ainda tão aparente, no entanto, que os guardas estremeceram quando passou por eles.

Caramon permaneceu de pé, perdido, confuso e com medo, incapaz de entender por que seu irmão reagira daquele jeito. Crysania também olhou para Raistlin perplexa até o som de vozes gritando fora da tenda despertar os dois de seus pensamentos. Sacudindo a cabeça, Caramon foi até a entrada da tenda. Lá, virou-se, mas sem olhar diretamente para Crysania ao falar.

— Se estamos mesmo nos preparando para a guerra — ele disse friamente — não posso perder tempo me preocupando com você. Como já disse antes, você não estará segura em uma tenda sozinha. Sendo assim, você vai continuar dormindo aqui. Vou deixá-la em paz, pode ter certeza disso. Dou minha palavra de honra.

Com isso, ele saiu da tenda e começou a conversar com seus guardas.

Ruborizando de vergonha, e com tanta raiva que não conseguia falar, Crysania permaneceu na tenda por um momento para recuperar sua compostura. Então, também saiu da tenda. Um olhar para os rostos dos guardas e ela percebeu imediatamente que, apesar do fato dela e Caramon terem mantido as vozes baixas, parte da conversa fora ouvida.

Ignorando os olhares curiosos e divertidos, olhou ao redor e viu o esvoaçar de mantos negros desaparecendo na floresta. Voltou para a tenda, pegou uma capa e, atirando-a apressadamente sobre os ombros, partiu na mesma direção.

Caramon viu Crysania entrar na floresta perto do limite do acampamento. Apesar de não ter visto Raistlin, tinha uma noção do por que Crysania estava indo naquela direção. Ia chamá-la. Embora não soubesse de nenhum perigo real à espreita na floresta de pinheiros na base das Montanhas Granada, não era bom se arriscar naqueles tempos instáveis.

Com o nome dela nos lábios, no entanto, viu dois de seus homens trocando olhares. Caramon viu-se vividamente, chamando a clériga como um jovem apaixonado, e seu boca se fechou. Além do mais, Garic estava chegando, seguido por um anão de aparência cansada e um jovem, de pele escura, usando as peles e penas dos bárbaros.

Os mensageiros, Caramon percebeu. Ele teria que conversar com eles. Mas... Seu olhar foi mais uma vez para a floresta. Crysania tinha sumido. Uma sensação de perigo apoderou-se de Caramon, tão forte que ele quase atravessou as árvores atrás dela. Cada instinto de guerreiro lhe dizia para fazer isso. Não podia dar nome a seu medo, mas estava lá, era real.

Porém, ele não podia sair correndo, deixando os mensageiros para trás e correr atrás de uma garota. Seus homens nunca mais o respeitariam. Podia mandar um guarda, mas isso o faria parecer quase tão tolo quanto. Não havia o que fazer. Que Paladine cuidasse dela, se era isso que ela queria. Apertando os dentes, Caramon virou-se para os mensageiros e conduziu-os à sua tenda.

Lá, depois que os deixou confortáveis, depois de trocarem gentilezas formais e sem sentido, uma vez que a comida e a bebida foram servidas, ele se desculpou e saiu sorrateiro pela parte de trás...

Pegadas na areia, me guiando

Olhando para cima, vejo o palanque, a figura encapuzada do carrasco, a lâmina afiada do machado brilhando no sol escaldante.

O machado cai, a cabeça cortada da vítima rola na plataforma de madeira, o capuz é retirado...

— Minha cabeça! — Raistlin sussurrou febrilmente, juntando e torcendo as mãos em sua angústia.

O carrasco, risonho, remove seu capuz, revelando...

— Meu rosto! — Raistlin sussurrou, seu medo se espalhando pelo seu corpo como um tumor maligno, fazendo-o suar e resfriar alternadamente. Apertando a cabeça, tentou banir as visões malignas que assombravam seus sonhos continuamente, noite após noite, e se demoravam perturbando-o também quando estava acordado, transformando tudo o que comia ou bebia em cinzas na sua boca.

Mas elas não sumiam.

— Mestre do Passado e do Presente! — Raistlin riu sem humor, uma risada amarga e zombeteira. — Eu sou Mestre de nada! Todo este poder e estou encurralado! Encurralado! Seguindo *seus* passos, sabendo que cada segundo que passa já *se passou antes*! Vejo pessoas que nunca vi, mas conheço! Ouço o eco de minhas próprias palavras antes de as dizer! Este rosto! — Suas mãos pressionaram as bochechas. — Este rosto! O rosto dele! Não o meu! Não! Quem sou eu? Sou meu próprio carrasco!

Sua voz subiu para um grito. Em frenesi, sem saber o que estava fazendo, Raistlin começa a arranhar sua pele com as unhas, como se seu rosto fosse uma máscara que pudesse ser arrancada de seus ossos.

— Pare! Raistlin, que está fazendo? Pare, por favor!

Ele mal podia ouvir a voz. Mãos firmes, mas suaves, agarraram seus pulsos, e ele lutou contra elas. Mas a loucura passou. As águas escuras e assustadoras em que estava se afogando retrocederam, deixando-o calmo e drenado. Conseguiu voltar a ver, sentir e ouvir. Seu rosto ardia. Olhando para baixo, viu sangue em suas unhas.

— Raistlin! — Era a voz de Crysania. Erguendo o olhar, ele a viu de pé à sua frente, segurando as mãos dele longe do rosto, os olhos arregalados cheios de preocupação.

— Estou bem — Raistlin disse friamente. — Deixe-me sozinho! — Mas, enquanto falava, suspirou e abaixou a cabeça, estremecendo quando o horror do sonho o invadiu. Tirando um pano limpo de um bolso, começou a enxugar os ferimentos em seu rosto.

— Não, você não está — Crysania murmurou, pegando o pano de sua mão trêmula e tocando as feridas sangrentas com suavidade. — Por favor, me deixe fazer isto — ela disse quando ele rosnou algo incompreensível. — Eu sei que você não vai me deixar te curar, mas tem um riacho aqui perto. Venha, beba um pouco de água, descanse e me deixe lavar isso.

Palavras afiadas e amargas estavam nos lábios de Raistlin. Ele levantou uma mão para afastá-la. Mas percebeu que não queria que ela fosse embora. A escuridão do sonho retrocedia quando ela estava com ele. O toque caloroso da carne era reconfortante depois dos dedos frios da morte.

E assim, assentiu com um suspiro cansado.

Com o rosto pálido e preocupado, Crysania colocou um braço em volta dele para apoiar seus passos vacilantes, e Raistlin se permitiu ser levado através da floresta, agudamente consciente do calor e do movimento do corpo dela próximo ao seu.

Chegando à margem do riacho, o arquimago sentou-se sobre uma pedra larga e plana, quente por causa do calor do sol de outono. Crysania mergulhou o pano na água e, ajoelhando-se próxima a ele, limpou as feridas em seu rosto. Folhas caíam ao redor eles, abafando o som, caindo no riacho para serem levadas pela água.

Raistlin não falou. Seu olhar seguiu o caminho das folhas, observando como cada uma se agarrava ao galho com suas últimas forças, assistindo o vento implacável arrancá-la, observando-a rodopiar para cair na água, vendo-a ser levada para o esquecimento pelo veloz fluxo. Olhando além das folhas na água, ele viu o reflexo de seu rosto tremulando. Viu duas longas marcas de sangue em cada bochecha, viu seus olhos não mais espelhados, mas escuros e assombrados. Ele viu o medo, deu um esgar zombeteiro para si mesmo.

— Me diga — disse Crysania, hesitante, parando seus cuidados e colocando a mão sobre a dele — me diga o que está errado. Eu não entendo. Você está ensimesmado desde que saímos da torre. Tem algo a ver com o desaparecimento do Portal? Com o que Astinus lhe disse em Palanthas?

Raistlin não respondeu, sequer olhou para ela. O sol estava quente em suas mantos negros, o toque dela era mais quente do que o sol. Mas, uma parte de sua mente estava friamente calculando... "Contar a ela? O que vou ganhar? Mais do que se eu ficar quieto?"

"Sim... aproxime-a, envolva-a, envolva-a, acostume-a à escuridão..."

— Eu sei — ele disse finalmente, falando como se relutasse, ainda procurando não olhar para ela, mas encarando a água — que o Portal está em um lugar perto de Thorbardin, na fortaleza mágica chamada Zhaman. Descobri isso com Astinus.

— A lenda nos diz que Fistandantilus empreendeu o que chama Guerra dos Portões dos Anões para reclamar o reino de Thorbardin para si. Astinus relata *quase* a mesma coisa em suas *Crônicas*, — a voz de Raistlin ficou amarga — quase a mesma coisa! Mas, leia nas entrelinhas, leia de perto, como eu deveria ter feito, mas, na minha arrogância não fiz, e irá ver a verdade!

Suas mãos se fecharam. Crysania sentou-se na frente dele, o pano úmido manchado de sangue preso em suas mãos, esquecido enquanto ela ouvia, hipnotizada.

— Fistandantilus veio aqui para *fazer a mesma coisa que eu*! — As palavras de Raistlin sibilaram como um presságio estranho e acalorado. — Ele não se importava com Thorbardin! Foi tudo uma farsa, uma mentira! Ele queria uma coisa, chegar ao Portal! Os anões estavam em seu caminho, como estão no meu. Eles controlam a fortaleza, então controlam a região ao redor. O único caminho pelo qual poderia alcançar seu objetivo foi começar uma guerra e chegar perto o suficiente para ter acesso a ele! E, assim, a história se repete.

— Pois devo fazer que ele fez. Estou fazendo o que ele fez!

Sua expressão amarga, ele olhou silenciosamente para a água.

— Do que eu li das *Crônicas* de Astinus, — Crysania começou a falar hesitante — a guerra estava prestes a vir de qualquer forma. Os sentimentos belicosos entre anões da colina e seus primos vêm de muito antes. Vocês não podem se culpar…

Raistlin rosnou impaciente.

— Eu não dou a mínima para os anões! Por mim, podem afundar no Sirrion. — Olhou para ela com frieza. — Você diz que leu o trabalho de Astinus sobre isso. Se sim, pense! O que causou o fim da Guerra do Portão dos Anões?

Os olhos de Crysania ficaram desfocados enquanto ela procurava em sua mente, tentando lembrar. Então seu rosto empalideceu.

— A explosão — ela disse suavemente. — A explosão que destruiu as Planícies de Dergot. Milhares faleceram, assim como…

— *Assim como Fistandantilus*! — Raistlin disse com ênfase sombria.

Por um longo tempo, Crysania só conseguiu olhar fixamente para ele. Então o significado do que ele dissera atingiu-a.

— Oh, não! — Ela gritou, deixando cair o pano manchado de sangue e apertou as mãos de Raistlin nas suas. — Você não é a mesma pessoa! As circunstâncias são diferentes. Tem que ser! Você está enganado!

Raistlin balançou a cabeça, sorrindo cinicamente. Desengatando com cuidado suas mãos das dela, ele tocou-a no queixo, erguendo sua cabeça para que olhasse direto em seus olhos.

— Não, as circunstâncias não são diferentes. Não me enganei. Estou preso no tempo, correndo para meu próprio fim.

— Como você sabe? Como pode ter certeza?

— Eu sei porque… mais alguém pereceu com Fistandantilus aquele dia.

— Quem? — Crysania perguntou, mas mesmo antes de ele lhe dizer, ela sentiu um manto escuro de medo cair sobre seus ombros, com um farfalhar tão suave quanto o das folhas mortas.

— Um velho amigo seu — Raistlin torceu o sorriso. — Denubis!

— Denubis! — Ela repetiu em voz baixa.

— Sim — respondeu Raistlin, passando sem perceber os dedos pela mandíbula firme dela, acariciando seu queixo. — Isso eu aprendi com Astinus. Se você se lembrar, seu amigo clérigo já era atraído por Fistandantilus, mesmo que se recusasse a admitir para si mesmo. Ele tinha suas dúvidas sobre a igreja, muito parecidas com as suas. Só posso presumir que no decorrer daqueles últimos dias horripilantes em Istar, Fistandantilus o convenceu a vir…

— Você não *me* convenceu — Crysania interrompeu, firme. — Eu quis vir! Foi minha decisão!

— Claro — Raistlin disse suavemente, soltando-a. Ele não tinha percebido que estava acariciando sua pele macia. Agora, espontaneamente, ele sentiu seu sangue se agitar. Viu seu olhar indo para seus lábios curvos, seu pescoço branco. Viu uma súbita imagem dela nos braços de seu irmão. Ele se lembrou do surto selvagem de ciúmes que sentira.

"Isso não pode acontecer!", ele se repreendeu. "Vai interferir com meus planos". Começou a se levantar, mas Crysania pegou a mão dele nas suas e descansou a bochecha na sua palma.

— Não — ela disse baixinho, seus olhos cinzas encarando-o, brilhando sob a luz do sol que se filtrava pelas folhas, prendendo-o com seu olhar. — Nós vamos alterar o tempo! Você é mais poderoso que Fistandantilus. Eu sou mais forte em minha fé do que Denubis! Eu ouvi o discurso do Rei-sacerdote fazendo exigências aos deuses. Eu sei qual foi seu erro! Paladine irá responder minhas orações como fez no passado. Juntos, vamos mudar o fim… você e eu.

Pega pela paixão daquelas palavras, os olhos de Crysania ficaram de um azul profundo, sua pele, fria na mão de Raistlin, corada delicadamente. Abaixo de seus dedos, ele poderia sentir o sangue pulsar em seu pescoço. Ele sentiu sua ternura, sua suavidade, sua maciez… e de repente ele estava de joelhos ao lado dela. Ela estava em seus braços. Sua boca procurou seus lábios, os lábios dele tocaram seus olhos, seu pescoço. Seus dedos emaranharam-se em seu cabelo. A fragrância dela tomava suas narinas e a doce dor do desejo tomava seu corpo.

Ela cedeu ao seu fogo, como tinha cedido à sua magia, beijando-o avidamente. Raistlin afundou no tapete macio de folhas mortas. Deitado, puxou Crysania, prendendo-a em seus braços. A luz do sol no céu azul de outono brilhava, ofuscando-o. O sol em si batia em suas roupas pretas com um calor insuportável, quase tão insuportável quanto a dor dentro de seu corpo.

A pele de Crysania era fria para seu toque febril tocar, seus lábios como água doce para um homem morrendo de sede. Ele se entregou à luz, fechando os olhos. E então, a sombra de um rosto apareceu em sua mente: uma deusa de cabelos e olhos escuros, exultante, vitoriosa, rindo…

— Não! — Raistlin gritou. — Não! — Ele gritou em tom estrangulado enquanto empurrava Crysania. Tremendo e tonto, ficou de pé.

Seus olhos ardiam à luz do sol. O calor em seus mantos estava sufocante, e ele se sentiu ofegante. Puxando o capuz sobre sua cabeça, ele ficou tremendo, tentando se recompor, se controlar.

— Raistlin! — Crysania gritou, agarrando sua mão. Sua voz estava calorosa, com paixão. Seu toque piorava a dor, mesmo enquanto prometia aliviá-la. Sua determinação começou a desmoronar, a dor o rasgou por dentro...

Furioso, Raistlin libertou sua mão. Então, o rosto sombrio, ele estendeu a mão e agarrou o frágil pano branco da veste dela. Com um puxão, ele o arrancou de seus ombros, enquanto, com a outra mão, ele empurrou seu corpo seminu nas folhas.

— É isso que você quer? — Ele perguntou, sua voz tensa de raiva. — Se é assim, aguarde aqui pelo meu irmão. Ele deve chegar em breve! — Ele parou, se esforçando para respirar.

Deitada nas folhas, vendo sua nudez refletida nitidamente naqueles olhos espelhados, Crysania agarrou o pano rasgado contra o peito e o encarou sem palavras.

— É isso que viemos alcançar? — Raistlin continuou devagar. — Achei que tinha objetivos maiores, Reverenda Filha! Você se orgulha de Paladine, você se orgulha de seus poderes. Acha que isso seria a resposta para suas orações? Que eu caia vítima de seus encantos?

Aquilo acertou! Ele a viu se encolher, seu olhar vacilar. Fechando os olhos, ela se abraçou, soluçando de agonia, apertando o vestido rasgado ao seu corpo. Seu cabelo preto caía sobre os ombros nus, a pele das costas era branca, macia e suave...

Virando-se abruptamente, Raistlin se afastou. Ele andou rápido e, ao caminhar, sentiu a calma voltando. A dor da paixão cedeu, deixando-o capaz de pensar claramente de novo.

Seus olhos apanharam um vislumbre de movimento, o brilho de uma armadura.

Seu sorriso se curvou com escárnio. Como ele havia previsto, lá ia Caramon, partindo em busca dela. Bem, que se fizessem bom proveito. O que lhe importava?

Ao chegar em sua tenda, Raistlin entrou em seus limites frios e escuros. O escárnio ainda curvava seus lábios, mas, lembrando sua fraqueza, lembrando do quão perto ele chegara de falhar, lembrando, contra sua vontade, dos lábios suaves quentes dela, o sorriso sumiu. Agitado, desabou em uma poltrona e deixou a cabeça afundar nas mãos.

Mas o sorriso voltou, meia hora depois, quando Caramon irrompeu em sua tenda. O rosto do grande homem estava corado, seus olhos dilatados, sua mão no punho da espada.

— Eu deveria matá-lo, seu canalha maldito! — Ele disse com voz sufocada.

— Qual o motivo desta vez, meu irmão? — Raistlin perguntou, irritado, continuando a ler o livro de feitiços que estudava. — Matei outro kender de estimação?

— Você sabe muito bem por quê! — Caramon rosnou. Avançando, ele agarrou o livro de feitiços e fechou-o com força. Seus dedos queimaram quando ele tocou a encadernação azul-escuro, mas sequer sentiu a dor. — Encontrado a dama Crysania na floresta, suas roupas arrancadas, chorando de cortar o coração! Essas marcas no seu rosto…

— Foram feitas pelas minhas mãos. Ela te contou o que aconteceu? — Raistlin interrompeu.

— Sim, mas…

— Ela disse que se ofereceu para mim?

— Eu não acredito…

— E que a recusei — Raistlin continuou friamente, seus olhos encontrando os do irmão sem se abalar.

— Seu arrogante fi…

— E mesmo agora, ela provavelmente está chorando em sua tenda, agradecendo aos deuses por eu amá-la o suficiente para respeitar sua virtude — Raistlin deu uma risada amarga e zombeteira que perfurou Caramon como um punhal envenenado.

— Não acredito em você! — Caramon disse suavemente. Agarrando as vestes de seu irmão, ele puxou Raistlin de sua cadeira. — Não acreditei nela! Ela diria qualquer coisa para proteger você, seu miserável…

— Tire suas mãos de mim, irmão! — Raistlin disse com um sussurro suave.

— Eu o verei no Abismo!

— Disse para tirar as mãos! — Houve um clarão de luz azul, um som crepitante e Caramon gritou de dor, afrouxando seu aperto quando um choque paralisante passou através do seu corpo.

— Eu avisei — Raistlin ajeitou seus mantos e retomou seu assento.

— Pelos deuses, desta vez eu vou matar você! — Caramon disse entredentes, sacando a espada com mão trêmula.

— Então, faça — Raistlin rebateu, erguendo os olhos do livro que tinha reaberto — e acabe logo com isso. Estas ameaças constantes tornam-se tediosas! Havia um brilho estranho nos olhos do mago, quase ansioso, um convite.

— Tente! — Ele sussurrou, olhando para seu irmão. — Tente me matar! Você nunca chegará em casa novamente

— Não me importo! — Perdido em seu desejo de sangue, sobrecarregado de ciúmes e ódio, Caramon deu um passo em direção a seu irmão, que esperava sentado, com aquela expressão ansiosa no rosto fino.

— Tente! — Raistlin ordenou novamente. Caramon ergueu a espada.

— General Caramon! — Vozes alarmadas gritaram do lado de fora; houve o som de passos correndo. Com um xingamento, Caramon interrompeu seu balanço e hesitou, meio cego por lágrimas de fúria, encarando sombrio o seu irmão.

— General! Onde você está? — As vozes soaram mais perto, e as vozes dos seus guardas respondendo, dirigindo-as para a tenda de Raistlin.

— Aqui! — Caramon finalmente gritou. Dando as costas para seu irmão, enfiou a espada de volta na bainha e puxou a aba da tenda. — O que foi?

— General, eu... Senhor, suas mãos! Estão queimadas. O quê...

— Deixe para lá, qual o problema?

— A bruxa, Senhor. Ela se foi!

— Se foi? — Caramon repetiu, alarmado. Lançando um olhar hostil ao irmão, o grandalhão correu para fora da tenda. Raistlin ouviu sua voz retumbante exigindo explicações, os homens respondendo.

Raistlin não ouviu. Ele fechou os olhos com um suspiro. Caramon não teve permissão para matá-lo.

À sua frente, estendidos diante dele em linha reta e estreita, os passos continuavam inexoravelmente.

Capítulo 4

Caramon uma vez elogiou-a por sua habilidade de montaria. Até sair de Palanthas com Tanis Meio-Elfo para cavalgar para o sul em busca da floresta mágica de Wayreft, o mais perto que Crysania estivera de um cavalo foi sentada dentro de uma das elegantes carruagens de seu pai. Mulheres do Palanthas não cavalgavam, nem por diversão, como faziam as outras mulheres de Solamnia.

Mas isso fora em sua outra vida.

Sua outra vida. Crysania sorriu sombriamente para si mesma enquanto inclinava-se sobre o pescoço de sua montaria e cravava os calcanhares em seus flancos, impelindo-o para a frente. Quão distante parecia; tão longe no tempo.

Ela conteve um suspiro, abaixando a cabeça para evitar galhos baixos pendurados. Ela não olhou para trás. Esperava que a perseguição não viesse muito rápido. Havia os mensageiros, e Caramon teria que lidar com eles primeiro e não ousaria enviar nenhum de seus guardas sem ele. Não atrás da bruxa!

De repente, Crysania sorriu. "Se tem alguém que pareça uma bruxa, sou eu agora!".

Ela não se incomodou em trocar seus mantos rasgadas. Quando Caramon a encontrou no bosque, ele prendeu o tecido com os fechos do seu manto. O pano há muito tempo deixara de ser branco como a neve; com a viagem, o desgaste e as lavagens em riachos, tinham embotado para um cinza. Agora, rasgados e salpicados de lama, esvoaçavam ao seu redor como penas sujas. Seu manto sacudia-se atrás dela enquanto cavalgava. Seu cabelo preto era uma massa emaranhada. Mal podia ver através dele.

Ela cavalgou para fora da floresta. À sua frente estendiam-se pastagens, e ela fez o cavalo parar por um momento para estudar a terra à sua frente. O animal, acostumado a se arrastar juntamente com as fileiras do exército de movimento lento, estava animado por este exercício inusitado. Ele balançou a cabeça e dançou de lado, olhando ansioso o extenso relvado, implorando por uma corrida. Crysania acariciou seu pescoço.

— Vamos, Garoto — ela o instigou, deixando correr livre.

Narinas abrindo, o cavalo jogou as orelhas para trás e saiu galopando pelas pastagens abertas, emocionado com sua recém-descoberta liberdade. Agarrando a criatura pelo pescoço, Crysania também cedeu ao prazer da sua recém-descoberta liberdade. O sol quente da tarde era um contraste agradável com o vento cortante em seu rosto. O ritmo do galope do animal, a excitação do passeio, e a ponta de medo que ela sempre sentia ao montar a cavalo entorpecia sua mente, aliviando a dor em seu coração.

Enquanto cavalgava, seus planos cristalizavam-se em sua mente, tornando-se mais claros e nítidos. À sua frente, a terra escureceu com as sombras de uma floresta de pinheiros; acima dela, à sua direita, os picos cobertos de neve das montanhas Granada brilhavam à luz do sol. Apertando as rédeas para lembrar ao animal que ela estava no controle, Crysania desacelerou o galope e o guiou em direção aos bosques distantes.

Crysania tinha saído do acampamento há quase uma hora antes de Caramon conseguir organizar seus assuntos o suficiente para sair em perseguição. Como Crysania havia previsto, teve que explicar a emergência para os mensageiros e garantir que eles não se ofendessem antes de poder sair. Precisou de algum tempo, pois o homem da planície falava muito pouco Comum e nada da língua anã e, embora o anão falasse Comum razoavelmente bem (um dos motivos de ter sido escolhido como mensageiro), ele não conseguia entender o sotaque estranho de Caramon e estava constantemente fazendo o grande homem se repetir.

Caramon tinha começado a tentar explicar quem era Crysania e sua relação com ela, mas foi impossível fazê-los compreender. Por fim, Caramon desistiu e disse-lhes, sem rodeios, o que iam acabar ouvindo pelo acampamento de qualquer maneira, que era sua mulher e fugiu.

O homem da planície assentiu em compreensão. As mulheres de sua tribo, sendo notavelmente selvagens, às vezes colocavam na cabeça de fazer a mesma coisa. Ele sugeriu que, quando Caramon a pegasse, cortasse todo o cabelo dela, o sinal de uma esposa desobediente. O anão ficou um tanto surpreso, pois era mais fácil uma anã raspar os pelos do queixo do que pensar em fugir de casa e do marido. Mas, ele lembrou-se severamente, estava entre os humanos e o que mais poderia esperar?

Ambos desejaram a Caramon uma jornada rápida e bem-sucedida, e se acomodaram para apreciar o estoque de cerveja. Soltando um suspiro de alívio, Caramon correu para fora da tenda para descobrir que Garic tinha selado um cavalo e o segurava, pronto para partir.

— Pegamos o rastro dela, general — disse o jovem, apontando. — Ela foi para o norte, seguindo uma pequena trilha de animais até o bosque. Está em um cavalo rápido... — Garic balançou a cabeça um momento, admirado. — Roubou um dos melhores, preciso admitir, senhor. Mas não acho que tenha ido longe.

Caramon montou.

— Obrigado, Garic — ele começou a falar, mas parou quando viu outro cavalo levado para perto. — O que é isso? — Ele rosnou. — Eu disse que vou sozinho...

— Eu também vou, meu irmão — disse uma voz das sombras.

Caramon olhou em volta. O arquimago saiu de sua tenda, vestido com a capa preta de viagem e botas. Caramon fechou a cara, mas Garic já estava respeitosamente ajudando Raistlin a montar o cavalo negro e magro que o mago preferia. Caramon não ousaria falar nada na frente dos outros, e seu irmão sabia disso. Ele viu o brilho divertido nos olhos de Raistlin enquanto ele levantava a cabeça, a luz do sol atingindo sua superfície espelhada.

— Vamos então — Caramon murmurou, tentando esconder a raiva. — Garic, você está no comando enquanto eu estiver fora. Não acho que vá demorar. Certifique-se de que nossos hóspedes sejam alimentados e traga esses agricultores de volta para o campo. Quero vê-los espetando os bonecos de palha quando eu voltar, não uns aos outros!

— Sim, senhor — Garic disse gravemente, dando a Caramon a saudação dos Cavaleiros.

Uma memória vívida de Sturm Brightblade veio à mente de Caramon, e com ela os dias de sua juventude; dias em que ele e seu irmão viajavam com seus amigos — Tanis, Flint, o anão ferreiro, Sturm. Sacudindo a cabeça, tentou banir as recordações enquanto guiava seu cavalo para fora do acampamento.

Mas elas retornaram com força quando alcançou a trilha para a floresta e vislumbrou seu irmão cavalgando ao lado dele, o mago mantendo seu cavalo um pouco atrás do guerreiro, como de costume. Embora ele não gostasse muito de cavalgar, Raistlin cavalgava bem, pois fazia todas as coisas bem se assim decidisse fazer. Não falou nem sequer olhou para seu irmão, mantendo o capuz sobre a cabeça, perdido em seus pensamentos. Isso não era incomum, os gêmeos às vezes viajavam por dias com pouca comunicação verbal.

Mas havia um vínculo entre eles, no entanto, um vínculo de sangue e osso e alma. Caramon sentia-se voltando para a mesma velha camaradagem. Sua raiva começou a sumir, afinal parte dela tinha sido contra si mesmo.

Virando o rosto, falou sobre seu ombro.

— Eu... me desculpe... sobre o que aconteceu lá, Raist — ele disse com rispidez enquanto cavalgavam mais fundo na floresta, seguindo a trilha clara deixada por Crysania. — O que você falou era verdade... ela disse para mim que... ela... — Caramon engasgou, ruborizado. Virou-se na sela. — Que ela... droga, Raist! Por que você foi tão duro com ela?

Raistlin levantando a cabeça encapuzada, o rosto agora visível para seu irmão.

— Eu tive que ser duro — disse em sua voz suave. — Precisei fazê-la ver o abismo que se abre a seus pés, um abismo onde, se cairmos ali, irá destruir nós todos!

Caramon encarou seu gêmeo, espantado.

— Você não é um homem!

Para sua surpresa, Raistlin suspirou. Os olhos duros e brilhantes do mago suavizaram por um momento.

— Sou mais humano do que você percebe, meu irmão — ele disse em um tom melancólico que atingiu direto o coração de Caramon.

— Então ame-a, cara! — Caramon disse, voltando para andar ao lado de seu irmão. — Esqueça essa bobagem sobre abismos e poços ou o que quer que seja! Você pode ser um mago poderoso e ela uma santa clériga, mas, por baixo desses panos, os dois são de carne e sangue! Pegue-a em seus braços e... e...

Caramon estava tão empolgado que parou seu cavalo no meio da trilha, seu rosto brilhando de paixão e entusiasmo. Raistlin também parou seu cavalo. Inclinando-se para frente, ele colocou a mão no braço de seu irmão, o calor de seus dedos queimando a pele de Caramon. Sua expressão era dura, seus olhos de novo ásperos e frios como vidro.

— Ouça-me, Caramon, e tente entender — Raistlin disse com um tom inexpressivo que fez seu gêmeo estremecer. — Eu não posso amar. Ainda não percebeu isso? Oh, sim, você está certo, sob essas vestes eu sou carne e sangue, o que é uma pena. Como qualquer outro homem, sou capaz de luxúria. E é só isso, luxúria.

Ele encolheu os ombros.

— Provavelmente pouco me importaria se eu cedesse, só talvez me enfraquecesse temporariamente, nada mais. Com certeza não afetaria minha magia. Mas… — seu olhar atravessou Caramon como uma lâmina de gelo — isso destruiria Crysania quando ela descobrisse. E ela iria descobrir!

— Seu canalha sem coração! — Caramon disse através dos dentes cerrados.

Raistlin ergueu uma sobrancelha.

— Sou? — Perguntou simplesmente. — Se fosse, não seria mais fácil simplesmente ter prazer onde pudesse? Sou capaz de compreender e controlar a mim mesmo, ao contrário de muitos.

Caramon piscou. Esporeando seu cavalo, ele prosseguiu pela trilha novamente, confuso. De alguma forma, seu irmão conseguiu, mais uma vez, virar tudo de cabeça para baixo. De repente, ele, Caramon, sentiu-se consumido pela culpa, uma presa de instintos animais que não era homem o suficiente para controlar, enquanto seu irmão, ao admitir que era incapaz de amar, parecia um nobre mártir. Caramon sacudiu a cabeça.

Os dois seguiram o rastro de Crysania mais fundo na floresta. Isso foi fácil, ela se manteve no caminho, nunca desviando, sequer se incomodando em esconder seus rastros.

— Mulheres! — Caramon murmurou depois de um tempo. — Se era para ter um ataque de tristeza, por que fez da forma mais fácil, andando por aí! Por que fez ela tinha que sair galopando por metade da região?

— Você não a entende, meu irmão — Raistlin disse, olhando para a trilha. — Não é essa a sua intenção. Ela tem um objetivo nessa cavalgada, acredite em mim.

— Bah! — Caramon bufou. — Falou o especialista em mulheres! Fui casado! Eu sei! Ela está zangada, sabendo que vamos atrás dela. Nós vamos encontrá-la em algum lugar por aqui, o cavalo exausto, provavelmente coxo. Ela vai estar com frio e assustada. Nós vamos pedir desculpas e… e eu vou deixar ela ter a droga de uma tenda se é o que ela quer, e olhe lá! O que eu falei pra você? — Fazendo o cavalo parar, ele gesticulou para as planícies relvadas. — Uma trilha que um anão tolo cego poderia seguir! Vamos.

Raistlin não respondeu, mas havia um olhar pensativo em seu rosto magro enquanto galopava atrás de seu irmão. Os dois seguiram a trilha de

Crysania através das pastagens. Encontraram o ponto onde ela entrou no bosque novamente, indo até um riacho e o atravessando. Mas ali, na margem do córrego, Caramon fez seu cavalo parar.

— O que… — olhou para os dois lados, guiando seu animal em um círculo. Raistlin parou, suspirando, e inclinou-se sobre o pomo do seu selim.

— Eu disse a você — disse ele sombriamente. — Ela tem um objetivo. Ela é inteligente, meu irmão. Inteligente o suficiente para conhecer sua mente e como ela funciona… quando funciona!

Caramon olhou carrancudo para seu gêmeo, mas não disse nada. A trilha de Crysania tinha desaparecido.

Como Raistlin disse, Crysania tinha um propósito. Ela era inteligente e esperta, adivinhou como Caramon iria pensar e o enganou de propósito. Apesar de certamente não ter muito conhecimento sobre floresta, mas passou meses com quem tinha. Muitas vezes solitária, porque poucos falavam com a "bruxa", e muitas vezes deixada por conta própria por Caramon, que tinha problemas de comando para resolver, e Raistlin, envolvido em seus estudos, Crysania tinha pouco a fazer além de cavalgar sozinha, ouvindo as histórias daqueles ao seu redor e aprendendo com elas.

Portanto, foi fácil voltar por sua própria trilha até o centro do riacho, sem deixar trilha. Chegando a uma parte rochosa da costa onde, novamente, seu cavalo não deixou rastros, ela saiu do riacho. Atravessando a floresta, evitou a trilha principal, procurando uma das pequenas trilhas secundárias de animais que iam até o riacho. Uma vez ali, cobriu seus rastros o melhor que pôde. Embora tenha feito isso de forma grosseira, tinha quase certeza que Caramon não pensaria que ela era capaz o bastante até para isso, assim não tinha medo de que ele a seguisse.

Se Crysania soubesse que Raistlin acompanhava seu irmão, teria dúvidas, pois o mago parecia conhecê-la melhor do que ela mesma. Mas não o fez, então continuou adiante em um ritmo vagaroso para descansar o cavalo e ter tempo de fazer planos.

Em seus alforjes, ela carregava um mapa, roubado da tenda de Caramon. No mapa, uma pequena cidade estava marcada aninhada nas montanhas. Era tão pequena que nem tinha nome, pelo menos não um que estivesse no mapa. Mas aquela aldeia era seu destino. Ali, planejava atender dois propósitos: iria mudar o tempo e iria provar para Caramon, para seu irmão e para ela mesma que era mais do que uma bagagem inútil, ou até perigosa. Iria provar seu próprio valor.

Ali, naquela aldeia, Crysania pretendia trazer de volta a adoração dos deuses ancestrais.

A ideia não era nova. Já tinha considerado tentar aquilo muitas vezes, mas por vários motivos não o fez. Primeiro porque os dois, Caramon e Raistlin, tinham a proibido de usar quaisquer poderes clericais no acampamento. Ambos temiam por sua vida, tendo visto bruxas queimarem em sua juventude (Raistlin tinha, de fato, quase sido uma vítima, resgatado por Sturm e Caramon).

Crysania teve bom senso o suficiente para saber que nenhum dos homens nem as famílias viajando com o exército iriam ouvi-la, pois todos acreditavam que ela era uma bruxa. Chegou a pensar que se chegasse em pessoas que nada sabiam sobre ela, contasse a sua história, passando a mensagem de que os deuses não tinham abandonado o homem, mas que o homem abandonara os deuses, então elas a seguiriam, como seguiriam Lua Dourada duas centenas anos depois. Mas só ao ser atingida pelas duras palavras de Raistlin teve coragem para agir. Mesmo então, conduzindo o cavalo devagar através da floresta silenciosa ao crepúsculo, ainda ouvia sua voz e via os olhos brilhando enquanto a repreendia.

"Eu mereci", admitiu para si mesma. "Abandonei minha fé. Estava usando meus 'encantos' para trazê-lo para mim, em vez de usar meu exemplo para trazê-lo para Paladine". Suspirando, tentou escovar o cabelo emaranhado com os dedos. "Se não fosse a força de vontade *dele*, eu teria caído".

Sua admiração pelo jovem arquimago, já forte, se aprofundou — como Raistlin havia previsto. Ela decidiu restaurar sua fé e provar que merecia, mais uma vez, sua confiança e sua consideração. Pois ela temia, corando, que ele tivesse uma opinião muito ruim sobre ela. Ao retornar ao acampamento com um corpo de seguidores, de verdadeiros crentes, ela planejava não apenas mostrar a ele que estava errado, o tempo poderia ser alterado sim ao trazer clérigos a um mundo onde, antes, não havia nenhum, mas também esperava estender seus ensinamentos por todo o exército.

Pensando nisso, fazendo seus planos, Crysania sentiu-se mais à vontade consigo mesma do que em todos os meses desde que chegaram naquele período. Por fim, fazia algo por sua conta. Ela não estava seguindo Raistlin ou sendo ordenada por Caramon. Seu ânimo se elevou. Pelos seus cálculos, devia chegar na cidade pouco antes de escurecer.

A trilha em que ela estava subia constantemente pela lateral da montanha. Agora, chegava a um topo e então mergulhava para baixo, descendo até um pequeno vale. Crysania deteve o cavalo. Ali, aninhada no vale, pôde ver a aldeia que era seu destino.

Algo lhe pareceu estranho na aldeia, mas ela ainda não era uma viajante experiente o suficiente para ter aprendido a confiar em seus instintos. Sabendo só que queria chegar à aldeia antes que a escuridão caísse, e ansiosa para colocar seu plano em ação, Crysania montou seu cavalo uma vez mais e desceu a trilha, sua mão se fechando sobre o medalhão de Paladine em seu pescoço.

— Bem, o que vamos fazer agora? — Caramon perguntou, sentando de lado em seu cavalo e olhando para cima e para baixo pelo córrego.

— *Você* é o especialista em mulheres — Raistlin retrucou.

— Tudo bem, eu cometi um erro — Caramon resmungou. — Isso não nos ajuda. Vai escurecer em breve, e então nunca encontraremos sua trilha. Não ouvi você dar nenhuma sugestão útil — ele resmungou, olhando para seu irmão maldosamente. — Não pode dar uma magicada?

— Eu teria "magicado" um cérebro para você há muito tempo, se eu pudesse — Raistlin retrucou, irritado. — O que você quer que eu faça? Que a faça aparecer do nada dentro da minha bola de cristal? Não, não vou desperdiçar minhas forças. Além disso, não é necessário. Você tem um mapa, ou não foi capaz de se planejar tanto assim?

— Eu tenho um mapa — disse Caramon sombriamente, tirando-o de seu cinto e o entregando ao seu irmão.

— Melhor você dar água aos cavalos e deixá-los descansar — Raistlin disse, descendo do seu. Caramon também desmontou e conduziu os cavalos para o riacho enquanto Raistlin estudava o mapa.

Quando Caramon amarrou os cavalos em um arbusto e retornou para seu irmão, o sol estava se pondo. Raistlin segurava o mapa quase na ponta do nariz para tentar ler no crepúsculo. Caramon o ouviu tossir e o viu se encolher em sua capa de viagem.

— Você não deveria estar pegando o ar da noite — disse Caramon, mal-humorado.

Tossindo novamente, Raistlin lançou-lhe um olhar azedo.

— Vou ficar bem.

Dando de ombros, Caramon olhou por cima do ombro de seu irmão para o mapa. Raistlin apontou um dedo fino para um pequeno ponto, a meio caminho na encosta da montanha.

— Aqui — ele disse.

— Por quê? O que ela iria fazer em um lugar tão isolado assim? — Caramon perguntou, franzindo a testa, intrigado. — Não faz sentido.

— Porque você ainda não entendeu qual o objetivo dela! — Raistlin retrucou. Pensativo, ele enrolou o mapa, seus olhos encarando a luz que sumia. Uma linha apareceu entre suas sobrancelhas.

— Bem? — Caramon inquiriu, cético. — Qual é esse grande objetivo que você fica anunciando? Qual o problema?

— Ela se colocou em grande perigo — disse Raistlin de repente, sua voz fria tingida de raiva. Caramon olhou para ele alarmado.

— O quê? Como você sabe? Você viu…

— Claro que não vi, seu grande idiota! — Raistlin rosnou por cima do ombro enquanto caminhava rapidamente para seu cavalo. — Pensei! Usei meu cérebro! Ela está indo para esta aldeia para estabelecer a antiga religião. Ela vai lá contar sobre os verdadeiros deuses!

— Em nome do Abismo! — Caramon jurou, com os olhos arregalados. — Você está certo, Raist — ele disse, depois de pensar por um momento. — Eu a ouvi falando de tentar algo assim, agora que parei para pensar. Mas nunca achei que estava falando sério.

Então, vendo seu irmão desamarrando seu cavalo e se preparando para montar, ele correu e colocou a mão nas rédeas do irmão.

— Espere um pouco, Raist! Não há nada que possamos fazer agora. Teremos que esperar até de manhã. — Ele gesticulou para a montanha — Você sabe tão bem quanto eu que não ousamos cavalgar por essas trilhas miseráveis após o anoitecer. Teríamos grandes chances dos cavalos tropeçarem em um buraco e quebrarem a pata. Sem falar do que *vive* nesses bosques esquecidos pelos deuses.

— Eu tenho meu cajado para fornecer luz — disse Raistlin, apontando para o cajado de Magius, guardado, e sua bolsa de couro no lado da sela. Começou a subir sozinho, mas uma crise de tosse forçou-o a pausar, agarrado na sela, ofegante. Caramon esperando até o ataque passar.

— Veja, Raist — ele disse em tom mais suave. — Estou tão preocupado com ela quanto você, mas acho que está exagerando. Vamos ser sensatos. Não é como se ela estivesse cavalgando para dentro de um covil de goblins! Essa luz mágica pode atrair o que quer que esteja à espreita lá fora como mariposas para uma chama. Os cavalos estão sem fôlego. Você não está em condições de continuar, muito menos lutar se for preciso. Vamos acampar aqui durante a noite. Você descansa um pouco e recomeçamos de manhã.

Raistlin fez uma pausa, com as mãos na sela, olhando para o irmão. Parecia que ele iria discutir, então um ataque de tosse o tomou. As mãos escorregaram, e ele apoiou a testa no flanco dos cavalos como se estivesse exausto demais para se mover.

— Você está certo, meu irmão — ele disse, quando conseguiu falar. Assustado com essa demonstração de fraqueza tão incomum, Caramon quase foi ajudar seu gêmeo, mas se impediu a tempo, afinal demostrar estar preocupado só traria uma amarga repreensão. Agindo como se nada estivesse acontecendo, passou a desamarrar o saco de dormir do irmão, falando, sem pensar no que estava dizendo.

— Vou estender isso para você descansar. Acho que podemos nos arriscar a fazer uma fogueira pequena para a poção que ajuda com a sua tosse. Eu tenho um pouco de carne aqui e alguns legumes que Garic pegou para mim — Caramon tagarelava, sem perceber o que falava. — Vou fazer um ensopado. Vai ser como nos velhos tempos.

— Pelos deuses! — Ele parou por um momento, sorrindo. — Nem sabíamos de onde viria a nossa próxima peça de aço, mas comíamos bem naqueles dias! Você se lembra? E havia um tempero que você tinha e jogava na panela. Qual era? — Ele olhou para o horizonte como se pudesse fender as névoas do tempo com seus olhos. — Você lembra desse que estou falando? Você o usa em seus feitiços. Mas fica muito bom em guisados também! O nome… tinha algo a ver com o nosso… manjere, manjorie? Ah! — Caramon riu. — Nunca vou esquecer quando aquele seu velho mestre nos pegou cozinhando com seus componentes mágicos! Achei que ele fosse virar do avesso!

Suspirando, Caramon voltou ao trabalho, puxando os nós.

— Sabe, Raist — ele disse suavemente, depois de um momento. — Provei comidas maravilhosas em lugares maravilhosos desde então, em palácios e bosques élficos e coisas assim. Mas nada se compara àquilo. Queria provar de novo, para ver se é como eu me lembro. Seria como nos velhos tempos…

Houve um suave farfalhar de pano. Caramon parou, ciente que seu irmão tinha virado a cabeça encapuzada e o encarava atento. Engolindo em seco, Caramon manteve os olhos fixos nos nós que tentava desatar. Não queria ter baixado a guarda e agora esperava pela resposta sarcástica, irônica de Raistlin.

Houve outro suave farfalhar de pano, e então Caramon sentiu algo macio sendo pressionado em sua mão, uma sacola minúscula.

— Manjerona — Raistlin disse com um sussurro. — O nome do tempero é manjerona.

Capítulo 5

Só quando Crysania cavalgou até os arredores da própria aldeia que ela percebeu que havia algo errado.

Caramon, claro, teria notado na primeira vez em que visse a cidade, ainda no topo da colina. Teria detectado ausência de fumaça dos fogos de cozinha e notado o silêncio pouco natural, nenhuma mãe chamando as crianças, sem o baque lento do gado vindo dos campos, sem vizinhos trocando saudações depois de um longo dia de trabalho. Ele teria visto que nenhuma fumaça se erguia da forja do ferreiro, ficaria inquieto com a ausência da luz de velas brilhando nas janelas. Olhando para cima, ele teria visto com alarme o grande número de pássaros de carniça voando em círculo no céu…

Tudo isso Caramon, Tanis, ou Raistlin teria notado e, se forçado a continuar, teria se aproximado da aldeia com a mão na espada ou um feitiço de defesa nos lábios.

Mas só depois de Crysania entrar a galope na cidade e, olhando ao redor, perguntar-se onde todos teriam ido que experimentou as primeiras sensações de inquietação. Percebeu os pássaros, os seus gritos e berros ásperos de irritação por sua presença se intrometeram em seus pensamentos. Lentamente, bateram asas para longe na escuridão que se avizinhava ou se empoleiravam mal-humorados nas árvores, confundindo-se com as sombras.

Desmontando em frente a um edifício cuja placa oscilante proclamava ser uma estalagem, Crysania amarrou o cavalo em uma estaca perto da porta da frente. Se era uma pousada, era pequena, mas bem construída e arrumada, com cortinas nas janelas e um ar geral de boas-vindas que parecia, de alguma forma, sinistro naquele silêncio assustador. Não saía luz da janela. A escuridão estava rapidamente engolindo a pequena cidade. Crysania, empurrando a porta, podia ver muito pouco do lado de dentro.

— Olá? — Ela chamou, hesitante. Ao som de sua voz, os pássaros gritaram roucamente, fazendo-a estremecer. — Tem alguém aí? Queria um quarto...

Mas sua voz morreu. Ela sabia, sem dúvida, que este lugar estava vazio, deserto. Talvez todos tivessem saído para se juntar ao exército? Soube que aldeias inteiras fizeram isso. Mas, olhando ao redor, ela percebeu que isso não era verdade neste caso. Não haveria mais nada ali, exceto móveis; as pessoas teriam levado as suas coisas.

Ali, haviam mesas postas para jantar...

Entrando mais enquanto seus olhos se ajustavam à penumbra, ela podia ver copos ainda cheios de vinho, as garrafas abertas no centro da mesa. Não havia comida. Alguns dos pratos foram derrubados e estavam quebrados no chão, perto de ossos roídos. Dois cães e um gato se escondiam, parecendo famintos, indicavam o que tinha acontecido ali.

Uma escada levava até o segundo andar. Crysania pensou em subir, mas sua coragem falhou. Era melhor olhar pela cidade primeiro. Certamente teria alguém ali, alguém que poderia dizer o que estava acontecendo.

Pegando uma lâmpada e a pederneira em sua mochila, voltou para a rua, agora quase totalmente escura. O que tinha ocorrido? Onde estavam todos? Não parecia que a cidade tivesse sido atacada. Não havia sinais de luta, sem móveis quebrados, sem sangue, sem armas caídas. Sem corpos.

Seu desconforto crescia enquanto ela caminhava para fora da pousada. Seu cavalo relinchou ao vê-la. Crysania suprimiu o louco desejo de pular em cima dele e sair cavalgando o mais rápido possível. O animal estava cansado; não poderia ir mais longe sem descanso. E precisaria de comida. Pensando nisso, ela o desamarrou e o conduziu até o estábulo atrás da estalagem. Estava vazio. Não era incomum, cavalos eram um luxo naqueles dias. Mas tinha palha e água, então pelo menos a pousada estava preparada para receber viajantes. Colocando a lâmpada em um suporte, Crysania tirou a sela de seu animal exausto e o esfregou, de forma grosseira e desajeita, pois nunca fizera aquilo antes.

Mas o cavalo pareceu satisfeito e, quando ela deixou, estava mastigando a aveia encontrada no comedouro.

Pegando sua lâmpada, Crysania voltou para a rua vazia e silenciosa. Ela olhou para as casas escuras, olhou para as vitrines. Nada. Ninguém. Então, caminhando, ela ouviu um ruído. Seu coração parou de bater por um instante, a luz da lâmpada vacilando em sua mão trêmula. Ela parou, prestando atenção, dizendo a si mesma que fora um pássaro ou outro animal.

Não, lá estava novamente. E de novo. Era um som estranho, um tipo de silvo e depois de algo mole batendo no chão. Um silvo de novo, e o som mole outra vez. Certamente não parecia nada sinistro ou ameaçador. Mas ainda assim Crysania estava ali, no centro da rua, relutando em se mover na direção do ruído para investigar.

— Que absurdo! — Ela disse a si mesma com severidade. Com raiva de si, desapontada com o fracasso aparente de seus planos e determinada a descobrir o que estava acontecendo, Crysania corajosamente avançou. Mas, notou, nervosa, que sua mão parecia ir por conta própria até o medalhão em seu pescoço.

O som ficou mais alto. A fileira de casas e pequenas lojas chegou ao fim. Virando uma esquina, andando devagar, de repente pensou que deveria ter abafado a luz da lâmpada. Mas o pensamento veio tarde. Ao ver a luz, a criatura que estava fazendo o som estranho virou abruptamente, levantando os braços para proteger seus olhos, e a encarou.

— Quem é você? — A voz do homem chamou. — O que você quer? — Ele não parecia assustado, só cansado demais como se a presença dela fosse um imenso fardo adicional.

Mas em vez de responder, Crysania aproximou-se. Por enquanto ela tinha descoberto qual era o som. Ele estava cavando! Estava segurando a pá. Não tinha nenhuma fonte de luz. Obviamente estivera trabalhando tão duro que não percebeu a noite caindo.

Levantando sua lâmpada para deixar a luz brilhar em ambos, Crysania estudou o homem. Era novo, mais jovem do que ela, provavelmente uns vinte ou vinte e um. Ele era humano, com um rosto sério e pálido e usava roupas que, exceto por um símbolo estranho e irreconhecível, ela teria confundido com trajes clericais. Ao se aproximar, Crysania viu o jovem cambalear. Se sua pá não estivesse no chão, ele teria caído. Em vez disso, ele se inclinou sobre ela, como se tivesse se exaurido por completo.

Seus medos esquecidos, Crysania correu para ajudá-lo. Mas, surpreendendo-a, ele a impediu com um gesto.

— Fique longe! — Ele gritou.

— O quê? — Crysania perguntou, espantada.

— Fique longe! — Ele repetiu com mais urgência. Mas a pá não aguentou mais o seu peso. Ele caiu de joelhos, agarrando seu estômago como se estivesse com dor.

— Não farei isso — disse Crysania com firmeza, reconhecendo que o jovem estava doente ou ferido. Avançando, ela começou a colocar o braço ao redor dele para ajudá-lo quando seu olhar caiu sobre o que ele estivera fazendo.

Ela parou, encarando aquilo com horror.

Ele estava cavando uma cova, uma cova coletiva.

Olhando para o enorme buraco, ela viu corpos — homens, mulheres, crianças. Não havia uma marca sobre eles, nenhum sinal de sangue. No entanto, estavam todos mortos; a cidade inteira, ela percebeu, entorpecida.

E então, girando, olhou de novo para o rosto do jovem, viu o suor escorrendo, os olhos vidrados e febris. E então ela soube.

— Tentei avisá-la — disse ele cansado, engasgando. — A febre ardente.

— Venha — disse Crysania, sua voz trêmula de tristeza. Virando-se com firmeza para a visão medonha atrás dela, ela colocou os braços ao redor do jovem. Ele relutou fracamente.

— Não! Me deixe aqui! — Ele implorou. — Você vai pegar! Morrer... dentro de horas.

— Você está doente. Precisa de descanso — ela disse. Ignorando seus protestos, ela o levou embora.

— Mas sério — ele sussurrou, seu olhar horrorizado indo para o céu escuro onde os pássaros de carniça voavam. — Não podemos deixar os corpos...

— Suas almas estão com Paladine — disse Crysania, lutando contra o pensamento nauseante do horrível banquete que logo começaria. Ela já podia ouvir os gritos de triunfo. — Apenas suas conchas ainda estão lá. Eles entendem que os vivos vêm primeiro.

Suspirando, fraco demais para argumentar, o jovem abaixou a cabeça e colocou seus braços ao redor do pescoço de Crysania. Ela sentiu que ele estava incrivelmente magro — ela mal sentiu o peso apoiado nela. Ela perguntou há quanto tempo ele não comia uma boa refeição.

Caminhando lentamente, eles deixaram o local da sepultura.

— Minha casa, lá — ele disse, gesticulando debilmente para uma pequena cabine na beira da cidade.

Crysania assentiu.

— Diga-me o que aconteceu — disse ela, para afastar seus pensamentos e os som de asas batendo atrás deles.

— Não há muito a dizer — disse ele, tremendo com calafrios. — Isto ataca rapidamente, sem aviso. Ontem, as crianças brincavam nos quintais. Ontem à noite, eles estavam morrendo nos braços da mãe. Mesas foram postas para o jantar que ninguém foi capaz de comer. Esta manhã, aqueles que ainda podiam se mover cavaram aquele túmulo, que todos sabiam que também seria o seu.

Sua voz falhou, com um estremecer de dor o contorcendo.

— Vai ficar tudo bem agora — Crysania disse. — Nós vamos colocar você na cama. Água fresca e um bom sono. Irei rezar.

— Rezar! — O jovem riu amargamente. — Eu sou o clérigo deles! — Ele acenou com a mão para o túmulo. — Pode ver o bem que isso fez!

— Silêncio, guarde suas forças — Crysania disse ao chegarem na pequena casa. Ajudando-o a deitar na cama, ela fechou a porta e, vendo a lareira pronta, acendeu-a com a chama de sua lanterna. Logo estava em chamas. Ela acendeu velas e depois voltou-se para seu paciente. Seus olhos febris estavam seguindo cada movimento seu.

Puxando uma cadeira para perto da cama, ela colocou água em uma tigela, mergulhou um pano nela e sentou-se ao lado dele, passando o pano frio na testa ardente.

— Eu também sou uma clériga — disse a ele, tocando levemente o medalhão que usava no pescoço — e irei rezar ao meu Deus para curá-lo.

Colocando a tigela de água em uma mesinha ao lado da cama, Crysania estendeu os braços até o jovem e pôs as mãos sobre seu ombros. Ela começou a rezar.

— Paladine…

— O quê? — Ele interrompeu, agarrando a mão dela com a sua. — O que você está fazendo?

— Eu vou curá-lo — disse Crysania, com um sorriso paciente. — Sou clériga de Paladine.

— Paladine! — O jovem fez uma careta de dor, e, recuperando o fôlego, olhou-a com descrença. — Foi o que achei que você tinha dito. Como pode ser um de seus clérigos? Disseram que todos desapareceram antes do Cataclismo.

— É uma longa história — respondeu Crysania, puxando o lençol sobre o corpo trêmulo do jovem — e eu a contarei mais tarde. Mas, por enquanto, acredite que sou mesmo clériga deste grande deus e que irá curá-lo!

— Não! — O jovem gritou, sua mão apertando a dela com tanta força que machucou. — Eu sou clérigo, também, um clérigo dos Deuses Que Buscam. Tentei curar meu povo — sua voz falhou — mas... não havia nada que eu pudesse fazer. Eles morreram! — Os olhos dele se fecharam em agonia. — Eu rezei! Os deuses... não responderam.

— Porque os deuses para os quais você reza são falsos — Crysania disse sinceramente, estendendo a mão para alisar o cabelo encharcado de suor do jovem. Abrindo os olhos, ele a encarou com atenção. Crysania viu que ele era bonito, de um jeito intelectual. Seus olhos eram azuis, e o cabelo, dourado.

— Água — ele sussurrou através de lábios ressecados. Ela o ajudou a se sentar. Sedento, ele bebeu na tigela e ela o ajudou a deitar de volta na cama. Ainda a encarando, ele sacudiu sua cabeça e fechou os olhos, cansado.

— Você conhece Paladine, dos deuses antigos? — Crysania perguntou suavemente.

Os olhos do jovem se abriram, e havia um brilho em seu olhar

— Sim — disse com amargura. — Eu sei sobre eles. Sei que esmagaram a terra. Eu sei que trouxeram tempestades e pestilências. Sei que soltaram o mal nesta terra. E então nos deixaram. Na hora em que mais precisamos, nos abandonaram!

Foi a vez de Crysania encará-lo. Ela esperava negação, descrença ou mesmo ignorância total dos deuses. Saberia lidar com aquilo. Mas com aquela raiva amarga? Não era o confronto para o qual se preparara. Esperava encontrar turbas mesquinhas, mas achou uma vala comum e um jovem clérigo moribundo.

— Os deuses não nos abandonaram — ela disse, um tremor na voz por causa da intensidade com que falava. — Eles estão aqui, esperando apenas o som de uma oração. O mal que surgiu sobre Krynn foi trazido pelo homem por causa de seu orgulho e ignorância consciente.

A história de Lua Dourada curando o moribundo Elistan e assim, convertendo-o à antiga fé veio vividamente para Crysania, enchendo-a de exultação. Iria curar aquele jovem clérigo, convertê-lo…

— Eu vou ajudá-lo — disse ela. — Então haverá tempo para conversar, tempo para você entender.

Ajoelhando de novo ao lado da cama, ela segurou o medalhão em seu pescoço e novamente começou:

— Paladine…

Uma mão agarrou-a rudemente, machucando-a, fazendo-a soltar o medalhão. Assustada, ela olhou para cima. Foi o jovem clérigo. Meio sentado, fraco, tremendo de febre, mesmo assim a encarava com um olhar calmo, mesmo que intenso.

— Não, — ele disse firmemente — *você* que precisa entender. Não precisa me convencer. Acredito em você! — Ele olhou para as sombras no teto com um sorriso sombrio e amargo. — Sim, Paladine está com você. Eu posso sentir sua grande presença. Talvez meus olhos tenham ficado mais abertos com a proximidade da morte.

— Isso é maravilhoso! — Crysania gritou em êxtase. — Eu posso…

— Espere! — O clérigo ofegou, tentando respirar, ainda segurando a mão dela. — Escute! É porque eu *acredito* que me recuso… a ser curado por você.

— O quê? — Crysania o encarou, sem entender. — Você está doente, delirando — ela disse com firmeza. — Não sabe o que está dizendo.

— Eu sei — ele respondeu. — Olhe para mim. Estou racional? Não é? Crysania o analisou e teve que assentir.

— Sim, você tem que admitir. Eu… não estou delirando. Estou totalmente consciente e compreendendo o que está acontecendo.

— Então, por quê?

— Porque — ele disse suavemente, cada respiração vindo com dor — se Paladine está aqui… e eu acredito que está agora… então por que está … deixando isso acontecer! Por que deixou meu povo morrer? Por que permitiu esse sofrimento? Por que causou isso? Me responda! — Ele a agarrou com raiva. — Responda!

Suas próprias perguntas! As perguntas de Raistlin! Crysania sentido sua mente tropeçando na escuridão confusa. Como poderia responder, quando estava procurando desesperada por aquelas respostas ela mesma?

Com os lábios dormentes, ela repetiu as palavras de Elistan:

— Devemos tcr fé. Os caminhos dos deuses não nos são revelados, não podemos ver...

Deitando de novo, o jovem sacudiu a cabeça, cansado, e Crysania ficou em silêncio, sentindo-se desamparado perante uma raiva tão violenta e intensa. "Eu vou curá-lo de qualquer maneira", ela decidiu. "Está doente, fraco na mente e no corpo. Não posso esperar que entenda...".

Então ela suspirou. Não. Em outras circunstâncias, Paladine poderia ter permitido. "O deus não atenderá minhas preces", Crysania entendeu, em desespero. Em sua sabedoria divina, ele iria levar o jovem para si e então tudo seria esclarecido.

Mas não agora.

De repente, Crysania percebeu, desolada, que o tempo não poderia ser alterado, pelo menos não daquele jeito, não por ela. Lua Dourada iria restaurar a fé do homem nos deuses antigos em uma época em que aquela terrível raiva tivesse morrido, quando o homem estivesse pronto para ouvir, aceitar e acreditar. Não antes.

Seu fracasso a sobrecarregou. Ainda ajoelhada ao lado da cama, curvou a cabeça nas mãos e pediu perdão por não estar disposta a aceitar ou compreender.

Sentindo uma mão tocar seu cabelo, olhou para cima. O jovem lhe deu um sorriso fraco.

— Desculpe — ele disse suavemente, os lábios secos pela febre se contorcendo. — Desculpe por... decepcionar você.

— Eu entendo — Crysania disse, baixinho — e irei respeitar seu desejo.

— Obrigado — ele respondeu e ficou em silêncio. Por muito tempo, o único som que podia ser ouvido era sua respiração difícil. Crysania começou a se levantar, mas sentiu a mão quente dele perto sobre a sua.

— Faça uma coisa por mim — ele sussurrou.

— Qualquer coisa — ela disse, forçando-se a sorrir, apesar de mal conseguir enxergar através das lágrimas.

— Fique comigo esta noite... enquanto morro...

Capítulo 6

Subindo as escadas que levam ao cadafalso. Cabeça curvada. Mãos amarradas nas costas do minha de volta. Eu luto para me libertar, mesmo enquanto subo as escadas, embora saiba ser inútil — passei dias, semanas, lutando para me libertar, sem sucesso.

Os panos pretos me atrapalham. Eu tropeço. Alguém me pega, me impede de cair, mas me arrasta em frente mesmo assim. Chego ao topo. O bloco, manchado de sangue escuro, está diante de mim. Agora, tento soltar minhas mãos freneticamente! Se eu conseguir soltá-las! Posso usar minha Magia! Escapar! Escapar!

— Não há escapatória! — Ri meu carrasco, e eu sei que sou eu mesmo falando! Minha risada! Minha voz! — Ajoelhe-se, mago patético! Ponha a cabeça no travesseiro frio e sangrento!

Não! Grito de terror e raiva, e luto desesperadamente, mas mãos me agarram por trás. Cruelmente, me forçam a ficar de joelhos. Minha carne enrugada toca no bloco frio e escorregadio! Ainda assim, me contorço, giro, grito e ainda assim me forçam para baixo.

Um capuz preto é colocado sobre minha cabeça... mas posso ouvir o executor chegando mais perto, eu posso ouvir sua roupa preta farfalhando ao redor de seus tornozelos, eu posso ouvir a lâmina ser levantada... levantada...

— Raist! Raistlin! Acorde!

Os olhos de Raistlin se abriram. Olhando para cima, atordoado e enlouquecido de terror, por um momento, não soube onde estava ou quem o despertou.

— Raistlin, o que foi? — A voz repetiu.

Mãos fortes o seguravam com força, uma voz familiar e preocupada, sufocando o grito sibilante da lâmina do carrasco ao cair...

— Caramon! — Raistlin chorou, agarrando seu irmão. — Me ajuda! Pare-os! Não deixe que eles me matem! Pare-os! Pare!

— Shhh, não vou deixar que façam nada com você, Raist — Caramon sussurrou, segurando seu irmão, acariciando o cabelo castanho. — Shhh, está tudo bem. Estou aqui, estou aqui.

Deitando a cabeça no peito de Caramon, ouvindo a batida constante e lenta do seu coração, Raistlin deu um suspiro profundo, estremecendo. Fechou os olhos contra a escuridão e soluçou como uma criança.

— Irônico, não é? — Raistlin murmurou amargamente algum tempo depois, enquanto seu irmão alimentava o fogo e colocava uma panela de ferro cheia de água para ferver. — O mago mais poderoso que já viveu, e eu sou reduzido a um bebê chorão por causa de um sonho!

— Então, você é humano — Caramon grunhiu, curvando-se sobre o pote, observando-o de perto com a atenção extasiada que todos dão quando querem forçar a água a ferver mais rápido. Ele encolheu os ombros. — Você mesmo disse isto.

— Sim, homem! — Raistlin repetiu selvagemente, amontoado e tremendo dentro das suas mantos negros.

Caramon olhou para ele, inquieto, lembrando o que Par-Salian e os outros magos lhe contaram no Conclave realizado na Torre de Alta Feitiçaria. *Seu irmão pretendia desafiar os deuses! Ele quer se tornar um deus!*

Mas enquanto Caramon observava seu irmão, Raistlin puxou os joelhos para perto de seu corpo, descansou as mãos sobre os joelhos, e apoiando a cabeça baixa ali, cansado. Sentindo algo estranho na garganta, vividamente lembrando a sensação quente e maravilhosa que ele experimentou quando seu irmão precisou dele para reconfortá-lo, Caramon voltou a prestar atenção na água.

Raistlin ergueu a cabeça de repente.

— O que foi isso? — Ele perguntou ao mesmo tempo que Caramon, ao ouvir o som também, levantava-se.

— Num sei — Caramon disse suavemente, prestando atenção. Pisando com cuidado, o grandalhão moveu-se com surpreendente rapidez até seu saco de dormir, pegou a espada e a desembainhou.

Agindo no mesmo momento, a mão de Raistlin se fechou sobre o Cajado de Magius que estava ao seu lado. Retorcendo-se para ficar de pé como um gato, apagou a fogueira virando a chaleira. As trevas desceram sobre eles com um som suave e sibilante enquanto as brasas crepitavam e morriam.

Dando aos seus olhos tempo para se acostumar com a mudança repentina, os irmãos ficaram parados, concentrando-se em ouvir.

O riacho perto do qual eles estavam acampados borbulhava e fluía entre pedras, galhos estalavam e as folhas sacudiram quando uma brisa afiada surgiu, cortando a noite de outono. Mas o que tinham ouvido não foi vento, nem árvores, nem água.

— Ali está, — disse Raistlin sussurrando quando seu irmão se aproximou — no bosque, do outro lado do riacho.

Era um som de algo arranhando, como se alguém tentasse sem sucesso rastejar por terreno desconhecido. Durou alguns momentos, parou, e começou novamente. Era *alguém* não familiarizado com o território ou *alguma coisa* — desajeitada, pés pesados.

— Goblins! — Sibilou Caramon.

Segurando sua espada, ele e seu irmão trocaram olhares. Os anos de escuridão, de distanciamento entre eles, o ciúme, o ódio — tudo desapareceu naquele instante. Reagindo ao perigo comum, eram um só, como haviam sido no útero.

Movendo-se com cautela, Caramon pôs os pés no riacho. A lua vermelha, Lunitari, brilhava através das árvores. Mas estava em sua fase nova. Parecendo o pavio em brasa de uma vela, dava pouca luz. Temendo virar o pé em uma pedra, Caramon testava cada passo cuidadosamente antes de colocar seu peso. Raistlin o seguia, segurando seu cajado escurecido em uma mão, colocando a outra levemente sobre o ombro do irmão para se equilibrar.

Eles cruzaram o riacho tão silenciosamente quanto o vento sussurrando através da água e chegaram à margem oposta. Eles ainda podiam ouvir o ruído. Era feito por algo vivo, não havia dúvida. Mesmo quando o vento morreu, continuavam a ouvir o som farfalhante.

— Retaguarda. Grupo de assalto! — Caramon moveu a boca sem soltar som, virado para que o irmão pudesse ver.

Raistlin assentiu. Grupos de invasão goblin normalmente enviam batedores para vigiar a trilha quando cavalgavam para saquear uma cidade. Por ser um trabalho chato e fazer com que os goblins escolhidos não tivessem nenhuma participação na matança ou nos despojos, geralmente ficava para os mais baixos na classificação, os menos qualificados e mais dispensáveis membros do grupo.

A mão de Raistlin se fechou de repente sobre o braço de Caramon, impedindo-o momentaneamente.

— Crysania! — O mago sussurrou. — A aldeia! Precisamos saber onde está o grupo de saqueadores!

Caramon fez uma careta.

— Vou pegá-lo vivo! — Ele indicou isso com um gesto de sua mão enorme envolvendo-se em torno do pescoço imaginário de um goblin.

Raistlin deu um sorriso sombrio ao compreender.

— E eu irei questioná-lo — ele assobiou, fazendo também um gesto.

Juntos, os gêmeos subiram a trilha, tomando o cuidado de ficarem nas sombras para que nem o menor brilho de luar se refletisse numa fivela ou espada. Ainda ouviam o som. Embora às vezes parasse, sempre começava novamente. Permanecia no mesmo local. Quem ou o que o fizesse pareceu não ter ideia de que se aproximavam. Foram naquela direção, mantendo-se nas bordas da trilha até estarem, pelo que podiam deduzir, do lado oposto.

O som estava na floresta, cerca de vinte metros da trilha. Olhando rapidamente ao redor, os olhos aguçados de Raistlin identificaram uma trilha estreita. Quase invisível na luz pálida da lua e das estrelas, saía da trilha principal, uma trilha de animais, provavelmente descendo até o riacho. Um bom lugar para batedores ficarem escondidos, dando acesso rápido à trilha principal, e se decidissem atacar, havia uma boa rota de fuga se a presa fosse demais.

— Espere aqui! — Caramon sinalizou.

Um farfalhar do capuz foi a resposta de Raistlin. Estendendo a mão para afastar um galho baixo, Caramon entrou na floresta, movendo-se devagar e furtivamente a cerca de meio metro da trilha que conduzia para dentro.

Raistlin estava ao lado de uma árvore, seus dedos finos em um dos seus vários bolsos secretos, rapidamente enrolando uma pitada do enxofre em uma pequena bola de guano de morcego. As palavras para o feitiço estavam em sua mente. Ele as repetiu para si mesmo. Mesmo enquanto fazia isso, estava agudamente consciente do som dos movimentos de seu irmão.

Embora Caramon estivesse tentando ficar quieto, Raistlin podia ouvir a sua armadura de couro gemer, o tilintar da fivela do cinto, o estalar de um galho sob seus pés enquanto ele se movia para longe. Felizmente, sua presa continuava a fazer tanto barulho que o guerreiro passaria despercebido.

Um grito horrível ecoou pela noite, seguido por gritos assustadores e som de pancadas, como se uma centena de homens estivessem passando pela região.

Raistlin se assustou. Mas uma voz gritou:

— Raist! Ajuda! Aiiiiii!

Mais sons de pancada, de galhos estalando, algo estalando…

Segurando seus mantos, Raistlin correu para a trilha, tendo passado o tempo de ocultação e segredo. Podia ouvir seu irmão gritando. O som era abafado, mas claro, sem estar sufocado ou como se estivesse com dor.

Correndo pela floresta, o arquimago ignorou os galhos que bateram em seu rosto e os espinheiros que agarraram na sua roupa. Chegando de repente e sem esperar em uma clareira, parou, agachado, ao lado de uma árvore. À sua frente, ele podia ver movimentos de uma gigantesca sombra negra que parecia estar pairando no ar, flutuando acima da terra. Agarrado a esta criatura sombria, gritando e xingando horrivelmente, estava Caramon!

— *Ast kiranan Soth-aran /Suh kali Jalaran* — Raistlin cantou as palavras e jogou a pequena bola de enxofre para cima, para as folhas das árvores. Um lampejo instantâneo de luz nos galhos foi acompanhado de uma explosão estrondosa. As copas das árvores explodiram em chamas, iluminando a cena abaixo.

Raistlin disparou para frente, as palavras de um feitiço em seus lábios, fogo mágico crepitando na ponta dos seus dedos.

Parou, encarando com espanto.

Na frente dele, pendurado por uma perna em uma corda suspensa em um galho de árvore, estava Caramon. Suspenso à frente dele, lutando freneticamente com medo das chamas, havia um coelho.

Raistlin olhou, paralisado, para seu irmão. Gritando por socorro, Caramon virava devagar ao sabor do vento enquanto folhas flamejantes caíam ao redor dele.

— Raist! — Ele ainda estava gritando. — Me ajude… Ah…

A proximidade de Caramon o trouxe à vista de seu gêmeo espantado. Vermelho, o sangue correndo para a cabeça, Caramon deu um sorriso acanhado.

— Armadilha de lobo — ele disse.

A floresta estava em chamas, com uma luz laranja brilhante. O fogo cintilava na espada do grande homem, que estava no chão onde a deixou cair. Também chamejava na armadura de Caramon enquanto ele girava devagar. Brilhou nos olhos apavorados do coelho.

Raistlin riu.

Foi a vez de Caramon olhar fixamente, com espanto magoado para seu irmão. Contorcendo-se para encará-lo, Caramon torceu a cabeça, tentando ver Raistlin com o lado certo para cima. Ele lançou um olhar miserável de súplica.

— Vamos, Raist! Me ajude a descer!

Raistlin começou a rir silenciosamente, levantando os ombros.

— Droga, Raist, isso não é engraçado! — Caramon exclamou, agitando os braços. Esse gesto, é claro, fez com que o guerreiro preso parasse de girar e começasse a balançar de um lado para o outro. O coelho, do outro lado da armadilha, começou a balançar, também, arranhando ainda mais freneticamente no ar. Logo, os dois giravam em direções opostas, circulando um ao outro, emaranhando as cordas que os prendiam.

— Me põe no chão! — Caramon berrou. O coelho gritou em terror.

Aquilo foi demais. Memórias de sua juventude voltaram vividamente para o arquimago, afastando a escuridão e horror que tinham agarrado sua alma por anos intermináveis. Mais uma vez era jovem, esperançoso, cheio de sonhos. Mais uma vez estava com seu irmão, o irmão que era mais próximo dele do que qualquer outra pessoa jamais esteve, jamais estaria. Seu irmão alegre, cabeça dura e amado...

Raistlin se dobrou. Ofegando por ar, o mago caiu na grama e riu descontroladamente, lágrimas escorrendo pelas bochechas.

Caramon o encarou, mas este olhar sério vindo de um homem pendurado de cabeça para baixo pelo pé simplesmente aumentou as gargalhadas de seu gêmeo. Raistlin riu até quase doer. O riso era bom. Por um tempo, baniu a escuridão. Deitado no chão úmido da clareira iluminada pela luz das árvores flamejantes, Raistlin riu mais alto, sentindo a alegria brilhar através de seu corpo como um bom vinho. E então Caramon juntou-se, sua gargalhada estrondosa ecoando pela floresta.

Apenas a queda dos pedaços ardentes da árvore acordou Raistlin. Limpando os olhos, tão fraco de dar risada que mal conseguia ficar de pé, o mágico cambaleou. Com um movimento de sua mão, alcançou o pequeno punhal de parta que trazia escondido na roupa.

Estendendo a mão, esticando-se ao máximo, o mago cortou a corda ao redor do tornozelo do irmão. Caramon caiu no chão xingando e com força.

Ainda rindo para si mesmo, o mago se aproximou e cortou a corda que algum caçador havia amarrado na perna traseira do coelho, pegando o animal em seus braços. A criatura estava quase enlouquecida de terror, mas

Raistlin suavemente acariciou sua cabeça e sussurrou palavras suaves. Aos poucos, o animal ficou calmo, quase parecendo estar em transe.

— Bem, o pegamos vivo — Raistlin disse, seus lábios contraindo-se. Ergueu o coelho. — Mas acho que não vamos conseguir muitas informações com ele.

Tão vermelho que dava impressão de ter caído em um tonel de tinta, Caramon sentou-se e começou a esfregar o ombro dolorido.

— Muito engraçado — ele murmurou, olhando para o animal com um sorriso envergonhado. As chamas nas copas das árvores estavam morrendo, apesar do ar estar cheio de fumaça e a grama estar queimando em alguns pedaços. Felizmente, era um dia úmido e chuvoso de outono, assim esses pequenos fogos sumiam rapidamente.

— Belo feitiço — comentou Caramon, olhando para os restos brilhantes das copas das árvores ao redor, enquanto, gemendo e xingando, ficava de pé.

— Eu sempre gostei — Raistlin respondeu ironicamente. — Fizban me ensinou. Você se lembra? — Olhando para as árvores fumegantes, sorriu. — Acho que o velhote teria gostado disso.

Embalando o coelho em seus braços, distraidamente acariciando as orelhas sedosas, Raistlin saiu da floresta cheia de fumaça. Embalado pelos dedos acariciantes e palavras hipnóticas do mago, os olhos do coelho se fecharam. Caramon recuperou sua espada do arbusto onde ela caíra e o seguiu, mancando levemente.

— Maldito nó cortou minha circulação. — Sacudiu o pé para tentar fazer o sangue voltar.

Nuvens pesadas tinham surgido, apagando as estrelas e apagando completamente a chama de Lunitari. Quando as chamas nas árvores morreram, os bosques foram mergulhados em trevas tão densas que nenhum dos dois irmãos conseguia ver a trilha à frente.

— Acho que não precisamos mais manter sigilo agora — Raistlin murmurou. — *Shirak*. — O cristal no topo do cajado de Magius começou a brilhar com sua luz mágica.

Os gêmeos retornaram ao acampamento em silêncio amigável, confortável, um silêncio que não compartilhavam há anos. Os únicos sons na noite eram a agitação dos cavalos, os estalos e tilintos da armadura de Caramon, e o suave farfalhar das roupas pretas do mago enquanto caminhava. Atrás deles, ouviram por uma única vez um barulho, a queda de um galho carbonizado. Chegando ao acampamento, Caramon olhou com tristeza para o fogo remexido e olhou para o coelho nos braços de Raistlin.

— Não acho que você considere isso um desjejum.

— Não como carne de goblin — Raistlin respondeu com um sorriso, colocando a criatura na trilha. Ao toque do frio chão sob suas patas, o coelho despertou, seus olhos abriram. Olhando ao redor para se localizar, correu de repente para o abrigo do bosque.

Caramon soltou um suspiro, então, rindo para si mesmo, sentou-se pesadamente no chão perto de seu saco de dormir. Removendo as botas, esfregou o tornozelo machucado.

— *Dulak* — Raistlin sussurrou e o cajado escureceu. Colocou-o ao lado de seu saco de dormir, depois se deitou, puxando os cobertores por cima dele.

Com o retorno das trevas, o sonho estava lá. Esperando. Raistlin estremeceu, seu corpo de repente convulsionando com arrepios. Suor brotou na sua testa. Ele não podia, não ousava fechar os olhos! Porém, estava tão cansado... Há quantas noites não dormia?

— ... Caramon — ele disse suavemente.

— Sim — Caramon respondeu da escuridão.

— Caramon — Raistlin disse depois de uma pausa. — Você... você se lembra como, quando éramos crianças, eu tinha aqueles... aqueles sonhos horríveis? — Sua voz falhou por um momento. Ele tossiu.

Não houve nenhum som vindo de seu gêmeo.

Raistlin limpou a garganta, então sussurrou:

— E você guardava meu sono, meu irmão. Vocês os manteve longe.

— Eu lembro — veio a voz abafada e rouca.

— Caramon — Raistlin começou, mas não conseguiu terminar. A dor e o cansaço eram demais. As trevas pareciam se fechar, o sonho se arrastando de seu esconderijo.

E então houve o tilintar da armadura. Uma sombra grande apareceu ao lado dele. Com o couro rangendo, Caramon sentou ao lado de seu irmão, recostando as costas largas contra o tronco da árvore e deixando a espada deitada em seus joelhos.

— Vá dormir, Raist — Caramon disse suavemente. O mago sentiu a mão áspera e desajeitada dar um tapinha no ombro dele. — Vou ficar acordado, vigiando.

Envolvendo-se em seus cobertores, Raistlin fechou seus olhos. O sono, doce e repousante, caiu sobre ele. A última coisa de que se lembrou foi uma nesga fugaz do sonho se aproximando, estendendo suas mãos ossudas para agarrá-lo, apenas para recuar por causa da luz na espada de Caramon.

Capítulo

7

O cavalo de Caramon remexia-se inquieto abaixo enquanto o grandalhão inclinava-se na sela, olhando para o vale na aldeia. Franzindo a testa sombriamente, ele olhou para seu irmão. O rosto de Raistlin estava escondido atrás de seu capuz preto. Uma chuva constante começou por volta do amanhecer e agora pingava maçante e monótona ao redor deles. Pesadas nuvens cinzas estavam suspensas acima deles, como se estivessem sendo sustentadas pelas árvores escuras e altas. Além das gotas de água caindo, não havia som.

Raistlin balançou a cabeça. Então, falando gentilmente com seu cavalo, cavalgou à frente. Caramon o seguiu, correndo para alcançá-lo, e ouviu-se o som do aço deslizando na bainha.

— Você não vai precisar da sua espada, meu irmão — Raistlin disse sem se virar.

Os cascos dos cavalos golpeavam a estrada enlameada, o som ecoando ruidosamente no ar pesado de chuva. Apesar das palavras de Raistlin, Caramon manteve a mão sobre o punho da espada até entrarem nos arredores da pequena aldeia. Desmontando, entregou as rédeas do cavalo para seu irmão e, cautelosamente, aproximou-se da mesma pequena pousada que Crysania havia visto.

Observando por dentro, viu a mesa posta para jantar, a louça quebrada. Um cachorro veio correndo até ele esperançoso, lambendo sua mão e choramingando. Gatos escondiam-se debaixo das cadeiras, desaparecendo nas sombras com ar culpado. Acariciando o cachorro, distraído, Caramon estava prestes a entrar quando Raistlin chamou.

— Ouvi um cavalo. Para lá.

Com a espada desembainhada, Caramon contornou a construção. Depois de alguns momentos, ele voltou, sua arma embainhada, a testa vincada.

— É o dela — ele relatou. — Sem sela, mas cuidado e alimentado.

Assentindo com a cabeça encapuzada como se estivesse esperado essa informação, Raistlin envolveu-se mais na capa. Caramon olhou ao seu redor, inquieto. Água pingava nos beirais, a porta para a pousada rangia nas dobradiças enferrujadas, fazendo um som estridente. Não tinha luz saindo das casas, nem sons das crianças rindo ou das mulheres se chamando ou dos homens reclamando do clima ao irem trabalhar.

— O que foi isto, Raist?

— Uma praga — disse Raistlin.

Caramon engasgou e instantaneamente cobriu a boca e nariz com sua capa. Nas sombras do capuz, a boca de Raistlin torceu-se em um sorriso irônico.

— Não tema, irmão — ele disse, desmontando. Pegando as rédeas, Caramon amarrou os animais em um poste e se aproximou do seu gêmeo. — Temos uma clériga verdadeira conosco, esqueceu?

— Então onde ela está? — Caramon rosnou com uma voz abafada, ainda mantendo a face coberta.

O mago virou a cabeça, encarando a fileira de casas vazias e silenciosas.

— Acho que ali — ele comentou finalmente. Caramon seguiu seu olhar e viu uma única luz piscando nas janelas de uma pequena casa no fim da aldeia.

— Preferia estar entrando em um acampamento de ogros — Caramon murmurou enquanto ele e seu irmão se arrastavam pelas ruas enlameadas e desertas. Sua voz estava rouca com um medo que não conseguia disfarçar. Enfrentaria de cabeça erguida a perspectiva de morrer com quinze centímetros de aço frio em seu estômago. Mas o pensamento de morrer impotente, consumido por algo que não poderia ser combatido, que flutuava invisível no ar, enchia o grandalhão de horror.

Raistlin não respondeu. Seu rosto continuou escondido. Quais seriam seus pensamentos, seu irmão não podia adivinhar. Os dois alcançando o fim da fila de casas, a chuva caindo ao redor deles em gotas grossas. Estavam se aproximando da luz quando Caramon por acaso olhou para a esquerda.

— Em nome dos deuses! — Ele sussurrou ao parar abruptamente e agarrar seu irmão pelo braço.

Apontou para a cova coletiva.

Nenhum dos dois falou. Com um grasnido de raiva quando eles se aproximaram, os pássaros de carniça ergueram-se no ar, batendo as asas negras. Caramon se engasgou. Com o rosto pálido, ele se virou de lado apressadamente. Raistlin continuou encarando aquela visão por um momento, seus lábios finos apertados em uma linha.

— Venha, meu irmão — ele disse friamente, voltando a caminhar na direção da pequena casa.

Olhando de relance pelas janelas, a mão no punho da espada, Caramon suspirou e, balançando a cabeça, deu a seu irmão um sinal. Raistlin empurrou suavemente a porta, que se abriu.

Um jovem estava deitado em uma cama desarrumada. Seus olhos estavam fechados, mãos cruzadas no peito. Havia paz na face imóvel e acinzentada apesar dos olhos fechados estarem afundados em maçãs do rosto magras e os lábios estarem azuis com o frio da morte. Uma clériga vestida no que um dia fora branco estava ajoelhada no chão ao lado dele, a cabeça curvada nas mãos cruzadas. Caramon começou a dizer algo, mas Raistlin o deteve com uma mão em seu braço, sacudindo a cabeça, relutante em interrompê-la.

Em silêncio, os gêmeos pararam na porta, a chuva gotejando ao redor deles.

Crysania estava com seu deus. Atenta às suas orações, e não percebeu a entrada dos gêmeos até que, finalmente, o estalar da armadura de Caramon a trouxe de volta para a realidade.

Levantando a cabeça, seu cabelo escuro e despenteado caindo sobre os ombros, ela os analisou sem surpresa.

Seu rosto, embora pálido de cansaço e tristeza, estava composto. Embora não tivesse orado a Paladine para enviá-los, sabia que o deus respondia orações do coração tanto quanto as faladas abertamente. Curvando a cabeça mais uma vez, dando graças, ela suspirou, então se levantou e se virou para eles.

Seus olhos encontraram os olhos de Raistlin, a luz do fogo mortiço fazendo-os brilhar nas profundezas do seu capuz. Quando ela falou, sua voz pareceu se misturar com o som da chuva caindo.

— Eu fracassei — ela disse.

Raistlin não se perturbou. Olhou para o corpo do jovem.

— Ele não quis acreditar?

— Oh, ele acreditava — Ela, também, olhou para o corpo. — Mas se recusou a me deixar curá-lo. Sua raiva era... grande demais. — Abaixando-se, ela puxou o lençol sobre a forma imóvel. — Paladine o levou e agora ele entende, tenho certeza.

— Ele entende — Raistlin comentou. — E você?

Ela abaixou a cabeça, o cabelo escuro caindo ao redor do eu rosto. Ela ficou tão quieta por tanto tempo que Caramon, sem entender, pigarrou e remexeu, inquieto.

— Uh, Raist — ele começou suavemente.

— Shh! — Raistlin sussurrou.

Crysania levantou a cabeça. Ela nem tinha ouvido Caramon. Seus olhos eram de um cinza profundo, tão escuros que pareciam refletir as roupas do arquimago.

— Eu compreendo — ela disse com voz firme. — Pela primeira vez, compreendo e vejo o que eu devo fazer. Em Istar, vi a crença nos deuses perdida. Paladine atendeu minha oração e me mostrou a fraqueza fatal do Rei-sacerdote, o orgulho. O deus me deu a forma para saber como evitar aquele erro. Ele me fez saber que, se eu pedisse, ele responderia.

— Mas Paladine também me mostrou, em Istar, o quão fraca eu estava. Quando eu deixei aquela miserável cidade e vim para cá com você, eu era pouco mais que uma criança assustada, agarrada a você em uma noite terrível. Agora, recuperei minhas forças. Esta visão trágica queimará para sempre na minha alma.

Enquanto Crysania falava, se aproximou de Raistlin. Seus olhos fixaram-se nos dela sem piscar. Ela se viu refletida na superfície lisa. O medalhão de Paladine que ela usava no pescoço brilhava com uma luz fria e branca. Sua voz tornou-se fervorosa, as mãos apertadas.

— Essa visão estará diante dos meus olhos — ela disse suavemente, ficando na frente do arquimago — enquanto eu passar com você pelo Portal, armada com minha fé, forte na minha crença de que juntos, você e eu iremos banir as trevas do mundo para sempre!

Estendendo a mão, Raistlin segurou as dela. Estavam entorpecidas de frio. Ele as prendeu nas suas mãos finas, aquecendo-as com seu toque ardente.

— Não precisamos alterar o tempo! — disse Crysania. — Fistandantilus era um homem mau. O que ele fez, fez para sua própria glória. Mas nós nos importamos, você e eu. Só isso será suficiente para mudar o final. Eu sei, pois meu deus falou comigo!

Lentamente, sorrindo com seus lábios finos, Raistlin trouxe as mãos de Crysania até a boca e as beijou, sem tirar os olhos dela.

Crysania sentiu as bochechas corarem, depois prendeu a respiração. Com um som sufocado, meio estrangulado, Caramon virou-se abruptamente e saiu pela porta.

De pé no silêncio opressivo, a chuva batendo sobre sua cabeça, Caramon ouviu uma voz batendo em seu cérebro com o mesmo tom monótono e maçante das gotas ao redor dele.

Quer se tornar um deus. Ele quer se tornar um deus!

Enjoado e com medo, Caramon balançou a cabeça com angústia. Seu interesse pelo exército, seu fascínio por ser um "general", sua atração por Crysania, e todas as outras mil preocupações expulsaram de sua mente a verdadeira razão pela qual ele havia voltado. Agora, com as palavras de Crysania, tudo retornou, atingindo-o como as ondas do mar frio.

E só no que podia pensar era no Raistlin da noite passada. Quanto tempo fazia que não ouvia o irmão rir assim? Quanto tempo que não compartilhavam aquela proximidade? Vividamente, ele se lembrava de observar o rosto de Raistlin enquanto guardava o sono de seu gêmeo. Viu as linhas severas suavizarem, os vincos amargos ao redor da boca desaparecerem. O arquimago parecia quase jovem novamente, e Caramon lembrou da infância e juventude compartilhadas, os dias mais felizes da sua vida.

Mas então veio, espontaneamente, uma memória hedionda, como se sua alma tivesse um prazer perverso em torturá-lo e confundi-lo. Ele se viu mais uma vez naquela cela escura em Istar, vendo claramente, pela primeira vez, a grande capacidade para o mal de seu irmão. Ele se lembrou da sua determinação de que seu irmão deveria morrer. Pensou em Tasslehoff...

Mas Raistlin havia explicado tudo! Ele havia explicado as coisas em Istar. Mais uma vez, Caramon sentiu-se hesitando.

"E se Par-Salian estiver errado, e se todos estiverem errados? E se Raist e Crysania puderem salvar o mundo de dores e horrores como aquele?"

— Eu sou apenas um tolo ciumento e atrapalhado — Caramon murmurou, limpando a água da chuva do rosto com a mão trêmula. — E talvez aqueles magos velhos estejam também com ciúmes dele.

As trevas aprofundaram-se ao redor dele, as nuvens ficando mais densas, mudando de cinza para preto. A chuva bateu mais fortemente.

Raistlin saiu pela porta com Crysania, sua mão no braço dele. Ela estava envolta em seu manto grosso, seu capuz acinzentado puxado sobre a cabeça. Caramon limpou sua garganta.

— Vou trazê-lo para fora e colocá-lo com os outros — disse, indo para a porta. — E eu vou encher a cova…

— Não, meu irmão — Raistlin disse. — Não. Esta visão não deve ser escondida dentro da terra. — Ele abaixou seu capuz, deixando a chuva lavar seu rosto enquanto ele levantava seu olhar para as nuvens. — Esta visão irá queimar os olhos dos deuses! A fumaça de sua destruição irá subir ao paraíso! O som irá ressoar dentro em seus ouvidos!

Caramon, espantado com essa explosão incomum, virou-se para olhar o seu gêmeo. O rosto fino de Raistlin estava quase tão magro e pálido quanto o do cadáver dentro da pequena casa, sua voz tensa de raiva.

— Venha comigo — ele disse, abruptamente se libertando do braço de Crysania e caminhando a passos largos em direção ao centro da pequena aldeia. Crysania o seguiu, segurando seu capuz para não deixar o vento e a chuva o puxarem. Caramon vinha depois, mais devagar. Parando no meio da rua enlameada e encharcada de chuva, Raistlin virou-se para encarar Crysania e seu irmão que se aproximavam.

— Pegue os cavalos, Caramon, os nossos e os de Crysania. Leve-os para os bosques fora da cidade — o mago apontou. — Venda-os e retorne.

Caramon o encarou.

— Vá! — Raistlin ordenou, sua voz rouca. Caramon fez como mandou, levando os cavalos embora.

— Agora, fique de pé lá — Raistlin continuou quando seu gêmeo voltou. — Não saia desse lugar. Não chegue perto de mim, irmão, aconteça o que acontecer. — Seu olhar foi para Crysania, que estava perto dela, e voltou ao seu irmão. — Você entende, Caramon.

Caramon assentiu sem palavras e, estendendo a mão, gentilmente tomou a de Crysania.

— Por que isso? — Ela perguntou, recuando.

— A magia dele — Caramon respondeu.

Ele ficou em silêncio e Raistlin lançou-lhe um olhar afiado e imperioso. Alarmada com a expressão estranha e ferozmente ansiosa no rosto de Raistlin, Crysania de repente se aproximou de Caramon, tremendo. O homem, seus olhos no seu frágil gêmeo, colocou seu braço ao redor dela. Juntos na chuva forte, quase não ousando respirar para não o perturbar, assistiram o arquimago.

Os olhos de Raistlin se fecharam. Voltando o rosto para os céus, ele ergueu os braços, palmas para fora, em direção aos céus mais baixos. Seus lábios se moveram, mas, por um momento, não puderam ouvi-lo. Então, embora ele não parecesse levantar a voz, passaram a ouvir palavras, a aranhosa língua da magia. E ele repetiu as mesmas palavras, várias e várias vezes, sua voz suave subindo e descendo como um cântico. As palavras nunca mudavam, mas o jeito como as pronunciava, a inflexão de cada uma, variava cada vez que repetia a frase.

Silêncio caiu sobre o vale. Até o som da queda da chuva morreu nos ouvidos de Caramon. Tudo o que ele podia ouvir era o suave cantar, a música estranha e misteriosa da voz de seu irmão. Crysania se aproximou ainda mais, seus olhos escuros arregalados, e Caramon acariciou-a tranquilizadoramente.

À medida que o canto continuou, um sentimento de admiração se insinuou em Caramon. Ele teve a nítida impressão de que estava sendo atraído irresistivelmente para Raistlin, que tudo no mundo estava sendo atraído para o arquimago, no entanto, olhando com medo ao seu redor, Caramon viu que não tinha saído do lugar. Mas olhando fixamente de volta para seu irmão, o sentimento retornou até mais forte.

Raistlin estava no centro do mundo, com as mãos estendidas, e todo som, toda luz, até mesmo o próprio ar, parecia apressar-se avidamente para seu alcance. O chão sob os pés de Caramon começou a pulsar em ondas que fluíam em direção ao arquimago.

Raistlin ergueu as mãos mais alto, sua voz subindo cada vez mais levemente. Ele fez uma pausa, então falou cada palavra no canto devagar, com firmeza. O vento ergueu-se, a terra balançou. Caramon teve a louca impressão de que o mundo corria para seu irmão, e ele firmou os pés, temendo também ser sugado para o sombrio vórtice de Raistlin.

Os dedos de Raistlin apontaram para o céu cinza efervescente. A energia que ele havia tirado do solo e do ar fluiu através dele. Um relâmpago prateado saiu de seus dedos, atingindo as nuvens. Uma luz brilhante e irregular se bifurcou em resposta, tocando a casa onde o corpo do jovem clérigo estava. Com uma explosão devastadora, uma bola de chama azulada engoliu a construção.

De novo Raistlin falou e de novo o relâmpago prateado disparou de seus dedos. E de novo, outro raio de luz respondeu, atingindo o mago! Desta vez foi Raistlin que foi engolido por uma chama esverdeada.

Crysania gritou. Lutando nas mãos de Caramon, procurava se libertar. Mas, lembrando das palavras do irmão, Caramon a prendia com força, impedindo-a de ir para o lado de Raistlin.

— Veja! — Ele sussurrou com voz rouca, apertando-a. — As chamas não encostam nele!

De pé no meio das chamas, Raistlin levantou seus braços finos mais alto, e as mantos negros o envolveram como se estivesse no centro de uma violenta tempestade de vento. Ele falou novamente. Dedos flamejantes de chama saíram dele, iluminando a escuridão, percorrendo a grama molhada, dançando em cima da água como se fosse óleo. Raistlin ficou no centro, o eixo de uma vasta roda de chamas.

Crysania não conseguia se mexer. Espanto e terror como até então ela nunca conhecera a paralisavam. Ela se agarrava a Caramon, mas ele não lhe oferecia conforto. Os dois se agarravam como crianças assustadas enquanto as chamas surgiam ao redor deles. Viajando pelas ruas, o fogo atingiu os prédios e os incendiava com uma explosão atrás da outra.

Roxo, vermelho, azul e verde, o fogo mágico ardeu para cima, iluminando os céus, tomando o lugar do sol encoberto. Os pássaros carniceiros giravam de medo enquanto a árvore que ocupavam tornava-se uma tocha viva.

Raistlin falou novamente, uma última vez. Com uma explosão de pura luz branca, fogo saltou dos céus, consumindo os corpos na cova.

O vento causado pelas chamas turbilhonou ao redor de Crysania, soprando o capuz da sua cabeça. O calor era intenso, atingindo o seu rosto. A fumaça a sufocou, ela não conseguia respirar. Faíscas choviam ao seu redor, chamas tremeluziam a seus pés de uma forma que parecia que ela também iria acabar sendo consumida. Mas nada a tocou. Ela e Caramon estavam em segurança no meio do incêndio. E então Crysania tomou conhecimento do olhar de Raistlin sobre ela.

No inferno de fogo em que estava, o mago a chamou.

Crysania ofegou, encolhendo-se de volta contra Caramon.

Raistlin acenou novamente, suas mantos negros fluindo cerca de seu corpo, tremendo com o vento da tempestade de fogo que criara. De pé no centro das chamas, ele estendeu as mãos para Crysania.

— Não! — Caramon gritou, prendendo-a com força. Mas Crysania, sem tirar os olhos de Raistlin, gentilmente se soltou dele e caminhou para a frente.

— Venha a mim, Reverenda Filha! — A voz suave de Raistlin a tocou através do caos e ela sabia que a ouvia em seu coração. — Venha a mim através da chama. Venha saborear o poder dos deuses.

O calor do fogo ardente que envolveu o arquimago queimava e chamuscava sua alma. Sentiu que sua pele devia escurecer e murchar. Ouviu seu cabelo rachando. Seu fôlego foi retirado de seus pulmões, queimando-os dolorosamente. Mas a luz do fogo a penetrou, as chamas dançavam, atraindo-a para a frente, enquanto a voz suave de Raistlin incitava-a a prosseguir.

Não! — Atrás dela, podia ouvir Caramon gritar, mas ele não era nada para ela, menos do que o som de seu próprio coração batendo. Alcançou a cortina de chamas. Raistlin estendeu sua mão, mas, por um instante, ela vacilou, hesitando.

A mão dele estava queimando! Ela a viu murchar, a carne preta e carbonizada.

— Venha para mim, Crysania — sussurrou sua voz.

Estendendo a mão, trêmula, ela a enfiou na chama. Para um momento, houve uma dor abrasadora, paralisando seu coração. Ela gritou de horror e angústia, então a mão de Raistlin fechou sobre ela, puxando-a através da cortina em chamas. Sem querer, ela fechou os olhos.

Vento frio a cercou. Ela podia respirar ar doce. O único calor que ela sentia era o calor familiar do corpo do mago. Abrindo os olhos, viu que estava perto dele. Erguendo a cabeça, olhou para o rosto dele e sentiu uma dor aguda em seu coração.

O rosto fino de Raistlin brilhava com suor, seus olhos refletindo a chama branca dos corpos que queimavam, seu respirar era rápido e raso. Ele parecia perdido, inconsciente de seu entorno. E havia um olhar de êxtase em seu rosto, um olhar de exultação, de triunfo.

— Agora entendo — Crysania disse para si mesma, segurando as mãos dele. — Agora, eu entendo. É por isso que ele não pode me amar. Ele tem um só amor nesta vida, e é a sua magia. Por este amor, ele daria tudo, por este amor, arriscaria tudo!

O pensamento era doloroso, mas era uma dor agradável, melancólica.

— E mais uma vez — ela disse para si mesma, seus olhos escurecendo com lágrimas — ele é meu exemplo. Me preocupei demais com pensamentos mesquinhos deste mundo, de mim mesma. Ele está certo. Agora eu senti o poder dos deuses. E devo ser digna, deles e dele!

Raistlin fechou os olhos. Crysania agarrando-se a ele, sentiu a magia fluir dele como se seu sangue estivesse saindo de uma ferida. Seus braços caíram para os lados. A bola de fogo que os envolvia cintilou e sumiu.

Com um suspiro que era pouco mais que um sussurro, Raistlin caiu de joelhos no chão queimado. A chuva retornou. Crysania podia ouvi-la sibilando ao se chocar com os restos carbonizados da aldeia ainda em brasas fumegantes. O vapor subiu no ar, esvoaçando entre os esqueletos dos prédios e descendo a rua como fantasmas dos antigos habitantes.

Ajoelhada ao lado do arquimago, Crysania alisou o cabelo castanho com a mão. Raistlin abriu os olhos, vendo-a sem a reconhecer. E neles ela viu uma tristeza profunda e imortal tristeza — o olhar de alguém que teve permissão de entrar em um reino de beleza mortal e perigosa e que se encontrava, mais uma vez, jogado no mundo cinzento e chuvoso. O mago caiu para a frente, a cabeça curvada, os braços pendendo frouxos. Crysania olhou para Caramon quando ele se aproximava.

— Você está bem? — Ele perguntou.

— Eu estou bem — ela sussurrou. — E ele?

Juntos, eles ajudaram Raistlin a se levantar. Ele parecia completamente inconsciente de sua própria existência. Cambaleando exausto, caiu contra seu irmão.

— Ele vai ficar bem. Isso sempre acontece. — A voz de Caramon sumiu e ele murmurou. — Sempre acontece! O que estou dizendo? Eu nunca vi nada parecido na minha vida! Em nome dos deuses, — ele encarou seu gêmeo com admiração — nunca vi poder assim! Eu não sabia! Não sabia!

Apoiado pelos braços fortes de Caramon, Raistlin inclinou-se contra seu gêmeo. Começou a tossir, ofegante, até mal conseguir ficar de pé. Caramon segurou-o com força. Névoa e fumaça giravam em torno de seus pés, a chuva se derramava ao redor deles. Aqui e ali vinha o estrondo da queima de madeira, o assovio de água sobre chama. Quando a tosse passou, Raistlin levantou a cabeça, vida e reconhecimento retornando aos seus olhos.

— Crysania, — disse suavemente — pedi a você para fazer aquilo porque você deve ter fé em mim e no meu poder. Se tivermos sucesso em nossa missão, Reverenda Filha, então entraremos no Portal e caminharemos com os olhos abertos para o Abismo, um lugar de horror inimaginável.

Crysania começou a tremer incontrolavelmente à frente dele, hipnotizada por seus olhos brilhantes.

— Você deve ser forte, Reverenda Filha — ele continuou. — Por isso, eu a trouxe nesta jornada. Passei por minhas próprias provações. Você teve que passar pela sua. Em Istar, você enfrentou os testes do vento e da água. Você passou pelo teste das trevas dentro da Torre, e agora enfrentou o teste do fogo. Mais um teste à espera, Crysania! Mais um, e você deve se preparar para isso, assim como nós todos.

Com os olhos fechados, cansado, ele cambaleou. Caramon, seu rosto sério e subitamente abatido, apanhou seu gêmeo e, erguendo-o, levou até os cavalos.

Crysania correu atrás deles, seu olhar preocupado em Raistlin. Apesar de sua fraqueza, havia um olhar sublime de paz e exultação no seu rosto.

— O que houve? — Ela perguntou.

— Ele está dormindo — Caramon disse, a voz grave e áspera, escondendo alguma emoção que ela não conseguiu identificar.

Chegando aos cavalos, Crysania parou por um momento, girando para olhar para trás.

Fumaça subia das ruínas carbonizadas da aldeia. Os esqueletos dos prédios haviam desmoronado em montes de cinzas brancas, as árvores não eram nada além de fumaça ramificada subindo para os céus. Enquanto ela observava, a chuva caía sobre as cinzas, transformando-as em lama, lavando-as para longe. A névoa azul se fragmentou, a fumaça foi varrida pelos ventos de tempestade.

A cidade sumiu como se nunca houvesse existido.

Tremendo, Crysania agarrou seu manto e se virou para Caramon, que colocava Raistlin em sua sela, sacudindo-o para forçá-lo a acordar o suficiente para cavalgar.

— Caramon — disse Crysania quando o guerreiro veio ajudá-la. — O que Raistlin quis dizer com "outro teste"? Eu vi a sua expressão quando ele disse isso. Você sabe o que é, não sabe? Você entendeu?

Caramon não respondeu imediatamente. Próximo a eles, Raistlin balançava grogue em sua sela. Por fim, sua cabeça cedeu e o mago caiu no sono de novo. Depois de ajudar Crysania, Caramon foi até seu cavalo e montou. Então, estendendo a mão, pegou as rédeas das mãos frouxas do seu irmão adormecido. Eles voltaram pelas montanhas, através da chuva, Caramon sem nunca olhar para cidade que ficou para trás.

Em silêncio, ele guiou os cavalos pela trilha. Ao lado dele, Raistlin caiu sobre o pescoço de sua montaria. Caramon estabilizou seu irmão com uma mão firme e gentil.

— Caramon? — Crysania perguntou gentilmente quando chegaram ao cume da montanha.

O guerreiro se virou para Crysania. Então, com um suspiro, seu olhar foi para o sul, onde, longe deles, jazia Thorbardin. As nuvens de tempestade se aglomeravam espessas e escuras sobre o horizonte distante.

— Uma lenda antiga diz que, antes de enfrentar a Rainha da Escuridão, Huma foi testado pelos deuses. Ele passou pela prova do vento, a prova do fogo, a prova da água. E seu último teste — Caramon disse em voz baixa — foi o teste do sangue.

Canção de Huma (Reprise)

Através de cinzas e sangue, a colheita de dragões,
Viajou Huma, embalado por sonhos do Dragão de Prata,
O Cervo eterno, um sinal à sua frente.
Ao fim, um porto, um templo tão oriental
Que fica no final do Oriente.
Lá, Paladine apareceu
Em um lago de estrelas e glória, anunciando
Que de todas as escolhas, uma das mais terríveis cabia a Huma.
Paladine sabia que o coração é um ninho de anseios,
Que possamos viajar para sempre em direção à luz, tornando-nos
O que nunca podemos ser.

Livro 3

O Exército de Fistandantilus avançou para o sul, chegando a Caergoth quando as últimas folhas caíam dos galhos das árvores e a fria mão do inverno ia se apertando sobre a terra.

As margens do Novo Mar pararam o exército. Mas Caramon, sabendo que teria que atravessá-lo, já tinha há muito posto seus preparativos em andamento. Passando o comando da parte principal do exército para seu irmão e os mais confiáveis entre seus subordinados, Caramon conduziu um grupo dos seus homens mais bem treinados até as margens do Novo Mar. Também com ele estavam todos os ferreiros, marceneiros e carpinteiros que se juntaram ao Exército.

Caramon fez seu posto de comando na cidade de Caergoth. Ele tinha ouvido falar da famosa cidade portuária durante toda a sua vida, sua antiga vida. Trezentos anos depois do Cataclismo e a encontraria como uma cidade portuária movimentada e próspera. Mas agora, cem anos depois que a montanha de fogo atingiu Krynn, Caergoth era uma cidade em confusão. Antes uma pequena comunidade agrícola no meio da Planície Solâmnica, Caergoth ainda lutava com a repentina aparição do mar em sua porta.

Olhando para baixo de seus aposentos para onde as estradas da Cidade terminavam, de repente, em uma queda por penhascos íngremes até as praias abaixo, Caramon pensou, sem muito motivo, em Tarsis. O Cataclismo roubou o mar daquela cidade, deixando barcos encalhados nas areias como pássaros marinhos moribundos, enquanto ali, em Caergoth, o Novo Mar lambia o que fora terra arável.

Caramon pensou com saudades nos navios encalhados em Tarsis. Ali, em Caergoth, havia alguns barcos, mas não o suficiente para o que precisava. Mandou seus homens costa acima e abaixo por centenas de quilômetros, com ordens para comprar ou requisitar embarcações de qualquer tipo, com as tripulações se possível. Navegariam até Caergoth, onde ferreiros e artesãos os reequipariam para carregar o máximo de carga possível para a curta jornada através do Estreito do Schallsea até Abanasínia.

Diariamente, Caramon recebia relatórios sobre o crescimento dos exércitos dos anões: como Pax Tharkas estava sendo fortificado; como os anões tinham importado trabalho escravo (anões tolos) para trabalhar nas minas e forjas dia e noite, fazendo armas e armaduras; como estas estavam sendo transportadas para Thorbardin e levadas para lado de dentro da montanha.

Ele também recebeu relatórios dos emissários dos anões da colina e do povo da planície. Ouviu sobre a grande reunião das tribos na Abanasínia, colocando à parte brigas de sangues para lutarem juntos pela sobrevivência. Ouviu sobre as preparações dos anões da colina, que também estavam forjando armas, usando os mesmos anões tolos como escravos que seus primos.

Fez até discretos avanços para os elfos de Qualinesti. Isso deu a Caramon uma sensação estranha, pois o homem a quem enviou sua mensagem não era outro senão Solostaran, Orador dos Sóis, que havia, semanas antes, morrido na época de Caramon. Raistlin zombou ao ouvir sobre esta tentativa de atrair os elfos para a guerra, sabendo bem qual seria a resposta. O arquimago, no entanto, não estava imune a uma esperança secreta, nutrida nas horas escuras da noite, de que daquela vez seria diferente...

Não foi.

Os homens de Caramon nunca tiveram a chance de falar com Solostaran. Antes que pudessem desmontar de seus cavalos, flechas voaram pelo ar, batendo na terra, formando um anel mortal em torno de cada um deles. Olhando para o bosque de álamos, podiam ver literalmente centenas de arqueiros, cada um com uma flecha encaixada e pronta. Nenhuma palavra foi dita. Os mensageiros se foram, carregando uma flecha élfica para Caramon como resposta.

A própria guerra, de fato, estava começando a dar a Caramon uma sensação estranha. Juntando o que ouvira Raistlin e Crysania falando, de repente ocorreu a Caramon que tudo o que ele estava fazendo tinha sido feito antes. O pensamento era um pesadelo quase tão grande para ele quanto para seu irmão, apesar das vastamente diferentes razões.

— Sinto como se aquele anel de ferro que usei em volta do pescoço em Istar tivesse sido aparafusado de volta — Caramon murmurou para si mesmo uma noite enquanto estava sentado na estalagem em Caergoth que escolhera para ser seu posto de comando. — Sou um escravo, como já fui antes. Só que desta vez é pior, porque, quando eu era mesmo um escravo, pelo menos tinha liberdade para escolher se iria respirar ou não naquele dia. Quer dizer, se eu quisesse morrer, eu poderia ter caído sobre minha espada e morrido! Mas agora não tenho mais nem essa escolha.

Era um conceito estranho e horripilante para Caramon, um sobre o qual ponderou e refletiu por muitas noites, um que ele sabia que não entendia. Ele gostaria de conversar sobre aquilo com seu irmão, mas Raistlin estava no interior, no acampamento com o exército e, mesmo que estivessem juntos, Caramon estava certo de que seu gêmeo se recusaria a discutir isso.

Raistlin, durante este tempo, vinha ganhando força quase diariamente. Depois de usar seus feitiços para consumir a aldeia morta em uma pira funerária em chamas, o arquimago ficou quase morto para o mundo por dois dias. Ao despertar de seu sono febril, anunciou que estava com fome. Nos dias seguintes, comeu mais alimentos sólidos do que fora capaz de tolerar em meses. A tosse desapareceu. Ele rapidamente recuperou as forças e as colocou em seus ossos.

Mas ainda era atormentado por pesadelos que nem a mais forte das poções para dormir conseguia banir.

Dia e noite, Raistlin ponderava sobre seu problema. Se conseguisse descobrir o erro de Fistandantilus, conseguiria corrigi-lo!

Esquemas selvagens vieram à sua mente. O arquimago até brincou com a ideia de viajar ao seu próprio tempo para pesquisar, mas abandonou-a quase imediatamente. Se consumir a aldeia em chamas o deixou exausto por dois dias, o feitiço de viagem no tempo se provaria ainda mais desgastante. E, embora apenas um dia ou dois possam se passar no presente enquanto ele se recuperava, eras passariam no passado. E por fim, se ele voltasse, não teria as forças necessárias para enfrentar a Rainha da Escuridão.

E então, quando quase desistiu em desespero, a resposta veio até ele…

Capítulo 1

Raistlin levantou a aba da barraca e saiu. O guarda de plantão assustou-se e se remexeu, desconfortável. A aparição do arquimago era enervante, até para sua guarda pessoal. Ninguém nunca o ouvia chegar. Ele sempre parecia materializar do nada. A primeira indicação de sua presença era o toque dos dedos ardentes, o braço nu, ou o sussurro de palavras suaves, ou o farfalhar dos mantos negros.

A tenda do mago era vista com admiração e temor, embora ninguém nunca tenha visto nada estranho emanando a partir dela. Muitos, claro, observavam — especialmente as crianças, que secretamente esperavam ver um monstro horrível se libertar do controle do arquimago e passar trovejante pelo acampamento, devorando todos em sua vista até elas serem capazes de domá-lo com um pedaço de pão de gengibre.

Mas nunca aconteceu nada do tipo. O arquimago cuidadosamente nutria e preservava suas forças. Esta noite seria diferente, Raistlin refletiu com um suspiro e uma carranca. Mas não seria evitado.

— Guarda — ele sussurrou.

— M-meu senhor? — O guarda gaguejou, confuso. O arquimago raramente falava com qualquer um, muito menos com um mero guarda.

— Onde está a dama Crysania?

O guarda não conseguiu suprimir o curvar do lábio ao responder que a "bruxa" estava na tenda do General Caramon, apontando para lá.

— Devo mandar alguém para buscá-la, senhor? — Ele perguntou a Raistlin com uma relutância tão óbvia que o mago não conseguiu evitar um sorriso, ocultado pelas sombras do capuz.

— Não — Raistlin respondeu, assentindo com a cabeça, satisfeito com a informação. — E meu irmão, tem notícias? Quando ele deve retornar?

— O General Caramon mandou avisar que chega amanhã, meu senhor — o guarda continuou em um tom espantado, certo de que o mago já sabia disso. — Devemos aguardar sua chegada aqui e esperar a caravana de suprimentos nos alcançar ao mesmo tempo. As primeiras carroças chegaram esta tarde, meu senhor. — Um pensamento repentino atingiu o guarda. — Se... se você está pensando em mudar essas ordens, meu senhor, melhor chamar o capitão da guarda...

— Não, não, nada disso — Raistlin respondeu suavemente. — Só quero me deixar claro que não devo ser incomodado esta noite, por nada nem ninguém Está claro, ahm... qual é seu nome?

— Mi... Michael, senhor — respondeu o guarda. — Certamente, meu senhor. Se essas são suas ordens, eu irei cumpri-las.

— Bom — Raistlin disse. O arquimago ficou em silêncio por um momento, encarando a noite fria, mas brilhante com a luz de Lunitari e das estrelas. Solinari, minguante, era apenas uma linha de prata no céu. Mais importante, para os olhos de Raistlin, era a lua que só ele poderia ver. Nuitari, a lua negra, estava cheia, um buraco de trevas entre as estrelas.

Raistlin deu um passo para mais perto do guarda. Puxando o capuz ligeiramente de seu rosto, ele deixou a luz da lua vermelha atingir seus olhos. O guarda, assustado, recuou involuntariamente, mas seu treinamento rigoroso como Cavaleiro de Solamnia o fez se controlar.

Raistlin sentiu o corpo do homem endurecer. Ele viu a reação e sorriu novamente. Levantando uma mão fina, ele a colocou sobre o peito blindado do guarda.

— Ninguém deve entrar na minha barraca por nenhum motivo — o arquimago repetiu no sussurro suave e sibilante que ele sabia usar. — Não importa o que aconteça! Nem a dama Crysania, nem meu irmão, nem você mesmo... ninguém!

— Eu... eu compreendo, meu senhor — Michael gaguejou.

— Você pode ouvir ou ver coisas estranhas esta noite — Raistlin continuou, seus olhos prendendo os do guarda em seu olhar fascinante. — Ignore-os. Qualquer um que entrar nesta tenda o faz arriscando sua vida... e a minha!

— Si...sim, senhor! — Michael disse, engolindo em seco. Um fio de suor rolou pelo rosto, embora o ar da noite estivesse frio demais para o outono.

— Você é, ou foi, um Cavaleiro de Solamnia? — Raistlin perguntou abruptamente.

Michael parecia desconfortável, seu olhar vacilou. Abriu a boca, mas Raistlin balançou a cabeça.

— Deixe para lá. Não precisa dizer. Embora você tenha raspado seu bigode, posso dizer pelo seu rosto. Conheci um Cavaleiro uma vez, sabe. Portanto, jure para mim, pelo Código e pela Providência, que irá fazer como pedi.

— Juro, pelo Código e... pela Providência... — Michael sussurrou.

O mago assentiu, aparentemente satisfeito, e virou-se para reentrar em sua tenda. Michael, livre daqueles olhos em que só via ele mesmo refletido, retornou para seu posto, tremendo debaixo de seu pesado manto de lã. No último momento, porém, Raistlin parou, seus mantos farfalhando suavemente ao redor dele.

— Senhor Cavaleiro — ele sussurrou. Michael virou.

— Se alguém entrar nesta tenda — o mago disse em uma voz gentil, agradável — e perturbar minha conjuração, se eu sobreviver, espero encontrar nada menos que seu corpo no chão. É a única desculpa que aceitarei para sua falha.

— Sim, meu senhor — Michael disse, mais firmemente, apesar de manter sua voz baixa. — *Est Sularas oth Mithas*. Minha Honra é Minha Vida.

— Sim. — Raistlin encolheu os ombros. — É como geralmente termina.

O arquimago entrou na tenda, deixando Michael de pé na escuridão, esperando os novos-deuses-sabiam-o-que acontecer na tenda atrás dele. Queria que seu primo, Garic, estivesse ali para compartilhar aquele dever estranho e proibitivo. Mas Garic estava com Caramon. Michael curvou os ombros mais profundamente em seu manto e olhou ansioso para o acampamento. Havia fogueiras, vinho quente e temperado, boa companhia, sons de risada. Ali, tudo estava envolto na escuridão densa, tingida de vermelho, iluminada apenas pelas estrelas. O único som que Michael ouvia era o som das suas armaduras tilintando quando começou a tremer incontrolavelmente.

Atravessando a tenda, Raistlin chegou a um grande baú que estava no chão ao lado de sua cama. Esculpido com runas mágicas, o baú era a única posse de Raistlin, além do cajado de Magius, que ninguém além do mago poderia tocar. Não que alguém tentasse. Não após o relato de um dos guardas, que erroneamente tentou erguê-lo.

Raistlin não disse uma palavra, simplesmente observou enquanto o guarda o largava com uma interjeição.

O baú era muito frio ao toque, relatou o guarda com voz abalada aos amigos na frente da fogueira naquela noite. Não só, mas também foi invadido por um sentimento de horror tão grande que estava admirado de não ter enlouquecido.

Desde aquela época, apenas o próprio Raistlin o moveu, embora ninguém soubesse dizer como. Estava sempre em sua tenda, mas ninguém se lembrava de vê-lo em um dos cavalos de carga.

Levantando a tampa, Raistlin silenciosamente estudou o conteúdo: os livros de feitiços encadernados em azul escuro; os jarros, garrafas e bolsas de componentes mágicos, seus próprios livros, uma variedade de pergaminhos e vários mantos negros dobradas no seu inferior. Não tinha anéis ou pingentes mágicos, como poderiam ser encontrados nas posses de magos menores. Raistlin os desprezava por servirem apenas para os fracos.

Seu olhar passou rapidamente por todos os itens, incluindo um livro fino e gasto que poderia ter feito o observador eventual parar e olhar, imaginando por que um item tão banal era mantido com objetos de valor arcano. O título, escrito em letras extravagantes para atrair a atenção do comprador, era *Técnicas de prestidigitação projetadas para surpreender e encantar!* Abaixo estava escrito *Surpreenda seus amigos! Engane o Crédulo!* Podia ser maior, mas o resto estava desgastado há muito por jovens mãos carinhosas.

Passando por cima deste livro que, ainda trazia um sorriso fino de lembrança aos lábios do mago, Raistlin estendeu a mão entre seus mantos, descobriu uma pequena caixa e puxou-a. Também era protegido por runas esculpidas em sua superfície. Murmurando palavras mágicas para anular os efeitos, o mago abriu a caixa com reverência. Havia apenas uma coisa dentro, um suporte de prata ornamentado. Cuidadosamente, Raistlin removeu o suporte e, levantando-se, levou-o para a mesa no centro da tenda.

Sentando-se em uma cadeira, o mago colocou a mão em um dos bolsos secretos de seus mantos e pegou um pequeno objeto de cristal. Com cores turbilhonando em seu interior, parecia à primeira vista apenas uma bola de gude, nada sinistra. Porém, olhando o objeto de perto, via-se que as cores presas estavam vivas. Estavam constantemente em movimento e mudando, como se tentassem escapar.

Raistlin colocou o cristal no suporte. Parecia incongruente ali, pequeno demais. E, de repente, como sempre, encaixou perfeitamente. O cristal cresceu, o suporte encolheu… talvez o próprio Raistlin tivesse encolhido, pois naquele momento o mago sentia que ele era o incongruente ali.

Era um sentimento comum e estava acostumado a isso, sabendo ser aquele o orbe de dragão, pois era isso que era o globo de cristal cintilante, procurava sempre colocar seu usuário em desvantagem. Mas, há muito tempo… não, em tempo ainda por vir!, Raistlin tinha dominado o orbe. Aprendeu a controlar a essência draconiana que ali habitava.

Relaxando seu corpo, Raistlin fechou os olhos e se entregou à magia. Estendendo a mão, pôs os dedos sobre o cristal frio do orbe do dragão e falou as antigas palavras.

— *Ast bilak moiparalan /Suh akvlar tantangusar.*

O frio do orbe começou a se espalhar por seus dedos, causando dor até em seus ossos. Rangendo os dentes, Raistlin repetiu as palavras.

— *Ast bilak moiparalan /Suh akvlar tantangusar.*

O redemoinho de cores dentro da esfera parou o movimento lento e começou a girar loucamente. Raistlin olhou dentro do vórtice deslumbrante, lutando contra a tontura que o assaltava, mantendo as mãos firmemente sobre o orbe.

Devagar, ele sussurrou as palavras novamente.

As cores cessaram de girar e uma luz brilhou no centro. Raistlin piscou, então franziu a testa. A luz não deveria ser nem preta nem branca, todas as cores, mas nenhuma, simbolizando a mistura de bem, mal e neutralidade que ligava a essência dos dragões dentro do orbe. Tal sempre tinha sido, desde a primeira vez que olhou dentro do orbe e lutou para controlá-lo.

Mas a luz que via, embora mais ou menos a mesma que ele tinha visto antes, parecia cercada por sombras escuras. Ele olhou de perto, friamente, banindo qualquer fantasia mais audaciosa. Sua carranca se aprofundou. Havia sombras pairando nas bordas… sombras com… asas!

Da luz vieram duas mãos. Raistlin as pegou e ofegou.

As mãos o puxaram com tanta força que, totalmente despreparado, Raistlin por pouco não perdeu o controle. Só quando sentiu que estava sendo atraído para o orbe pelas mãos na luz sombria que exerceu sua própria força de vontade e puxou as mãos de volta.

— O que significa isso? — Raistlin inquiriu com severidade. — Por que me desafiam? Há muito tempo que me tornei o seu mestre.

Ela chama... Ela chama... e devemos obedecer!

— Quem chama que é mais importante do que eu? — Raistlin perguntou com um sorriso de escárnio, embora seu sangue tenha ficado mais frio do que o toque da esfera.

Nossa Rainha! Ouvimos a voz dela, entrando em nossos sonhos, perturbando nosso sono. Venha, mestre, iremos levá-lo! Venha rápido!

A rainha! Raistlin estremeceu involuntariamente, incapaz de se conter. As mãos, sentindo sua fraqueza, começaram a atraí-lo mais uma vez. Com raiva, Raistlin apertou-as e fez uma pausa para tentar ordenar seus pensamentos, que giravam tão loucamente quanto as cores dentro da esfera.

A rainha! Claro, ele deveria ter previsto isso. Ela entrara no mundo, em parte, e se movia entre os dragões malignos. Banidos de Krynn há muito tempo pelo sacrifício do Cavaleiro Solâmnico, Huma, os dragões, bons e maus, dormiam em lugares profundos e segredos.

Deixando os bons dragões dormirem imperturbados, a Rainha da Escuridão, Takhisis, o Dragão de Cinco Cabeças, estava acordando os dragões do mal, reunindo-os para sua causa enquanto lutava para ganhar o controle do mundo.

O orbe do dragão, embora composto das essências de todos os dragões — bons, maus e neutros — reagiria fortemente aos comandos da Rainha, especialmente quando seu lado maligno era predominante, reforçado pela natureza do seu mestre.

"Essas sombras que vejo são asas de dragões, ou sombras de minha alma?", Raistlin perguntou, encarando a esfera.

Ele não tinha tempo para reflexão, no entanto. Todos esses pensamentos esvoaçaram por sua mente rapidamente inspirar e expirar, o arquimago vendo-se em grave perigo. Se perdesse o controle por um momento, Takhisis iria reclamá-lo para si.

— Não, minha rainha — ele murmurou, mantendo as mãos apertadas na esfera. — Não, não será tão fácil.

Para o orbe, ele falou suavemente, mas com firmeza:

— Eu sou seu mestre ainda. Fui eu que te resgatei de Silvanesti e de Lorac, o rei élfico louco. Fui eu que te carreguei em segurança do Mar de

Sangue de Istar. Eu sou Rai… — Ele hesitou, engoliu o repentino gosto amargo em sua boca, então disse entredentes: — Eu sou… Fistandantilus, Mestre do Passado e do Presente, eu ordeno que me obedeçam!

A luz do orbe esmaeceu. Raistlin sentiu as mãos segurando as suas tremerem e começarem a escorregar. Raiva e medo o atravessaram, mas suprimiu essas emoções imediatamente e manteve o aperto firme nas mãos. O tremor cessou, as mãos relaxaram.

Nós obedecemos, Mestre.

Raistlin não ousou dar um suspiro de alívio.

— Muito bem — disse ele, mantendo a voz severa, um pai falando com uma criança castigada ("Mas que criança perigosa!", pensou). Friamente, ele continuou: — Preciso entrar em contato com meu aprendiz na Torre da Alta Magia em Palanthas. Preste atenção ao meu comando. Carregue minha voz através dos éteres do tempo. Leve minhas palavras para Dalamar.

Diga as palavras, Mestre. Ele irá ouvi-las como ouve o bater do seu coração, e assim você o irá ouvir em resposta.

Raistlin assentiu…

Capítulo 2

Dalamar fechou o livro de feitiços, apertando o punho, frustrado. Tinha certeza de estar fazendo tudo certo, pronunciando as palavras com a inflexão apropriada, repetindo o cântico pelo número prescrito de vezes. Os componentes eram os pedidos. Vira Raistlin realizar aquele feitiço centenas de vezes. E, mesmo assim, não conseguia fazê-lo.

Apoiando a cabeça cansada nas mãos, fechou seus olhos e se lembrou do seu *Shalafi*, ouvindo a voz suave de Raistlin, tentando lembrar o tom e o ritmo exatos, tentando pensar em algo que pudesse estar fazendo errado. Não adiantou. Tudo parecia igual! "Bem," pensou Dalamar com um suspiro cansado, "terei que esperar o retorno dele".

Levantando-se, o elfo negro falou uma palavra mágica e o feitiço de luz contínua que ele colocara em um globo de cristal sobre a escrivaninha da biblioteca de Raistlin apagou-se. Não havia fogo na lareira. As noites no fim das primaveras em Palanthas eram quentes e agradáveis. Dalamar até ousou abrir uma fresta da janela.

A saúde de Raistlin era, em suas melhores épocas, frágil. Tinha horror a ar fresco, preferindo sentar-se em seu escritório, envolto em calor e pelos odores de rosas, especiarias e decadência. Em geral, Dalamar não se incomodava.

Mas havia vezes, particularmente na primavera, que sua alma élfica ansiava pelo lar na floresta que deixou para todo sempre.

De pé junto à janela, sentindo o perfume da renovação da vida que mesmo os horrores do bosque Shoikan eram incapazes de impedir de chegar à Torre, Dalamar se permitiu pensar, mesmo que só por um momento, em Silvanesti.

Um elfo negro, aquele que é expulso da luz. Era o que Dalamar significava aos olhos de seu povo. Quando eles o pegaram vestindo as mantos negros que nenhum elfo poderia olhar sem se encolher, praticando artes arcanas proibidas a alguém com seu baixo nível social, os senhores élficos amarraram as mãos e os pés de Dalamar, amordaçaram sua boca e vendaram seus olhos. Foi jogado em uma carroça e levado para as fronteiras da sua terra.

Privado de sua visão, as últimas lembranças de Silvanesti eram os cheiros dos álamos, das flores florescendo, do barro. Também fora numa primavera, pelo que lembrava.

Ele voltaria se pudesse? Será que desistiria daquilo para retornar? Sentia tristeza, arrependimento? Sem perceber, a mão de Dalamar foi até seu peito. Debaixo do tecido preto, ele podia sentir as feridas em seu peito. Apesar de ter-se passado uma semana desde que a mão de Raistlin o tocara, queimando cinco buracos em sua carne, as feridas não haviam cicatrizado. Nem iriam cicatrizar, Dalamar sabia com amarga certeza.

Pelo resto de sua vida, sentiria aquela dor. Quando estivesse nu, veria as feridas infeccionadas que nenhuma pele cobriria. Tal foi o castigo por sua traição contra seu *Shalafi*.

Como ele havia dito ao grande Par-Salian, Chefe da Ordem, Mestre da Torre de Alta Feitiçaria em Wayreth — e de certa forma mestre de Dalamar, também, já que o elfo fora, na verdade, um espião da Ordem dos Magos, que temia e desconfiava de Raistlin como jamais temera um mortal em sua história: "Não foi mais do que eu merecia".

Ele deixaria aquele lugar perigoso? Voltaria para casa, de volta a Silvanesti?

Dalamar olhou pela janela com um sorriso sombrio e torcido, reminiscente do de Raistlin, o *Shalafi*. Quase sem querer, o olhar de Dalamar foi do céu noturno pacífico e estrelado de volta para o lado de dentro, para as fileiras e fileiras de livros de feitiços encadernados em azul-escuro que forravam as paredes da biblioteca. Na sua lembrança, viu as visões maravilhosas e horríveis, belas e terríveis que ele tinha tido o privilégio de testemunhar como aprendiz de Raistlin. Sentiu agitações do poder dentro de sua alma, um prazer que superava a dor.

Não, ele jamais retornaria. Nunca sairia dali…

As reflexões de Dalamar foram interrompidas pelo som de um sino de prata. Tocou apenas uma vez, um som doce, baixo. Mas para os vivos (e mortos) dentro da Torre, teve o efeito de um gongo estrondoso partindo o ar. Alguém estava tentando entrar! Alguém havia vencido o perigoso Bosque Shoikan e estava nos portões da Torre!

Sua mente já tendo evocado memórias de Par-Salian, Dalamar teve repentinas visões indesejáveis do poderoso mago vestido de branco parado em sua porta. Ele também ouvia em sua mente o que havia dito ao Conselho apenas poucas noites antes: "Se algum de vocês vier e tentar entrar na Torre enquanto ele estiver fora, eu irei matá-lo".

Com as palavras de um feitiço, Dalamar sumiu da biblioteca para reaparecer, no espaço de uma respiração, na entrada da Torre.

Mas não era um conclave de bruxos de olhos brilhantes que ele enfrentava. Era uma figura vestida com uma armadura azul de escamas de dragão, usando uma máscara horrenda e com chifres de uma Senhora dos Dragões. Em sua mão enluvada, a figura segurava uma joia negra — uma joia da noite, Dalamar notou — e atrás da figura podia sentir, apesar de não ver, a presença de um ser de impressionante poder — um cavaleiro da morte.

A Senhora estava usando a joia para manter a distância vários guardiões da Torre; seus rostos pálidos podiam ser vistos na luz sombria da joia da noite, sedentos pelo sangue vivo dela. Apesar de Dalamar não conseguir ver o rosto da Senhora por baixo do elmo, podia sentir o calor da sua raiva.

— Lorde Kitiara — disse Dalamar gravemente, curvando-se. — Perdoe esta recepção rude. Se você tivesse nos avisado da sua chegada…

Arrancando o elmo, Kitiara encarou Dalamar com seus frios olhos castanhos que faziam o aprendiz lembrar a força de seu parentesco com o *Shalafi*.

— … você teria uma recepção ainda mais interessante planejada para mim, sem dúvida! — Ela rosnou, jogando o cabelo escuro e encaracolado para trás com raiva. — Venho e vou onde quero, especialmente visitar meu irmão! — Sua voz literalmente tremia com fúria. — Abri caminho através daquelas árvores amaldiçoadas lá fora, para ser atacada na porta da frente dele! — A mão dela puxou a espada. Ela deu um passo à frente. — Pelos deuses, eu deveria te ensinar uma lição, corja élfica…

— Repito minhas desculpas — disse Dalamar calmamente, mas havia um brilho em seus olhos oblíquos que fez Kit hesitar em seu ato irresponsável.

Como a maioria dos guerreiros, Kitiara tendia a considerar os usuários de magia uns fracotes que gastavam um tempo lendo livros que poderia ser melhor aproveitado empunhando aço frio. Oh, eles podiam gerar alguns resultados chamativos, sem dúvida, mas quando posta à prova, ela preferia confiar em sua espada e sua habilidade do que em palavras estranhas e estrume de morcego.

Assim ela imaginava Raistlin, seu meio-irmão, em sua mente, e era assim que imaginava seu aprendiz — com um ponto adicional contra Dalamar por ser apenas um elfo, uma raça famosa por sua fraqueza.

Mas Kitiara era, em outro aspecto, diferente da maioria dos guerreiros, a principal razão por ter sobrevivido a todos seus oponentes. Ela era hábil em avaliá-los. Um olhar para os olhos frios e a compostura de Dalamar perante sua raiva, e Kitiara se perguntou se não teria encontrado um inimigo valoroso.

Ela não o entendia, ainda não e de jeito nenhum. Mas ela viu e reconheceu o perigo neste homem e, mesmo enquanto tomava nota para ter cuidado com isso e usá-lo se possível, ela se viu atraída por ele. O fato de ter belas feições (ele nem parecia élfico, agora que pensava nisso) e um corpo tão forte e musculoso (cuja estrutura preenchia admiravelmente as mantos negros), fez com que de repente lhe ocorresse que poderia conseguir mais sendo amigável do que intimidadora. Certamente, ela pensou, seus olhos demorando-se no peito, onde a roupa preta se abriu levemente e ela poderia ver a pele de bronze por baixo, seria muito mais divertido.

Empurrando a espada de volta à bainha, Kitiara continuou andando à frente, só que o brilho em sua lâmina estava agora em seus olhos.

— Perdoe-me, Dalamar... esse é o seu nome, não é? — Sua carranca derreteu para o sorriso torto, encantador que já ganhara muitos. — Esse maldito bosque me enerva. Você está certo. Eu deveria ter notificado meu irmão da minha chegada, mas agi no impulso. — Ela estava perto de Dalamar, muito perto. Olhando seu rosto, mesmo escondido pelas sombras de seu capuz, ela adicionou: — Muitas vezes ajo por impulso.

Com um gesto, Dalamar dispensou os Guardiões. Então o jovem elfo analisou a mulher à sua frente com um sorriso cujo charme rivalizava com o dela.

Vendo seu sorriso, Kitiara estendeu a mão enluvada.

— Perdoada?

O sorriso de Dalamar se aprofundou, mas ele apenas disse:

— Remova suas luvas, lorde.

Kitiara espantou-se e, por um momento, os olhos castanhos dilataram-se perigosamente. Mas Dalamar continuou a sorrir para ela. Dando de ombros, Kitiara puxou um a um os dedos da luva de couro, desnudando a mão.

— Pronto, — ela disse, sua voz tingida de desprezo — agora você viu que não tenho armas escondidas.

— Ah, eu já sabia disso — respondeu Dalamar, pegando a mão na sua. Seus olhos ainda nos dela, o elfo puxou a mão dela para seus lábios e a beijou demoradamente. — Você teria me negado este prazer?

Seus lábios eram quentes, suas mãos fortes, e Kitiara sentiu o sangue correr através do seu corpo com seu toque. Mas ela viu em seus olhos que ele sabia do seu jogo e viu também que ele era um jogador. Seu respeito aumentou, assim como sua cautela. Era mesmo um inimigo digno de sua atenção, de sua atenção exclusiva.

Puxando a mão de seu aperto, Kitiara colocou-a atrás de si com um gesto coquete que contrastava estranhamente com sua armadura e a postura masculina e guerreira. Foi um gesto projetado para atrair e confundir, e ela viu pelo rosto corado do elfo que conseguiu.

— Talvez eu tenha escondido armas sob minha armadura que você deva procurar em algum momento — disse ela com um sorriso brincalhão.

— Ao contrário, — Dalamar retrucou, colocando as mãos dentro dos mantos negros — suas armas me parecem estar bem à vista. Se eu fosse revistá-la, lorde, iria procurar aquilo que a armadura guarda e que, apesar de muitos terem penetrado, nenhum ainda tocou — os olhos élficos sorriram.

Kitiara prendeu a respiração. Tentada por suas palavras, lembrando dos lábios quentes sobre sua pele, ela deu outro passo à frente, inclinando o rosto para o dele.

Calmamente, sem parecer ciente de sua ação, Dalamar fez um movimento gracioso para o lado, afastando-se um pouco de Kitiara. Esperando ser apanhada pelos braços dele, em vez disso, Kit ficou sem equilíbrio. Desajeitadamente, ela tropeçou.

Recuperando o equilíbrio com habilidade felina, ela se virou para ele, seu rosto corado de vergonha e fúria. Kitiara tinha matado homens por menos do que aquela zombaria. Mas ela ficou desconcertada ao ver que ele estava, aparentemente, inconsciente do que tinha feito. Ou não? Sua face estava desprovida de expressão. Ele estava falando sobre seu irmão. Não, ele tinha feito aquilo de propósito. Iria pagar…

Kit conhecia seu oponente agora, admitiu sua habilidade. Como sempre, ela não perdeu tempo se batendo por seu erro. Ela abriu a guarda, foi ferida. Agora, estava preparada.

— Lamento profundamente o *Shalafi* não estar aqui — Dalamar estava dizendo. — Tenho certeza de que seu irmão vai lamentar não tê-la visto.

— Não está aqui? — Kit inquiriu, sua atenção imediatamente alertada. — Mas onde ele está? Para onde teria ido?

— Tinha certeza de que ele tinha contado para você — Dalamar disse com espanto fingido. — Ele voltou ao passado para buscar a sabedoria de Fistandantilus e a partir daí descobrir o Portal…

— Você quer dizer… que ele foi mesmo assim! Sem a clériga? — De repente, Kit lembrou que ninguém deveria saber que ela mandara Lorde Soth matar Crysania para impedir o plano insano de seu irmão de desafiar a Rainha da Escuridão. Mordendo o lábio, ela olhou para o Cavaleiro da Morte.

Dalamar seguia seu olhar, sorridente, vendo cada pensamento sob aquele lindo cabelo encaracolado.

— Ah, você sabia do ataque à dama Crysania? — Ele perguntou, inocente.

Kit fez uma careta.

— Você sabe muito bem que sim! E meu irmão também. Ele não é um idiota, apesar de louco — Ela girou nos calcanhares. — Você me disse que a mulher estava morta!

— Estava — entoou Lorde Soth, o cavaleiro da morte, saindo das sombras para ficar diante dela, os olhos laranja queimando em suas órbitas invisíveis. — Nenhum humano poderia sobreviver ao meu ataque. — Os olhos alaranjados voltaram seu olhar imortal para o elfo. — E seu Mestre não poderia salvá-la.

— Não — concordou Dalamar — mas o mestre *dela* podia e fez. Paladine lançou um contrafeitiço sobre sua clériga, atraindo sua alma para a dele, deixando seu corpo para trás como uma casca vazia. O gêmeo do *Shalafi*, seu meio-irmão, Caramon, Lorde — Dalamar curvado para a enfurecida Kitiara — levou a mulher para a Torre da Alta Magia onde os magos a enviaram de volta de volta para o único clérigo poderoso o suficiente para salvá-la, o *Rei-sacerdote* de Istar.

— Tolos! — Kitiara rosnou, seu rosto ficando lívido. — Eles a mandaram de volta para ele! Exatamente o que Raistlin queria!

— Eles sabiam disso — disse Dalamar suavemente. — Eu lhes disse…

— Você disse a eles? — Kitiara ofegou.

— Há assuntos que preciso explicar a você — Dalamar disse. — Isto pode tomar algum tempo. Pelo menos vamos ficar à vontade. Me acompanha até meus aposentos?

Ele estendeu o braço. Kitiara hesitou, e pôs a mão sobre seu antebraço. Pegando-a pela cintura, ele puxou-a para perto de seu corpo. Assustada, Kitiara tentou se afastar, mas não se esforçou muito. Dalamar a segurou com um aperto, ao mesmo tempo forte e firme.

— Para que o feitiço nos transporte — ele disse friamente — você precisa ficar o mais perto de mim possível.

— Eu sou capaz de andar — Kit retrucou. — Não uso magia!

Mas, enquanto falava, seus olhos estavam nos dele, o corpo dela pressionado contra o corpo duro e musculoso com abandono.

— Muito bem — Dalamar encolheu os ombros e desapareceu.

Olhando em volta, assustado, Kit ouviu sua voz.

— Subindo a escada espiral, Lorde. Depois de quinhentos e trinta e nove degraus, vire à esquerda.

— Então, veja, — Dalamar disse — tenho tanto a perder nisso quanto você. Fui enviado, pelo Conclave das três Ordens — Preta, Branca e Vermelha — para impedir que essa coisa horrível aconteça.

Os dois relaxavam nos aposentos particulares do elfo, suntuosamente decorados. Os vestígios de uma elegante refeição tinham sido levados a gesto gracioso da mão do elfo. Agora, estavam sentados diante de um fogo que havia sido aceso mais por causa de sua luz do que seu calor nesta noite de primavera. As chamas dançantes pareciam mais propícias à conversa…

— Então, por que você não o impediu? — Kit exigiu com raiva, colocando o cálice dourado na mesa com um tilintar. — O que há de tão difícil nisso? — Fazendo um gesto com sua mão, ela ia acrescentando palavras. — Uma faca nas costas. Rápido, simples. — Lançando a Dalamar um olhar de desprezo, ela zombou. — Ou isso está acima de vocês, magos?

— Não acima — disse Dalamar, observando Kitiara atentamente. — Há meios mais sutis usados por nós, vestidos de preto, para nos livrar de nossos inimigos. Mas não contra ele, Lorde. Não contra seu irmão.

Dalamar estremeceu levemente e bebeu seu vinho com pressa.

— Bah! — Kitiara bufou.

— Não, me escute e entenda, Kitiara — Dalamar disse suavemente. — Você não conhece seu irmão. Você não o conhece e, o que é pior, *você não o teme*! Isso irá levá-la ao seu fim!

— Medo dele? Daquele miserável magrelo? Você não está falando sério... — Kitiara começou a rir. Mas sua risada morreu. Ela se inclinou para frente. — Você está falando sério. Posso ver em seus olhos!

Dalamar sorriu sombriamente.

— Eu o temo como não temo nada neste mundo, incluindo a morte — o elfo agarrou o tecido das suas mantos negros e o rasgou, revelando os ferimentos no seu peito.

Kitiara, perplexa, olhou para as feridas, depois para o rosto pálido do elfo.

— Que arma fez isso? Eu não reco...

— A mão dele — disse Dalamar sem emoção. — A marca de seus cinco dedos. Foi a sua mensagem a Par-Salian e ao Conclave quando mandou que eu lhes levasse os seus cumprimentos.

Kit tinha visto muitas coisas: homens estripados perante seus olhos, cabeças arrancadas, sessões de tortura em masmorras embaixo das montanhas conhecidas como Senhores da Destruição. Mas, vendo aquelas feridas escorrendo e vendo, em sua mente, os dedos finos do irmão queimando o elfo negro, ela não conseguiu evitar um estremecer.

Afundando de volta em sua poltrona, Kit pensou cuidadosamente em tudo o que Dalamar lhe dissera, e ela começou a pensar que, talvez, tivesse subestimado Raistlin. Seu rosto sério, bebericou seu vinho.

— E assim ele planeja entrar no Portal — ela disse para Dalamar lentamente, tentando ler entre aquelas novas e surpreendentes linhas. — Entrará no Portal com a clériga. Vai chegar no Abismo. E então? Ele sabe que não pode lutar contra a Rainha em seu plano!

— Claro que sabe — Dalamar disse. — Ele é forte, mas lá ela é mais. Assim ele pretende atraí-la, forçá-la a entrar neste mundo. Aqui, ele acredita que pode destruí-la.

— Louco! — Kitiara sussurrou quase sem fôlego para a palavra. — Ele está louco! — Ela colocou sua taça de vinho na mesa, ao ver o líquido escorregando sobre a mão trêmula. — Ele a viu neste plano quando era apenas uma sombra, quando foi impedida de entrar completamente. Ele não pode imaginar como ela seria...

Levantando-se, Kit pisou nervosamente no tapete macio com as imagens desbotadas de árvores e flores amadas pelos elfos. Sentindo-se repentinamente gelada, ela parou diante do fogo. Dalamar veio para ficar ao lado dela, suas mantos negros farfalhando. Mesmo enquanto Kit falava, absorta em seus próprios pensamentos e medos, estava consciente do corpo quente do elfo próximo a ela.

— O que os seus magos acham que vai acontecer? — Ela perguntou abruptamente. — Quem vai ganhar, se ele tiver sucesso neste plano insano? Ele tem alguma chance?

Dalamar deu de ombros e, aproximando-se um passo, colocou as mãos no pescoço esguio de Kitiara. Seus dedos acariciaram suavemente a pele macia. A sensação era deliciosa. Kitiara fechou olhos, respirando fundo, trêmula.

— Os magos não sabem — Dalamar disse suavemente, inclinando-se para beijar Kitiara logo abaixo de sua orelha. Esticando-se como um gato, ela arqueou o corpo contra o dele.

— Aqui ele estaria em seu elemento — continuou Dalamar — e a Rainha estaria enfraquecida. Mas ela não seria facilmente derrotada. Alguns acham que a batalha entre os dois poderia destruir o mundo.

Erguendo a mão, Kitiara a passou pelo cabelo denso e sedoso do elfo, puxando os lábios sedentos para o seu pescoço.

— Mas... ele tem alguma chance? — Ela insistiu com um sussurro rouco.

Dalamar fez uma pausa e depois se afastou dela. Com as mãos ainda nos ombros dela, virou Kitiara para encará-lo. Olhando em seus olhos, ele viu o que ela estava pensando.

— Claro. Sempre há uma chance.

— E que você irá fazer, se ele conseguir entrar no Portal? — As mãos de Kitiara pousaram levemente no peito de Dalamar, onde seu meio-irmão havia deixado sua terrível marca. Os olhos dela, olhando para os do elfo, estavam iluminados por uma paixão que por muito pouco não escondia sua mente calculista.

— Eu devo impedi-lo de retornar a este mundo — Dalamar disse. — Devo bloquear o Portal para que não consiga atravessá-lo. — Sua mão traçou os lábios curvos.

— Qual será sua recompensa por uma missão tão perigosa? — Ela se aproximou mais, mordendo de forma brincalhona a ponta dos dedos dele.

— Serei o Mestre da Torre — ele respondeu. — E o próximo líder da minha Ordem. Por quê?

— Eu poderia ajudá-lo — disse Kitiara com um suspiro, movendo os dedos sobre o peito de Dalamar e sobre seus ombros, apertando as mãos em sua carne como as patas de um gato. Quase convulsivamente, as mãos de Dalamar se apertaram ao redor dela, trazendo-a mais para perto ainda.

— Eu poderia ajudar — Kitiara repetiu em um sussurro feroz. — Você não pode lutar com ele sozinho.

— Ah, minha cara… — Dalamar a olhou com um sorriso irônico — quem você ajudaria, eu ou ele?

— Bem, isso… — disse Kitiara, deslizando as mãos sob o rasgo no tecido nas vestes do elfo — iria depender inteiramente de quem estivesse ganhando!

O sorriso de Dalamar aumentou, seus lábios passando pelo queixo dela. Sussurrou em seu ouvido:

— Só para nos entendermos melhor, Lorde.

— Ah, nós nos entendemos — Kitiara disse, suspirando com prazer. — E agora, chega do meu irmão. Há uma coisa que eu gostaria de perguntar. Algo que me deixa curiosa há muito tempo. O que os magos usam debaixo dessas vestes, elfo?

— Muito pouco — Dalamar sussurrou. — E o que as guerreiras usam debaixo das armaduras?

— Nada.

Kitiara se fora.

Dalamar estava deitado, meio acordado e meio adormecido, em sua cama. Sobre seu travesseiro, ele poderia sentir ainda o cheiro do cabelo dela, perfume e aço, uma mistura estranha e inebriante, não muito diferente da própria Kitiara.

O *elfo negro* se espreguiçou, sorrindo. Ela iria traí-lo, ele não tinha dúvidas sobre isso. E ela sabia que ele iria destruí-la em um segundo, se necessário para ter sucesso em seu objetivo. Nenhum dos dois achou esse conhecimento amargo. Na verdade, deu um estranho tempero ao ato de amor.

Fechando os olhos, deixando o sono cair sobre ele, Dalamar ouviu, através das janelas abertas, o som de asas de dragão levantando voo. Ele a imaginou, sentada sobre seu dragão azul, o elmo de dragão cintilante ao luar…

Dalamar!

O elfo negro se assustou e se sentou, já totalmente acordado. O medo corria pelo seu corpo. Tremendo ao som daquela voz familiar, ele olhou ao seu redor.

— *Shalafi*? — Falou, hesitante. Não havia ninguém lá. Dalamar colocou a mão na cabeça. — É um sonho — ele murmurou.

Dalamar!

A voz novamente, desta vez inconfundível. Dalamar olhou ao redor, impotente, o medo aumentando. Brincar assim não era o estilo de Raistlin. O arquimago havia lançado o feitiço e havia viajado de volta no tempo. Ele tinha se ido há uma semana e não esperava voltar por muitas outras ainda. Porém, Dalamar conhecia aquela voz como conhecia o som da batida do próprio coração!

— *Shalafi*, eu o ouço — Dalamar disse, tentando manter o tom firme. — Porém, não consigo vê-lo. Onde…

— Estou, como você supõe, de volta no tempo, aprendiz. Eu falo com você através do orbe do dragão esfera. Tenho uma tarefa para você. Ouça com atenção e siga minhas instruções à risca, não há tempo a perder. Cada segundo é precioso…

Fechando seus olhos para poder se concentrar, Dalamar ouvia a voz claramente, mas também ouvia sons de risadas flutuando pela janela aberta. Um festival para honrar a primavera estava começando. Fora dos portões da Cidade Velha, fogueiras queimavam, jovens trocavam flores na luz e beijos no escuro. O ar estava doce com alegria e amor, e o cheiro de rosas florescendo.

Mas então Raistlin começou a falar e Dalamar não atentou a mais nada. Ele esqueceu Kitiara. Ele esqueceu o amor. Ele esqueceu o tempo de primavera. Ouvindo, questionando, compreendendo, seu corpo inteiro formigava com a voz do seu *Shalafi*.

Capítulo 3

Bertrem andava em silêncio através dos salões da Grande Biblioteca de Palanthas. As seus mantos de Esteta sussurravam sobre seus tornozelos, o farfalhar no ritmo da melodia que Bertrem cantarolava enquanto caminhava. Estava assistindo ao festival da primavera das janelas da Grande Biblioteca e agora, ao voltar ao trabalho entre os milhares e milhares de livros e pergaminhos alojados dentro da Biblioteca, a melodia de uma das músicas persistia em sua cabeça.

— Tá, ta-tum — cantou com foz fina e desafinada, como se não quisesse perturbar os ecos dos grandes salões abobadados da Biblioteca.

Só os ecos poderiam ser perturbados pelo canto de Bertrem, a Biblioteca estando fechada e trancada para a noite. A maioria dos outros Estetas, membros da ordem cujas vidas eram passadas no estudo e manutenção do acervo de conhecimento da Grande Biblioteca reunido desde o começo dos tempos em Krynn, estava adormecida ou absorvida em seu trabalho.

— Ta-tum, ta-tum. Os olhos do meu amor são como os olhos da corça. Ta-tum, ta-tum. E eu sou o caçador que se aproxima… — Bertrem até se permitiu um passo de dança improvisado.

— Ta, ta-tum. Ergo o arco e puxo a flecha — Bertrem saltitou em uma esquina. — Solto a seta. Ela voa para o coração do meu amor e… Ei, quem é você?

O coração de Bertrem saltou em sua garganta, quase estrangulando o Esteta ao se confrontar subitamente com uma figura alta e encapuzada, vestida de preto no meio do mal iluminado salão de mármore.

A figura não respondeu. Simplesmente o olhou em silêncio.

Reunindo sua inteligência, sua coragem e seus mantos, Bertrem encarou o intruso.

— O que está fazendo aqui? A Biblioteca está fechada! Sim, até para os que usam as mantos negros. — O Esteta franziu a testa e acenou com a mão rechonchuda. — Vá embora. Volte de manhã e use a porta da frente, como todo mundo.

— Ah, mas eu não sou todo mundo — disse a figura, e Bertrem assustou-se, pois detectou um sotaque élfico embora as palavras fossem solâmnicas. — Quanto às portas, são para aqueles sem o poder de atravessar paredes. Tenho esse poder, como tenho para outras coisas, muitas não tão agradáveis.

Bertrem estremeceu. Aquela voz élfica, fria e suave, não era de ameaças vazias.

— Você é um elfo negro — Bertrem disse acusadoramente, seu cérebro confuso, tentando pensar no que fazer. Ele deveria soar o alarme? Gritar pedindo ajuda?

— Sim. — A figura removeu seu capuz preto para que a luz mágica aprisionada nos globos pendurados no teto, um presente dos usuários de magia para Astinus dado na Era dos Sonhos, caísse sobre suas feições élficas. — Meu nome é Dalamar. Eu sirvo a…

— Raistlin Majere! — Bertrem ofegou. Ele olhou ao redor, desconfortável, esperando o arquimago atacando-o a qualquer momento.

Dalamar sorriu. O rosto élfico era belo e delicado. Mas havia uma objetividade fria e obstinada ali que arrepiava Bertrem. Qualquer ideia de pedir ajuda desapareceu da mente do Esteta.

— O que… o que você quer? — Ele gaguejou.

— É o que meu mestre quer — Dalamar corrigiu. — Não fique assustado. Estou aqui buscando conhecimento, nada mais. Se me ajudar, irei sair tão rápida e silenciosamente quanto entrei.

"E se eu não ajudá-lo…", Bertrem estremeceu da cabeça aos dedos do pé.

— Irei fazer o que puder, mago — o Esteta hesitou — mas você deveria na verdade falar com…

— Comigo — veio uma voz das sombras.

Bertrem quase desmaiou de alívio.

— Astinus! — Ele balbuciou, apontando para Dalamar. — Este... ele... eu não deixei ele... apareceu... Raistlin Majere...

— Sim, Bertrem — Astinus disse suavemente. Avançando, deu batidinhas no braço do esteta. — Sei de tudo o que aconteceu. — Dalamar não se moveu, sequer demonstrou estar ciente da presença de Astinus. — Volte para seus estudos, Bertrem — Astinus continuou, seu profundo barítono ecoando pelos corredores silenciosos. — Irei lidar com esse assunto.

— Sim, mestre! — Bertrem recuou agradecido pelo corredor, seus mantos esvoaçando sobre ele, seu olhar no elfo negro, que ainda não se movera nem falara. Chegando à esquina, Bertrem desapareceu em torno dela precipitadamente, e Astinus podia ouvir, pelos sons de suas sandálias batendo, que corria corredor abaixo.

O responsável pela Grande Biblioteca de Palanthas sorriu, mas apenas por dentro. Aos olhos do elfo negro que o observava, o rosto calmo e sem idade do homem não refletia mais emoção do que as paredes de mármore ao redor deles.

— Venha por aqui, jovem mago — disse Astinus, virando-se abruptamente e começando a descer o corredor com passo rápidos e largos que desmentiam sua aparência de meia-idade.

Pego de surpresa, Dalamar hesitou, então, vendo que estava sendo deixado para trás, correu para alcançá-lo.

— Como você sabe o que procuro? — O elfo perguntou.

— Eu sou o cronista da história — Astinus respondeu, imperturbável. — Enquanto andamos e conversamos, os eventos ocorrem ao nosso redor e estou consciente deles. Ouço cada palavra falada, vejo cada ato cometido, não importa o quão mundano, bom ou maligno. Assim, eu tenho observado pela história. Como fui o primeiro, serei o último. Agora, por aqui.

Astinus fez uma curva fechada para a esquerda. Ao fazer isso, tirou um globo de luz brilhante de um suporte e o carregou na mão. Nessa luz, Dalamar podia ver longas filas de livros em prateleiras de madeira. Podia dizer, pela macia encadernação de couro, que eram antigos. Mas estavam em ótimo estado. Os Estetas os mantinham limpos e, quando necessário, reencadernavam os mais desgastados.

— Aqui está o que você quer — Astinus gesticulou — As Guerras dos Portões dos Anões.

Dalamar ficou olhando.

— Todos estes? — Ele encarou o que parecia ser uma fila interminável de livros, um sentimento de desespero lentamente tomando conta.

— Sim, — Astinus respondeu com frieza — e a próxima fileira também.

— Eu... eu... — Dalamar estava completamente perdido. Raistlin não previra a enormidade da tarefa. Não podia esperar que ele devorasse o conteúdo de centenas de volumes dentro do limite de tempo especificado. Dalamar nunca se sentiu tão impotente e desamparado em sua vida. Ruborizando com raiva, ele sentiu o olhar gelado de Astinus sobre ele.

— Talvez eu possa ajudar — o historiador disse placidamente. Estendendo a mão, sem sequer ler a lombada, Astinus tirou um volume da prateleira. Abrindo-o, passou rapidamente pelas páginas finas e frágeis, seus olhos escaneando linha após linha de letras escritas de forma precisa com tinta preta.

— Ah, aqui está. — Retirando um marcador de marfim de um bolso de seus mantos, Astinus o colocou em uma das páginas do livro, fechou-a com cuidado e entregou o livro para Dalamar. Leve isso com você. Dê-lhe a informação que ele procura. E diga a ele que "O vento sopra. Os passos na areia serão apagados, mas só depois de ter passado por eles".

O historiador curvou-se, sério, para o elfo e passou por ele, acompanhando a fileira de livros para chegar ao corredor novamente. Uma vez lá, ele parou e se virou para Dalamar, que estava de pé, olhando, segurando o livro que Astinus enfiara em suas mãos.

— Ah, jovem mago. Você não precisa voltar aqui. O livro irá retornar quando você tiver terminado. Não quero que você fique assustando os Estetas. Sem dúvida, o pobre Bertrem irá ficar de cama. Minhas saudações ao seu *Shalafi*.

Astinus curvou-se novamente e desapareceu nas sombras. Dalamar ficou ali, ponderando, ouvindo os passos lentos e firmes do historiador afastando-se pelo corredor. Dando de ombros, o elfo falou uma palavra mágica e voltou para a Torre da Alta Magia.

— O que Astinus me deu é seu próprio comentário sobre o Guerras do Portão dos Anões, *Shalafi*. Ele é extraído dos textos antigos que escreveu...

Astinus saberia do que eu preciso. Continue.

— Sim, *Shalafi*. A passagem marcada começa assim: "E o grande arquimago, Fistandantilus, usando o orbe do dragão para chamar seu aprendiz através do tempo, instruiu-o para ir à Grande Biblioteca em Palanthas e ler nos livros de história de lá se o resultado desse seu grande projeto seria favorável" — a voz de Dalamar vacilou enquanto ele lia isso e por fim morreu completamente quando ele releu aquela afirmação surpreendente.

Continue! Veio a voz de seu *Shalafi*, e embora tenha ressoado mais em sua mente do que em seus ouvidos, Dalamar percebeu a raiva amarga. Arrancando seu olhar do parágrafo, escrito centenas de anos antes, porém descrevendo com precisão a missão que ele acabara de cumprir, Dalamar continuou.

— "É importante notar aqui que as *Crônicas* como existiam *naquele ponto no tempo* indicam...", essa parte está sublinhada, *Shalafi* — Dalamar interrompeu-se.

Qual?

— "*naquele ponto no tempo* " está sublinhado.

Raistlin não respondeu, e Dalamar perdeu a linha por um momento, mas logo a reencontrou.

— "indicam que sua empreitada teria sido bem-sucedida. Fistandantilus, junto do clérigo, Denubis, teria sido capaz, segundo todas as indicações que o arquimago tinha, de entrar com segurança no Portal. O acontecido no Abismo, é claro, é desconhecido, uma vez que os fatos históricos aconteceram diferente".

"Assim, acreditando que seu objetivo final de abrir o Portal e desafiar a Rainha da Escuridão estava ao seu alcance, Fistandantilus se dedicou à guerra com vigor renovado. Pax Tharkas caiu perante o exército dos anões da colina e das tribos da planície (Ver *Crônicas*, Volume 126, Livro 6, páginas 589-700). Liderado pelo grande general de Fistandantilus, Pheragas, o antigo escravo de Ergoth do Norte que o mago havia comprado e treinado como gladiador nos Jogos de Istar, o exército de Fistandantilus repeliu as forças do Rei Duncan, forçando os anões a recuarem para a solidez montanhosa de Thorbardin.

"Fistandantilus pouco se importava com aquela guerra. Só servia para promover seus próprios fins. Encontrando o Portal embaixo da imponente fortaleza conhecida como Zhaman, estabeleceu seu quartel-general ali e começou os preparativos finais que lhe dariam o poder de entrar nos portões proibidos, deixando seu general para travar a guerra".

"Relatar com precisão o que aconteceu naquele momento está além até de mim, pois as forças mágicas em ação ali eram tão fortes que obscureceram minha visão".

"O general Pheragas foi morto lutando contra os dewar, os anões sombrios de Thorbardin. Com a sua morte, o exército de Fistandantilus. Os anões da montanha saíram em enxame de Thorbardin para a fortaleza de Zhaman".

"Durante a luta, conscientes de que era uma batalha perdida e que tinham pouco tempo, Fistandantilus e Denubis correram para o Portal. Ali o grande mago começou a lançar seu feitiço".

"Naquele mesmo momento, um gnomo, prisioneiro dos anões de Thorbardin, ativou um dispositivo de viagem no tempo que ele construiu em um esforço para escapar do confinamento. Ao contrário de todas as instâncias registradas na história de Krynn, este dispositivo gnômico realmente funcionou. Funcionou bem demais, na verdade".

"Só posso especular a partir deste ponto, mas é provável que o dispositivo do gnomo tenha interagido de alguma forma com os feitiços mágicos delicados e poderosos sendo tecidos por Fistandantilus. O resultado conhecemos muito claramente".

"'Ocorreu uma explosão de tal magnitude que as Planícies de Dergoth foram completamente destruídas. Ambos os exércitos foram quase exterminados. A imponente fortaleza de Zhaman estilhaçou-se e implodiu, criando a colina agora chamada de Topo do Crânio".

"O infeliz Denubis morreu na explosão. Fistandantilus deveria ter morrido também, mas sua magia era tão grande que ele foi capaz de se apegar à pequena porção de vida, embora seu espírito tenha sido forçado a existir em outro plano até encontrar o corpo de um jovem mago chamado Raistlin Majere".

Basta!

— Sim, *Shalafi* — Dalamar murmurou. E então a voz de Raistlin sumiu.

Dalamar, sentado no estúdio, sabia que estava sozinho. Tremendo com violência, estava intimidado e espantado pelo que acabara de ler. Tentando encontrar algum significado naquilo, o elfo negro ficou sentado na cadeira atrás da escrivaninha, a escrivaninha de Raistlin, perdido em pensamentos até as sombras da noite se retirarem e cinza do alvorecer clarear o céu.

Um tremor de excitação passou pelo corpo fino de Raistlin. Seus pensamentos estavam confusos, precisaria de um período de estudo e reflexão para ter absoluta certeza do que havia descoberto. Uma frase brilhou com veemência em sua mente: *sua empreitada teria sido bem-sucedida!*

Sua empreitada teria sido bem-sucedida!

Raistlin prendeu a respiração com um suspiro, só então percebendo que havia parado de respirar. As mãos dele sobre a superfície fria do orbe do dragão tremeram. Sua exultação varreu seu corpo. Riu, aquela sua estranha e rara gargalhada, pois os passos que via em seu sonho não conduziam mais para o cadafalso, mas a uma porta de platina, decorada com o símbolo do dragão de cinco cabeças. Ao seu comando, abriria. Ele tinha simplesmente que encontrar e destruir aquele gnomo…

Raistlin sentiu algo puxar suas mãos com força.

— Pare! — Ele ordenou, amaldiçoando-se por ter perdido o controle. Mas o orbe não obedeceu a seu comando. Tarde demais, Raistlin percebeu que estava sendo puxado…

As mãos tinham sofrido uma mudança, como ele percebeu conforme elas a puxavam cada vez mais perto. Antes, eram irreconhecíveis — nem humanas, nem élficas, nem jovens nem velhas. Mas agora eram as mãos de uma mulher, macias, flexíveis, de pele branca macia e a firmeza da morte.

Suando, lutando contra a onda quente de pânico que ameaçava destruí-lo, Raistlin invocou as suas forças, físicas e mentais, e lutou contra as mãos.

E mais elas o puxavam, cada vez mais e mais perto. Já conseguia ver um rosto, um belo rosto de mulher, de olhos escuros; falando palavras de sedução a que seu corpo reagiu com paixão mesmo enquanto sua alma encolhia-se de repugnância.

Mais e mais perto…

Desesperado, Raistlin lutou para se afastar, para quebrar o aperto que parecia suave, mas era mais forte do que os laços de sua força vital. Mergulhou fundo em sua alma, procurando as partes escondido, mas para quê, ele pouco sabia. Alguma parte dele, em algum lugar, existia e iria salvá-lo…

A imagem de uma adorável clériga vestida de branco, usando o medalhão de Paladine, surgiu. Ela brilhou no escuro e, por um momento, o aperto das mãos afrouxou-se… mas só por um momento. Raistlin ouviu uma risada abafada de mulher. A visão estilhaçou-se.

— Meu irmão! — Raistlin chamou através dos lábios ressecados, e uma imagem de Caramon apareceu. Vestido com sua armadura dourada, sua espada brilhando em suas mãos, ficou na frente de seu gêmeo, protegendo-o. Mas o guerreiro não deu um passo antes de ser cortado por trás.

Mais e mais perto…

A cabeça de Raistlin pendeu para frente, rapidamente ia perdendo força e consciência. E então, sem querer, dos recessos mais íntimos de sua alma, veio uma figura solitária. Não estava vestida de branco, não carregava uma espada brilhante. Era pequena e suja, o rosto marcado com lágrimas.

Em sua mão, só segurava um rato… muito, muito morto.

Caramon voltou ao acampamento assim que os primeiros raios de alvorecer se espalhavam através do céu. Cavalgara a noite toda e estava dolorido, cansado, e com uma fome inacreditável.

Pensamentos afetuosos sobre desjejum e cama tinham sido seu conforto na última hora e seu rosto se abriu em um sorriso ao ver o acampamento. Estava prestes a esporear seu cavalo quando, olhando à frente para o acampamento em si, o grande homem puxou as rédeas em seu cavalo e fez sua escolta parar com a mão erguida.

— O que está acontecendo — perguntou, alarmado, todos os pensamentos sobre comida desaparecendo.

Garic, cavalgando ao lado dele, sacudiu a cabeça, mistificado. Onde deveria haver linhas de fumaça erguendo-se de fogueiras cozinhando a refeição da manhã e os resmungos desapontados dos homens sendo despertados de uma noite de sono, o acampamento parecia com uma colmeia depois do banquete de um urso. Nenhuma fogueira estava acesa para cozinhar, pessoas corriam de lá para cá sem direção ou ficavam paradas em grupos que zumbiam de agitação.

Então alguém avistou Caramon e soltou um grito. A multidão se juntou e avançou. No mesmo instante, Garic gritou e logo ele e seus homens galoparam para formar um escudo protetor de corpos com armadura ao redor do general.

Foi a primeira vez que Caramon viu tal exibição de lealdade e afeição por parte de seus homens e, por um momento, ficou tão emocionado que não conseguiu falar. Limpou a garganta e ordenou que se afastassem.

— Não é um motim — ele rosnou, cavalgando para frente enquanto seus homens relutantemente se separavam para deixá-lo passar. — Vejam! Ninguém armado. Metade são mulheres e crianças. Mas... — ele sorriu para eles — obrigado assim mesmo.

Seu olhar foi para o jovem cavaleiro, Garic, que corou de prazer mesmo mantendo a mão no punho da espada.

A multidão já havia alcançado Caramon. Mãos agarravam seus arreios, assustando seu cavalo, que, pensando estar em batalha, levantou as orelhas perigosamente, pronto para atacar com seus cascos como foi treinado.

— Afastem-se! — Caramon rugiu, mal contendo o animal. — Afastem-se! Ficaram loucos? Estão parecendo exatamente com o que são, um bando de fazendeiros! Para trás, já disse! As galinhas se soltaram? O que significa isso? Onde estão meus oficiais?

— Aqui, senhor — veio a voz de um dos capitães. De rosto vermelho, parecendo envergonhado e zangado, o homem abriu caminho através da multidão. Tristes com a repreensão de seu comandante, os homens se acalmaram e os gritos morreram em alguns murmúrios enquanto um grupo de guardas, que chegara com o capitão, começa a tentar dispersar a multidão.

— Peço perdão ao general por tudo isso, senhor — disse o capitão enquanto Caramon desmontava e acariciava o pescoço do cavalo suavemente. O animal ficou imóvel com o toque de Caramon, apesar dos olhos ainda agitados e orelhas ainda se contraindo.

O capitão era um homem mais velho, não era um Cavaleiro, mas um mercenário com trinta anos de experiência. Seu rosto estava retalhado de cicatrizes, tinha perdido parte da mão esquerda com um golpe de espada cortante, e caminhava com um mancar acentuado. Esta manhã, o rosto cheio de cicatrizes estava corado com vergonha ao enfrentar o olhar severo de seu jovem general.

— Os batedores mandaram a mensagem de que você estava chegando, senhor, mas antes que eu pudesse alcançar você, esse bando de cães — olhou carrancudo para os homens em retirada — se empolgou como se você fosse uma cadela no cio. Desculpe a expressão, general, — ele murmurou novamente — não quis desrespeitar.

Caramon manteve o rosto cuidadosamente composto.

— O que aconteceu? — Ele perguntou, conduzindo seu cavalo cansado para dentro do acampamento devagar. O capitão não respondeu imediatamente, mas deu-lhe um olhar significativo para a escolta de Caramon.

Caramon entendeu.

— Vão em frente, homens — disse ele, acenando com a mão. — Garic, arrume meu alojamento.

Quando ele e o capitão estavam sozinhos, ou tão sozinhos quanto possível no acampamento lotado onde todos os encaravam com ansiedade, Caramon virou-se para questionar o homem só com o olhar.

O velho mercenário disse somente duas palavras:

— O mago.

Ao chegar na tenda de Raistlin, Caramon viu, o coração afundando, o anel de guardas armados que a cercavam, mantendo os observadores para trás. Ouviram-se suspiros de alívio com a visão de Caramon, e muitas observações de “O general está aqui agora. Ele vai cuidar das coisas”, muitos acenos de cabeça, e uns aplausos esparsos.

Encorajada por alguns xingamentos do capitão, a multidão abriu caminho para Caramon passar. Os guardas armados deram um passo para o lado quando ele passou e depois cerraram fileiras novamente. Empurrando-se, a multidão espiava por cima dos guardas, esforçando-se para ver. Como o capitão se recusara a contar o que estava acontecendo, Caramon não teria ficado surpreso com nada, de um dragão no topo da tenda do seu irmão a encontrar tudo cercado por chamas púrpuras e verdes.

Em vez disso, ele viu um jovem montando guarda e Crysania andando de um lado para o outro na frente da abertura fechada da tenda.

Caramon encarou o jovem, achando que o reconhecia.

— É o primo de Garic — ele disse hesitante, tentando lembrar do nome. — Michael, não é?

— Sim, general — disse o jovem Cavaleiro. Endireitando-se, tentou fazer uma saudação. Mas foi uma tentativa débil. O rosto do jovem estava magro e abatido, seus olhos avermelhados. Ele estava claramente prestes a cair de exaustão, mas mantinha sua lança à frente, barrando o caminho para a tenda.

Ao ouvir a voz de Caramon, Crysania ergueu os olhos.

— Graças a Paladine! — Ela disse com fervor.

Um olhar para o rosto pálido e os olhos cinzentos fundos, e Caramon estremeceu na brilhante luz solar.

— Livre-se deles! — Ordenou ao capitão, que imediatamente começou a dar ordens aos seus homens. Logo, com muitos xingos e resmungos, a multidão começou a se dispersar, a maioria imaginando que a parte interessante já tinha acabado mesmo.

— Caramon, me escute! — Crysania pôs a mão em seu braço. — Este…

Mas Caramon afastou a mão de Crysania. Ignorando as tentativas dela de falar, começou a passar por Michael. O jovem ergueu a lança, bloqueando seu caminho.

— Fora do caminho! — Caramon ordenou, espantado.

— Desculpe, senhor — Michael disse com tom firme, apesar do tremor em seus lábios — mas Fistandantilus me disse que ninguém deveria passar.

— Viu — disse Crysania exasperada enquanto Caramon recuava, encarando Michael com raiva e perplexidade. — Tentei te dizer, mas você não ouviu! Tem sido assim a noite toda, e eu sei que algo terrível aconteceu lá dentro! Mas Raistlin o fez jurar, pelo Código e pelas Regras ou coisas assim…

— Providência — Caramon murmurou, sacudindo a. — O Código e a Providência. — Ele franziu a testa, pensando em Sturm. — Um código que nenhum Cavaleiro quebraria por pena de morte.

— Mas isso é loucura! — Gritou Crysania. Sua voz falhou. Ela cobriu o rosto com a mão por um instante. Caramon colocou o braço ao redor dela hesitante, temendo uma reprimenda, mas ela se recostou contra ele com gratidão.

— Ah, Caramon, eu fiquei com tanto medo! — Ela murmurou. — Foi terrível. Acordei de um sono profundo, ouvindo Raistlin gritar meu nome. Eu corri até aqui… tinha lampejos brilhantes dentro da tenda. Estava gritando palavras incoerentes, então eu o ouvi chamar seu nome… e começou a gemer desesperado. Tentei entrar, mas… — Ela fez um gesto vago em direção a Michael, que estava olhando para frente. — E então a voz dele começou… a sumir! Foi horrível, como ele estivesse sendo levado para longe!

— Então o que aconteceu?

Crysania fez uma pausa. Então, hesitante, disse:

— Ele… ele disse alguma coisa. Mal consegui ouvir. As luzes se foram. Ouvi um estalo alto e tudo ficou em silêncio, um silêncio horroroso! — Ela fechou os olhos, estremecendo.

— O que ele disse? Você conseguiu entender?

— Essa é a parte estranha. — Crysania levantou a cabeça, encarando-o confusa. — Soou como… Bupu.

— Bupu! — Caramon repetiu com espanto. — Tem certeza?

Ela assentiu.

— Por que ele chamaria pelo nome de uma anã tola? — Caramon perguntou.

— Não faço ideia. — Crysania suspirou cansada, tirando o cabelo dos olhos. — Eu me perguntei a mesma coisa. Mas… não foi aquela anã que disse a Par-Salian o quão amável Raistlin foi com ela?

Caramon sacudiu a cabeça. Ele iria se preocupar com anões tolos mais tarde. Seu problema imediato era Michael. Lembranças vívidas de Sturm voltaram. Quantas vezes ele vira aquele mesmo olhar no rosto do cavaleiro? Um juramento pelo Código e pela Providência…

"Droga, Raistlin!"

Michael ficaria em seu posto até cair e, quando acordasse e descobrisse que tinha falhado, ele se mataria. Tinha que ter como contornar isso, para contorná-lo! Caramon olhou para Crysania. Ela poderia usar seus poderes clericais para enfeitiçar o jovem…

Caramon balançou a cabeça. Isso deixaria todo o acampamento pronto para queimá-la na fogueira! Maldito Raistlin! Malditos clérigos! Malditos Cavaleiros de Solamnia e malditos fossem seus Códigos e suas Providências!

Suspirando, ele caminhou até Michael. O jovem levantou sua lança ameaçadoramente, mas Caramon apenas ergueu as mãos, mostrando-as vazias.

Limpou a garganta, sabendo o que queria dizer, mas incerto sobre como começar. E, ao pensar em Sturm, de repente pôde ver o rosto do Cavaleiro mais uma vez, tão claramente que se espantou. Mas não como ele o vira em vida — severo, nobre, frio. Então Caramon soube: estava vendo o rosto de Sturm na morte! Marcas de terrível sofrimento e dor haviam suavizado as linhas duras do orgulho e da inflexibilidade. Havia compaixão e compreensão nos olhos sombrios e pareceu para Caramon que o Cavaleiro lhe sorria com tristeza.

Por um momento, Caramon ficou tão espantado por esta visão que não conseguiu dizer nada, só olhar. Mas a imagem se foi, deixando no seu lugar o rosto de um jovem cavaleiro, determinado, assustado, exausto... e determinado...

— Michael — Caramon disse, abaixando as mãos. — Tive um amigo, um Cavaleiro de Solamnia. Ele... ele está morto. Morreu em uma guerra, longe daqui, quando... Isso não importa. Stur... meu amigo era como você. Acreditava no Código e na Providência. Estava pronto a dar sua vida por isso. Mas, no final, ele descobriu que havia algo mais importante do que o Código e a Providência, algo que havia sido esquecido.

O rosto de Michael endureceu teimosamente. Ele agarrou a lança com mais força.

— A própria vida — Caramon disse suavemente.

Ele viu um lampejo nos olhos avermelhados do Cavaleiro, um piscar logo afogado pelo cintilar de lágrimas. Com raiva, Michael piscou para sumir com elas, a expressão de resolução voltando, porém, e Caramon podia ver, misturada com um pouco de desespero.

Caramon agarrou-se a esse desespero, dirigindo suas palavras ao alvo como se fossem a ponta de uma espada buscando o coração de seu inimigo.

— Vida, Michael. É tudo o que existe. É tudo o que temos. Não apenas nossas vidas, mas a vida de todos neste mundo. É o que o Código e a Providência foram projetados para proteger, mas em algum momento isso foi distorcido e estes se tornaram mais importantes do que a vida.

Lentamente, ainda mantendo as mãos levantadas, ele deu um passo em direção ao jovem.

— Eu não estou pedindo que você deixe seu posto por um motivo traiçoeiro. E você e eu sabemos que não será por covardia. — Caramon balançou a cabeça. — Os deuses sabem o que você deve ter visto e ouvido esta noite. Estou pedindo para você abrir caminho por compaixão. Meu irmão está lá dentro, talvez morrendo, talvez morto. Quando ele lhe fez jurar, ele não previu isso acontecendo. Devo ir até ele. Deixe-me passar, Michael. Não há nada desonroso nisso.

Michael ficou rígido, os olhos fixos à frente. Franziu o rosto. Seus ombros baixaram e a lança caiu de sua mão inerte. Estendendo a mão, Caramon pegou o jovem em seus braços e o manteve próximo. Um soluço estremecido atravessou o jovem corpo. Caramon acariciou seu ombro desajeitado.

— Aqui, um de vocês — olhou ao redor — encontrem Garic... Ah, aí está você — ele disse com alívio ao ver o jovem Cavaleiro se aproximando. — Leve seu primo de volta para a fogueira. Ponha um pouco de comida quente dentro dele e o faça dormir. Você aí — ele se virou para outro guarda — Assuma o posto. — Enquanto Garic levava seu primo para longe, Crysania começou a entrar na tenda, mas Caramon a parou. — É melhor eu entrar primeiro, senhora — ele disse.

Esperando um argumento, ele ficou surpreso ao vê-la mansamente se afastar. Caramon estava com a mão na aba da tenda quando sentiu a mão dela sobre seu braço.

Assustado, ele virou.

— Você é tão sábio quanto Elistan, Caramon — disse ela, olhando-o com firmeza. — Eu poderia ter dito essas palavras para o jovem. Por que não fiz?

Caramon corou.

— Eu... eu só o compreendo, é tudo — ele murmurou.

— Eu não quis entendê-lo. — Crysania, o rosto pálido, mordeu o lábio. — Eu só queria que ele me obedecesse.

— Minha senhora — Caramon disse sombriamente — melhor deixar essa busca de autoconhecimento para depois. Agora, eu preciso de sua ajuda!

— Sim, claro. — A expressão firme e autoconfiante voltou para o rosto de Crysania. Sem hesitar, ela seguiu Caramon para dentro da tenda de Raistlin.

Atento ao guarda lá fora, e a quaisquer outros olhos curiosos, Caramon fechou rapidamente a aba da tenda. Dentro, estava escuro e silencioso; tão escuro que a princípio nenhum dos dois conseguiu distinguir qualquer coisa nas sombras. Parados perto da entrada, esperaram até seus olhos se acostumarem com a penumbra, Crysania de repente apertou Caramon.

— Posso ouvir a respiração dele! — Ela disse com alívio.

Caramon assentiu e avançou devagar. O clarear do dia estava afugentando a noite da tenda, e ele poderia ver melhor a cada passo.

— Ali — disse ele. Ele chutou de lado um banquinho que bloqueava o caminho. — Raist! — Ele chamou baixinho enquanto se ajoelhava.

O arquimago estava deitado no chão. Seu rosto estava cinza, seus lábios finos, azuis. Sua respiração era superficial e irregular, mas estava respirando. Erguendo seu gêmeo com cuidado, Caramon o carregou para sua cama. Na penumbra, conseguiu ver um leve sorriso nos lábios de Raistlin, como se estivesse perdido em um sonho agradável.

— Acho que está apenas dormindo — disse Caramon com voz espantada para Crysania, que estava cobrindo Raistlin com um cobertor. — Mas algo aconteceu. Isso é óbvio. — Ele olhou ao redor pela tenda à luz que aumentava. — Fico pensando... Em nome dos deuses!

Crysania olhou para cima, por cima do ombro.

As colunas da tenda estavam chamuscadas e enegrecidas, o próprio material estava carbonizado e, em alguns pedaços, parecia ter derretido. Era como se tivesse sido varrido pelo fogo, porém, inexplicavelmente, permanecia intacto e não parecia ter sido danificado. Foi o objeto sobre a mesa, no entanto, que provocou a exclamação de Caramon.

— O orbe de dragão! — Ele sussurrou com espanto.

Feito pelos magos de todas as Ordens há muito tempo, preenchido com a essência dos dragões bons, maus e neutros, poderoso o bastante para atravessar a vastidão do tempo, a esfera de cristal ainda estava em cima da mesa, descansando no suporte de prata que Raistlin fizera para ele.

Antes, era um objeto encantado com luz mágica.

Agora era uma coisa de escuridão, sem vida, uma rachadura em seu centro. Agora...

— Está quebrado — Caramon disse em voz baixa.

Capítulo 4

O exército de Fistandantilus navegou através do Estreito de Schallsea em uma frota improvisada, composta por muitos barcos de pesca, barcos a remo, jangadas, e barcos de luxo espalhafatosamente decorados. Apesar de não ser uma grande distância, demorou uma semana para transportar as pessoas, os animais e os suprimentos.

Quando Caramon ficou pronto para fazer a travessia, o exército tinha crescido a tal ponto que não havia barcos o suficiente para transportar todos ao mesmo tempo. Muitos barcos tiveram que fazer várias viagens de ida e volta. Os maiores eram usados para carregar gado. Convertidos em estábulos flutuantes, tinham baias para os cavalos e o gado esquelético e chiqueiros para os porcos.

As coisas correram bem, na maior parte, embora Caramon dormisse apenas umas três horas por noite, de tão ocupado que estava com os problemas que todos tinham certeza de que só ele poderia resolver — desde gado enjoado até uma carga de espadas que caiu acidentalmente no mar e precisou ser recuperada. Então, quando o fim estava à vista e quase todos tinham atravessado, uma tempestade surgiu. Deixando o mar batido e cheio de espuma, dois barcos que se soltaram de suas amarras naufragaram e impediu qualquer um de atravessar por dois dias. Mas, por fim, todos conseguiram cruzar em boas condições, com uns poucos casos de enjoo, uma criança caindo ao mar (resgatada), e um cavalo que quebrou a perna escoiceando sua baia em pânico (morto e jantado).

Ao desembarcar nas costas de Abanasínia, o exército foi encontrado pelo chefe dos homens da planície — as tribos de bárbaros que habitam o Norte plano do Abanasínia que estavam ansiosos para conquistar o lendário ouro de Thorbardin — e também por representantes dos anões da colina. Quando se encontrou com o representante dos anões, Caramon passou por um choque profundo que o abalou por dias.

— Reghar Forjardente e escolta — anunciou Garic da entrada da barraca. Ficando de lado, o cavaleiro permitiu que um grupo de três anões entrasse.

Com o nome ressoando em seus ouvidos, Caramon encarou o primeiro anão sem acreditar. Os dedos finos de Raistlin se fecharam dolorosamente sobre seu braço.

— Nenhuma palavra! — Respirou o arquimago.

— Mas ele... ele parece... e o nome! — Caramon gaguejou com voz baixa.

— Claro — Raistlin disse com naturalidade — é o avô de Flint.

O avô de Flint! Flint Forjardente, seu velho amigo. O velho anão que morreu nos braços de Tanis em Morada dos Deuses, o velho anão — tão rude e irascível e ainda assim com coração terno, o anão que lhe parecia ser tão antigo. Ainda nem nascera! Aquele era seu avô.

De repente, o impacto de onde estava e o que estava fazendo por fim atingiu Caramon em cheio, como se fosse um golpe físico. Antes disto, era como se estivesse se aventurando em sua época. Sabia que não estava levando aquilo a sério. Até Raistlin "mandá-lo" para casa parecia tão simples, como se fosse só o arquimago colocá-lo em um barco e se despedir. A coisa de alterar o tempo ele tinha banido de sua mente. Isso o confundia, colocando em um circuito fechado e infinito.

Caramon sentiu calor e depois frio. Flint ainda não tinha nascido. Tanis não existia, Tika não existia. *Ele mesmo não existia*! Não! Isto também era implausível! Não podia ser!

A tenda inclinou-se diante dos olhos de Caramon. Estava com um certo medo de que fosse vomitar. Felizmente, Raistlin viu a palidez do rosto de seu irmão. Sabendo intuitivamente o que o cérebro do seu gêmeo estava tentando assimilar, o mago ficou de pé e, movendo-se para ficar na frente de seu momentaneamente confuso irmão, pronunciou as palavras adequadas de boas-vindas aos anões. E, enquanto fazia isso, Raistlin lançou um olhar duro e penetrante ao irmão, lembrando com severidade do seu dever.

Aprumando-se, Caramon foi capaz de empurrar aqueles pensamentos perturbadores e confusos para o fundo de sua mente, dizendo a si mesmo que lidaria com eles mais tarde, em paz e sossego. Tinha feito muito isso ultimamente. Infelizmente, o momento de paz e sossego parecia não chegar nunca...

Ficando de pé, Caramon até conseguiu apertar silenciosamente a mão do anão forte e grisalho.

— Nunca pensei — Reghar disse sem rodeios, sentando-se na cadeira que lhe foi oferecida e aceitando uma caneca de cerveja, que ele engoliu em um gole — que eu estaria fazendo acordos com humanos e magos, especialmente contra minha carne e sangue. — Ele fez uma careta para a caneca vazia. Caramon, com um gesto, fez o rapaz que os servia enchê-la de novo.

Reghar, ainda com a mesma carranca, esperou a espuma dissolver. Então, suspirando, ele a ergueu para Caramon, que tinha voltado para o seu assento.

— *Durth Zamish och Durth Tabor*. Tempos estranhos criam irmãos estranhos.

— Pode dizer isso mais alto — Caramon murmurou, com um olhar para Raistlin. O general ergueu seu copo de água e bebeu. Raistlin, por educação, umedeceu os lábios em um copo de vinho, e imediatamente o pousou.

— Iremos nos reunir de manhã para discutir nossos planos — Caramon disse. — O líder dos homens da planície também estará aqui. — A carranca de Reghar se aprofundou, e Caramon suspirou por dentro, prevendo problemas. Mas continuou em um tom caloroso e alegre. — Vamos jantar juntos esta noite, para selar nossa aliança.

Ao ouvir isso, Reghar se levantou.

— Posso ter de lutar com os bárbaros — ele rosnou. — Mas, pelas barbas de Reorx, não tenho que comer com eles, e nem com você!

Caramon levantou-se novamente. Vestido em sua melhor armadura cerimonial (mais presentes dos cavaleiros), era uma visão imponente. O anão olhou para o guerreiro com olhos semicerrados.

— Você é um dos grandes, não é? — Ele disse. Bufando, sacudiu a cabeça duvidosamente. — Desconfio que haja mais músculos em sua cabeça do que cérebro.

Caramon não pôde deixar de sorrir, embora seu coração doesse. Ele soava muito como Flint falando!

Mas Raistlin não sorriu.

— Meu irmão tem uma mente excelente para assuntos militares — o mago disse fria e inesperadamente. — Quando deixamos Palanthas, éramos apenas três. Devido à habilidade e ao rápido pensamento do general Caramon que conseguimos reunir este poderoso exército até essas costas. Acho que seria bom para você aceitar a sua liderança.

Reghar bufou novamente, encarando Raistlin com astúcia por baixo de suas sobrancelhas densas e grisalhas. Sua armadura pesada retinindo e chocalhando ao seu redor, o anão virou e foi saindo da tenda, mas parou.

— Três de vocês, de Palanthas? E agora… isso? — Seu penetrante olhar escuro foi para Caramon, a mão fazendo um gesto amplo, envolvendo a tenda, os cavaleiros de armadura brilhante que montavam guarda ao ar livre, as centenas de homens que ele tinha visto trabalhando para descarregar suprimentos dos navios, os outros homens praticando técnicas de lutas, as muitas e muitas fileiras de fogueiras…

Oprimido e atordoado pelo incomum elogio de seu irmão, Caramon não conseguia responder. Mas assentiu.

O anão bufou novamente, mas havia um brilho de admiração relutante em seus olhos enquanto ele tilintava e chacoalhava para fora da tenda.

Reghar de repente enfiou a cabeça para dentro.

— Eu estarei com vocês no jantar — ele rosnou sem graça e saiu pisando duro.

— Eu também devo ir, meu irmão — Raistlin disse distraído enquanto se levantava e caminhava em direção à entrada da tenda. Com as mãos guardadas em sua roupa preta, estava perdido em pensamentos quando sentiu um toque em seu braço. Irritado pela perturbação, olhou para o irmão.

— Sim?

— Eu… eu só queria dizer… obrigado. — Caramon engoliu em seco e continuou, rouco. — Pelo que você disse. Você nunca disse nada sobre mim parecido com isso antes.

Raistlin sorriu. Não havia luz em seus olhos mesmo com o sorriso de lábios finos sorrir, mas Caramon estava envergonhado e satisfeito demais para perceber.

— É apenas a verdade simples, meu irmão — Raistlin respondeu, encolhendo os ombros. — E irá ajudar a concluir nosso objetivo, pois precisamos desses anões como nossos aliados. Muitas vezes eu lhe disse que você tem recursos ocultos, se apenas parasse por um tempo e se dedicasse a desenvolvê-los. Afinal, somos gêmeos — o mago acrescentou com ironia. — Nunca pensei que fôssemos tão diferentes como você acha.

O mago começou a sair novamente, mas mais uma vez sentiu a mão do irmão em seu braço. Segurando um suspiro de impaciência, Raistlin se virou.

— Eu queria te matar em Istar, Raistlin — Caramon parou, lambendo os lábios — e… e eu acho que tinha motivo. Pelo menos com o que eu sabia então.

Agora, já não tenho tanta certeza. — Ele suspirou, olhando para os pés e depois erguendo o rosto vermelho. — Eu... gosto de pensar que você fez isso... que você colocou os magos em uma posição em que tiveram que me enviar de volta no tempo... para me ajudar a aprender esta lição. Essa pode não ser a razão — Caramon apressou-se a acrescentar, vendo os lábios do irmão se comprimirem e os olhos frios esfriarem ainda mais. — E tenho certeza, pelo menos não por completo. Você está fazendo isso por si mesmo, eu sei. Mas... eu acho que em algum lugar, um pedaço de você se importa, mesmo que um pouco. Uma parte de você viu que eu estava com problemas e procurou me ajudar.

Raistlin observou o irmão, divertido. Então encolheu os ombros.

— Muito bem, Caramon. Se essa sua ideia romântica o ajudar a lutar melhor, se o ajudar a planejar suas estratégias melhor, se isso o ajudar a pensar melhor e, principalmente, se isto me deixar sair desta tenda e voltar ao trabalho, então... por favor, agarre-se a isso! Pouco me importa. — Puxando os braços do aperto do irmão, o mago caminhou até a entrada da tenda. Ali ele hesitou. Virando parcialmente seu rosto encapuzado, falou em voz baixa, as palavras exasperadas, mas tingidas com certa tristeza.

— Você nunca me compreendeu, Caramon.

Então ele saiu, suas mantos negros farfalhando ao redor de seus tornozelos enquanto caminhava.

O banquete naquela noite foi realizado ao ar livre. Seu início foi muito pouco propício.

A comida foi colocada em longas mesas de madeira, preparadas às pressas a partir de jangadas que haviam sido usadas para atravessar o estreito. Reghar chegou com uma grande escolta, cerca de quarenta anões. Noite Escura, chefe dos homens das planícies, que, com seu rosto sombrio e postura alta e orgulhosa, lembrava Caramon forçosamente de Vento Ligeiro, trouxe consigo quarenta guerreiros. Por sua vez, Caramon escolheu quarenta dos seus homens, nos quais ele sabia (ou pelo menos esperava) que poderia confiar e que aguentariam a bebida.

Caramon tinha imaginado que, quando os grupos entrassem, os anões se sentariam juntos, os homens das planícies juntos... e assim por diante. Nenhuma conversa iria fazer com que se misturassem. E realmente, quando cada grupo chegou, todos ficaram se olhando em um silêncio sombrio; os anões se reuniram ao redor de seu líder, os homens da planície ao redor dos deles, enquanto os homens de Caramon olhavam ao redor, inseguros.

Caramon foi para a frente de todos. Vestiu-se com cuidado, usando sua armadura dourada e o capacete dos jogos gladiatoriais, além de algumas peças novas que ele fez para combinar. Com sua pele bronzeada, seu físico incomparável, o rosto belo e forte, era uma presença imponente e até os azedos anões trocaram olhares de aprovação relutante.

Caramon ergueu as mãos.

— Saudações aos meus convidados! — Exclamou em seu barítono alto e estrondoso. — Bem-vindos. Este é um jantar de confraternização, para marcar o elo e a recém-descoberta amizade entre nossas raças…

Com isso, ouviu-se palavras zombeteiras murmuradas e bufos de escárnio. Um dos anões até cuspiu no chão, fazendo vários homens da planície erguerem os arcos e darem um passo à frente, pois este era considerado um terrível insulto para aquele povo. O líder deles os impediu, e, ignorando friamente a interrupção, Caramon continuou.

— Nós vamos lutar juntos, e talvez morreremos juntos. Portanto, vamos começar nossa reunião nesta primeira noite sentando juntos e partilhando o pão e a bebida como irmãos. Sei que estão relutantes em deixar parentes e amigos, mas quero que vocês façam novos amigos. E assim, para nos ajudar a ficarmos mais próximos, decidi que deveríamos jogar um pouco.

Com isso, os olhos dos anões se arregalaram, as barbas balançaram, e murmúrios retumbaram no ar como trovão. Nenhum anão adulto aderia a jogos! (Algumas atividades recreativas como "Bate Pedra" e "Arremesso de Martelo" eram considerados esportes.). Noite Escura e seus homens, no entanto, se animaram; os homens da planície viviam para jogos e disputas, atividades consideradas quase tão divertidas quanto guerrear com as tribos vizinhas.

Acenando com os braços, Caramon gesticulou para a tenda nova, imensa e em formato de cone que estava atrás das mesas e tinha sido objeto de muitos olhares curiosos e suspeitos de anões e homens da planície. Com mais de seis metros de altura, estava encimada pelo estandarte de Caramon. A bandeira de seda com a estrela de nove pontas tremulava ao vento da tarde, iluminada pela grande fogueira queimando perto.

Enquanto todos encaravam a tenda, Caramon estendeu a mão e deu um puxão em uma corda. Instantaneamente, as laterais de lona da tenda caíram no chão e, a um sinal de Caramon, foram arrastadas para longe por vários meninos sorridentes.

— Que bobagem é essa? — Reghar rosnou, tocando seu eixo.

Um único poste pesado estava no meio de um mar de lama preta e escorregadia. A haste tinha sido aplainada e brilhava à luz do fogo. Perto do topo, havia uma plataforma de madeira maciça, com vários furos de formato irregular.

Mas não foi a visão do poste, da plataforma ou da lama que causou exclamações de espanto e empolgação de anões e humanos. Era a visão do que estava embutido na madeira no topo do poste. Brilhando com a luz, seus punhos cruzados cintilando, havia uma espada e um machado de batalha. Mas estes não eram como as armas brutas de ferro. Eram do melhor aço forjado, seu acabamento requintado aparente a seis metros de distância.

— Pela barba de Reorx! — Reghar respirou fundo e trêmulo. — Seu machado vale o mesmo que a nossa aldeia! Trocaria cinquenta anos da minha vida por uma arma como aquela!

Noite Escura, encarando a espada, piscou seus olhos rapidamente conforme lágrimas ligeiras de anseio borravam a arma na sua visão.

Caramon sorriu.

— Essas armas serão suas! — Ele anunciou.

Noite Escura e Reghar olharam para ele, os rostos mostrando seu espanto.

— Se... — Caramon continuou — conseguirem trazê-las aqui para baixo!

Um vasto burburinho de vozes irrompeu entre anões e homens. Imediatamente, todos correram para o poço, forçando Caramon a gritar sobre o tumulto.

— Reghar e Noite Escura... cada um de vocês pode escolher nove guerreiros para ajudá-lo! O primeiro a conseguir os prêmios ganha!

Noite Escura não precisava de incentivo. Sem se preocupar em obter ajuda, pulou na lama e começou a caminhar em direção ao poste. Mas a cada passo, afundava mais e mais, a lama ficando cada vez mais funda conforme se aproximava de seu objetivo. Quando chegou ao poste, estava afundado acima dos joelhos na substância pegajosa.

Reghar, mais cauteloso, passou um tempo observando seu oponente. Chamou nove dos seus mais robustos homens para ajudar, o líder dos anões e seus homens pisaram na lama. Todo o contingente desapareceu, as armaduras pesadas fazendo com que afundassem quase imediatamente. Seus companheiros ajudaram a arrastá-los para fora. O último a sair foi Reghar.

Fazendo um juramento a todos os deuses de que se lembrava, o anão torceu a lama de sua barba, e, carrancudo, começou a despir sua armadura. Segurando seu machado acima da cabeça, voltou a atravessar a lama, sem esperar sua escolta.

Noite Escura alcançou o poste. Bem na base, a lama não era tão profunda e havia terra firme abaixo dela. Agarrando o poste com os braços, o chefe se se arrastou para fora da lama e enrolou as pernas ao redor dele. Ele subiu quase um metro, sorrindo amplamente para os membros da sua tribo que o incentivavam. De repente, começou a deslizar para baixo. Apertando os dentes, ele se esforçou desesperadamente para ficar firme, mas foi inútil. Por fim, o grande chefe deslizou lentamente até a base, em meio a uivos de escárnio dos anões. Sentado na lama, ele olhou severamente para o poste. Tinha sido untado com gordura animal.

Mais nadando do que andando, Reghar finalmente alcançou a base do poste. Estava com lama até a cintura, mas sua grande força o mantinha avançando.

— Afaste-se — ele rosnou para o frustrado líder humano. — Use seu cérebro! Se não podemos subir, vamos trazer o prêmio para baixo!

Um sorriso de triunfo em seu rosto barbudo salpicado de lama, Reghar recuou seu machado e preparou um golpe poderoso no poste.

Sorrindo para si mesmo, Caramon tremeu de antecipação.

Houve um tremendo som metálico. O machado do anão rebateu no poste como se tivesse batido em uma montanha. O poste era feito com um grosso tronco de pau-ferro. Enquanto o machado reverberante voou das mãos doloridas do anão, a força do golpe deixou Reghar esparramado de costas na lama. Agora foi a vez dos homens das planícies rirem, e nenhum mais alto do que o seu líder enlameado.

Encarando um ao outro, homens e anões ficaram tensos. As risadas morreram, substituídas por murmúrios raivosos. Caramon prendeu a respiração. Então, os olhos de Reghar foram para o machado decorado que afundava lentamente no lodo. Olhou para cima, para o belo machado de prêmio, seu aço brilhando à luz do fogo, e, com um rosnado, virou para encarar seus homens.

A escolta de Reghar, já despojada de sua armadura, tinha ido até ele. Gritando e gesticulando, Reghar fez um gesto para que se alinhassem na base do poste. Os anões começaram a formar uma pirâmide. Três ficaram embaixo, dois subiram em suas costas, depois outro. A linha de baixo afundou na lama até acima da cintura, mas, ao encontrar o chão firme no fundo, ficou firme.

Noite Escura assistiu àquilo por um momento em silêncio, então chamou nove de seus guerreiros. Em instantes, os humanos formaram sua pirâmide. Por serem mais baixos, os anões foram forçados a fazer sua pirâmide menor na base e ampliá-la com anões sozinhos para alcançar o topo. O próprio Reghar fez a subida final. Balançando no pináculo conforme os anões gemiam e sacudiam embaixo dele, seus braços esticados para alcançar a plataforma... mas ele não era alto o suficiente.

Noite Escura, escalando sobre as costas dos seus homens, facilmente alcança a parte inferior da plataforma. Então, rindo para a carranca no rosto coberto de lama de Reghar, o chefe tentou subir através de um dos buracos estranhos.

Não passava.

Espremer-se, xingar, prender a respiração não ajudaram. O humano não conseguiu forçar nem mesmo seu corpo fino pelo pequeno buraco. Naquele momento, Reghar deu um salto para a plataforma…

E errou.

O anão voou pelo ar, pousando com estardalhaço na lama abaixo, enquanto a força de seu salto fez com que toda a pirâmide de anões caísse, lançando anões para todos os lados.

Daquela vez, porém, os humanos não riram. Olhando para baixo, encarando Reghar, Noite Escura de repente pulou na lama. Aterrissando ao lado do anão, ele o agarrou e o puxou para a superfície da lama.

Ambos estavam dessa vez cobertos dos pés à cabeça com a gosma preta. Ficaram se encarando.

— Sabe — disse Reghar, limpando a lama de seus olhos — eu sou o único que posso passar por aquele buraco.

— E você sabe — disse Noite Escura entredentes — que eu sou o único que posso levá-lo lá para cima.

O anão apertou a mão do humano. Os dois foram rapidamente até a pirâmide humana. Noite Escura escalou primeiro, fornecendo o último elo para o topo. Todos torciam enquanto Reghar escalava obre os ombros humanos e passava com facilidade pelo buraco.

Subindo na plataforma, o anão agarrou o punho da espada e o cabo do machado e os ergueu triunfante sob sua cabeça. A multidão ficou em silêncio. De novo, humano e anão se olhavam com suspeita.

"É isso!" pensou Caramon. "Quanto de Flint eu vi em você, Reghar? Quanto de Vento Ligeiro está em você, Noite Escura? Tanta coisa depende disso!".

Reghar olhou pelo buraco para o rosto sério do líder dos homens da planície.

— Esse machado, que deve ter sido forjado pelo próprio Reorx, devo a você. Terei a honra de lutar ao seu lado. E se você vai lutar comigo, vai precisar de uma arma decente!

Em meio a aplausos de todo o acampamento, ele entregou a grande espada brilhante pelo buraco para Noite Escura.

Capítulo 5

O banquete se demorou noite adentro. O campo ressoou com risos e gritos e juramentos de boa vontade feitos em línguas anãs e tribais, assim como em Solâmnico e Comum.

Foi fácil para Raistlin deixar a festa. Naquela animação, ninguém lembrou do quieto e cínico arquimago.

Andando de volta para sua tenda, que Caramon mandou reformar para ele, Raistlin manteve-se nas sombras. Em suas mantos negros, era apenas um vislumbre de movimento visto pelo canto do olho.

Ele evitou a tenda de Crysania. Ela estava parada na entrada, assistindo à diversão com uma expressão melancólica no rosto. Ela não se atreveu a se juntar a eles, sabendo que a presença da "bruxa" iria prejudicar Caramon imensamente.

"Tão irônico", pensou Raistlin, "um mago vestido de preto é tolerado neste tempo, enquanto um clérigo de Paladine é desprezado e insultado".

Pisando suavemente com suas botas de couro pelo campo onde o exército estava acampado, mal deixando pegadas na relva úmida, Raistlin sentiu-se sinistramente divertido com isso. Olhando para as constelações no céu, encarou tanto o Dragão de Platina quanto o de Cinco Cabeças, à frente dele como um esgar.

O conhecimento que Fistandantilus poderia ter conseguido se não fosse a intervenção imprevista de algum miserável gnomo trouxe uma alegria sombria para Raistlin. Em todos os cálculos, o gnomo era o fator chave. O gnomo tinha alterado o tempo, embora como o tinha feito não estava claro. Ainda assim, Raistlin percebeu que tudo que precisava fazer era chegar à fortaleza montanhosa de Zhaman, de lá, seria realmente simples entrar em Thorbardin, descobrir o gnomo, e o tornar inofensivo.

O tempo, que tinha sido alterado anteriormente, retornaria para seu fluxo apropriado. Onde Fistandantilus teve fracassado, *ele* teria sucesso.

Portanto, como Fistandantilus fizera antes, Raistlin dava ao esforço de guerra a sua atenção e dedicação exclusiva para ter certeza de que seria capaz de alcançar Zhaman. Ele e Caramon passavam muitas horas refletindo sobre velhos mapas, estudando fortificações, comparando suas lembranças das viagens por aquelas terras em um tempo que ainda iria chegar e tentando adivinhar que mudanças poderiam ter acontecido.

A chave para ganhar a batalha era tomar Pax Tharkas.

E Caramon dissera mais de uma vez com um suspiro pesado que aquilo pareceu muito impossível.

— Duncan com certeza a encheu de homens — Caramon argumentou, seu dedo marcando no mapa onde ficava o grande forte. — Você se lembra como é, Raist. Como ela é construída, entre aquelas duas montanhas altas! Esses malditos anões podem aguentar por anos! Feche os portões, solte as pedras desse mecanismo e ficam presos. Precisamos de dragões de prata para levantar aquelas rochas, pelo que lembro — o grandalhão acrescentou, sombrio.

— Podemos desviar — Raistlin sugeriu.

Caramon balançou a cabeça.

— Por onde? — Seu dedo se moveu para oeste. — Qualinesti de um lado. Os elfos picariam nossa carne e a colocariam para secar — ele foi para o leste. — Por aqui, é só mar ou montanha. Não temos barcos suficientes para ir por mar e, olhe — ele moveu o dedo para baixo — se chegarmos aqui, no sul, naquele deserto, estaremos presos bem no meio, com os dois flancos expostos, com Pax Tharkas ao norte, Thorbardin ao sul.

O guerreiro andava pela sala, ocasionalmente parando para olhar o mapa irritado.

Raistlin bocejou, então se levantou, descansando sua mão levemente sobre o braço de Caramon.

— Lembre-se, meu irmão — ele disse suavemente — Pax Tharkas *caiu*!

O rosto de Caramon escureceu.

— Sim — ele murmurou, irritado por estar sendo lembrado do fato de que tudo isso era apenas um imenso jogo que parecia estar jogando. — Mas não acho que você se lembre como?

— Não. — Raistlin sacudiu a cabeça. — Mas vai cair.

Ele parou, e repetiu em voz baixa,

— *Vai* cair!

Fora da floresta, tomando cuidado com as luzes das tendas, das fogueiras, e até com a lua e as estrelas, rastejavam três figuras escuras e atarracadas. Elas hesitaram nos arredores do acampamento, como se tivessem inseguros sobre seu destino. Finalmente, um apontou, murmurando algo. Os outros dois assentiram e, agora se movendo rapidamente, eles se apressaram pelas trevas.

Foram rápidas, mas não silenciosas. Nenhum anão poderia sempre mover-se silenciosamente, e estes pareciam mais barulhentos do que o habitual. Rangiam e chacoalhavam e pisavam em cada galho quebradiço, murmurando maldições enquanto avançavam.

Raistlin, esperando por eles na escuridão de sua tenda, ouviu-os vindo de longe e balançou a cabeça. Mas ele havia pensado sobre isso em seus planos, assim marcou esta reunião quando o barulho e a alegria do banquete proporcionassem um disfarce adequado.

— Entre — ele disse ironicamente quando o barulho de ferros e pés batendo parou fora da sua tenda.

Houve uma pausa, acompanhada de respiração pesada e um murmúrio de exclamação, ninguém querendo ser o primeiro a entrar na tenda. Este foi respondido por um xingamento rosnado. A aba da tenda foi aberta com tanta violência que quase rasgou o forte tecido e um anão entrou, aparentemente o líder, pois avançou com arrogância e ousadia enquanto os outros dois, atrás dele, estavam nervosos e encolhidos.

O líder avançou em direção à mesa no meio da tenda, movendo-se rapidamente embora estivesse escuro como breu. Após anos vivendo no subsolo, os dewar desenvolveram uma excelente visão noturna. Alguns, diziam os rumores, até tinham o dom dos elfos que permitia que vissem o brilho dos seres vivos na escuridão.

Mas, por melhor que os olhos do anão fossem, nada podia distinguir vindo da figura vestida de preto sentada à sua frente do outro lado da mesa. Era como olhando para a profundeza da noite, visse algo mais escuro, como um grande abismo abrindo-se de repente aos seus pés. Aquele dewar era forte e destemido, demais até; seu pai morreu como um louco delirante. Mas aquele anão não conseguia evitar um arrepio que começava no seu pescoço e descia por sua espinha.

Ele se sentou.

— Vocês dois — ele disse em anão para seus acompanhantes — vigiem a entrada.

Eles assentiram e recuaram rapidamente, muito satisfeitos de saírem de perto da figura vestida de preto e agacharem-se ao lado da abertura. Um súbito clarão de luz fez com que levantassem alarmados, no entanto, seu líder levantou os braços, xingando muito, protegendo os olhos.

— Sem luz… sem luz! — Ele gritou em Comum grosseiro. Então sua língua se cravou no céu da boca e por um momento só conseguiu produzir sons distorcidos. Pois a luz veio, não de tocha ou vela, mas de uma chama que ardia na palma da mão em concha do mago.

Todos os anões são, por natureza, desconfiados com a magia. Incultos, dados à superstição, os dewar ficavam aterrorizados com isso e, portanto, até mesmo esse truque simples, que quase qualquer ilusionista de rua poderia realizar, fez com que o anão prendesse a respiração com medo.

— Eu olho para aqueles com quem faço acordos — Raistlin disse com sua voz suave e sussurrante. — Não tenha medo, esta luz não será detectada de fora ou, se for, qualquer um que passe por ela vai achar que estou estudando.

Lentamente, o dewar abaixou o braço, piscando os olhos dolorosamente com o brilho da luz. Seus dois associados sentaram-se novamente, desta vez ainda mais perto da entrada. Este líder dewar era o mesmo que havia participado da reunião do conselho de Duncan. Embora seu rosto estampasse a expressão meio louca e meio calculista que marcava a maioria da sua raça, havia um vislumbre de inteligência racional em seus olhos escuros que o tornava particularmente perigoso.

Estes olhos estavam avaliando o mago à sua frente, enquanto o mago também o avaliava. O Dewar ficou impressionado. Ele tinha quase tanto uso para humanos quanto a maioria dos anões. Um humano usuário de magia era duplamente suspeito. Mas o dewar era um juiz perspicaz das pessoas, e viu nos lábios finos, no rosto magro e nos olhos frios um desejo implacável de poder que ele poderia confiar e compreender.

— Você… Fistandantilus? — O dewar rosnou asperamente.

— Eu sou. — O mago fechou a mão e a chama desapareceu, deixando-os mais uma vez na escuridão, o que deixou o anão aliviado. — E eu falo anão, então podemos conversar em seu idioma. Eu preferiria isso, de fato, para que possamos ter certeza de não haver mal-entendido.

— Muito bem. — O dewar se inclinou para frente. — Eu sou Argat, tano do meu clã. Eu recebi sua mensagem. Nós estamos interessados. Mas precisamos saber mais.

— Significando "o que ganhamos com isso?" — Raistlin disse com voz zombeteira. Estendendo sua mão fina, ele apontou para um canto da tenda.

Olhando na direção indicada, Argat não viu nada. Então um objeto em um canto da tenda começou a brilhar, suavemente primeiro, mas seu brilho ia aumentando. Argat mais uma vez prendeu a respiração, mas desta vez em admiração e descrença em vez de medo.

De repente, ele lançou um olhar desconfiado por Raistlin.

— Sem problemas, pode examiná-lo por si mesmo — disse Raistlin, dando de ombros. — Pode até levá-lo com você hoje, se chegarmos a um acordo.

Mas Argat já estava fora da cadeira, tropeçando até o canto da tenda. Caindo de joelhos, ele afundou suas mãos no cofre de moedas de aço que cintilavam com um forte brilho mágico. Por longos momentos, ele não podia fazer nada além de olhar para a riqueza com olhos chamejantes, deixando as moedas correrem por entre os dedos. Então, com um suspiro trêmulo, ele se levantou e voltou para seu assento.

— Você tem um plano?

Raistlin assentiu. O brilho mágico das moedas desapareceu, mas ainda havia um tênue vislumbre que continuamente atraía o olhar do anão.

— Nossos espiões nos contaram — disse Raistlin — que Duncan planeja encontrar nosso exército nas planícies em frente à Pax Tharkas, com a intenção de derrotar-nos lá ou, se não puder fazê-lo, pelo menos infligir danos pesados. Se estivermos ganhando, ele retirará suas forças de volta para a fortaleza, fechará os portões e acionará o mecanismo que lança milhares de toneladas de rocha para bloquear os portões.

— Com o estoque de comida e armas que ele tem escondido lá, pode esperar até que desistamos e recuemos ou até que seus reforços cheguem de Thorbardin para nos encurralar no vale. Estou correto?

Argat passou os dedos pela barba negra. Sacando sua faca, jogou-a no ar e a apanhou habilmente. Olhando de relance para o mago, parou de repente, estendendo as mãos.

— Sinto muito. Um hábito nervoso — ele disse, sorrindo maliciosamente. — Espero não tê-lo assustado. Se isso o deixar inquieto, posso...

— Se me deixar desconfortável, posso lidar com isso — Raistlin observou suavemente. — Continue — gesticulou. — Tente.

Dando de ombros, mas sentindo-se desconfortável sob o olhar daqueles olhos estranhos que podia sentir, mas não ver dentre as sombras do capuz preto, Argat jogou a faca no ar...

Uma mão fina e branca serpenteou na escuridão, arrebatou a faca pelo punho, e habilmente afundou a lâmina afiada dentro da mesa entre eles.

Os olhos de Argat brilharam.

— Magia — ele rosnou.

— Habilidade — disse Raistlin friamente. — Vamos continuar a conversa ou vamos ficar em jogos nos quais eu me destaquei na infância?

— A sua informação é precisa — murmurou Argat, embainhando a faca. — Sobre o plano de Duncan.

— Bom. Meu plano é bastante simples. Duncan estará dentro da fortaleza. Não irá para o campo de batalha e dará a ordem para fechar os portões.

Raistlin afundou de volta em sua cadeira, unindo as pontas de seus longos dedos.

— Quando esse comando vier, os portões não vão fechar.

— Fácil assim? — Argat zombou.

— Fácil assim. — Raistlin abriu as mãos. — Aqueles que iriam fechá-los vão estar mortos. Tudo o que você precisará fazer é manter os portões abertos por minutos, nos dando tempo para invadi-los. Pax Tharkas cairá. Seu povo depõe as armas e se oferece para se juntar a nós.

— Fácil, mas tem uma falha — Argat disse, olhando Raistlin com astúcia. — Nossas casas e famílias em Thorbardin. O que será delas se virarmos traidores?

— Nada — Raistlin disse. Alcançando uma bolsa ao seu lado, o mago puxou um pergaminho enrolado e amarrado com uma fita preta. — Você irá entregar isso a Duncan. — Entregando-o a Argat, gesticulou. — Leia isto.

Franzindo o cenho, ainda olhando Raistlin com suspeita, o anão tomou o pergaminho, desamarrando-o, e, levando-o para perto do baú, começou a ler à luz daquele suave brilho mágico.

Ergueu os olhos para Raistlin, atônito.

— Isso… isso está na língua do meu povo!

Raistlin acenou com a cabeça, um pouco impaciente.

— Claro, o que você esperava? De outra forma, Duncan não acreditaria.

— Mas… — Argat estava boquiaberto — essa linguagem é secreta, conhecida só pelos dewar e alguns poucos, como o rei Duncan…

— Leia! — Raistlin gesticulou irritado. — Não tenho a noite toda.

Reprimindo um xingamento para Reorx, o anão leu o rolo. Isso tomou um bom tempo, apesar de serem poucas palavras. Acariciando a barba grossa e emaranhada, refletiu. Levantando-se, enrolou o pergaminho de novo e o segurou, batendo de leve com ele na palma da mão livre.

— Você está certo. Isso resolve tudo. — Ele voltou a se sentar, os olhos escuros fixos no mago, estreitando-se. — Mas quero algo mais para Duncan. Não somente esse pergaminho. Algo… impressionante.

— O que seu povo considera "impressionante"? — Raistlin perguntou, seu lábio curvando. — Algumas dúzias de corpos despedaçados…

Argat sorriu.

— A cabeça do seu general.

Houve um longo silêncio. Nem um sussurro, nem um farfalhar de pano traiu os pensamentos de Raistlin. Pareceu até parar de respirar. O silêncio durou até que Argat sentiu como se fosse uma entidade viva, tão forte era.

O anão estremeceu, depois fez uma careta. Não, iria manter o pedido. Duncan seria forçado a proclamá-lo um herói, como aquele desgraçado do Kharas.

— De acordo. — A voz de Raistlin saiu vazia, sem tom ou emoção. Mas, enquanto falava, ele se inclinou sobre a mesa. Sentindo o arquimago mais perto, Argat recuou. Conseguia ver os olhos brilhantes agora, e suas profundezas profundas, negras e arrepiantes o perfuravam até o âmago de seu ser.

— De acordo — o mago repetiu. — Cuide de manter sua parte da barganha.

Engolindo em seco, Argat deu um sorriso doentio.

— Tem motivo para você ser chamado de O Sombrio, não é, meu amigo? — Ele disse, tentando dar uma risada enquanto ficava de pé, colocando o rolo em seu cinto.

Raistlin não respondeu, e só um farfalhar de seu capuz indicou que ouvira. Dando de ombros, Argat virou e gesticulou para seus companheiros, indicando o baú no canto. Correndo, os dois o fecharam e o trancaram com uma chave que Raistlin tirou das dobras de seus mantos e silenciosamente entregou a eles. Embora os anões estivessem acostumados a carregar cargas pesadas com facilidade, os dois grunhiram levemente enquanto levantaram o baú. Os olhos de Argat brilharam de prazer.

Os dois anões saíram antes de seu líder da tenda. Carregando seu fardo entre eles, correram para as sombras seguras da floresta. Argat os observou, depois voltou a encarar o mago, que era, mais uma vez, uma poça de escuridão dentro de escuridão.

— Não se preocupe, amigo. Não iremos falhar com você.

— Não, amigo — disse Raistlin suavemente. — Não vão.

Argat espantou-se, não gostando do tom do mago.

— Veja, Argat, aquele dinheiro foi amaldiçoado. Se você me enganar, você e qualquer que tenha tocado aquele dinheiro irá ver a pele das suas mãos ficar preta e começar a apodrecer. E quando suas mãos forem uma massa sangrenta de fedor, a pele de seus braços e suas pernas escurecerão. E, lentamente, enquanto você assiste impotente, a maldição se espalhará sobre todo o seu corpo. Quando não puder mais se aguentar em seus pés podres, irá cair morto.

Argat fez um som estrangulado, inarticulado.

— Você… está mentindo! — Ele conseguiu rosnar.

Raistlin não disse nada. Ele pode muito bem ter desaparecido da tenda, pelo que Argat sabia. O anão não podia ver o mago ou mesmo sentir sua presença. O que ouviu foram gritos e risos da cabana quando a porta se abriu. Luz explodiu, anões e homens saíram tropeçando para o ar noturno.

Xingando baixinho, Argat apressou-se.

Mas, enquanto corria, enxugava as mãos freneticamente nas calças.

Capítulo 6

Alvorada. O sol de Krynn rastejou por detrás das montanhas lentamente, quase como se soubesse sobre que visões medonhas lançaria sua luz sobre este dia. Mas o tempo não podia ser parado. Finalmente aparecendo acima dos picos das montanhas, o sol foi saudado com aplausos e o som de espada contra escudo daqueles que poderiam estar vendo o alvorecer pela última vez.

Entre os que aplaudiam estava Duncan, Rei dos Anões da Montanha. De pé sobre as ameias da grande fortaleza de Pax Tharkas, cercado por seus generais, Duncan ouvias as vozes graves e roucas dos seus homens erguendo-se ao seu redor e sorria com satisfação. Seria um dia glorioso.

Apenas um anão não aplaudia. Duncan nem precisava se virar para estar consciente do silêncio que trovejava em seu coração tão ruidosamente quanto a alegria trovejava em seus ouvidos.

Destacando-se dos outros estava Kharas, herói dos anões. Alto, esplêndido em sua armadura brilhante, seu imenso martelo preso nas palmas nas mãos largas, ele encarou o nascer do sol e, se alguém tivesse olhado, teria visto lágrimas escorrendo pelo seu rosto.

Mas ninguém olhou. O olhar de todos cuidadosamente evitava Kharas. Não porque ele chorava, embora as lágrimas fossem consideradas uma fraqueza infantil pelos anões. Não, não era porque Kharas chorava que todos os olhares se desviavam dele. Era porque, quando suas lágrimas caíram, escorriam desimpedidas, por uma face nua.

Kharas tinha raspada a barba.

Mesmo enquanto seus olhos varriam as planícies defronte Pax Tharkas, mesmo enquanto sua mente absorvia a disposição do inimigo, espalhados pelas planícies desoladas à sua frente, as pontas das lanças brilhando à luz do sol, o tano ainda sentia o choque sem limites que oprimiu sua alma naquela manhã quando viu Kharas tomar seu lugar nas ameias de cara nua. Em suas mãos, o anão segurava as longas e encaracoladas tranças da sua exuberante barba e, com todos assistindo, Kharas as arremessou pela borda das muralhas.

Uma barba é o direito de nascença de um anão, seu orgulho, o orgulho de sua família. Em profunda tristeza, um anão passa pelo tempo de luto sem pentear a barba, mas só há uma coisa que fará um anão tirar sua barba. A vergonha. É a marca da desgraça: a punição por assassinato, roubo, covardia, deserção.

— Por quê? — Foi tudo que o atordoado Duncan conseguiu perguntar.

Olhando para as montanhas, Kharas respondeu em uma voz que se quebrava e despedaçava como pedra.

— Eu luto esta batalha porque você me mandou lutar, tano. Eu lhe prometi a minha lealdade e tenho o dever de honra de obedecer a essa promessa. Mas, enquanto luto, quero que todos saibam que eu não vejo honra em matar meus parentes, nem mesmo humanos que, mais de uma vez, lutaram no meu lado. Que todos saibam que hoje Kharas avança em vergonha.

— Vai fazer uma bela figura para aqueles que você lidera! — Duncan respondeu amargamente.

Mas Kharas fechou a boca e não disse mais nada.

— Tano! — Diversos homens chamaram juntos, distraindo a atenção de Duncan de volta para as planícies. Mas ele também vira as quatro figuras, minúsculas como brinquedos naquela distância, destacando-se do exército e cavalgando em direção a Pax Tharkas. Três das figuras carregavam bandeiras esvoaçantes. A quarta carregava apenas um cajado que irradiava uma luz clara e brilhante, visível na claridade crescente do amanhecer mesmo com a distância.

Duas das bandeiras foram reconhecidas por Duncan, claro. O estandarte dos anões da colina, com seu símbolo tão familiar de bigorna e martelo, era repetido com cores diferentes na própria bandeira de Duncan. A bandeira dos habitantes das planícies que ele nunca vira antes, mas a reconheceu de imediato. Combinava com eles: o símbolo do vento varrendo a grama da pradaria. O terceiro estandarte, ele presumiu, devia pertencer a esse general arrivista que saiu do nada.

—Humf! — Duncan bufou, olhando para a bandeira com seu símbolo da estrela de nove pontas com desprezo. — Pelo que tenho ouvido, podia estar carregando uma bandeira com o sinal da Guilda dos Ladrões, junto com uma vaca mugindo!

Os generais riram.

— Ou rosas mortas — sugeriu um. — Soube que tem muitos Cavaleiros de Solamnia renegados entre esses ladrões e agricultores.

As quatro figuras galoparam pela planície, as bandeiras esvoaçando, os cascos de seus cavalos levantando nuvens de pó.

— O quarto, aquele de roupa preta, seria o bruxo Fistandantilus? — Duncan perguntou rudemente, as sobrancelhas grossas quase escondendo os olhos em uma carranca. Anões não têm talento para magia e, portanto, a desprezam e desconfiam acima de todas as coisas.

— Sim, Tano — respondeu um general.

— De todos eles, é dele que tenho mais medo — Duncan murmurou em tom sombrio.

— Bah! — Um velho general acariciou sua longa barba com complacência. — Não precisa ter medo desse mago. Nossos espiões nos disseram que sua saúde é fraca e raramente usa sua magia, se usa, e passa o tempo todo escondido em sua tenda. Além disso, seria necessário um exército de magos tão forte quanto ele para tomar esta fortaleza com Magia.

— Pode ser que você tenha razão — disse Duncan, estendendo a mão para alisá-la. Vendo Kharas pelo canto do olho, ele parou a mão, de repente desconfortável, e abruptamente cruzou as mãos atrás das costas. — Ainda assim, fique de olho nele. — Ele levantou a voz. — Vocês, atiradores de elite… uma bolsa de ouro para aquele cuja flecha se alojar entre as costelas do mago!

Houve uma saudação retumbante que imediatamente sumiu quando os quatro pararam na frente da fortaleza. O líder, o general, levantou a palma da mão para fora no antigo gesto de falar. Atravessando as ameias e escalando um bloco de pedra posto lá para esse propósito, Duncan colocou as mãos nos quadris, abriu as pernas, e olhou para baixo sombriamente.

— Nós gostaríamos de falar! — O general Caramon gritou. Sua voz ressoou e ecoou entre as paredes das íngremes montanhas que flanqueavam a fortaleza.

— Tudo foi dito! — Duncan retrucou, a voz do anão soando quase tão poderosa, embora ele fosse cerca de um quarto do tamanho do seu opositor.

— Nós lhe damos uma última chance! Devolva aos seus parentes o que você sabe ser deles por direito! Devolva para esses humanos o que você tirou deles. Compartilhe sua vasta riqueza. Afinal, mortos não podem gastar!

— Não, mas vocês vivos encontrariam uma maneira, não é? — Duncan explodiu de volta, zombando. — O que temos, ganhamos de forma honesta, trabalhando em nossos lares debaixo das montanhas, não vagando pela terra na companhia de bárbaros selvagens. Aqui está nossa resposta!

Duncan levantou a mão. Atiradores de elite, prontos e à espera, puxaram para trás as cordas de seus arcos. A mão de Duncan caiu, e cem flechas zuniram pelo ar. Os anões nas ameias começaram a rir, esperando ver os quatro virarem os cavalos e correrem para salvar suas vidas.

Mas o riso morreu em seus lábios. As figuras não se moveram quando as setas arquearam em sua direção. O mago de preto ergueu a mão. Simultaneamente, as pontas de todas as flechas explodiram em chamas, a haste tornou-se fumaça e, em segundos, tudo se reduziu a nada na manhã brilhante.

— Esta é a nossa! — A voz fria e severa do general flutuou para cima. Virando seu cavalo, ele galopou de volta para seus exércitos, ladeado pelo mago vestido de preto, o anão da colina e o homem da planície.

Ouvindo seus homens murmurando entre si e vendo que lançavam olhares duros e desconfiados uns para os outros, Duncan firmemente esmagou sua própria dúvida momentânea e virou-se para encará-los, sua barba trêmula de fúria.

— O que é isso? — Perguntou com raiva. — Estão com medo de truques de ilusionista barato? O que estou liderando, um exército de homens ou de crianças?

Vendo cabeças abaixadas e rostos corados de vergonha, Duncan desceu daquele posto. Andando a passos largos para o outro lado das ameias, olhou para o grande pátio da fortaleza que era formado, não por paredes feitas pelo homem, mas pelas paredes naturais das próprias montanhas. Cavernas cobriam as laterais. Normalmente, fumaça e sons de metal sendo extraído e forjado em aço estariam se derramando de suas bocas escancaradas. Mas as minas foram caladas naquele dia, assim como as forjas.

Naquela manhã, o pátio fervilhava com anões. Vestido com armaduras pesadas, portavam escudos e machados, além de martelos, as armas favoritas da infantaria. Todas as cabeças levantaram quando Duncan apareceu e os aplausos que tinham morrido momentaneamente recomeçaram.

— É guerra! — Duncan gritou acima do barulho, levantando suas mãos.

Os aplausos aumentaram, depois pararam. Depois de um momento de silêncio, as vozes graves se ergueram, cantando.

Sob as colinas, o coração do machado
Surge a partir das cinzas do meio do fogo,
Aquecido e martelado, o cabo vem depois,
Pois as colinas estão forjando o primeiro sopro da guerra.
Os irmãos e os senhores do coração do soldado
No campo de batalha.
Volte em glória
Ou em seu escudo.

Fora das montanhas no meio do ar,
Os machados estão sonhando, sonhando com pedra,
Do metal vivo através do tempo do minério,
Pedra no metal, metal na pedra.
Os sonhos e os propósitos do coração do soldado
No campo de batalha.
Volte em glória
Ou em seu escudo.

O vermelho do ferro imaginado no veio,
Verde do latão, verde do cobre
Acendeu no fogo a forja do mundo,
Consumido em seu sonho enquanto se afunda no osso.
O coração de soldado descansa, pleno
No campo de batalha.
Volte em glória
Ou em seu escudo.

Com o sangue agitado pela música, Duncan sentiu suas dúvidas desaparecerem como as flechas haviam desaparecido no ar. Seus generais já desciam das ameias, apressando-se para ficar em posição. Apenas um ficou, Argat, general dos dewar. Kharas também permaneceu. Duncan olhou para Kharas e abriu a boca para falar.

Mas o herói dos anões simplesmente olhou para seu rei de forma sombria e desanimada, então, curvando-se em direção a seu tano, virou-se e seguiu atrás dos outros para tomar seu lugar como um dos líderes da infantaria.

Duncan o encarou com raiva.

— Que Reorx coloque fogo em suas barbas! — Ele murmurou enquanto o seguia. Ele iria estar presente quando os grandes portões se abrissem e seus exércitos marchassem para as planícies. — Quem ele pensa que é? Meus próprios filhos não agem assim comigo! Isso não pode continuar assim. Depois dessa batalha, ele será colocado em seu lugar.

Resmungando para si mesmo, Duncan estava quase na escada para baixo quando sentiu uma mão sobre seu braço. Olhando para cima, viu Argat.

— Peço ao rei — disse a anão em sua língua brutal — para pensar novamente. Nosso plano é bom. Abandone esse pedaço inútil de rocha. Deixa que eles fiquem com isso — gesticulou em direção ao exército na planície. — Não vão fortificar. Quando recuamos para Thorbardin, vão nos perseguir nas planícies. Então nós pegamos Pax Tharkas de volta e "bam" — o anão bateu palmas — os pegamos! Apanhados entre Pax Tharkas no norte e Thorbardin no sul.

Duncan olhou friamente para o dewar. Argat havia apresentado essa estratégia no Conselho de Guerra, e Duncan se perguntou de onde a tirara. O dewar geralmente tinha pouco interesse em assuntos militares, preocupando-se apenas com uma coisa, a sua parte dos despojos. Era Kharas tentando mais uma vez convencê-lo a não lutar?

Duncan com raiva sacudiu o braço.

— Pax Tharkas nunca irá cair! — Ele disse. — Sua estratégia é a estratégia de um covarde. Não vou dar nada pra essa corja, nem uma peça de cobre, nem uma pedra do chão! Prefiro morrer aqui!

Afastando-se pisando duro, Duncan desceu as escadas, a barba eriçada de fúria.

Observando-o, Argat torceu o lábio com desprezo.

— Talvez você morra nesta rocha miserável, rei Duncan. Mas Argat não. — Virando para os dois dewar que estavam nas sombras em um canto recuado, o anão escuro acenou com a cabeça duas vezes. Os anões acenaram com a cabeça em resposta, então rapidamente saíram apressados.

De pé sobre as ameias, Argat assistiu o sol subindo mais alto no céu. Preocupado, ele começou a esfregar sem perceber as mãos em sua armadura de couro como se tentasse limpá-las.

O Grandegug não tinha muita certeza, mas sentia que havia algo errado. Embora não fosse muito perceptivo e entendesse pouco sobre as complexas táticas e estratégias de guerra, ocorreu ao Grandegug, no entanto, que anões retornando vitoriosos do campo de batalha não entravam cambaleando na fortaleza cobertos de sangue e caindo mortos aos seus pés.

Um ou dois, poderia ter colocado como infortúnios da guerra, mas o número de anões fazendo isto estava crescendo a um ritmo verdadeiramente alarmante. O Grandegug decidiu que ia tentar descobrir o que estava acontecendo.

Deu dois passos à frente e ouviu uma terrível comoção atrás dele, fazendo-o parar de repente. Com um suspiro fundo, o Grandegug virou para trás. Tinha esquecido da sua companhia.

— Não, não, não! — O Grandegug gritou com raiva, acenando os braços. — Quantas vezes eu disse? "Fiquem aqui! Fiquem aqui!". O rei disse a Grandegug "Vocês, caras, fiquem aqui", isso significa "Fique Aqui"! Tenderam?

O Grandegug fitou sua companhia com um olho severo, fazendo com os que ainda estavam de pé e capazes de encontrar aquele olho (faltava o outro) tremerem de vergonha. Os anões tolos que tinham tropeçado em suas lanças, que deixaram cair suas lanças, aqueles que na confusão espetaram acidentalmente um companheiro com uma lança, aqueles que estavam caídos de bruços no chão, e aqueles que se viraram completamente e agora estavam encarando a retaguarda, ouviram a voz do seu comandante e guincharam.

— Olha, seus fulgulpes gosmentos — rosnou o Grandegug, respirando fundo. — Eu vou descobrir o que está acontecendo. Não parece certo, todos voltando para o forte assim. Não cantando, apenas sangrando. Não foi assim que o rei disse a Grandegug que as coisas funcionariam. Então eu vou. Vocês Fiquem Aqui. Tenderam? Repete.

— Eu vou — ecoaram as tropas obedientemente. — Vocês Fiquem Aqui.

O Grandegug puxou a barba.

— Não! Eu vou! Vocês... Ah, esqueçam! — Perseguindo com raiva, ouviu atrás dele, mais uma vez, o barulho de lanças batendo na terra.

Felizmente, o Grandegug não teve que ir muito longe. Caso contrário, quando voltasse, teria encontrado cerca de metade de seu comando morto, espetado nas extremidades de suas próprias lanças. Mas ele foi capaz de descobrir o que precisava saber e retornar para suas tropas antes que mais de meia dúzia tivesse se matado assim.

O Grandegug tinha galgado apenas uns vinte degraus quando ele virou uma esquina e por muito pouco não trombou com Duncan, seu Rei. Duncan não o percebeu por estar de costas. O rei estava absorto em uma conversa com Kharas e vários oficiais comandantes. Dando um passo apressado para trás, o Grandegug viu e ouviu ansiosamente.

Ao contrário de muitos dos anões que retornaram do campo de batalha, cuja pesada cota de malha estava tão amassada que parecia que tinham despencado montanha abaixo, a de Kharas só tinha uns poucos amassados. Os braços do herói estavam ensanguentados até os cotovelos, mas era sangue do inimigo, não o seu. Poucos eram os que podiam suportar as poderosas oscilações do martelo que ele carregava. Inúmeros foram os que caíram mortos pela mão de Kharas, embora muitos se perguntassem, em seus últimos momentos, por que o anão alto soluçou amargamente ao dar o último golpe.

Kharas não estava chorando agora, no entanto. Suas lágrimas se foram, completamente secas. Ele estava discutindo com seu rei.

— Fomos massacrados no campo, tano — ele disse severamente. — O general Mãodeferro estava certo em ordenar a retirada. Se quer manter Pax Tharkas, devemos retornar e fechar os portões como planejado. Lembre-se que este momento foi previsto, tano.

— Mas um momento de vergonha, mesmo assim — Duncan rosnou com um xingamento amargo. — Vencidos por um bando de ladrões e agricultores!

— Aquele bando de ladrões e fazendeiros foi bem treinado, tano — Kharas disse solenemente, os generais balançando a cabeça de má vontade e concordando com suas palavras. — Os homens da Planície se cobrem de glória na batalha e nossos parentes lutam com a coragem com que nasceram. E então vêm das colinas os cavaleiros de Solamnia nos seus cavalos.

— Você deve dar o comando, tano! — Um dos generais disse. — Ou estar preparado para morrer onde estamos.

— Fechem os malditos portões, então! — Duncan gritou com fúria. — Mas não soltem o mecanismo. Só no último momento possível. Pode não haver necessidade. Vai custar-lhes muito tentar arrombar os portões, e eu quero ser capaz de sair sem ter que remover toneladas de rocha.

— Fechar portões, fechar portões! — Soou em várias vozes.

Todos dentro do pátio, vivos, feridos e até os moribundos viraram suas cabeças para verem os portões fecharem. O Grandegug estava entre estes, olhando com espanto. Tinha ouvido falar desses grandes portões, como eles se moviam silenciosamente em dobradiças gigantes e lubrificadas, que funcionavam tão suavemente que eram necessários apenas dois anões de cada lado para fechá-los. O Grandegug ficou um pouco decepcionado ao ouvir que o mecanismo não seria operado. A visão de toneladas de rocha caindo para bloquear os portões era uma que ele lamentava não ver.

Ainda assim, aquilo já deveria ser bastante divertido...

O Grandegug prendeu a respiração na visão seguinte, quase se sufocando. Olhando para o portão, ele podia ver além deste, e o que viu foi paralisante.

Um grande Exército corria em direção a ele. E não era o seu exército!

O que significava que devia ser o inimigo, decidiu depois de um momento de profunda reflexão, havendo, tanto quanto ele sabia, apenas dois lados naquele conflito, o dele e o dos outros.

O sol do meio-dia brilhava sobre a armadura dos Cavaleiros de Solamnia, em seus escudos e em suas espadas desembainhadas. Atrás deles vinha a infantaria correndo. O exército de Fistandantilus estava correndo para a fortaleza, esperando alcançá-la antes que os portões pudessem ser fechados e bloqueados. Aqueles poucos anões da montanha corajosos o suficiente para ficar em seu caminho eram cortados por aço faiscante e cascos pesados.

O inimigo estava cada vez mais perto. O Grandegug engoliu nervoso. Ele não sabia muito sobre manobras militares, mas pareceu-lhe que seria um excelente momento para os portões se fecharem. Parecia que os generais também pensavam assim, pois todos corriam naquela direção, gritando e berrando.

— Em nome de Reorx, o que... — Duncan começou.

De repente, o rosto de Kharas ficou pálido.

— Duncan — ele disse calmamente — fomos traídos. Você deve ir agora.

— O-o quê? — Duncan gaguejou, perplexo. Ficando na ponta dos pés, ele tentou em vão ver sobre a multidão que se movia no pátio. — Traído! Como...

— Os dewar, meu tano — Kharas disse, capaz, com sua altura, para ver o que estava acontecendo. — Eles mataram as sentinelas dos portões e estão lutando para manter os portões abertos.

— Matem-nos! — Duncan espumava pela boca de raiva, saliva escorrendo pela barba. — Matem cada um deles! — O rei desembainhou sua própria espada e saltou para frente. — Eu irei pessoalmente...

— Não, tano! — Kharas o agarrou, arrastando-o de volta. — É tarde demais! Venha, temos de chegar aos grifos! Você precisa chegar em Thorbardin, meu rei!

Mas Duncan estava além de qualquer razão. Ele lutou contra Kharas com força. Finalmente, o mais jovem, o rosto sério, fechou seu grande punho e deu um soco no queixo de seu rei. Duncan tropeçou para trás, cambaleando com o golpe, mas não caiu.

— Eu vou arrancar a sua cabeça por isso! — O rei jurou, agarrando debilmente o punho da espada. Mais um golpe de Kharas finalizou o trabalho. Duncan esparramou-se na terra e ficou caído em silêncio.

Com tristeza no rosto, Kharas se abaixou, ergueu seu rei, com armadura de cota de malha e tudo, e, com um grunhido, colocou o anão robusto por cima do ombro. Chamando alguns daqueles ainda capazes de ficar de pé e lutar para cobri-lo, Kharas se apressou para onde os grifos esperavam, o rei desmaiado pendurado, braços pendentes sobre seu ombro.

O Grandegug encarava o exército que se aproximava com horror e fascínio. Na sua mente, ecoava repetidamente o último comando de Duncan: "Você Fique Aqui".

Virando-se, correndo de volta para sua tropa, era exatamente o que ele pretendia fazer.

Apesar dos anões tolos terem uma merecida reputação de serem a raça mais covarde a viver em Krynn, podiam, quando encurralados, lutar com uma ferocidade que geralmente surpreendia o inimigo.

A maioria dos exércitos, no entanto, usava os anões tolos só em posições de apoio, deixando-os o mais na retaguarda possível, pois eram grandes as chances que o regimento de anões tolos infligisse tanto dano ao seu próprio lado como ao inimigo.

Assim Duncan havia postado o único destacamento de anões tolos residindo em Pax Tharkas, formado por antigos mineiros, no centro do pátio e disse-lhes para ficarem lá, imaginando que esta seria a melhor maneira de mantê-los fora de confusões. Ele lhes dera lanças, para o improvável caso de o inimigo atravessar os portões com uma carga de cavalaria.

Mas era isso que estava acontecendo. Vendo o Exército de Fistandantilus se aproximando, sabendo que estavam encurralados e derrotados, todos os anões em Pax Tharkas foram jogados na confusão.

Alguns mantiveram suas cabeças. Os atiradores de elite nas ameias jorravam flechas no inimigo que avançava, retardando-o um pouco. Vários comandantes estavam reunindo seus regimentos, preparando-se para lutar enquanto recuavam para a montanha. Mas a maioria estava somente fugindo, correndo por suas vidas para a segurança das colinas no entorno.

E logo apenas um grupo ficou no caminho do exército que se aproximava, o dos anões tolos.

— É isso — Grandegug gritou apressadamente para seus homens enquanto voltava bufando. Seu rosto estava branco embaixo da sujeira, mas estava calmo e composto. Tinham lhe dito Fique Aqui e, pelas barbas de Reorx, ele iria.

No entanto, vendo que a maioria de seus homens estava começando a se afastar, os olhos arregalados com a visão dos cavalos trovejantes que se aproximavam dos portões abertos, o Grandegug decidiu que era a hora de uma pequena injeção de moral.

Tendo treinado para tal ocasião, o Grandegug também ensinou às suas tropas um canto de guerra e estava muito orgulhoso disso. Infelizmente, eles ainda não tinham aprendido direito.

— Agora — ele gritou — o que vocês vão me dar?

— Morte! — Todos os seus homens gritaram alegremente a uma só voz. O Grandegug gritou.

— Não, não, não! — Ele gritou exasperado, batendo o pé no chão. Seus homens se entreolharam, envergonhados.

— Eu digo a vocês, seus bobogupers, é...

— Lealdade imortal! — Alguém gritou de repente, triunfante.

Os outros franziram o cenho, murmurando "exibido". Um vizinho enciumado até o cutucou com a lança. Por sorte, foi com a ponta sem a lâmina (estava a segurando de cabeça para baixo) ou haveria sérios danos.

— É isto — disse o Grandegug, tentando não perceber que o som de cascos estava ficando cada vez mais alto atrás dele. — Vamos tentar de novo. O que vocês vão me dar?

— Leal... leal... dade imor... imort... tal — saiu bastante estrangulado, muitos tropeçando nas palavras difíceis. E com certeza não tinha o mesmo tom (ou entusiasmo) do primeiro.

Uma mão se ergueu.

— Bem, o que foi, Gug Snug? — Rosnou o Grandegug.

— Temos que dar essa... lealdade imor... tal... quando morrermos? — O Grandegug o encarou com seu olho bom.

— Não, seu gucretino — ele rebateu, rangendo os dentes. — Morte ou lealdade imortal. O que vier primeiro.

O anão tolo sorriu, imensamente animado.

O Grandegug, balançando a cabeça e resmungando, virou-se para encarar o inimigo.

— Preparar lanças! — Ele gritou.

Isso foi um erro e ele soube assim que disse, ouvindo o tumulto e a confusão e os xingamentos (e uns gemidos de dor) atrás dele.

Mas, naquele momento, aquilo não importava…

O sol se pôs em uma névoa vermelho-sangue, afundando na silenciosa floresta de Qualinesti.

Tudo estava quieto em Pax Tharkas, a inexpugnável fortaleza tinha caído pouco depois do meio-dia. A tarde passou em escaramuças com grupos de anões, que estavam recuando, lutando, de volta para as montanhas. Muitos tinham escapado, pois a carga dos cavaleiros foi repelida por um pequeno grupo de lanceiros que manteve posição quando os portões foram violados, teimosamente recusando-se a ceder.

Kharas, carregando o rei inconsciente em seus braços, voou em um grifo de volta para Thorbardin, acompanhado pelos oficiais de Duncan ainda vivos.

O restante do exército dos anões da montanha, em casa nas cavernas e rochas das passagens cobertas de neve, estava voltando para Thorbardin. Os dewar que traíram seus parentes estavam bebendo a cerveja de Duncan e se gabando de seus feitos, enquanto a maior parte do exército de Caramon os olhava com nojo.

Esta noite, quando o sol se pôs, o pátio estava cheio de anões e humanos comemorando sua vitória, e por oficiais tentando em vão deter a maré de embriaguez que ameaçava afogar a todos. Berrando, ameaçando e esmagando algumas cabeças, conseguiram arrastar o suficiente para postos de vigia e equipes de enterro.

Crysania havia passado em seu teste de sangue. Apesar de ter sido mantida distante da batalha por um vigilante Caramon, assim que entraram no forte, ela conseguiu enganá-lo. Agora, camuflada e encapuzada, ela movia-se entre os feridos, sorrateiramente curando todos que podia sem atrair a atenção. Em anos posteriores, os sobreviventes contariam histórias para seus netos, clamando terem visto uma figura vestida de branco com uma luz brilhante ao redor de seu pescoço, que pôs suas mãos gentis sobre eles e tirou a sua dor.

Caramon estava reunido com oficiais numa sala em Pax Tharkas, planejando sua estratégia, embora estivesse tão exausto que mal podia pensar.

Assim, poucos viram a única figura vestida de preto entrar pelos portões abertos de Pax Tharkas. Cavalgava um cavalo preto inquieto que se encolhia com o cheiro de sangue. Fazendo uma pausa, a figura falou algumas palavras para sua montaria, tentando acalmar o animal. Aqueles que viram a figura pararam por um momento aterrorizados, muitos tendo a febril (ou bêbada) impressão de que era a Morte em pessoa, vindo coletar os insepultos.

Alguém murmurou, "o mago", e eles se viraram, com risos trêmulos ou suspiros de alívio.

Seus olhos obscurecidos nas profundezas de seu capuz, e mesmo assim observando tudo ao redor, Raistlin avançou até chegar à visão mais notável em todo o campo de batalha: os corpos de aproximadamente cem anões tolos, caídos (na maioria) em fileiras alinhadas, um sobre o outro. A maioria ainda mantinha as lanças (várias de cabeça para baixo) agarradas firmemente em suas mãos mortas. Havia também entre eles, porém, alguns cavalos feridos (geralmente por acidente) por punhaladas e golpes selvagens dos desesperados anões tolos. Em mais de um animal, ao ser erguido, foram vistas marcas de dentes em suas patas dianteiras. No final, os anões tolos tinham largado as lanças inúteis para lutar como sabiam melhor, com unhas e dentes.

— Isso não estava na história — Raistlin sussurrou para si mesmo, encarando os corpos pequenos e contorcidos, o cenho franzido. Seus olhos brilharam. — Talvez — ele suspirou — isso signifique que o tempo já foi alterado?

Por um longo tempo, ficou sentado ali, ponderando. De repente, entendeu.

Ninguém viu o rosto de Raistlin, escondido em seu capuz, ou teriam notado o rápido e súbito esgar de dor e raiva que passou ali.

— Não — ele disse para si mesmo amargamente. — O sacrifício lamentável dessas pobres criaturas ficou fora das histórias não porque não aconteceu. Ficou de fora simplesmente porque…

Ele fez uma pausa, olhando sombriamente para os pequenos corpos quebrados.

— Ninguém se importou.

Capítulo 7

Preciso falar com o general!

A voz atravessou a suave e quente nuvem de sono que envolvia Caramon como a manta de plumas na cama, a primeira cama de verdade que dormia em meses.

— Vá embora — murmurou Caramon e ouviu Garic dizer a mesma coisa, ou algo parecido…

— Impossível. O general está dormindo. Ele não deve ser perturbado.

— Preciso vê-lo. É urgente!

— Ele não dorme há quase quarenta e oito horas…

— Eu sei! Mas…

As vozes baixaram. "Bom", pensou Caramon, "agora posso voltar a dormir". Mas ele descobriu, infelizmente, que as vozes baixas só o despertavam mais. Algo estava errado e ele sabia disso. Com um gemido, ele virou, colocando o travesseiro na cabeça. Cada músculo em seu corpo doía; tinha ficado em cima de um cavalo por quase dezoito horas sem descanso. Com certeza, Garic poderia lidar com aquilo…

A porta do seu quarto abriu devagar.

Caramon apertou os olhos fechados, afundando-se mais no colchão de penas. Ocorreu-lhe ao fazê-lo que, em algumas centenas de anos, Verminaard, o Senhor maligno, dormiria naquela mesma cama. Será que alguém o acordou assim, naquela manhã em que os Heróis libertaram os escravos de Pax Tharkas?

— General — disse a voz suave de Garic — Caramon.

Houve um xingamento abafado pelo travesseiro.

"Talvez, quando sair, eu ponha um sapo na cama", Caramon pensou maldosamente. "Vai estar bem duro e agradável daqui a duzentos anos…"

— General — Garic insistiu. — Sinto muito por acordá-lo, senhor, mas precisam de você no pátio agora.

— Para quê? — Rosnou Caramon, jogando os cobertores para o lado e sentando, fazendo uma careta com a dor nas coxas e costas. Esfregando os olhos, encarou Garic.

— O exército, senhor. Está partindo.

Caramon o encarou.

— O quê? Você está louco.

— Não, se…senhor — disse um jovem soldado, que se esgueirou depois de Garic e agora estava atrás dele, seus olhos arregalados de admiração por estar na presença do seu comandante, mesmo que ele estivesse nu e só meio acordado. — Estão reunidos no pátio agora, senhor. Os anões e os homens da planície… e alguns dos nossos.

— Não os Cavaleiros — Garic adicionou rapidamente.

— Bem… bem — Caramon gaguejou, então acenou com a mão. — Diga para dispersarem, droga! Isso é absurdo. — Reclamou. — Em nome dos deuses, três quartos deles estavam quase mortos de tanto beber na noite passada!

— Estão bem sóbrios esta manhã, senhor. E eu acho que você deveria ir — Garic disse suavemente. — Seu irmão está liderando.

— O que significa isto? — Caramon exigiu, a respiração em uma fumaça branca no ar frio. Era a manhã mais fria do outono. Uma fina camada de gelo cobria as pedras de Pax Tharkas, obliterando as manchas vermelhas da batalha.

Envolto em um manto grosso, vestido apenas com calções de couro e botas que tinha colocado às pressas, Caramon olhou ao seu redor pelo pátio. Estava lotado de anões e homens, todos de pé em silêncio, sombriamente, em fileiras, esperando a ordem para marchar.

O olhar duro de Caramon se fixou em Reghar Forjardente depois foi até Noite Escura, o líder dos homens da planície.

— Discutimos isso ontem — disse Caramon. A voz dele tensa com a raiva mal contida, foi para frente de Reghar. — Irá demorar mais dois dias para nossas carroças de suprimentos chegarem. Não há comida suficiente para a marcha, você me disse ontem à noite. E não vamos encontrar sequer um coelho nas Planícies de Dergoth…

— *Nós* não nos importamos de perder algumas refeições — grunhiu Reghar, a ênfase no "nós" não deixando dúvidas quanto ao seu significado. O amor de Caramon pelo seu jantar era bem conhecido.

Isso não fez nada para melhorar o humor do general. O rosto de Caramon ficou vermelho.

— E as armas, seu tolo de barba comprida? — Ele rebateu. — E água potável, abrigo, e comida para os cavalos?

— Não ficaremos nas planícies por muito tempo — Reghar retrucou, seus olhos piscando. — Os anões da montanha, Reorx amaldiçoe seus corações de pedra, estão em confusão. Devemos atacar agora, antes que eles possam reorganizar suas forças.

— Falamos sobre isso de noite! — Caramon gritou exasperado. — Enfrentamos apenas uma parte da força deles aqui. Duncan tem mais um exército inteiro esperando por vocês debaixo da montanha!

— Talvez sim. Talvez não — Reghar rosnou mal-humorado, olhando para o sul e cruzando seus braços. — De qualquer forma, mudamos de ideia. Estamos marchando hoje, com ou sem você.

Caramon olhou para Noite Escura, que ficou em silêncio ao longo desta conversa. O chefe dos homens das planícies apenas acenou com a cabeça uma vez. Seus homens, de pé atrás dele, estavam sérios e quietos, porém aqui e ali Caramon viu alguns rostos esverdeados e soube que muitos não haviam se recuperado totalmente da noite de celebração.

Finalmente, o olhar de Caramon foi para uma figura vestida de preto sentada em um cavalo preto. Apesar dos seus olhos estarem ensombrecidos por seu capuz preto, Caramon sentiu seu olhar intenso e divertido desde que passara pela porta da gigantesca fortaleza.

Virando abruptamente, Caramon foi até Raistlin. Não ficou surpreso ao encontrar Crysania no seu cavalo, abafada em um manto grosso. Conforme se aproximava, percebeu que a barra do manto estava com manchas escuras de sangue. Seu rosto, pouco visível acima de um lenço que ela tinha enrolado no pescoço e no queixo, estava pálido, mas composto. Perguntou-se onde teria ido e o que estivera fazendo durante a longa noite. Seus pensamentos estavam concentrados, porém, em seu gêmeo.

— Isso é culpa sua — disse ele em voz baixa, aproximando-se de Raistlin e colocando a mão sobre o pescoço do cavalo.

Raistlin assentiu complacentemente, inclinando-se sobre o pomo da sela para falar com seu irmão. Caramon podia ver seu rosto, frio e branco como a geada na calçada por baixo de seus pés.

— Qual é seu plano? — Caramon exigiu, ainda na mesma voz baixa. — O que é tudo isso? Você sabe que não podemos marchar sem suprimentos!

— Você está arriscando muito pouco, meu irmão — disse Raistlin. Ele deu de ombros e acrescentou — Os suprimentos vão nos alcançar. Quanto às armas, os homens pegaram mais após a batalha. Reghar está certo, devemos atacar logo, antes que Duncan possa se organizar.

— Você devia ter conversado isso comigo! — Caramon rosnou, fechando o punho. — *Eu* estou no comando!

Raistlin desviou o olhar, remexendo-se na sela. Caramon, perto dele, sentiu o corpo de seu irmão estremecer por baixo dos panos pretos.

— Não havia tempo — disse o arquimago depois de um momento. — Eu tive um sonho ontem à noite, meu irmão. Ela veio até mim, a minha rainha… Takhisis. É imperativo que eu alcance Zhaman o mais breve possível.

Caramon olhou para seu irmão em uma compreensão silenciosa e repentina.

— Eles não significam nada para você! — Ele disse suavemente, gesticulando para os homens e anões em pé, esperando atrás dele. — Você só pensa em uma coisa, em chegar no seu precioso portal! — Seu olhar amargo foi até Crysania, que o olhou calmamente, embora seus olhos cinza estivessem escuros e sombreados por uma noite sem dormir, cheia de horror, passada entre os feridos e moribundos. — Você também? Você vai apoiá-lo nisso?

— O teste de sangue, Caramon — ela disse suavemente. — Isso deve parar… para sempre. Eu vi o mal maior que a humanidade pode infligir sobre si.

— Aposto que sim! — Caramon murmurou, olhando para seu gêmeo.

Estendendo as mãos finas, Raistlin afastou as dobras do seu capuz devagar, deixando seus olhos visíveis. Caramon recuou, vendo-se refletido na superfície lisa, seu rosto abatido, barba por fazer, o cabelo despenteado, esvoaçando ao vento. E então, enquanto Raistlin olhava para ele, segurando-o em um olhar intenso como uma cobra encanta um pássaro, palavras surgiram na mente de Caramon.

Você me conhece bem, irmão. O sangue que flui em nossas veias fala mais alto do que as palavras às vezes. Sim, você está certo. Eu não me importo com esta guerra. Só a faço por um motivo, que é alcançar o portal. Esses tolos irão me levar até lá. Além desse ponto, o que me importa se ganhamos ou perdemos?

Eu permiti que você brincasse de general, Caramon, já que parecia gostar desse seu joguinho. Na verdade, você foi surpreendentemente bom nisso. Serviu de forma adequada ao meu propósito. E ainda vai me servir. Você irá liderar o exército para Zhaman. Quando a dama Crysania e eu estivermos em segurança lá, irei mandá-lo para casa. Lembre-se, meu irmão, a batalha nas Planícies de Dergoth foi perdida! Você não pode mudar isso!

— Eu não acredito em você! — Caramon disse densamente, olhando para Raistlin com olhos selvagens. — Você não cavalgaria para sua própria morte! Você deve saber de algo! Você…

Caramon se engasgou, quase sufocando. Raistlin aproximou-se dele, aparentemente tirando as palavras da sua garganta.

O que eu sei é para mim! O que sei ou não sei não lhe diz respeito, então não sobrecarregue seu cérebro com especulações infrutíferas.

— Eu vou contar para eles — Caramon disse, forçando as palavras entredentes. — Vou contar a verdade!

Contar o quê? Que você viu o futuro? Que eles estão condenados? Vendo a dúvida no rosto angustiado de Caramon, Raistlin sorriu. Acho que não, meu irmão. E agora, se você quiser voltar para sua casa novamente, sugiro que você suba as escadas, coloque sua armadura, e lidere seu Exército.

O arquimago ergueu as mãos e puxou o capuz sobre seus olhos novamente. Caramon respirou fundo com um suspiro, como se alguém tivesse jogado água fria em seu rosto. Por um momento, só conseguiu ficar de pé encarando seu gêmeo, tremendo com uma fúria que quase o dominou.

Tudo no que ele conseguia pensar, naquele momento, era em Raistlin… rindo com ele perto da árvore… Raistlin segurando o Coelho… a camaradagem entre eles tinha sido real. Podia jurar! E aquilo ali também foi real. Real, frio e afiado como a lâmina de uma faca brilhando na luz clara da manhã.

E, devagar, a luz daquela lâmina começou a penetrar as nuvens de confusão na mente de Caramon, cortando outro laço que o ligava ao irmão.

A faca movia-se devagar. Havia muitos laços para cortar.

O primeiro cedeu na arena encharcada de sangue em Istar, Caramon percebeu. E ele sentiu outro cedendo enquanto olhava para seu irmão no pátio coberto de geada em Pax Tharkas.

— Parece que não tenho escolha — disse ele, com lágrimas de raiva e dor desfocando a imagem de seu irmão.

— Nenhuma — Raistlin respondeu. Agarrando as rédeas, aprontou-se para partir. — Há coisas que devo providenciar. A dama Crysania irá com você, é claro, na vanguarda. Não espere por mim. Irei cavalgar atrás por um tempo.

"E assim, estou dispensado", Caramon disse si mesmo. Vendo seu irmão ir embora, ele não sentiu mais raiva, só uma dor oca. Um membro amputado deixava uma dor fantasma assim, segundo lhe disseram...

Girando nos calcanhares, sentindo mais do que ouvindo o silêncio que caiu sobre o pátio, o general caminhou sozinho para seu quarto e devagar começou a colocar sua armadura.

Quando Caramon voltou, vestido com sua familiar armadura dourada, a capa esvoaçante ao vento, os anões, e homens da planície e do seu próprio exército ergueram as vozes em uma saudação retumbante.

Não apenas admiravam e respeitavam de verdade o grande homem, mas todos davam a ele o crédito da brilhante estratégia que lhes trouxe a vitória no dia anterior. O general Caramon foi afortunado, alguém disse, abençoado por um deus. Pois, afinal, não foi a sorte que impediu o fechamento dos portões?

A maioria se sentiu desconfortável quando se espalhou o boato de que poderiam ir embora sem ele. Houve muitos olhares sombrios lançados para o mago vestido de preto, mas quem se atreveu a manifestar essa desaprovação?

Os aplausos foram imensamente reconfortantes para Caramon e, por um momento, não conseguiu falar. Então, encontrou sua voz e deu ordens roucas enquanto se preparava para cavalgar.

Com um gesto, Caramon chamou um dos jovens Cavaleiros.

— Michael, estou deixando você com o comando aqui em Pax Tharkas — disse ele, calçando um par de luvas. O jovem cavaleiro ruborizou de prazer com esta honra inesperada, mesmo ao olhar para trás e ver o buraco que deixou nas fileiras.

— Senhor, eu sou de baixo escalão... Certamente, tem alguém mais qualificado...

Sorrindo para ele com tristeza, Caramon balançou a cabeça.

— Conheço suas qualificações, Michael. Lembra? Você estava pronto para morrer para cumprir uma ordem, e encontrou a compaixão para desobedecê-la. Não será fácil, mas faça o melhor que puder. As mulheres e crianças irão ficar aqui, claro. E irei mandar de volta os feridos. Quando os suprimentos chegarem, faça com que sejam enviados para nós o mais rápido possível. — Sacudiu a cabeça. — Não que isto vá acontecer em breve — ele murmurou. Suspirando, acrescentou — Você provavelmente pode aguentar o inverno aqui, se precisar. Não importa que aconteça conosco.

Vendo os Cavaleiros olharem um para o outro, rostos intrigados e preocupados, Caramon engoliu abruptamente suas palavras. Não, seu amargo conhecimento não deveria ser exposto. Fingindo alegria, portanto, deu um tapinha no ombro de Michael, acrescentou algo corajoso e fútil, então montou seu cavalo entre gritos selvagens.

Os gritos aumentaram quando o porta-estandarte ergueu o símbolo do exército. A bandeira de Caramon com sua estrela de nove pontas brilhava intensamente ao sol. Seus Cavaleiros formaram fileiras atrás dele. Crysania veio cavalgar com eles, os Cavaleiros se separando, com seu habitual cavalheirismo, para deixá-la tomar seu lugar. Apesar de não terem mais gosto pela bruxa do que qualquer outro no acampamento, ela era uma mulher, afinal, e o Código exigia que a protegessem e defendessem com suas vidas.

— Abram os portões! — Caramon gritou.

Empurrados por mãos ansiosas, os portões se abriram. Lançando um último olhar ao redor para ver que tudo estava pronto, o olhar de Caramon de repente encontrou com o do seu gêmeo.

Raistlin estava montado em seu cavalo preto nas sombras dos grandes portões. Ele não se mexeu nem falou. Ele simplesmente ficou sentado, observando, à espera.

Pelo tempo que levou para puxar uma respiração simultânea, os gêmeos se encararam com força até Caramon desviar o olhar.

Estendendo a mão, pegou seu estandarte do portador. Segurando-o bem no alto sobre sua cabeça, gritou apenas uma palavra,

— Thorbardin! — O sol da manhã, subindo acima dos picos, queimou em dourado na armadura de Caramon. Brilhou dourado nos fios da estrela do estandarte, cintilou dourado nas pontas das lanças das vastas fileiras atrás dele.

— Thorbardin! — Gritou novamente e, esporeando seu cavalo, galopou para fora dos portões.

— Thorbardin! — Seu grito foi ecoado por gritos estrondosos e o choque de espada contra escudo. Os anões começaram seu estranho canto gutural “Pedra e metal, metal e pedra, pedra e metal, metal e pedra”, pisando forte com os pés calçados com ferro naquele ritmo ao marcharem para fora do forte em linhas rígidas.

Foram seguidos pelos homens da planície, que se moviam de forma menos ordenada. Envoltos em seus mantos de pele contra o frio, caminhavam vagarosamente, afiando armas, amarrando penas em seus cabelos, ou pintando símbolos estranhos em seus rostos. Logo, cansados daquela ordem rígida, vaguearam para fora da estrada em seus costumeiros grupos de caça. Depois dos bárbaros vinha a tropa de fazendeiros e ladrões de Caramon, mais do que alguns cambaleando pelos efeitos posteriores de festa da vitória. E, finalmente, fechando a retaguarda, os novos aliados dewar.

Argat tentou chamar a atenção de Raistlin enquanto ele e seus homens saíam, mas o mago sentou-se envolto em preto em seu cavalo preto, seu rosto escondido na escuridão. A única parte de carne e sangue dele visível eram as mãos brancas e finas nas rédeas do cavalo.

Os olhos de Raistlin não estavam no dewar, nem no exército passando por ele. Estavam na figura dourada brilhante cavalgando à frente do exército. Seria preciso um olhar mais afiado do que o do dewar para notar que as mãos do mago apertavam as rédeas com um aperto não natural, ou que os panos pretos estremeceram, por um breve momento, como um suave suspiro.

Os dewar partiram e o pátio ficou vazio exceto pelos seguidores de acampamento. As mulheres limparam as lágrimas e, conversando entre si, retornaram às suas tarefas. As crianças escalaram as paredes para animar o exército enquanto estivesse à vista. Os portões para Pax Tharkas se fecharam por fim, deslizando suave e silenciosamente sobre suas dobradiças lubrificadas.

De pé, sozinho nas ameias, Michael observou o grande exército avançar para o sul, as pontas de suas lanças brilhando no sol da manhã, a respiração quente enviando baforadas de névoa para o ar, o canto dos anões ecoando através das montanhas.

Atrás deles cavalgava uma única figura solitária, envolta em preto. Vendo-a, Michael sentiu-se animado. Aquilo parecia um bom presságio. A morte agora ia atrás do exército, não mais na frente.

O sol brilhou sobre a abertura dos portões de Pax Tharkas e se pôs no fechamento dos portões da grande solidez montanhosa de Thorbardin. Enquanto os mecanismos operados por água dos portões grunhiam e chiavam, parte da montanha pareceu deslizar para tomar seu lugar. Quando fechados e selados, de fato, os portões eram impossíveis de distinguir da rocha da própria montanha, tão astuto foi o trabalho dos anões que passaram anos construindo-os.

O fechamento dos portões significava guerra. Notícias da marcha do exército de Fistandantilus foram entregues por espiões nas asas velozes dos grifos. Agora, a montanha estava viva com atividade. Faíscas voaram nas lojas dos fabricantes. Armeiros adormeceram, martelos nas mãos. As tavernas dobraram seu movimento da noite para o dia, pois todos gabavam-se dos grandes feitos que realizariam no campo de batalha.

Apenas uma parte do enorme reino abaixo do solo estava quieto, e foi para este lugar que o herói dos anões virou seus passos pesados dois dias depois que o exército de Caramon deixou Pax Tharkas.

Entrando no grande Salão de Audiências do rei dos anões da montanha, Kharas ouvia suas botas ecoarem no aposento abobadado entalhado na própria montanha. A sala estava vazia agora, exceto por alguns anões sentados em um tablado de pedra.

Kharas passou pela longa fileira de bancos de pedra onde, durante a noite, milhares de anões rugiram aprovação quando seu rei declarou a guerra sobre seus parentes.

Era uma Reunião de Guerra do Conselho de Tanos. Assim, não exigia a presença dos cidadãos, então Kharas ficou um pouco surpreso ao ser convidado. O herói estava em desgraça—todos sabiam disso. Especulava-se, até, que Duncan poderia exilar Kharas.

Kharas notou, enquanto se aproximava, que Duncan o observava com um olhar hostil, mas isso podia ser porque o olho e a bochecha esquerda acima da barba do rei estavam pretos e inchados, resultado do golpe que Kharas lhe dera.

— Oh, levante-se, Kharas — Duncan exclamou quando o anão alto e sem barba curvou-se perante ele.

— Não até você ter me perdoado, Tano — Kharas disse, mantendo sua posição.

— Perdoar o que, colocar algum senso em um velho anão tolo? — Duncan sorriu ironicamente. — Não, não vou lhe perdoar por isso. Vou é agradecer. — O rei esfregou sua mandíbula. — "O dever é doloroso", diz o provérbio. Agora eu compreendo. Mas chega disso.

Vendo Kharas se endireitar, Duncan estendeu-lhe um pergaminho.

— Chamei você aqui por outro motivo. Leia isto.

Intrigado, Kharas examinou o pergaminho. Estava amarrado com fita preta, mas não fora selado. Olhando de relance para os outros tanos, todos reunidos, cada um em sua cadeira de pedra, um pouco mais baixo do que a do rei, o olhar de Kharas foi para uma cadeira em particular, uma cadeira vaga, a de Argat, tano dos dewar. Franzindo a testa, Kharas desenrolou o pergaminho e leu, hesitando com a língua rude dos dewar.

Duncan, dos Anões de Thorbardin, Rei.

Saudações de quem você agora chama traidor.

Este pergaminho é entregue a você porque sabemos que você punirá dewar sob a montanha pelo feito em Pax Tharkas. Se o rolo foi entregue quer dizer que tivemos sucesso e mantivemos portões abertos.

Você desprezou nosso plano no Conselho. Talvez agora você veja sabedoria. O inimigo é liderado pelo mago agora. É nosso amigo. Fez o exército marchar pelas Planícies do Dergot. Marchamos com eles, amigos deles. Quando a hora chegar, os que você chama de traidor irão atacar. Vamos atacar o inimigo por dentro e enviar para debaixo dos seus machados.

Se você tiver dúvidas de nossa lealdade, mantenha nosso povo refém sob a montanha até que voltemos. Prometemos entregar um grande valor como prova de lealdade.

Argat, dos Dewar, Tano

Kharas leu por duas vezes, e sua testa não se suavizou. Se muito, ficou ainda mais fechada.

— Então? — Indagou Duncan.

— Eu não tenho nada a ver com traidores — disse Kharas, enrolando o pergaminho e o entregando de volta com nojo.

— Mas se estiverem sendo sinceros — Duncan insistiu — isso nos daria uma grande vitória!

Kharas ergueu seus olhos para encontrar os do seu Rei, sentado no tablado acima dele.

— Se neste momento, tano, eu pudesse falar com o general inimigo, este Caramon Majere, que, por todos os relatos, é um homem justo e honrado, eu diria a ele o perigo que o ameaça, mesmo que isso significasse a nossa derrota.

Os outros tanos bufaram e resmungaram.

— Você deveria ter sido um Cavaleiro de Solamnia! — Murmurou um, não querendo elogiar.

Duncan lançou a todos um olhar severo, e caíram em um amuado silêncio.

— Kharas — Duncan disse pacientemente. — Sabemos o que você pensa sobree honra, e nós o saudamos por isso. Mas a honra não irá alimentar os filhos daqueles que podem morrer nesta batalha, nem impedir nossos parentes de limpar nossos ossos se cairmos. Não — Duncan continuou, sua voz ficando severa e grave. — Há um tempo para honra e um tempo em que se faz o que se deve fazer. — Mais uma vez, esfregou o queixo. — Você me mostrou isso.

O rosto de Kharas ficou sombrio. Distraído, ergueu a mão para acariciar a barba esvoaçante que não estava mais lá, e a abaixou, desconfortável. Ruborizando, encarou seus pés.

— Nossos batedores confirmam esse relatório — Duncan continuou. — O exército está em marcha.

Kharas ergueu os olhos, carrancudo.

— Não acredito nisso! — Ele disse. — Não acreditei quando ouvi! Deixaram Pax Tharkas? Antes das carroças de suprimentos os alcançarem? Então deve ser verdade que o mago está no comando. Nenhum general faria isso...

— Eles estarão nas planícies nos próximos dois dias. O objetivo é, segundo nossos espiões, a fortaleza de Zhaman, onde pretendem instalar-se. Temos uma pequena guarnição ali que fará uma defesa simbólica e depois recuará, esperando atraí-los para campo aberto.

— Zhaman — Kharas murmurou, coçando sua mandíbula já que não podia mais puxar a barba. Abruptamente, deu um passo à frente, o rosto ansioso. — Tano, se eu propusesse um plano aqui, que pode acabar com esta guerra com um mínimo de derramamento de sangue, você ouvirá e me permitirá executá-lo?

— Eu vou ouvir — disse Duncan desconfiado, o rosto ficando sério.

— Dê-me um esquadrão de homens escolhidos a dedo, tano, e eu me comprometo a matar este feiticeiro, este Fistandantilus. Quando estiver morto, irei mostrar esse pergaminho ao general e para nossos parentes. Eles verão que foram traídos. Vão ver o poder do nosso exército alinhado contra eles. Irão se render!

— Dê-lhes Pax Tharkas, tano — disse Kharas, a ansiedade crescendo.

— Aqueles que quiserem viver lá, claro. Nossos parentes irão, sem dúvida, voltar para suas casas. Poderíamos fazer algumas concessões a eles… muito poucas — acrescentou apressadamente, ao ver o rosto de Duncan ensombrecer. — Pode ser arranjado com os termos de rendição. Mas haveria abrigo e proteção para os humanos e nossos parentes durante o inverno, poderiam trabalhar nas minas.

— O plano tem possibilidades — Duncan murmurou, pensativo. — Estando no deserto, você pode se esconder nos Montes…

Ele ficou em silêncio, ponderando. Então balançou a cabeça lentamente.

— Mas é um curso perigoso, Kharas. E pode ser para nada. Mesmo se você conseguisse matar o Sombrio, e devo lembrá-lo de que se diz que é um mago de grande poder, há toda a possibilidade de você ser morto antes de falar com este general Majere. Há rumores de que ele é gêmeo do mago!

Kharas sorriu cansado, sua mão ainda na sua mandíbula bem barbeada.

— Um risco que vou correr de bom grado, tano, se significar que nenhum parente irá morrer pelas minhas mãos.

Duncan olhou para ele, então, esfregando sua mandíbula inchada, soltou um suspiro.

— Muito bem — disse ele. — Você tem nossa permissão. Escolha seus homens com cuidado. Quando irá partir?

— Essa noite, tano, com sua permissão.

— As portas da montanha se abrirão para você, e depois se fecharão. Se irão se abrir novamente para recebê-lo vitorioso ou para vomitar o poder armado dos anões da montanha depende de você, Kharas. Que a chama de Reorx brilhe em seu martelo.

Curvando-se, Kharas virou e caminhou para fora do salão, seus passos mais rápidos e mais fortes do que estavam quando chegou.

— Lá se vai um que não podíamos perder — disse um dos Tanos, seus olhos na figura alta do anão imberbe que se retirava.

— Nós o perdemos desde o começo — Duncan respondeu duramente. Mas seu rosto estava abatido e cheio de tristeza enquanto ele murmurava. — Agora, devemos nos planejar para a guerra.

Capítulo

8

Sem água de novo — Caramon disse em voz baixa.

Reghar fez uma careta. Apesar da voz do general sair cuidadosamente inexpressiva, o anão sabia que estava sendo responsabilizado. Saber que era, em grande parte, o culpado, não ajudava. A única sensação mais insuportável do que a culpa era a culpa merecida.

— Tem outro poço de água a meio dia de marcha — Reghar rosnou, o rosto como granito. — Estavam em todos os lugares nos velhos tempos, como marcas de catapora.

O anão acenou com o braço. Caramon olhou ao redor. Até onde a vista alcançava, não havia nada. Sem árvores, pássaros, sem sequer arbustos ralos. Nada além de quilômetros sem fim de areia, pontilhada aqui e ali com montes estranhos e abobadados. Bem longe, as sombras escuras das montanhas de Thorbardin pairavam diante de seus olhos com o vestígio remanescente de um sonho ruim.

O exército de Fistandantilus estava perdendo antes da batalha começar.

Depois de dias de marcha forçada, eles finalmente saíram do passo montanhoso de Pax Tharkas e estavam sobre as Planícies de Dergoth. Seus suprimentos não os alcançaram e, por causa do passo acelerado com que se moviam, provavelmente demoraria mais de uma semana antes das pesadas carroças os encontrarem.

Raistlin pressionou os comandantes dos exércitos para se apressarem e, embora Caramon se opusesse a seu irmão abertamente, Reghar apoiou o arquimago e conseguiu influenciar os homens da planície a apoiá-lo também. Mais uma vez, Caramon não tinha muita escolha a não ser ir junto. E assim o exército acordava antes do amanhecer, marchava com apenas um breve descanso ao meio-dia, e continuava até o crepúsculo quando paravam para acampar enquanto havia luz suficiente para ver.

Não parecia um exército de vencedores. As piadas, as risadas, os jogos do anoitecer tinham sumido. Sumiu também o canto durante o dia, até os anões pararam de cantar, preferindo manter a respiração para aguentar a caminhada metro a metro. À noite, os homens caíram praticamente onde estavam, comiam a parca porção que lhes cabia e caíam imediatamente em um sono exausto até serem chutados e acordados pelos sargentos para começar outro dia.

Os espíritos estavam caídos. Havia resmungos e reclamações, especialmente conforme a comida diminuía. Não tinha sido um problema nas montanhas. A caça fora abundante. Mas uma vez nas Planícies, como Caramon previra, as únicas coisas vivas que viam eram suas próprias faces. Elas viviam a base de pão duro e sem fermento e tiras de carne seca racionadas duas vezes por dia, manhã e noite. E Caramon sabia que se os suprimentos não os alcançassem logo, mesmo este pequeno montante seria cortado pela metade.

Mas o general tinha outras preocupações além da comida, e duas bem mais críticas. Uma delas era a falta de água fresca. Embora Reghar lhe dissesse com confiança que havia poços de água nas planícies, os dois primeiros que descobriram estavam secos. Então, e só então, o velho anão obstinado admitiu que a última vez em que estivera naquelas planícies foi dias antes do Cataclismo. O outro problema era a rápida deterioração do relacionamento entre os aliados.

Frágil desde sempre, a aliança estava se rasgando por completo. Os humanos do norte culpavam os anões e os homens das planícies pelos problemas, já que tinham apoiado o mago.

Os homens da planície nunca tinham estado nas montanhas antes. Descobriram que lutar e viver em terreno montanhoso era frio e nevado e, como disse o chefe deles grosseiramente para Caramon, "é sempre muito para *cima* ou muito para *baixo*".

Vendo as gigantescas montanhas de Thorbardin no horizonte ao sul, os homens das planícies estavam começando a pensar que todo o ouro e o aço do mundo não eram tão belos como as pradarias douradas e planas de sua casa. Mais de uma vez Caramon viu seus olhos escuros virarem para o norte, e ele sabia que uma manhã iria despertar e descobrir que tinham partido.

Os anões, por sua vez, viam os humanos como covardes e fracos que corriam chorando para a mamãe no minuto que as coisas ficavam um pouco difíceis. Assim, tratavam a falta de alimentos e água como um aborrecimento menor. O anão que ousou sugerir que estava com sede foi imediatamente colocado em seu lugar por seus companheiros.

Caramon pensou nesses e nos numerosos outros problemas enquanto estava no meio do deserto naquele anoitecer, chutando a areia com a ponta da bota.

Então, levantando os olhos, o olhar de Caramon pousou em Reghar. Pensando que Caramon não o observava, o velho anão perdeu sua severidade rochosa, seus ombros caíram e suspirou cansado. A semelhança com Flint era dolorosa demais. Envergonhado da sua raiva, sabendo ser mais contra ele mesmo do que contra qualquer outra pessoa, Caramon fez o que pôde para consertar.

— Não se preocupe. Temos água suficiente para esta noite. Certamente vamos chegar a um poço de água amanhã, você não acha? — Ele disse, dando um tapinha desajeitado nas costas de Reghar. O velho anão olhou para Caramon, assustado e desconfiado, temendo estar sendo vítima de uma piada.

Mas, ao ver o rosto cansado de Caramon sorrindo alegremente, Reghar relaxou.

— Sim — o anão disse com um sorriso relutante em resposta. — Amanhã com certeza.

Deixando o poço seco para trás, os dois voltaram para o acampamento.

Noite chegava cedo nas Planícies de Dergoth. O sol despencava atrás das montanhas rapidamente, como se estivesse cansado da paisagem do vasto e árido deserto. Poucas fogueiras brilhavam; a maioria dos homens estava cansada demais para se incomodar com iluminação e não havia comida para cozinhar. Amontando-se em grupos isolados, anões da colina, nortistas e homens da planície se entreolhavam com desconfiança. Todos, claro, evitavam os dewar.

Caramon, olhando para cima, viu sua própria tenda, isolada de todos, como se tivesse os descartado.

Uma velha lenda de Krynn falava de um homem que cometeu um ato tão hediondo que os próprios deuses se reuniram para infligir seu castigo. Quando anunciaram que dali em diante o homem teria a capacidade de ver o futuro, o homem riu, pensando que havia enganado os deuses. Porém, morreu em tortura, algo que Caramon nunca tinha sido capaz de compreender.

Mas entendeu, e sua alma doía. Era verdade, nenhuma punição maior poderia ser infligida a qualquer mortal. Pois, ver o futuro e saber o resultado que será atingido, tira do homem o seu maior dom, a esperança.

Até então, Caramon tivera esperança. Acreditava que Raistlin teria um plano. Ele havia acreditado que seu irmão não deixaria aquilo acontecer. Raistlin não podia deixar aquilo acontecer. Mas saber que Raistlin realmente não se importava com o que seria daqueles homens e anões e das famílias que deixaram para trás, matou a esperança de Caramon. Estavam condenados. Não havia nada que ele pudesse fazer para evitar que o que tinha acontecido antes acontecesse novamente.

Sabendo disso e sabendo da dor que isso iria inevitavelmente lhe causar, Caramon começou a se afastar inconscientemente daqueles com quem passou a se importar. Ele começou a pensar na sua casa.

Casa! Quase esquecida, até mesmo empurrada de propósito para o fundo de sua mente, as memórias de sua casa agora o inundavam com tal clareza que, às vezes, nas longas noites solitárias, ele encarava fixo a fogueira para que não vissem suas lágrimas.

Era o único pensamento que manteve Caramon em movimento. Conforme levava seu exército cada vez mais perto da derrota, cada passo o levou mais perto de Tika, mais perto de casa...

— Olhe ali! — Reghar agarrou-o, tirando-o de seu devaneio. Caramon piscou e olhou para cima pouco antes de tropeçar em um dos montes estranhos que pontilhavam as Planícies.

— O que são essas coisas confusas, afinal? — Caramon resmungou, olhando mal-humorado. — Algum tipo de toca de animal? Ouvi falar de esquilos sem cauda que vivem em casas assim nas grandes planícies de Ortiva. — Ele olhou para a estrutura que tinha quase um metro de altura e quase o mesmo de largura, e sacudiu a cabeça. — Mas eu ia odiar conhecer o esquilo que construiu isso!

— Bah! Esquilos! — Reghar zombou. — Anões construíram isso! Não consegue ver? Olhe a qualidade do trabalho. — Ele correu a mão carinhosamente sobre o lado liso da cúpula. — Desde quando a Natureza faz algo tão perfeito?

Caramon bufou.

— Anões! Mas... por quê? Para quê? Nem os anões amam tanto o trabalho que o fazem sem motivo! Por que desperdiçar tempo construindo montes no deserto?

— Postos de observação — Reghar disse sucintamente.

— Observação? — Caramon sorriu. — E o que eles observavam? Cobras?

— A terra, o céu, exércitos… como os nossos. — Reghar bateu o pé, erguendo nuvens de pó. — Ouviu isso?

— Ouvi o quê?

— Isso — Reghar bateu novamente. — Oco.

A testa de Caramon clareou.

— Túneis! — Seus olhos se arregalaram. Olhando ao redor do deserto, monte se erguendo após monte planície afora, ele assobiou suavemente.

— Milhares deles! — Reghar disse, balançando a cabeça. — Construídos há tanto tempo que eram velhos para o meu bisavô. Claro, — o anão suspirou — a maioria deles também não foi usada desde então. A lenda diz que houve fortalezas entre aqui e Pax Tharkas, ligando-se com as montanhas Kharolis. Um anão poderia andar de Pax Tharkas até Thorbardin sem nunca ver o sol, se as histórias forem verdadeiras.

— As fortalezas se foram. E muitos dos túneis, provavelmente. O Cataclismo destruiu a maioria deles. Porém — Reghar continuou alegremente, enquanto ele e Caramon retomavam andando. — Eu não ficaria surpreso se Duncan não tivesse alguns espiões ali, escondidos como ratos.

— Acima ou abaixo, vão nos ver chegando de muito longe — Caramon murmurou, seu olhar varrendo a terra vazia e lisa.

— Sim, — disse Reghar com firmeza — e de nada lhes servirá.

Caramon não respondeu, e os dois continuaram em frente, o homem voltando sozinho para sua tenda e o anão para o acampamento do seu povo.

Em um dos montes, não muito longe da tenda de Caramon, olhos estavam observando o exército, observando cada movimento. Mas aqueles olhos não estavam interessados no próprio exército. Eles estavam interessados em três pessoas, e em três pessoas só…

— Não vai demorar agora — Kharas disse. Olhava para fora através de fendas tão habilmente esculpidas na rocha que permitiam que aqueles dentro do monte olhassem para fora, mas impedia que alguém de fora olhasse para dentro do monte. — Que distância você calcula?

Disse isso para um anão de aparência antiga e desgrenhada, que olhou pelas fendas uma vez de forma entediada, depois olhou ao longo do túnel. — Duzentos e cinquenta e três passos. Vão deixar você bem no centro — ele disse sem hesitar.

Kharas voltou a olhar para as planícies, para onde a grande tenda do general ficava, separada das fogueiras de seus homens. Era incrível para Kharas que o anão pudesse calcular a distância com tanta precisão. O herói poderia duvidar, se fosse qualquer outro. Mas o idoso ladrão que havia sido retirado da aposentadoria expressamente para aquela missão também tinha uma excelente reputação por realizar proezas notáveis, uma reputação que quase se igualava à de Kharas.

— O sol está se pondo — relatou Kharas, desnecessariamente, pois as sombras podiam ser vistas inclinando-se contra as paredes de rocha atrás dele. — O general retornou. Está entrando na tenda. — Kharas franziu a testa. — Pelas barbas de Reorx, espero que não resolva mudar seus hábitos esta noite.

— Ele não vai — disse Esmagador. Agachado confortavelmente em um canto, falava com a calma certeza de quem tinha (em dias passados) ganhado a vida assistindo as vindas e, mais particularmente, as idas de seus companheiros. — As duas primeiras coisas você aprende quando arromba uma tenda é que todo mundo tem uma rotina e ninguém gosta de mudança. O tempo está bom, não houve sobressaltos, nada lá fora além de areia mais areia. Não, ele não vai mudar.

Kharas franziu a testa, não gostando desse lembrete do passado sem lei do anão. Bem ciente de suas próprias limitações, Kharas tinha escolhido Esmagador para esta missão porque precisava de alguém habilidoso em furtividade, em se mover rápida e silenciosamente, em atacar à noite e escapar para a escuridão.

Mas Kharas, que tinha sido admirado pelos Cavaleiros de Solamnia por sua honra, sofreu dores de consciência mesmo assim. Acalmou sua alma lembrando a si mesmo que aquele mesmo anão tinha, tempos atrás, pago pelos seus delitos e tinha até realizado vários serviços para seu rei que o tornara, se não um personagem respeitável, pelo menos um pequeno herói.

"Além disso", Kharas disse a si mesmo, "pense nas vidas que iremos salvar".

Ao pensar nisso, soltou um suspiro de alívio.

— Você está certo, Esmagador. Lá vai o mago saindo de sua tenda e a bruxa saindo da dela.

Agarrando o cabo de seu martelo, amarrado firmemente ao seu cinto, com uma mão, Kharas usava a outra mão para acomodar a espada curta que ele tinha enfiado em seu cinto em uma posição mais confortável. Finalmente, colocou a mão na bolsa, tirou um pedaço de pergaminho enrolado e, com uma expressão pensativa e solene em seu rosto imberbe, enfiou-o em um bolso seguro na sua armadura. Virando-se para os quatro anões que estavam atrás dele, ele disse.

— Lembrem-se. Não firam a mulher ou general mais do que o necessário para subjugá-los. Mas... o mago deve morrer e rápido, pois é o maior perigo.

Esmagador sorriu e se acomodou mais confortavelmente. Ele não iria. Muito velho. Isso o teria insultado antes, mas chegou a uma idade em que era um elogio. Além do mais, seus joelhos rangiam.

—Deixe eles se acomodarem — o velho ladrão aconselhou. — Deixe-os começar sua refeição da noite, relaxar. Então... — passando a mão sobre a garganta, ele gargalhou — duzentos e cinquenta e três passos.

De guarda do lado de fora da tenda do general, Garic ouvia o silêncio lá dentro. Era mais perturbador e ecoava mais alto do que a mais violenta briga.

Olhando de relance pela abertura, viu os três sentados juntos como todas as noites, quietos, resmungando ocasionalmente, envoltos em seus próprios problemas.

O mago estava profundamente envolvido em seus estudos. Rumores diziam que ele estava planejando grandes e poderosos feitiços que explodiriam os portões de Thorbardin. Quanto à bruxa, quem sabia o que ela estava pensando? Garic agradecia que ao menos Caramon ficava de olho nela.

Havia alguns rumores estranhos sobre a bruxa entre os homens. Rumores de milagres realizados em Pax Tharkas, de mortos retornando à vida ao seu toque e membros crescendo de tocos sangrentos. Garic não os levava a sério, claro. Mesmo assim, havia algo sobre ela naqueles dias que fazia o jovem se perguntar se sua primeira impressão tinha sido correta.

Garic se mexeu inquieto no vento frio que varreu o deserto. Dos três na tenda, se preocupava mais com seu general. Nos últimos meses, o cavaleiro passou a reverenciar e idolatrar Caramon. Observando-o de perto, tentando estar o mais perto possível, percebia a infelicidade óbvia que Caramon achava esconder muito bem. Para Garic, Caramon tomara o lugar da sua família e o jovem Cavaleiro se acabrunhava com sua tristeza, como teria feito com um irmão mais velho.

— São aqueles malditos anões sombrios — Garic murmurou alto, batendo os pés para evitar que ficassem dormentes. — Não confio neles, com certeza. Eu os mandaria fazer as malas e aposto que o general também, se não fosse por seu ir...

Garic parou, prendendo a respiração, escutando. Nada. Mas podia jurar...

Mão no punho de sua espada, o jovem Cavaleiro olhou para o deserto. Apesar de quente durante o dia, era um lugar frio e inóspito à noite. A distância, via as fogueiras. Aqui e lá, ele podia ver sombras de homens passando.

Então ele ouviu novamente. Um som atrás dele. Bem atrás dele. Som de botas pesadas de ferro...

— O que foi isso? — Caramon perguntou, erguendo a cabeça.

— O vento — Crysania murmurou, olhando para a tenda e tremendo, vendo o tecido tremer e sacudir como se fosse algo vivo. — Está sempre soprando neste lugar horrível.

Caramon soergueu-se, mão no punho da espada.

— Não foi o vento.

Raistlin olhou para seu irmão.

— Ah, sente-se! — Ele rosnou suavemente, irritado. — Termine seu jantar para terminarmos com isso. Preciso retornar aos meus estudos.

O arquimago estava se aprofundando em um feitiço cantado especialmente difícil em sua mente. Estivera lutando com isso por dias, tentando descobrir a inflexão e a pronúncia corretas para desvendar os segredos das palavras. Até então, eles escapavam de suas tentativas e faziam pouco sentido.

Empurrando seu prato ainda cheio, Raistlin começou a se levantar e o mundo literalmente cedeu embaixo de seus pés.

Como se estivesse no convés de um navio deslizando por ondas íngremes, o terreno arenoso inclinou-se sobre seus pés. Olhando para baixo com espanto, o arquimago viu um grande buraco abrindo-se na sua frente. Uma das estacas que mantinha a tenda erguida escorregou e caiu ali dentro, fazendo-a afundar. Uma lanterna pendurada balançou selvagemente, sombras lançando e saltando por ali como demônios.

Instintivamente, Raistlin agarrou a mesa e conseguiu evitar cair no orifício que se expandia rapidamente. Mas, mesmo assim, viu figuras subindo pelo buraco, figuras atarracadas e barbudas. Por um momento, a luz descontrolada e dançante brilhou em lâminas de aço, cintilou em olhos escuros, sinistros. Então as figuras afundaram-se nas sombras.

— Caramon! — Raistlin gritou, mas soube pelos sons atrás dele, um xingamento agudo e o silvo de uma espada de aço, que Caramon estava bem consciente do perigo.

Raistlin ouviu, também, uma voz feminina chamando o nome de Paladine, e viu o contorno brilhante de pura luz branca, mas ele não tinha tempo para se preocupar com Crysania. Um imenso martelo de guerra, aparentemente empunhado pela própria escuridão, brilhou na luz da lanterna, apontando diretamente para a cabeça do mago.

Falando o primeiro feitiço que lhe veio à mente, Raistlin viu com satisfação uma força invisível arrancar o martelo do anão. Por seu comando, a força mágica carregou o martelo pela escuridão para soltá-lo com um baque em um canto da tenda.

A princípio entorpecida pelo ataque inesperado, a mente de Raistlin estava ativa e trabalhando. Quando o choque inicial passou, o mago viu isso simplesmente como outra interrupção irritante de seus estudos. Planejando acabar com aquilo logo, o arquimago voltou sua atenção para seu inimigo, que estava diante dele, observando-o com olhos destemidos.

Ele mesmo não sentindo medo, calmo com o conhecimento de que nada poderia matá-lo pois estava protegido pelo tempo, Raistlin chamou sua magia de forma fria e sem pressa.

Sentia se enrolando e se unindo dentro de seu corpo, sentido o êxtase percorrê-lo com um prazer sensual. Seria uma agradável distração de seus estudos, ele decidiu. Um exercício interessante... Estendendo as mãos, começou a pronunciar as palavras que enviariam raios azuis chiando pelo corpo de seu inimigo. E foi interrompido.

Com a brusquidão de um trovão, duas figuras apareceram diante dele, saltando da escuridão para ele como se tivessem caído de uma estrela.

Caindo aos pés do mago, uma das figuras olhou para ele com empolgação.

— Oh, veja! É Raistlin! Conseguimos, Gnimsh! Conseguimos! Oi, Raistlin! Aposto que você está surpreso em me ver, hein? E, ah, eu tenho a história mais maravilhosa para lhe contar! Você vê, eu estava morto. Bem, na verdade não, mas...

— Tasslehof! — Raistlin ofegou.

Pensamentos chiaram dentro da mente de Raistlin como os relâmpagos que teriam saído de seus dedos.

O primeiro — um kender! O tempo pode ser alterado!

O segundo — o tempo *pode* ser alterado...

O terceiro — eu posso morrer!

O choque desses pensamentos sacudiu o corpo de Raistlin, queimando a frieza e a calma necessárias para o usuário de magia lançar seus complexos feitiços.

Quando a inesperada solução para seu problema e a assustadora percepção do que isso poderia lhe custar penetraram seu cérebro, Raistlin perdeu o controle. As palavras do feitiço sumiram de sua mente. Mas seu inimigo ainda avançava.

Reagindo instintivamente, com a mão tremendo, Raistlin puxou o pulso, trazendo na palma da mão a pequena adaga de prata que carregava.

Mas era tarde... e pouco demais.

Capítulo 9

A concentração de Kharas estava completamente centrada no homem que jurou matar. Reagindo com a obstinação treinada da mentalidade militar, não deu atenção para a surpreendente aparição das duas criaturas, pensando que seriam, talvez, apenas seres conjurados pelo arquimago.

Kharas viu, ao mesmo tempo, os olhos brilhantes do mago ficarem vazios. Viu a boca de Raistlin, aberta e pronta para recitar mortais palavras, ficar mole, e o anão sabia que por alguns segundos pelo menos seu inimigo estava à sua mercê.

Avançando, Kharas guiou sua espada até as mantos negros e teve a satisfação de senti-la atingir o alvo.

Aproximando-se do mago ferido, enfiou a lâmina mais e mais fundo no corpo fino do humano. O estranho calor do corpo do homem o envolveu como um ardente inferno. Um ódio e uma raiva imensos atingiram Kharas como um golpe físico, fazendo-o recuar e cair de costas no chão.

Mas o mago estava ferido, e mortalmente. Disso ele sabia. Olhando para cima de onde estava, vendo aqueles olhos ardentes e malignos, Kharas os viu queimar com fúria, mas os viu se encher de dor também. E ele viu na luz oscilante da lanterna o punho da sua espada curta presa na barriga do mago.

Viu as mãos finas se enrolarem ao redor do punho, ouviu-o gritar em terrível agonia. Sabia que não precisava temer. O mago não poderia mais machucá-lo.

Erguendo-se com dificuldade, Kharas estendeu a mão e sacudiu a espada para soltá-la. Com um grito de angústia amarga, as mãos inundadas em seu próprio sangue, o mago caiu no chão e ficou imóvel.

Kharas teve tempo para olhar ao seu redor. Seus homens estavam lutando em uma batalha acirrada com o general, que, ao ouvir o grito do irmão, ficou lívido de medo e raiva. A bruxa não estava à vista em lugar nenhum para ter visto, a estranha luz branca que emitia tinha sumido, engolida pelas trevas.

Ouvindo um som abafado à sua esquerda, Kharas virou para ver as duas aparições conjuradas pelo arquimago olhando atordoados para o corpo do mago. Dando uma boa olhada neles, Kharas começou a ver que os demônios conjurados dos planos inferiores não eram nada mais sinistros do que um kender de calças azuis e brilhantes, e um gnomo usando avental de couro.

Kharas não tinha tempo para refletir sobre aquele fenômeno. Conseguira cumprir a sua missão ali, ou quase. Não conseguiria falar com o general, não agora. Sua maior preocupação era tirar seus homens dali em segurança. Correndo pela tenda, Kharas pegou seu martelo de guerra e, gritando para seus homens em anão para saírem do caminho, arremessou-o direto para Caramon. O martelo atingiu o homem com um golpe na cabeça, nocauteando-o, mas sem o matar. Caramon caiu como um touro abatido e, de repente, a tenda ficou em silêncio mortal.

Tudo aquilo aconteceu em poucos minutos.

Olhando através da aba da tenda, Kharas viu o jovem Cavaleiro que montava guarda deitado inconsciente no chão. Não havia sinal de que alguém sentado ao redor daquelas fogueiras distantes tivesse ouvido ou visto algo incomum.

Estendendo a mão, o anão fez a lanterna parar de balançar e olhou ao redor. O mago jazia em uma poça de seu próprio sangue. O general estava perto dele, a mão estendida para o irmão como se esse tivesse sido seu último pensamento antes de perder a consciência. Em um canto estava a bruxa, de costas, olhos fechados.

Vendo sangue em seus mantos, Kharas olhou severamente para seus homens. Um deles sacudiu sua cabeça.

— Sinto muito, Kharas — disse o anão, olhando para ela e tremendo. — Mas a luz dela era forte demais! Quase explodiu minha cabeça. Só consegui pensar em parar com aquilo. Não… não ia conseguir, mas o mago gritou e ela também, aí a luz vacilou. Eu a atingi, mas sem força. Não está seriamente ferida.

— Tudo bem. — Kharas assentiu. — Vamos lá. — Recuperando seu martelo, o anão olhou para o general caído aos seus pés. — Sinto muito — disse ele, pegando o pedaço de pergaminho e colocando-o na mão estendida do homem. — Talvez, um dia, consiga explicar isso a você. — Erguendo-se, olhou ao redor. — Todos bem? Então, vamos embora daqui.

Seus homens correram para o túnel.

— E esses dois? — Um deles perguntou, parando perto do kender e do gnomo.

— Pegue eles — disse Kharas bruscamente. — Não podemos deixá-los aqui, eles vão soar o alarme.

Pela primeira vez, o kender pareceu despertar para a vida.

— Não! — Ele gritou, olhando para Kharas com um olhar de súplica. — Você não pode nos levar! Acabamos de chegar! Encontramos Caramon e agora posso ir para casa! Não, por favor!

— Pegue eles! — Kharas ordenou severamente.

— Não! — O kender lamentou, lutando nos braços de seu captor. — Não, por favor, você não entende. Estávamos no Abismo e escapa…

— Amordace-o — Kharas rosnou, olhando para dentro do túnel embaixo da tenda para ver se estava tudo bem. Acenando para que se apressasse, ajoelhou-se ao lado do buraco na terra.

Seus homens desceram para o túnel, arrastando o kender, que resistia tanto, chutando com suas pernas e os arranhando, que foram finalmente forçados a parar e amarrá-lo como uma galinha para poderem levá-lo. Não precisaram se preocupar com o outro cativo, no entanto. O pobre gnomo ficou tão horrorizado que havia caído em estado de choque. Olhando em volta, impotente, a boca escancarada, ele silenciosamente fazia o que lhe mandassem.

Kharas foi o último a sair. Antes de saltar para o túnel, lançou um último olhar pela tenda.

A lanterna pendia bem quieta agora, derramando sua luz suave e brilhante sobre uma cena de pesadelo. As mesas estavam quebradas, cadeiras foram derrubadas, comida espalhada por toda parte. Um fino rastro de sangue escorria por baixo do corpo do usuário de magia. Formando uma poça na borda do buraco, o sangue começava a gotejar devagar para dentro do túnel.

Saltando no buraco, Kharas correu até uma distância segura pelo túnel e parou. Agarrando a ponta de uma corda caída no chão, deu-lhe um puxão forte. A outra ponta da corda estava amarrada em uma das estacas que ficavam abaixo da tenda do general, sustentando-a. O puxão fez com que ela caísse. Houve um estrondo baixo. A distância, conseguiu ver pedras caindo e sua visão ficou obstruída por grossas nuvens de pó.

O túnel bloqueado com segurança atrás dele, Kharas virou e correu atrás de seus homens.

— General…

Caramon estava em pé, as mãos grandes estendidas para a garganta do seu inimigo, um rosnado contorcendo seu rosto.

Assustado, Garic cambaleou para trás.

— General!! — Ele gritou. — Caramon! Sou eu!

Súbito, uma dor lancinante e o som familiar da voz de Garic penetraram no cérebro de Caramon. Com um gemido, apertou a cabeça entre as mãos e cambaleou. Garic o pegou enquanto caía, baixando-o com segurança até uma cadeira.

— Meu irmão? — Caramon disse, voz densa.

— Caramon… eu — Garic engoliu em seco.

— Meu irmão! — Caramon exigiu, fechando o punho.

— Nós o levamos para sua tenda — Garic respondeu suavemente. — A ferida…

— O quê? A ferida o quê? — Caramon rosnou impaciente, erguendo a cabeça e encarando Garic com olhos injetados e cheios de dor.

Garic abriu a boca, fechou-a e balançou a cabeça.

— Meu… meu pai me contou sobre feridas assim — ele murmurou. — Homens durando por dias em terrível agonia.

— Você quer dizer que é um ferimento na barriga — Caramon disse.

Garic assentiu e então cobriu o rosto com a mão. Caramon, olhando-o atentamente, viu que o jovem estava mortalmente pálido. Suspirando e fechando os olhos, Caramon se preparou para a tontura e a náusea que sabia que iriam atacá-lo quando se levantasse de novo. Então, sombriamente, ele ficou de pé. A escuridão girou e torceu ao seu redor. Ele se firmou no chão e quando passou, abriu os olhos.

— Como você está? — Ele perguntou a Garic, olhando atentamente para o jovem Cavaleiro.

— Estou bem — Garic respondeu, e seu rosto corou de vergonha. — Eles me… me pegaram por trás.

— Sim. — Caramon viu o sangue seco no cabelo do jovem. — Isso acontece. Não se preocupe. — O guerreiro sorriu sem alegria. — Eles me pegaram pela frente.

Garic acenou com a cabeça novamente, mas era óbvio pela expressão em seu rosto que a derrota atacava a sua mente.

"Ele vai superar", Caramon pensou cansado. "Todos temos que passar por isso mais cedo ou mais tarde".

— Vou ver meu irmão agora — ele disse, saindo da tenda com passos incertos. Então ele parou. — A dama Crysania?

— Dormindo. Uma faca a feriu… nas… costelas. Nós cuidamos… o melhor que pudemos. Precisamos rasgar as vestes dela pra isso. — O rubor de Garic se aprofundou. — E lhe demos um pouco de conhaque.

— Ela sabe sobre Raist… Fistandantilus?

— O mago proibiu.

Caramon ergueu as sobrancelhas, depois franziu a testa. Olhando de relance ao redor pela tenda destruída, ele viu o rastro de sangue no chão de terra batida. Respirando fundo, abriu a aba da tenda e saiu cambaleando, Garic o seguindo. — O exército?

— Eles sabem. A notícia se espalhou. — Garic estendeu as mãos impotente. — Havia muito o que fazer. Tentamos ir atrás dos anões…

— Bah! — Caramon bufou, estremecendo quando a dor atingiu seu cabeça. — Provavelmente bloquearam o túnel.

— Sim. Tentamos cavar, mas era como desenterrar a droga do deserto inteiro — Garic disse amargamente.

— E o exército? — Caramon insistiu, parando fora da tenda de Raistlin. Dentro, podia ouvir um gemido baixo.

— Os homens estão chateados — Garic disse com um suspiro. — Falando, confusos. Não sei.

Caramon entendia. Olhou para as trevas na tenda do irmão.

— Vou entrar sozinho. Obrigado por tudo o que você fez, Garic — ele adicionou suavemente. — Agora vá descansar um pouco antes que desmaie. Vou precisar de você mais tarde e você não vai me ajudar se estiver doente.

— Sim, Senhor — Garic disse. Começou a sair, cambaleando, mas parou e se virou. Colocou a mão sob o peitoral de sua armadura, retirou um pergaminho encharcado de sangue. — Nós… nós encontramos isso… em sua mão, senhor. A escrita é anã.

Caramon olhou, abriu e o leu, depois o enrolou sem comentar, prendendo-o em seu cinto.

Os guardas cercavam as tendas. Apontando para um, Caramon esperou até ver Garic ser levado até sua cama. Então, preparando-se, ele entrou na tenda de Raistlin.

Uma vela queimava sobre uma mesa, perto de um livro de feitiços que foi deixado aberto; o arquimago obviamente esperava voltar aos estudos logo após o jantar. Um anão de meia-idade cheio de cicatrizes de batalha, que Caramon reconheceu como parte do pessoal de Reghar, estava agachado nas sombras perto da cama. Um guarda ao lado da entrada o saudou quando Caramon entrou.

— Espere lá fora — Caramon ordenou, e o guarda saiu.

— Ele não nos deixa tocar nele — o anão disse laconicamente, acenando em direção a Raistlin. — Uma ferida assim precisa ser cuidada. Não vai ajudar muito, claro, mas pelo menos vai manter um pouco dele lá dentro por um tempo.

— Eu vou cuidar dele — Caramon disse.

Com as mãos nos joelhos, o anão se empurrou para cima. Hesitando, ele limpou a garganta como se estivesse se perguntando se deveria ou não falar. Decidido, semicerrou os olhos astutos e encarou Caramon.

— Reghar falou pra te dizer que… se você quer que eu faça isso… você sabe, acabar rápido, eu já fiz isso antes. É um talento que tenho. Eu era açougueiro, sabe…

— Saia.

O anão encolheu os ombros.

— Como você quiser. Decisão sua. Mas se fosse meu irmão…

— Saia! — Caramon repetiu suavemente. Não olhou para o anão enquanto ele saiu, nem ouviu o som das botas pesadas. Todos os seus sentidos estavam concentrados em seu gêmeo.

Raistlin estava deitado em sua cama, ainda vestido, as mãos apertadas sobre a horrível ferida. Manchadas com sangue, as vestes e a carne do mago estavam grudadas em uma massa. E ele estava em agonia. Involuntariamente balançando para frente e para trás na cama, cada respiração que o mago exalava era um gemido baixo e incoerente de dor. Cada respiração que ele dava era uma tortura borbulhante.

Mas para Caramon, a visão mais impressionante eram os olhos brilhantes do irmão, encarando-o, ciente dele, enquanto se aproximava da cama. Raistlin estava consciente.

Ajoelhando-se ao lado da cama de seu irmão, Caramon colocou uma mão sobre a cabeça febril de seu gêmeo. — Por que você não os deixou chamar Crysania? — Ele perguntou suavemente.

Raistlin fez uma careta. Apertando os dentes, forçou as palavras pelos lábios manchados de sangue.

— Paladine... não... vai... me curar...! — A última foi um suspiro, terminando em um grito estrangulado.

Caramon encarou-o, confuso.

— Mas você está morrendo! Você não pode morrer! Você disse...

Raistlin revirou os olhos enrolado, sua cabeça pendeu. Sangue escorreu da sua boca.

— Tempo... alterado... Todo... mudado!

— Mas...

— Me deixe! Me deixe morrer! — Raistlin gritou de raiva e dor, o corpo se retorcendo.

Caramon estremeceu. Ele tentou olhar para seu irmão com pena, mas o rosto, macilento e retorcido pelo sofrimento, não era o rosto que ele conhecia.

A máscara de sabedoria e inteligência foi arrancada, revelando as linhas estilhaçadas de orgulho, ambição, avareza, e insensível crueldade abaixo. Era como se Caramon, olhando um rosto que conhecia desde sempre, estivesse vendo seu gêmeo pela primeira vez.

"Talvez", pensou Caramon, "Dalamar tenha visto esse rosto na Torre de Alta Feitiçaria enquanto Raistlin queimava buracos em sua carne com suas mãos nuas. Talvez Fistandantilus também tenha visto esse rosto ao morrer...".

Enojado, sua alma abalada com aquele horror, Caramon arrancou seu olhar daquele rosto hediondo em forma de caveira e, endurecendo sua própria expressão, estendeu a mão.

— Pelo menos me deixe cuidar da ferida.

Raistlin balançou a cabeça com veemência. Uma mão coberta de sangue parou de tentar manter sua própria vida dentro dele para agarrar o braço de Caramon.

— Não! Termine com isso! Eu fracassei. Os deuses estão rindo. Eu não posso... suportar...

Caramon o encarou. De repente, uma raiva irracional tomou conta daquele homem grande, raiva que vinha de anos de sarcasmo, zombarias e servidão. Raiva por ter visto amigos morrerem por causa daquele homem. Raiva por ter se visto quase morrendo, destruído. Raiva por ter visto o amor devorado, o amor negado. Estendendo a mão, Caramon agarrou o tecido preto e puxou a cabeça do irmão para fora do travesseiro.

— Não, pelos deuses — Caramon gritou com uma voz que tremia de raiva. — Não, você não vai morrer! Você está me ouvindo? — Seus olhos se estreitaram. — Você não vai morrer, *meu irmão*! Por toda sua vida, você viveu apenas para si mesmo. Agora, mesmo em sua morte, procura o caminho mais fácil… para você! Você me deixaria preso aqui sem pensar duas vezes. Você deixaria Crysania! Não, irmão! Você irá viver, maldito seja! Você vai viver para me mandar de volta para casa. O que você fizer consigo mesmo depois é problema seu.

Raistlin olhou para Caramon e, apesar da dor, uma horrível paródia de sorriso tocou seus lábios. Quase riu, mas uma bolha de sangue explodiu em sua boca em vez da risada. Caramon soltou as vestes de seu irmão, quase, mas não exatamente, jogando-o para trás. Raistlin caiu de volta sobre o travesseiro. Seus olhos ardentes devoravam Caramon. Naquele momento, a única vida neles era de ódio e fúria amargos.

— Vou falar com Crysania — Caramon disse severamente, levantando-se e ignorando o olhar de fúria de Raistlin. — Ela, pelo menos, deve ter a chance de tentar curá-lo. Sim, se olhar matasse, sei que estaria morto agora. Mas, me escute, Raistlin, Fistandantilus ou quem quer que você seja… se for a vontade de Paladine que você morra antes de cometer um dano ainda maior neste mundo, então assim seja. Vou aceitar esse destino, assim como Crysania. Mas se for a vontade dele que você viva, vamos aceitar isso também… assim como você!

Raistlin, suas forças quase exauridas, manteve seu aperto sangrento no braço de Caramon, agarrando-o com os dedos que pareciam ter a rigidez da morte.

Firmemente, com os lábios apertados, Caramon soltou-se da mão do irmão. Ficando de pé, ele deixou a cabeceira do irmão ouvindo, atrás dele, um gemido áspero de tormento agonizante. Caramon hesitou, pois aquele gemido foi direto no seu coração. Então pensou em Tika, pensou em casa…

Caramon continuou andando. Saindo para a noite, dirigindo-se rapidamente para a tenda de Crysania, o grande guerreiro olhou para um lado e viu o anão, parado indiferente nas sombras, talhando um pedaço de madeira com uma faca afiada.

Mexendo na armadura, Caramon puxou o pedaço de pergaminho. Ele não precisava relê-lo. As palavras eram poucas e simples.

O mago traiu você e o exército. Mande um mensageiro para Thorbardin para saber a verdade.

Caramon jogou o pergaminho no chão.

Que piada cruel!

Que piada cruel e distorcida!

Através do hediondo tormento de sua dor, Raistlin podia ouvir o riso dos deuses. Oferecer-lhe a salvação com uma mão e arrebatá-la com a outra! Como deveriam apreciar a sua derrota!

O corpo sofrido de Raistlin se contorceu em espasmos assim como sua alma, torcendo-se em fúria impotente, queimando com o conhecimento de que havia fracassado.

"Humano fraco e insignificante!", ele ouviu as vozes dos deuses gritando. "Assim o lembramos da sua mortalidade!".

Ele não enfrentaria o triunfo de Paladine. Ver o deus zombando dele, vangloriando-se em sua queda… não! Melhor morrer rapidamente, deixar a sua alma buscar qualquer refúgio escuro que pudesse encontrar. Mas aquele canalha do seu irmão, aquela sua outra metade, a metade que ele invejava e desprezava, a metade que ele deveria ter sido… por direito. Negar-lhe isso… este último abençoado consolo…

A dor convulsionou seu corpo.

— Caramon! — Raistlin chorou sozinho na escuridão. — Caramon, eu preciso de você! Caramon, não me deixe! — Ele soluçou, agarrando seu estômago, curvando-se como uma bola. — Não me deixe enfrentar… isso sozinho!

Sua mente perdeu o fio da consciência. Visões vieram ao mago enquanto sua vida se esvaía entre seus dedos. Asas escuras de dragão, um orbe quebrado, Tasslehoff… um gnomo…

Minha salvação…

Minha morte…

Luz branca e brilhante, pura, fria e afiada como uma espada, perfurou a mente do mago. Encolhido, ele tentou escapar, tentou afundar-se nas trevas quentes e suaves. Ele podia ouvir-se implorando a Caramon para matá-lo e acabar com a dor, acabar com a luz brilhante e afiada.

Raistlin ouviu-se dizer essas palavras, mas não se sentiu dizendo isso. Sabia que falava apenas porque, no reflexo da luz brilhante e pura, ele viu seu irmão se afastar dele.

A luz brilhou mais forte e tornou-se um rosto de luz, um rosto bonito, calmo e puro, com olhos escuros, frios e cinzas. Mãos frias tocaram sua pele ardente.

— Me deixe curá-lo.

A luz doía, mais que a dor do aço. Gritando, contorcendo-se, Raistlin tentou escapar, mas as mãos o seguraram firmemente.

— Me deixe curá-lo.

— Afaste -se!...

— Me deixe curá-lo!

Cansaço, um grande cansaço, veio sobre Raistlin. Ele estava cansado de lutar. De lutar contra a dor, contra o ridículo, contra o tormento com o qual tinha vivido toda sua vida.

"Muito bem. Deixe o deus rir. Ele ganhou, afinal", Raistlin pensou amargamente. "Deixe ele se recusar a me curar. E então irei descansar nas trevas... na suave escuridão...".

Fechando os olhos, fechando-os firmemente contra a luz, Raistlin esperava a gargalhada... e de repente, viu a face do deus.

Caramon ficou do lado de fora, nas sombras da tenda de seu irmão, a cabeça dolorida em suas mãos. As súplicas agoniadas de Raistlin pedindo a morte o atravessaram. Finalmente, ele não aguentou mais. A clériga obviamente falhara. Agarrando o punho de sua espada, Caramon entrou na tenda e caminhou em direção à cama.

Naquele momento, os gritos de Raistlin pararam.

Crysania caiu para a frente sobre seu corpo, a cabeça no peito do mago.

"Ele morreu!", Caramon pensou. "Raistlin morreu".

Encarando o rosto do seu irmão, não sentiu tristeza. Em vez disso, sentiu uma espécie de horror invadindo-o com aquela visão, pensando "Que máscara grotesca para usar na morte!".

O rosto de Raistlin estava rígido como o de um cadáver, sua boca aberta, nenhum som saindo. A pele estava lívida. Os olhos cegos e fixos afundados nas bochechas, olhando direto para frente.

Dando um passo mais perto, tão entorpecido que era incapaz de sentir ressentimento ou tristeza ou alívio, Caramon olhou mais de perto para aquela estranha expressão no rosto do homem morto e percebeu, em choque, que Raistlin não estava morto! Os olhos arregalados encaravam aquele mundo sem ver, mas só por estarem vendo outro.

Um choramingo sacudiu o corpo do mago, mais terrível de ouvir do que seus gritos de agonia. Sua cabeça mexeu-se levemente, seus lábios também, a garganta trabalhou, porém não houve som.

Então os olhos de Raistlin se fecharam. Sua cabeça pendeu para um lado, os músculos contorcidos relaxando. A aparência de dor desapareceu, deixando seu rosto abatido e pálido. Ele inspirou fundo, soltou o ar com um suspiro, e de novo…

Abalado pelo que tinha visto, incerto se deveria sentir-se grato ou apenas mais profundamente entristecido por saber que seu irmão vivia, Caramon viu a vida retornar ao corpo sangrento e rasgado de seu gêmeo.

Libertando-se devagar da sensação de paralisia que vem algumas vezes ao se acordar subitamente de um sono profundo, Caramon ajoelhou-se ao lado de Crysania e, segurando-a gentilmente, ajudou-a ficar de pé. Ela o encarou, piscando, sem o reconhecer. Então o olhar dela foi imediatamente para Raistlin. Um sorriso enfeitou seu rosto. Fechando os olhos, ela murmurou uma oração de agradecimento. Então, apertando sua lateral com uma mão, caiu contra Caramon. Havia sangue fresco visível no pano branco.

— Você deveria se curar — disse Caramon, ajudando-a a sair da tenda, seu braço forte apoiando seus passos vacilantes.

Ela olhou para ele e, embora fraco, seu rosto estava belo em seu calmo triunfo.

— Talvez amanhã — ela respondeu suavemente. — Esta noite, tive uma vitória maior. Você não vê? Esta é a resposta para minhas orações.

Olhando para sua beleza serena e pacífica, Caramon sentiu lágrimas nos olhos.

— Então esta é a sua resposta? — Ele perguntou rispidamente, olhando ao redor para o acampamento. As fogueiras haviam se reduzido a montes de cinzas e carvão. Com o canto do olho, Caramon viu alguém sair correndo, e soube que rapidamente se espalharia a notícia que o mago e a bruxa, entre eles, tinham de alguma forma conseguido trazer o morto de volta à vida.

Caramon sentiu a bile em sua boca. Podia imaginar o falatório, a excitação, as perguntas, a especulação, os olhares sombrios e as cabeças balançando, e sua alma se encolheu. Só queria ir para cama, dormir e esquecer tudo.

Mas Crysania estava falando.

— Também é a sua resposta, Caramon — disse ela com fervor. — É o sinal dos deuses que ambos procurávamos. — Parando, ela se virou para encará-lo, olhando com sinceridade. — Você ainda está cego como na Torre? Ainda não acredita? Colocamos o assunto nas mãos de Paladine e o deus falou. Raistlin deve viver. Ele estava destinado a este grande feito. Juntos, ele, eu e você, se você se juntar a nós, iremos lutar e superar o mal como eu lutei e superei a morte esta noite!

Caramon olhou para ela. Então sua cabeça abaixou, seus ombros caíram. "Não quero lutar contra o mal", ele pensou, cansado. "Só quero ir casa. É pedir demais?".

Levantando a mão, ele começou a esfregar a têmpora latejante. Parou ao ver na luz gradual do alvorecer as marcas sangrentas dos dedos do seu irmão ainda sobre seu braço.

— Irei colocar um guarda dentro da sua tenda — ele disse duramente. — Durma um pouco.

Ele se virou.

— Caramon — Crysania chamou.

— O quê? — Ele parou com um suspiro.

— Você vai se sentir melhor pela manhã. Vou rezar por você esta noite. Boa noite, meu amigo. Lembre-se de agradecer Paladine pela graça de conceder a vida ao seu irmão.

— Sim, claro — Caramon murmurou. Sentindo-se desconfortável, a dor de cabeça piorando e sabendo que logo iria ficar muito enjoado, deixou Crysania e tropeçou de volta para sua tenda.

Ali, sozinho, na escuridão, enjoou, vomitando em um canto até ele não ter mais nada para vomitar. Então, caindo sobre sua cama, ele se entregou por fim à dor e à exaustão.

Mas conforme as trevas se fechavam piedosamente sobre ele, lembrou-se das palavras de Crysania "agradeça a Paladine pela vida do seu irmão".

A memória do rosto aflito de Raistlin flutuou diante de Caramon, e a oração ficou presa na sua garganta.

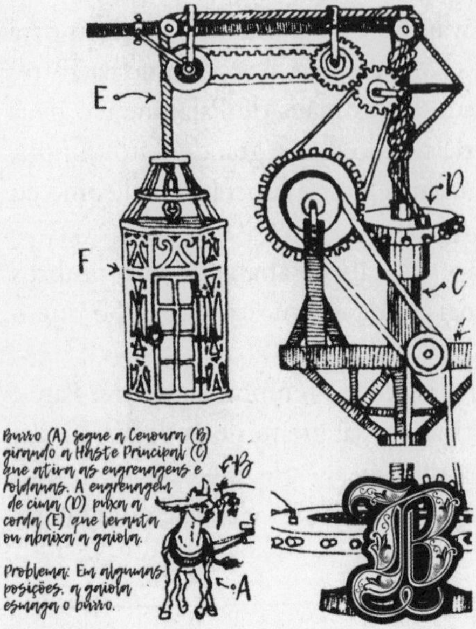

Capítulo 10

Batendo levemente na pedra de hóspedes que ficava do lado de fora da residência de Duncan, Kharas esperou nervosamente uma resposta. Ela veio logo. A porta abriu e lá estava seu rei.

— Entre e seja bem-vindo, Kharas — Duncan disse, estendendo o braço e puxando o anão.

Corando de vergonha, Kharas entrou na morada do rei. Sorrindo para ele gentilmente, para colocá-lo à vontade, Duncan liderou o caminho através de sua casa para seu estúdio privativo.

Construído bem no subterrâneo, no coração do reino na montanha, a casa de Duncan era um labirinto complexo de quartos e túneis preenchidos com os móveis pesados, escuros e de madeira maciça que anões apreciavam. Apesar de maior e mais espaçosa do que a maioria das casas em Thorbardin, em todos os outros aspectos a habitação de Duncan era quase exatamente igual à habitação de qualquer outro anão. Teria sido considerado o cúmulo do mau gosto se fosse de outra forma. Só porque Duncan era rei não tinha o direito de se dar ares de importância. Assim, apesar de manter uma equipe de serviçais, atendia à sua própria porta e servia seus convidados com as próprias mãos. Viúvo, morava na casa com seus dois filhos, ainda solteiros, ambos jovens (só com cerca de oitenta anos).

O estúdio em que Kharas entrou era obviamente o aposento favorito de Duncan. Machados de batalha e escudos decoravam as paredes, junto de uma boa variedade de espadas hobgoblins capturadas com suas lâminas curvas, um tridente de minotauro conquistado por algum ancestral distante, e, claro, martelos, formões e ferramentas para trabalho em pedra.

Duncan deixou seu convidado confortável com a verdadeira hospitalidade anã, oferecendo-lhe a melhor cadeira, servindo a cerveja e atiçando o fogo. Kharas estivera ali antes, claro, e muitas vezes. Mas agora ele se sentia desconfortável e pouco à vontade, como se tivesse entrado na casa de um estranho. Talvez fosse porque Duncan, apesar de tratado seu amigo com a cortesia habitual, ocasionalmente olhava para o anão imberbe com um olhar penetrante e estranho.

Percebendo esse olhar incomum nos olhos de Duncan, Kharas não conseguiu relaxar e remexia-se inquieto em seu assento, nervosamente limpando a espuma da boca com as costas da mão enquanto esperava o fim das formalidades.

Foi rápido. Servindo-se de uma caneca de cerveja, Duncan esvaziou-o em um gole. Em seguida, colocando a caneca sobre a mesa perto de seu braço, ele acariciou sua barba, olhando para Kharas com uma expressão séria.

— Kharas, — ele disse finalmente — você nos disse que o mago estava morto.

— Sim, tano — Kharas respondeu, espantado. — Eu o atingi com um golpe mortal. Nenhum homem poderia ter sobrevivido…

— Ele sobreviveu — Duncan respondeu, seco.

Kharas fez uma careta.

— Você está me acusando…

Agora foi Duncan quem corou.

— Não, meu amigo! Longe disso. Estou certo de que, independente do que tenha acontecido, você achou mesmo que o matara. — Duncan suspirou fundo. — Mas nossos batedores relatam terem o visto no acampamento. Ele foi ferido, aparentemente. Pelo menos, não podia mais montar. O exército continuou a marcha até Zhaman, no entanto, carregando o mago em uma carroça.

— Tano! — Kharas protestou, seu rosto corando de raiva. — Eu juro! Seu sangue lavou minhas mãos! Eu puxei a espada de seu corpo. Por Reorx! — O anão estremeceu. — Eu vi a morte em seus olhos!

— Não duvido de você, filho! — Duncan disse sinceramente, estendendo a mão para dar um tapinha no ombro do jovem herói. — Nunca ouvi falar de ninguém sobrevivendo a uma ferida como você descreveu, exceto nos velhos tempos, claro, quando clérigos ainda caminhavam sobre a terra.

Como todos os outros clérigos verdadeiros, os clérigos anões também sumiram logo antes do Cataclismo. Ao contrário de outras raças em Krynn, os anões, no entanto, nunca abandonaram a crença em seu deus antigo, Reorx, o Forjador do Mundo. Apesar de anões terem ficado chateados com Reorx por causar o Cataclismo, sua crença em seu deus estava arraigada demais e muito entranhada na cultura para ser simplesmente descartada depois de uma pequena ofensa da parte do deus. Ainda assim, eles estavam irritados o suficiente para não adorá-lo mais abertamente.

— Você tem alguma ideia de como isso pode ter acontecido? — Duncan perguntou, franzindo a testa.

— Não, tano — Kharas disse. — Mas tenho me perguntado por que não recebemos uma resposta do general Caramon — ele ponderou. — Alguém interrogou os dois presos que trouxemos? Podem saber algo.

— Um kender e um gnomo? — Duncan bufou. — Bah! O que qualquer um deles poderia saber? Além do mais, não há necessidade de interrogá-los. Eu não estou tão interessado no mago mesmo. Na verdade, a razão pela qual lhe chamei aqui para dar essa notícia, Kharas, foi para insistir que agora você esqueça essa conversa de paz e concentre-se na guerra.

— Há mais nesses dois do que barbas, Tano — Kharas murmurou, citando uma velha expressão. Era óbvio que ele não tinha ouvido uma palavra. — Acho que você devia...

— Eu sei o que você acha — Duncan disse severamente. — Aparições conjuradas pelo mago. E eu lhe digo que isso é ridículo! Que mago de respeito invocaria um kender? Não, eles são servos ou algo assim, muito provavelmente. Estava escuro e confuso lá dentro. Você mesmo disse isso.

— Não sei — Kharas respondeu, com voz suave. — Se você tivesse visto o rosto do mago quando ele os viu! Era o rosto de quem anda pelas planícies e de repente vê um cofre de ouro e joias na areia a seus pés. Dê-me permissão, tano — Kharas disse ansiosamente. — Deixe-me trazê-los até você. Fale com eles, é tudo que peço!

Duncan soltou um grande suspiro, olhando para Kharas melancolicamente.

— Muito bem — ele exclamou. — Acho que não vai fazer mal. Porém... — Duncan analisou Kharas astutamente— se isso não der em nada, você vai me prometer desistir dessa ideia louca selvagem e focar na guerra? Vai ser uma luta dura, filho — Duncan acrescentou mais gentilmente, vendo o olhar de tristeza verdadeira no rosto imberbe do jovem herói. — Precisamos de você, Kharas.

— Sim, tano — Kharas disse firmemente. — Eu concordo. Se isto não der em nada.

Com um aceno rude, Duncan gritou para seus guardas e saiu da casa, seguido mais lentamente por um pensativo Kharas.

Atravessando o vasto reino anão subterrâneo, descendo ruas aqui e subindo ruas ali, atravessando o mar Urkhan de barco, chegaram ao primeiro nível das masmorras. Ali eram mantidos presos que tinham cometido pequenos crimes e infrações: devedores, um jovem anão que falou desrespeitosamente com um mais velho, caçadores ilegais e vários bêbados, curando a bebedeira. Ali também foram mantidos o kender e o gnomo.

Ao menos, eram — até a noite anterior.

— Tudo isso — disse Tasslehoff Burrfoot enquanto o guarda anão o conduzia — por não termos um mapa.

— Achei que você disse que tinha estado aqui antes — Gnimsh resmungou, rabugento.

— Antes não — corrigiu Tas. — Depois. Ou talvez mais tarde seja melhor. Cerca de duzentos anos mais tarde, pelos meus cálculos. É uma história fascinante, na verdade. Vim aqui com alguns amigos meus. Vamos ver… isso foi logo depois de Lua Dourada e Vento Ligeiro se casarem e antes de irmos para Tarsis. Ou foi depois de Tarsis? — Tas pensou. — Não, não pode ter sido, porque Tarsis foi onde um prédio caiu em mim e…

— Euouviessahistória! — Gnimsh exclamou.

— O quê? — Tas piscou.

— Eu… ouvi… isso! — Gnimsh gritou alto. Sua voz fina de gnomo ecoou na sala subterrânea, fazendo vários transeuntes encararem-no severamente. Com rostos sombrios, os guardas fizeram seus prisioneiros recapturados avançarem.

— Ah — disse Tas, cabisbaixo. Então o kender se animou. — Mas o rei não, e nós estamos sendo levados para vê-lo. Ele provavelmente vai estar bastante interessado.

— Você disse que não deveríamos dizer nada sobre vir do futuro — Gnimsh disse em um sussurro alto, seu longo avental de couro esvoaçando sobre seus pés. — Devemos agir como se fôssemos daqui, lembra?

— Foi quando pensei que tudo daria certo — Tas disse com um suspiro. — E tudo estava dando certo. O dispositivo funcionou, nós escapamos do Abismo...

— Eles nos deixaram escapar... Gnimsh apontou.

— Bem, que seja — Tas disse, nervoso com o lembrete. — De qualquer forma, saímos, é o que conta. E o dispositivo funcionou, exatamente como você disse — Gnimsh sorriu alegremente e assentiu — e encontramos Caramon. Bem como você disse... o dispositivo estava cali... cala... qualquer coisa para retornar a ele...

— Calibrado — Gnimsh interrompeu.

— Mas então —Tas mastigou, nervoso, a ponta de seu nó de cabelo — Tudo deu errado, de alguma forma. Raistlin esfaqueado, talvez morto. Os anões nos levando sem me dar chance de contar sobre o grave erro que estão cometendo.

O kender se arrastou, ponderando profundamente. Por fim, balançou a cabeça.

— Eu pensei sobre isso, Gnimsh. Sei que é um ato desesperado e que eu normalmente não recorreria a isso, mas acho que não temos escolha. A situação tornou-se completamente fora de controle. — Soltou um suspiro solene. — Acho que devemos contar a verdade.

Gnimsh parecia extremamente alarmado com essa ação drástica, tanto, na verdade, que tropeçou em seu avental e caiu de cara no chão. Os guardas, sem que nenhum deles falasse Comum, fizeram-no ficar de pé e arrastaram o gnomo pelo resto do caminho, finalmente parando diante de uma grande porta de madeira. Ali, outros guardas, olhando o kender e o gnomo com desgosto, abriram as portas, empurrando-as devagar.

— Ah, eu estive aqui! — Tas disse de repente. — Agora, eu sei onde estamos.

— Ajuda muito agora — Gnimsh murmurou.

— O Salão de Audiências — Tas continuou. — Da última vez em que estivemos aqui, Tanis ficou doente. Ele é um elfo, sabe... Bem, metade elfo, e odiava viver no subsolo. — O kender suspirou novamente. — Gostaria que Tanis estivesse aqui agora. Ele saberia o que fazer. Queria que alguém sensato estivesse aqui.

Os guardas os empurraram para dentro do grande salão.

— Pelo menos — Tas disse suavemente a Gnimsh — Não estamos sozinhos. Pelo menos temos um ao outro.

— Tasslehof Burrfoot — disse o kender, curvando-se perante o rei dos anões, então curvando-se novamente para cada um dos tanos sentados nos bancos de pedra atrás e em um nível mais baixo do que o trono de Duncan. — E este é…

O gnomo avançou, ansioso.

— Gnimshmari…

— Gnimsh! — Tas disse alto, pisando no pé do gnomo quando Gnimsh parou para respirar. — Deixe-me falar! — O kender o repreendeu com um sussurro audível.

Carrancudo, Gnimsh caiu em um silêncio ferido magoado enquanto Tas olhava ao redor do salão.

— Puxa, vocês não estão planejando muito em termos de reformas pelos próximos duzentos anos, não é? Está parecendo a mesma coisa. Só que me lembro daquela rachadura lá… não, ali. Sim, aquela. Vai ficar um pouco maior no futuro. Vocês podem querer…

— De onde você vem, kender? — Duncan rosnou.

— Consolação — disse Tas, lembrando-se que estava contando a verdade. — Ah, não se preocupe se nunca ouviu falar. Não existe ainda. Eles também não tinham ouvido falar em Istar, mas isso não importa muito porque ninguém ali se importava com nada que não estivesse lá. Em Istar, quero dizer. Consolação é ao norte de Refúgio, que ainda não está lá também, mas vai mais cedo do que Consolação, se é que você me entende.

Duncan, inclinando-se para a frente, olhou para Tas de forma alarmante por baixo das sobrancelhas grossas.

— Você está mentindo.

— Eu não estou! — Ele disse indignado. — Viemos parar aqui usando um dispositivo mágico que eu peguei emprestado, mais ou menos, de um amigo. Estava funcionando direitinho, mas eu acidentalmente o quebrei. Bem, na verdade não foi minha culpa. Mas essa é outra história. Enfim, eu sobrevivi ao Cataclismo e acabei parando no Abismo. Não é um lugar legal. De qualquer forma, eu encontrei Gnimsh no Abismo e ele consertou. O dispositivo, quero dizer, não o Abismo. Ele é realmente um maravilhoso companheiro — Tas continuou confidencialmente, dando um tapinha no ombro de Gnimsh. — Ele é um gnomo, claro, mas suas invenções funcionam.

— Então, você *veio* do Abismo! — Kharas disse com severidade. — Você admite! Aparições dos Reinos das Trevas! O mago vestido de preto o conjurou, e você atendeu ao chamado.

Esta acusação inicial deixou o kender mudo de verdade.

— Como... como... — Tas engasgou de forma incoerente por um momento, mas encontrou sua voz — Eu nunca fui tão insultado! Exceto talvez quando o guarda em Istar se referiu a mim como um... um... bem, deixa pra lá. Para não falar do fato de que se Raistlin fosse conjurar alguma coisa, certamente não seria a gente. E isso me lembra algo! — Tas olhou severamente para Kharas. — Por que você foi e o matou? Quero dizer, talvez ele *não* fosse o que se pode chamar de uma pessoa legal. E talvez ele *tenha* tentado me matar me fazendo quebrar o dispositivo mágico e me deixando para trás em Istar para os deuses soltarem a montanha de fogo em nós. Mas... — Tas suspirou, melancólico — certamente era uma das pessoas mais interessantes que conheci.

— Seu mago não está morto, como você bem sabe, aparição! — Duncan rosnou.

— Olha, eu não sou uma apari... Não está morto? — O rosto de Tas se iluminou. — De verdade? Mesmo depois de você o golpear daquele jeito e todo o sangue e tudo e... Oh! Eu sei como! Crysania! Claro! A dama Crysania...

— Ah, a bruxa! — Kharas disse suavemente, quase para si mesmo enquanto os tanos começaram a murmurar entre si.

— Ora, vamos, ela é meio fria e distante às vezes — Tas disse, chocado — mas certamente não é motivo para ficar xingando! Ela é uma clériga de Paladine, afinal.

— Clériga! — Os tanos riram.

— Aí está sua resposta — disse Duncan para Kharas, ignorando o kender. — Feitiçaria.

— Você está certo, é claro, Tano — Kharas disse, franzindo a testa — mas...

— Vejam — Tas implorou — vocês precisam me deixar ir! Estou tentando dizer a vocês, anões, que isso é um engano terrível! Preciso chegar a Caramon!

Isso causou uma reação. Os tanos imediatamente se calaram.

— Você conhece o general Caramon? — Kharas perguntou, em dúvida.

— General? — Tas repetiu. — Uau! Tanis iria ficar surpreso se ouvisse isso. General Caramon! Tika ia rir. Ah, claro que eu conheço Cara... General

Caramon… — Tas continuou depressa, ao ver as sobrancelhas de Duncan se juntarem novamente. — Ele é meu melhor amigo. E se você ouvisse o que estou tentando dizer, saberia que Gnimsh e eu viemos aqui com o dispositivo mágico para encontrar Caramon e levá-lo para casa. Ele com certeza não quer estar aqui. Você vê, Gnimsh consertou o dispositivo para poder levar mais de uma pessoa…

— Levá-lo para casa? Para onde? — Duncan rosnou. — O Abismo? Talvez o mago o tenha conjurado também!

— Não! — Tas rebateu, começando a perder a paciência. — Levá-lo para casa, para Consolação, claro. E Raistlin, também, se ele quiser ir. Nem imagino o que estão fazendo aqui, na verdade. Raistlin não suportava Thorbardin quando estivemos aqui, uns duzentos anos à frente. Passou o tempo inteiro tossindo e reclamando da umidade. Flint disse… Flint Forjardente, um velho amigo meu…

— Forjardente! — Duncan pulou do seu trono, gritando para o kender. — Você é o amigo do Forjardente?

— Ei, não precisa ficar tão nervoso — disse Tas, um pouco assustado. — Flint tinha seus defeitos, é claro, sempre resmungando e acusando as pessoas de roubar coisas quando eu estava pensando em colocar aquela pulseira de volta onde eu a encontrei, mas isso não quer dizer que…

— Forjardente — Duncan disse sombriamente — é o líder dos nossos inimigos. Ou você não sabia disso?

— Não — disse Tas com interesse. — Não sabia. Ah, mas com certeza não deve ser o mesmo Forjardente — ele completou depois de pensar um pouco. — Flint não vai nascer por mais pelo menos cinquenta anos. Pode ser o pai dele. Raistlin diz…

— Raistlin? Quem é esse Raistlin? — Duncan perguntou.

Tasslehoff fixou o anão com um olhar severo.

— Você não está prestando atenção. Raistlin é o mago. O que você matou… bem, aquele que você não matou. Aquele que você pensou ter matado, mas não.

— O nome dele não é Raistlin. É Fistandantilus! — Duncan bufou. Então, com o rosto sombrio, o rei anão retomou seu assento. — Então — ele disse, olhando para o kender por baixo de suas sobrancelhas espessas — você está planejando levar este mago, que foi curado por uma clériga que está aqui quando não há mais clérigos no mundo, e um general, que você afirma ser seu melhor amigo, de volta a um lugar que não existe para encontrar nosso inimigo que ainda não nasceu usando um dispositivo, construído por um gnomo, que na verdade funciona?

— Isso! — Gritou Tas, triunfante. — Viu só? Olha o que você conseguiu aprender só porque ouviu!

Gnimsh assentiu enfaticamente.

— Guardas! Leve-os daqui! — Duncan rosnou. Virando em seus calcanhares, encarou Kharas com frieza. — Você me deu a sua palavra. Espero vê-lo na sala do Conselho de Guerra em dez minutos.

— Mas, se ele realmente conhece o General Caramon…

— Basta! — Duncan estava furioso. — A guerra está chegando, Kharas. Toda a sua honra e todas as suas nobres lamúrias sobre matar parentes não irão impedi-la! E você estará lá fora no campo de batalha ou pode levar esse rosto vergonhoso para todos nós e escondê-lo nas masmorras junto com o resto dos traidores do nosso povo, os dewar! O que vai ser?

— Jurei servi-lo, tano — Kharas disse, o rosto rígido. — Eu lhe entreguei a minha vida.

— Lembre-se disso então! — Duncan replicou. — E para impedir que seus pensamentos se espalhem, estou ordenando que seja confinado em seus aposentos, exceto para atender às reuniões do Conselho, e esses dois — ele acenou para Tas e Gnimsh — devem ser presos, seu paradeiro deve ficar em segredo até depois do fim da guerra. A morte cairá sobre a cabeça de quem desafiar essa ordem.

Os tanos se entreolharam, acenando com aprovação, apesar de um ter murmurado que tinha até demorado. Os guardas agarraram Gnimsh e Tas, o kender ainda protestando enquanto os levavam embora.

— Estou falando a verdade — ele uivou. — Vocês têm que acreditar em mim! Eu sei que parece engraçado, mas, vejam, eu… eu… não estou acostumado a… bem, dizer a verdade! Mas me deem um tempo. Com certeza um dia vou pegar o jeito.

Tasslehoff não teria acreditado que era possível ir tão longe abaixo da superfície do mundo como os guardas os levavam, se os seus próprios pés não tivessem percorrido esse caminho. Lembrou-se de Flint ter dito uma vez que Reorx vivia ali embaixo, forjando o mundo com seu grande martelo.

— E que pessoa agradável e alegre *ele* deve ser — Tas resmungou, tremendo de frio até seus dentes baterem. — Se é onde Reorx forja o mundo, seria de se imaginar que fosse mais quente.

— Sóanõesmesmo — murmurou Gnimsh.

— O quê? — O kender começava a achar que tinha passado a última metade de sua vida começando cada frase que ele falava com o gnomo com "o quê?".

— Eu disse que só anões mesmo! — Gnimsh respondeu, alto. — Em vez de construir suas casas em vulcões ativos, que, embora ligeiramente instáveis, fornecem uma excelente fonte de calor, constroem em velhas montanhas mortas. — Ele sacudiu a cabeça cabeluda. — Difícil de acreditar que somos primos.

Tas não respondeu, preocupado com outros assuntos... "Como vamos sair dessa, para onde vamos se sairmos, e que horas iriam servir o jantar?". Mas, parecendo que não haveria respostas imediatas para qualquer uma delas (incluindo sobre o jantar), o kender entrou em um silêncio sombrio.

Oh, houve um momento bastante emocionante, quando desceram por um estreito túnel rochoso que havia sido cavado direto para baixo na montanha. O dispositivo usado para levar as pessoas por aquele túnel era chamado de "elevador" pelos gnomos, de acordo com Gnimsh ("Mas 'elevador' não é um nome inadequado para quando ele está descendo?", Tas apontou, mas o gnomo o ignorou).

Já que não via nenhuma solução imediata para seus problemas, Tas decidiu não perder seu tempo se deprimindo com isso naquele lugar tão interessante. Portanto, aproveitou bem a jornada no elevador, embora fosse bastante desconfortável em pontos onde o frágil dispositivo de madeira, operado por anões musculosos puxando enormes pedaços de corda, colidia contra a parede rochosa do túnel ao ser abaixado, sacudindo os ocupantes e infligindo numerosos cortes e contusões em quem estivesse lá dentro.

Isso se mostrou muito divertido, especialmente quando os guardas que acompanhavam Tas e Gnimsh sacudiam seus punhos, lançando belos palavrões em anão para os operadores acima deles. Quanto ao gnomo, Gnimsh estava mergulhado em um estado de excitação impossível de acreditar. Sacando um pedaço de carvão e pegando emprestado um dos lenços de Tas, sentou ali mesmo no chão do elevador e começou a fazer o projeto de um novo elevador, aprimorado.

— Roldanacabosvapor — ele resmungou para si mesmo alegremente, esboçando o que parecia a Tas ser uma armadilha gigante para lagostas com rodas. — Sobedescesobedesce. Qualandar? Passoparatrásporfavor. Capacidade: trintaedois. Preso? Alarmes! Sinosassovioscornetas.

Quando finalmente chegaram ao nível do solo, Tas tentou olhar com atenção para ver onde estavam indo (para que pudessem sair, mesmo sem ter um mapa), mas Gnimsh estava pendurado nele, apontando para seu esboço e explicando-o em detalhes.

— Sim, Gnimsh. Não é interessante? — Tas disse, sem prestar atenção no gnomo enquanto seu coração afundava mais do que eles. — Música relaxante saindo de um cano? Sim, Gnimsh, excelente ideia.

Olhando ao redor enquanto o guardas os empurravam para frente, Tas suspirou. Não só o lugar parecia tão tedioso quanto o Abismo, tinha a desvantagem adicional de cheirar ainda pior. Fileiras e mais fileiras de celas largas e rústicas forravam as paredes rochosas. Iluminadas por tochas que fumegavam no ar fétido e rarefeito, as celas estavam completamente lotadas com anões.

Tas olhou para eles em confusão crescente enquanto caminhavam pelo corredor estreito entre os blocos de celas. Esses anões não pareciam criminosos. Havia homens, mulheres, até crianças amontoados dentro das celas. Agachado em cobertores imundos, amontoados em bancos maltratados, olhavam taciturnos por entre as barras.

— Ei! — Disse, puxando a manga de um guarda. O kender falava um pouco de anão, tendo aprendido com Flint. — O que é isso? — Ele perguntou, acenando com a mão. — Por que essas pessoas estão aqui? — (Pelo menos era o que ele esperava ter dito. Havia todas as possibilidades que poderia ter perguntado sem querer o caminho para a cervejaria mais próxima).

Mas o guarda, olhando-o carrancudo, só disse:

— Dewar.

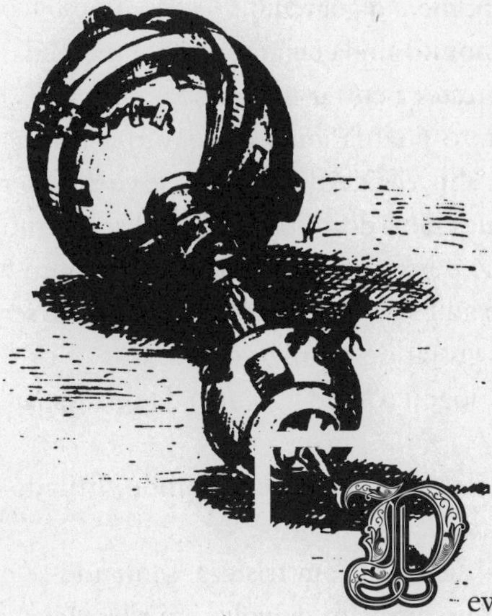

Capítulo 11

Dewar? — Tas repetiu, de forma inexpressiva.

O guarda, no entanto, recusou-se a elaborar e fez Tas seguir em frente com um empurrão maldoso. Tas tropeçou, então continuou andando, olhando ao redor, tentando descobrir o que estava acontecendo. Gnimsh, enquanto isso, aparentemente tomado por outro ataque de inspiração, ficava falando sobre "hidráulica".

Tas refletiu. "Dewar", ele pensou, tentando lembrar onde ouvira aquela palavra. De repente, ele se deparou com a resposta.

—Os anões sombrios! — Ele disse. — Claro! Lembrei! Eles lutaram pelo Senhor. Mas eles não viviam aqui embaixo da última vez, ou talvez seja a próxima vez, em que estivemos aqui. Ou estaremos aqui. Caramba, que confusão. Mas certamente eles não viviam em celas de prisão. Ei — Tas cutucou o anão novamente — o que eles fizeram! Quero dizer, para serem jogados na cadeia?

— Traidores! — O anão respondeu. Alcançando uma cela no final do corredor, ele tirou uma chave, inseriu-a na fechadura, e abriu a porta.

Olhando para dentro, Tas viu cerca de vinte ou trinta dewar amontoados na cela. Alguns jaziam letárgicos no chão, outros estavam sentados contra o muro, adormecidos. Um grupo, agachado em um canto, estava falando em voz baixa quando o guarda chegou. Pararam no instante que a porta da cela se abriu. Não havia mulheres ou crianças naquela cela, só homens; e estes olharam cheios de ódio para Tas, o gnomo e o guarda.

Tas agarrou Gnimsh quando o gnomo, ainda tagarelando sobre pessoas ficando presas entre andares, estava prestes a entrar na sala sem perceber.

— Bem, bem — Tas disse para o guarda anão enquanto arrastava Gnimsh de volta — a visita foi bem... ahn... divertida. Agora, se você puder nos levar de volta para nossas celas, que eram, devo dizer, muito legais, com luz, tão arejadas e espaçosas, acho que posso prometer que meu parceiro e eu não iremos mais dar excursões não autorizadas pela cidade, apesar de ser um lugar muito interessante e eu iria gostar de ver mais dela. Eu...

Mas o anão, com um empurrão, jogou o kender dentro da cela, esparramando-o no chão.

— Queria só que vocês se decidissem — Gnimsh reclamou, irritado, tropeçando atrás de Tas. — Vamos ficar dentro ou fora?

— Acho que estamos dentro — disse Tas com tristeza, sentando-se e olhando desconfiado para os dewar, que olhavam de volta em silêncio. As botas pesadas dos guardas podiam ser ouvidas caminhando de volta pelo corredor, acompanhadas por obscenidades e ameaças gritadas das celas.

— Olá — disse Tas, sorrindo de maneira amigável, mas sem oferecer a mão. — Eu sou Tasslehoff Burrfoot e este é o meu amigo, Gnimsh, e parece que vamos ser companheiros de cela, não é? Então, quais são seus nomes? Ei, então, isso não é legal.

Tas se aprumou, olhando feio para um dewar que tinha se levantado e se aproximava.

Alto para um anão, seu rosto era quase invisível debaixo do grosso emaranhado de cabelo e barba. Ele sorriu de repente. Houve o brilho de aço e uma faca grande apareceu na sua mão. Arrastando os pés, avançou para o kender, que recuou o máximo possível para um canto, arrastando Gnimsh com ele.

— Quemsãoessaspessoas? — Gnimsh guinchou em alarme, tendo finalmente notado seus sombrios arredores.

Antes que Tas pudesse responder, o dewar pegou o kender pelo pescoço e colocou a faca em sua garganta.

"É isso!", pensou com pesar. "Agora eu morro, com certeza. Flint vai rir muito".

Mas a faca do anão escuro só passou bem perto do rosto de Tas. Alcançando seu ombro, o anão escuro habilmente cortou as tiras das bolsas de Tas, mandando-as com seu conteúdo para o chão.

Instantaneamente, o caos irrompeu na cela quando os dewar pularam naquela direção. O anão com a faca agarrou tudo o que podia, cortando e golpeando seus companheiros, tentando afastá-los. Tudo desapareceu em segundos.

Agarrando os pertences do kender, os dewar imediatamente sentaram-se e começaram a vasculhá-los. O anão com a faca conseguiu fazer o melhor saque. Agarrando seu espólio ao peito, ele voltou para um lugar no fundo da cela, onde ele e seus amigos começaram a jogar o conteúdo das bolsas no chão.

Ofegando de alívio, Tas afundou no chão frio de pedra. Mas, mesmo assim, foi um suspiro de alívio preocupado, pois Tas imaginou que quando as bolsas perdessem seu apelo, os dewar teriam a brilhante ideia de procurar neles.

— E certamente seremos muito mais fáceis de revistar se estivermos cadáveres — ele murmurou para si mesmo. Isso o levou a um pensamento repentino.

— Gnimsh! — Ele sussurrou com urgência. — O dispositivo mágico! Onde está?

Gnimsh, piscando, deu um tapinha no bolso de seu avental de couro e sacudiu a cabeça. Batendo em outro, ele retirou um esquadro e um pedaço de carvão. Ele os examinou cuidadosamente por um momento então, vendo que nenhum era o dispositivo mágico, enfiou-os de volta em seus bolsos. Tas estava seriamente considerando estrangulá-lo quando, com um sorriso triunfante, o gnomo mexeu na sua bota e tirou o dispositivo mágico.

Durante seu último encarceramento, Gnimsh conseguiu fazer o dispositivo se fechar novamente. Agora tinha retomado o tamanho e forma de um pingente bastante comum, em vez do intrincado e belo cetro a que se assemelhava quando totalmente aberto.

— Mantenha escondido! — Tas avisou. Olhando de relance para os dewar, viu que estavam absortos em brigar pelo conteúdo de suas bolsas. — Gnimsh, — ele sussurrou — essa coisa funcionou para nos tirar do Abismo e você disse que era cali… cala… caluqualquercoisa para ir direto a Caramon, já que ele era quem o recebeu de Par-Salian. "Então, não quero que isso nos leve para qualquer lugar no tempo novamente, mas você acha que funcionaria para, digamos, apenas um salto curto? Se Caramon é general daquele exército, ele não pode estar muito longe daqui.

— É uma ótima ideia! — Os olhos de Gnimsh começaram a brilhar. — Apenas um minuto, me deixe pensar.

Mas era tarde demais. Ele sentiu um toque em seu ombro. Seu coração saltando na garganta, o kender virou-se com o que esperava ser a Sinistra Expressão de um Frio Assassino no rosto dele. Aparentemente, para o dewar que o tocara foi, pois ele tropeçou para trás em terror, jogando as mãos para cima para se proteger.

Vendo que era um anão de aparência jovem com uma expressão meio sã nos olhos, Tasslehoff suspirou e relaxou, enquanto o dewar, vendo que o kender não ia comê-lo vivo, parou de tremer e o olhou, esperançoso.

— O que foi? — Tas perguntou ao anão. — O que você quer?

— Venha. Você vir. — O dewar acenou com um gesto. Então, vendo Tas franzir a testa, apontou, então acenou novamente, indo mais para o fundo da cela.

Tas levantou-se cautelosamente.

— Fique aqui, Gnimsh — ele disse. Mas o gnomo não estava ouvindo. Murmurando alegremente para si mesmo, Gnimsh estava ocupado torcendo e girando umas coisinhas no dispositivo.

Curioso, Tas rastejou atrás do dewar. Talvez aquele sujeito tivesse descoberto uma saída. Talvez estivesse cavando um túnel...

O dewar, ainda se movendo, conduziu o kender para o meio da cela. Ali, parou e apontou.

— Ajuda? — Ele disse, esperançoso.

Olhando para baixo, Tas não viu um túnel. O que ele viu foi um dewar caído no cobertor. O rosto do anão estava coberto de suor, cabelo e barba estavam encharcados. Seus olhos estavam fechados e seu corpo estremecia, contorcendo-se espasmodicamente. Ao ver isso, Tas tremeu. Olhou ao seu redor. Então, o olhar voltando ao jovem dewar, sacudiu a cabeça com tristeza.

— Não — Tas disse suavemente — Desculpe. Não há... nada que eu possa fazer. Eu... Desculpe. — Ele encolheu os ombros, impotente.

O dewar pareceu compreender, pois afundou ao lado do anão doente, a cabeça curvada desconsoladamente.

Tas voltou para onde Gnimsh estava sentado, sentindo-se entorpecido por dentro. Caindo em um canto, olhou para a cela escura, vendo e ouvindo o que deveria ter visto e ouvido antes: os resmungos incoerentes, os gritos de dor, gritos por água e, aqui e ali, o terrível silêncio daqueles que estavam deitados muito, muito quietos.

— Gnimsh — Tas disse calmamente — esses anões estão doentes. De verdade. Eu vi isso antes, nos dias que virão. Estes anões estão com a praga.

Os olhos de Gnimsh se arregalaram. Ele quase deixou cair o dispositivo.

— Gnimsh, — disse Tas, tentando falar baixo — nós temos que sair daqui e rápido! Pelo que vejo, as únicas opções que temos aqui embaixo são ou morrermos na ponta da faca, o que sem dúvida seria interessante, mas tem suas desvantagens, ou morrermos vagarosa e enfadonhamente da praga.

— Acho que vai funcionar — Gnimsh disse, olhando desconfiado para o dispositivo mágico. — Claro que isso pode nos levar de volta ao Abismo...

— Não é um lugar ruim, de verdade — Tas disse, levantando devagar e ajudando Gnimsh. — Demora um pouco a se acostumar e acho que eles não ficar lá muito felizes em nos ver de novo, mas acho que vale a pena tentar.

— Muito bem, só preciso fazer um ajuste...

— *Não toque nisso*!

A voz familiar veio das sombras e era tão severa e imperativa que Gnimsh congelou, a mão agarrando o dispositivo.

— Raistlin! — Gritou Tas, olhando ao seu redor. — Raistlin! Nós estamos aqui! Nós estamos aqui!

— Eu sei onde você está — o arquimago disse friamente, materializando-se para fora do ar esfumaçado e ficando na frente deles na cela.

Sua aparição repentina trouxe suspiros, gritos e berros dos dewar. O que estava no canto com a faca levantou-se, serpenteando, e investiu.

— Raistlin, tome... — Tas gritou.

Raistlin virou-se. Ele não falou. Não levantou sua mão. Simplesmente olhou para o anão. A cara do dewar ficou pálida. Soltando a faca dos dedos inertes, ele recuou e tentou se esconder nas sombras. Antes de se voltar para o kender, Raistlin lançou um olhar ao redor. O silêncio caiu instantaneamente. Mesmo aqueles que deliravam, se calaram.

Satisfeito, Raistlin virou para Tas.

—... cuidado. — Tas terminou, sem jeito. Então o rosto do kender se iluminou e ele bateu palmas. — Oh, Raistlin! Como é bom vê-lo! E está muito bem, também. Especialmente depois de ter uma espada... presa em... ah, bem, não importa. E você veio nos resgatar, não foi? Esplêndido! Eu...

— Chega de tagarelice! — Raistlin disse friamente. Estendeu a mão, agarrou Tas e o trouxe para mais perto. — Agora, conte-me... de onde você veio?

Tas hesitou, olhando nos olhos de Raistlin.

— Eu… eu não sei se você vai acreditar nisso. Ninguém acredita. Mas é verdade, juro!

— Apenas fale! — Raistlin rosnou, sua mão habilmente torcendo o colarinho de Tasslehoff.

— Certo! — Tas engoliu em seco e se contorceu. — Ah, lembre-se… facilita se você me deixar respirar às vezes. Agora, vejamos. Tentei parar o Cataclismo e o dispositivo quebrou. Eu… eu tenho certeza que não foi de propósito — gaguejou Tas — mas você… me deu instruções erradas.

— Foi. De propósito, quero dizer — Raistlin disse severamente. — Prossiga.

— Eu gostaria, mas é… difícil falar sem ar.

Raistlin afrouxou um pouco o aperto no kender. Tas respirou fundo.

— Bom! Onde estava? Oh, sim. Eu segui a dama Crysania para baixo, e mais baixo e bem mais baixo, muito, muito abaixo do Templo em Istar, quando estava tudo caindo aos pedaços, sabe? E eu a vi entrar naquela sala e eu sabia que ela iria ver você, porque ela disse seu nome, e eu queria que você consertasse o dispositivo…

— Seja breve!

— Cla… claro. — Acelerando ao máximo, Tas tornou-se quase incompreensível. — E então houve um baque atrás de mim e era Caramon, só que ele não me viu, e tudo ficou escuro, e quando eu acordei, vocês tinham sumido, e eu olhei para cima a tempo de ver os deuses jogarem a montanha de fogo — Tas respirou fundo. — Olha, *isso* foi interessante. Quer saber sobre… Não? Bem, outra hora talvez.

— Eu… eu que devo ter adormecido novamente, porque acordei e tudo estava quieto. Pensei que tinha morrido, mas não. Eu estava no Abismo, para onde o Templo foi depois do Cataclismo.

— O Abismo! — Raistlin respirou. Sua mão tremeu.

— Não é um bom lugar — Tas disse solenemente. — Apesar do que eu disse antes. Eu conheci a Rainha… — O kender estremeceu. — Eu… não sei se quero falar sobre isso agora, se você não se importar. — Ele estendeu uma mão trêmula. — Mas aqui está a marca dela, esses cinco pequenos pontos brancos… de qualquer forma, ela disse que eu tinha que ficar lá para todo sempre, porque agora ela poderia mudar a história e vencer a guerra. E eu não queria… — Tas olhou suplicante para Raistlin. — Eu só queria ajudar Caramon. Mas então, enquanto eu estava no Abismo, encontrei Gnimsh…

— O gnomo — Raistlin disse suavemente, seus olhos em Gnimsh, que o encarava maravilhado, sem ousar se mover.

— Sim. — Ele virou a cabeça para sorrir para o amigo. — Ele tinha construído um dispositivo de viagem no tempo que funcionava, funcionava mesmo, veja só! E, uau! Aqui nós está!

— Vocês escaparam do Abismo? — Raistlin virou seu olhar espelhado para o kender.

Tas se contorceu desconfortavelmente. Aqueles últimos momentos assombravam seus sonhos à noite, e kender raramente sonham.

— Ahn, claro — ele disse, sorrindo para o arquimago de uma forma que ele esperava ser cativante.

Seu esforço foi aparentemente em vão. Raistlin, preocupado, estava olhando para o gnomo com uma expressão que de repente fez Tas ficar todo gelado.

— Você disse que o dispositivo quebrou? — Raistlin disse suavemente.

— Sim — Tas engoliu em seco. Sentindo o aperto de Raistlin se afrouxar, o mago perdido em pensamentos, Tas se contorceu ligeiramente, tentando libertar-se das garras do mago. Para sua surpresa, Raistlin o soltou, tão repentinamente que Tas por pouco não caiu de costas.

— O dispositivo quebrou — Raistlin murmurou. De repente, ele olhou para Tas. — Então… quem consertou? — A voz do arquimago era quase um sussurro.

Afastando-se de Raistlin, Tas se protegeu.

— Eu… eu espero que os magos não fiquem zangados. Gnimsh na verdade não consertou. Você vai dizer a Par-Salian, não é, Raistlin? Eu não quero me meter em problemas… bem, mais problemas com ele do que já estou. Nós não fizemos nada com o dispositivo, não realmente. Gnimsh apenas… uhn… meio que o colocou de volta… como que estava, para funcionar.

— Ele o remontou? — Raistlin insistiu, aquela mesma expressão estranha em seus olhos.

— S-sim. — Com um sorriso fraco, Tas cutucou Gnimsh nas costelas quando o gnomo estava prestes a falar. — Remontou. É essa a palavra, certo. Remontou.

— Mas, Tas… — Gnimsh começou a falar em voz alta. — Você não lembra do que aconteceu? Eu…

— Apenas cale a boca! — Tas sussurrou. — E deixe-me falar. Estamos com um grande problema aqui! Magos não gostam que mexam nas suas coisas mesmo que seja para melhorá-las! Tenho certeza de que posso fazer Par-Salian entender isso, quando o vir. Sem dúvida, vai ficar satisfeito por você ter consertado. Afinal, devia ser bem incômodo para eles, o dispositivo transportando apenas uma pessoa de cada vez e tudo isso. Tenho certeza de que Par-Salian vai entender assim, mas prefiro ser eu a dizer, se é que você me entende. Raistlin fica meio... bem, nervoso sobre coisas assim. Eu não acho que ele entenderia e, acredite em mim, — com um olhar para o mago e um gole— não é a hora de tentar explicar.

Gnimsh, olhando de rabo de olho desconfiado para Raistlin, estremeceu e chegou mais perto de Tas.

— Ele está me olhando como se fosse me virar do avesso! — O gnomo murmurou nervoso.

— É assim que ele olha para todo mundo — Tas sussurrou de volta. — Você vai se acostumar.

Ninguém falava. Dentro da cela lotada, um dos anões doentes gemia e gritava em delírio. Tas olhou para eles inquieto, então olhou para Raistlin. O usuário de magia estava mais uma vez olhando para o gnomo, com aquela expressão estranha e preocupada no rosto pálido.

— Uh, isso é realmente tudo que posso contar agora, Raistlin — Tas disse alto, com outro olhar nervoso para os anões doentes. — Podemos ir agora? Você vai nos vush daqui como fazia em Istar? Era bem divertido e...

— Me dê o dispositivo — Raistlin disse, estendendo a mão.

Por alguma razão, talvez pelo olhar do mago ou a umidade fria das masmorras subterrâneas, Tas começou a tremer. Gnimsh, segurando o dispositivo na mão, olhou para Tas, questionador.

— Uh, você se importaria se ficássemos com isso por um tempo? — Tas começou. — Eu não vou perder isto...

— Me dê o dispositivo — A voz de Raistlin era suave.

Tas engoliu em seco novamente. Havia um gosto estranho em sua boca.

— Melhor dar isso para ele, Gnimsh.

O gnomo, piscando de maneira confusa e obviamente tentando descobrir o que estava acontecendo, apenas olhou para Tas questionador.

— Vai... vai ficar tudo bem — Tas disse, tentando sorrir, apesar do seu rosto de repente ter ficado rígido. — Raist... Raistlin é amigo meu. Ele vai mantê-lo a salvo.

Dando de ombros, Gnimsh virou e, dando uns poucos passos arrastados à frente, estendeu o aparelho na palma da mão. O pingente parecia simples e desinteressante à luz da tocha. Esticando a mão, Raistlin devagar e com cuidado pegou o pequeno dispositivo. Ele o analisou de perto, e o colocou em um dos bolsos dentro dos mantos negros.

— Venha para cá, Tas — Raistlin disse com voz gentil, acenando para dele.

Gnimsh ainda estava na frente de Raistlin, encarando desconsolado o bolso em que o dispositivo havia sumido. Agarrando o gnomo pelas cordas de seu avental de couro, Tas arrastou Gnimsh para longe do mago. Em seguida, apertando a mão de Gnimsh, Tas olhou para cima.

— Estamos prontos, Raistlin — ele disse, alegre. — Vush pra longe! Nossa, Caramon vai ficar surpreso…

— Eu disse "venha para cá, Tas" — Raistlin repetiu na mesma voz calma e inexpressiva. Seus olhos estavam no gnomo.

— Oh, Raistlin, você não vai deixá-lo aqui, vai? — Tas lamentou. Soltando a mão de Gnimsh, ele deu um passo à frente. — Porque, se for, prefiro ficar. Quer dizer, ele nunca vai sair daqui sozinho. E ele tem essa ideia maravilhosa para um elevador mecânico…

A mão de Raistlin serpenteou, apanhou Tas pelo braço, e o puxou para ficar do lado dele.

— Não, não vou deixá-lo aqui, Tas.

— Você viu? Ele vai nos vush de volta para Caramon. A magia é muito divertida — Tas começou, virando-se para encarar Gnimsh e tentando sorrir, embora os dedos fortes do mago o estivessem ferindo terrivelmente. Mas ao ver o rosto de Gnimsh, o sorriso de Tas desapareceu. Ele tentou voltar para seu amigo, mas Raistlin o manteve preso.

O gnomo estava ali, sozinho, confuso e patético, ainda segurando o lenço de Tas na mão.

Tas guinchou.

— Oh, Gnimsh, por favor. Vai ficar tudo bem, eu te disse, Raistlin é meu amigo…

Levantando uma mão, segurando Tas pelo colarinho com a outra, o arquimago apontou um dedo para o gnomo. A voz suave de Raistlin começou a entoar:

— *Ast kiranan kair…*

O horror tomou conta de Tas. Ele ouvira aquelas palavras magicas antes…

— Não! — Ele gritou com angústia. Girando, olhou para cima, para os olhos de Raistlin. — Não! — Ele gritou novamente, atirando-se contra o mago, batendo nele com as mãozinhas.

— ... *Gardurm Soth-arn !Suh kali Jalaran!* — Raistlin terminou com calma.

Tas, com as mãos ainda segurando as mantos negros de Raistlin, ouviu o ar começar a crepitar e chiar. Virando com um grito incoerente, o kender viu setas de fogo partirem dos dedos do mago direto para o gnomo. O raio mágico atingiu Gnimsh no peito. A terrível energia levantou o pequeno corpo do gnomo e o arremessou para trás, jogando-o contra a parede.

Gnimsh caiu no chão sem nem mesmo gritar. Fumaça erguia-se de seu avental de couro. Havia o cheiro doce e enjoativo de carne queimada. A mão segurando o lenço do kender contraiu-se, e ficou imóvel.

Tas não conseguia se mover. Suas mãos ainda agarradas nas vestes de Raistlin, ele ficou parado, encarando.

— Venha comigo, Tas — Raistlin disse.

Virando-se, Tas olhou para Raistlin.

— Não — ele sussurrou, tremendo, tentando se libertar do forte aperto de Raistlin. Então ele gritou em agonia. — Você o assassinou! Por quê? Ele era meu amigo!

— Meus motivos só interessam a mim — Raistlin disse, segurando o kender com força. — Agora você vem comigo.

— Não, não vou! — Ele gritou, lutando freneticamente. — Você não é interessante ou empolgante... você é mau... como o Abismo! Você é horrível e feio, e eu não vou a lugar nenhum com você! Nunca! Me deixe! Me deixe!

Cego pelas lágrimas, chutando, gritando e se debatendo com seus punhos fechados, Tas atingiu em Raistlin em um frenesi.

Saindo de seu terror, os dewar na cela começaram a gritar em pânico, despertando a atenção dos anões em outras celas. Gritando e berrando, mais dewar juntaram-se aos que estavam nas grades, tentando ver o que estava acontecendo.

Um pandemônio começou. Acima dos gritos e berros, podia-se ouvir as vozes graves dos guardas, gritando algo em anão.

O rosto frio e sério, Raistlin pôs a mão na testa de Tasslehoff e falou algumas palavras rápidas e calmas. O corpo do kender relaxou instantaneamente. Agarrando-o antes que caísse no chão, Raistlin falou novamente, e os dois desapareceram, deixando os dewar atordoados e boquiabertos, encarando o lugar vazio no chão, e o corpo do gnomo morto, amontoado em um canto.

Uma hora depois, Kharas, tendo escapado de seu próprio confinamento com facilidade, dirigiu-se ao bloco de celas onde os clãs dewar eram mantidos.

Sombriamente, Kharas passou pelos corredores.

— O que está acontecendo? — Ele perguntou a um guarda. — Está tão quieto.

— Oh, teve um tumulto há pouco — o guarda murmurou. — Não conseguimos descobrir o que foi.

Kharas olhou ao redor, com atenção. Os dewar o olhavam de volta não com ódio, mas suspeita, até medo.

Cada vez mais preocupado à medida que avançava, sentindo que algo assustador ocorrera, o anão acelerou o passo. Chegando na última cela, olhou para dentro.

Ao ver Kharas, os dewar que podiam se mover ficaram de pé em um pulo e foram para o canto mais distante possível. Ali, ficaram amontoados, murmurando e apontando para um canto na frente da cela.

Olhando naquela direção, Kharas franziu a testa. O corpo do gnomo jazia imóvel no chão.

Lançando um olhar furioso para o guarda atordoado, Kharas virou-se para o dewar.

— Quem fez isto? — Ele perguntou. — E onde está o kender? — Para surpresa de Kharas, os dewar, em vez de negarem o crime, imediatamente avançaram, todos balbuciando ao mesmo tempo. Com um movimento raivoso da mão, Kharas os silenciou. — Você aí — ele apontou para um dewar que ainda estava agarrando as bolsas de Tas. — Onde você pegou isso? O que aconteceu? Quem fez isso? Onde está o kender?

Enquanto o dewar avançava cambaleando, Kharas olhou em seus olhos e viu, para seu horror, que qualquer sanidade que tivesse existido ali havia sumido.

— Eu vi — disse o dewar, sorrindo. — Eu vi, de roupa preta e tudo. Veio pelo gnomo. E pelo kender. E vai vim pra nós agora!

O anão riu horrivelmente.

— Nós agora! — Ele repetiu.

— Quem? — Kharas perguntou severamente. — Viu quem? Quem veio pelo o kender?

— Ora, quem! — Sussurrou o dewar, virando-se para contemplar o gnomo com olhos fixos e selvagens. — Morte…

Capítulo 12

Ninguém colocava o pé na fortaleza mágica de Zhaman há séculos. Os anões a viam com suspeita e desconfiança por vários motivos. Um, tinha pertencido a magos. Dois, sua cantaria não era anã, nem natural. A fortaleza havia sido erguida, segundo a lenda, do chão por magia, e era magia que ainda a mantinha em pé.

— Tem que ser magia — Reghar resmungou para Caramon, lançando às torres altas e finas da fortaleza um olhar mordaz. — De outro jeito, teria caído anos atrás.

Os anões da colina, todos se recusando a colocar a ponta de suas barbas dentro da fortaleza, montaram acampamento do lado de fora. Os homens da planície fizeram o mesmo. Nem tanto por ser um prédio mágico, embora o tenham olhado de soslaio e sussurrado sobre isso em sua língua, mas por se sentirem desconfortáveis em qualquer prédio.

Os humanos, zombando dessas superstições, entraram na antiga fortaleza, rindo alto de fantasmas e assombrações. Eles ficaram ali por uma noite. A manhã seguinte os encontrou montando acampamento, murmurando acerca de ar fresco e dormir melhor sob as estrelas.

— O que aconteceu aqui? — Caramon perguntou desconfortável ao seu irmão enquanto caminhavam pela fortaleza ao chegarem. — Você disse que não era uma Torre da Alto Feitiçaria, mas obviamente é mágica. Os magos a construíram. E... — O homem maior estremeceu— tem algo estranho nela... não assustador como as Torres, mas uma sensação de... de... — ele não conseguiu continuar.

— De violência — Raistlin murmurou, seu olhar rápido e penetrante abrangendo todos os objetos ao seu redor — de violência e morte, meu irmão. Pois este era um lugar de experimentação. Os magos construíram esta fortaleza longe da civilização por uma razão, porque sabiam que a magia conjurada aqui poderia escapar de seu controle. E assim aconteceu, muitas vezes. Mas aqui também surgiram grandes coisas, magias que ajudaram o mundo.

— Por que foi abandonada? — A dama Crysania perguntou, enrolando a capa nos ombros com mais firmeza. O ar que fluía pelos estreitos corredores de pedra era frio e cheirava a pó e pedra.

Raistlin ficou silencioso por um longo tempo, franzindo a testa. Devagar e em silêncio, abriram caminho pelos corredores retorcidos. As botas leves de couro de Crysania não faziam barulho enquanto ela caminhava, os passos de Caramon em suas botas pesadas ecoavam nos aposentos vazios. As vestes de Raistlin farfalhavam sussurrando pelos corredores, o cajado de Magius em que se apoiava batendo suavemente no chão. Tão quietos estavam que quase poderiam ser seus próprios fantasmas movendo-se pelos corredores. Quando Raistlin falou, sua voz fez Caramon e Crysania se assustarem.

— Apesar de sempre terem existido os três Mantos — Bem, Mal e Neutralidade — entre os usuários de magia, infelizmente, nem sempre mantivemos o equilíbrio — Raistlin disse. — Quando as pessoas se viraram contra nós, os de Branco retiraram-se para suas Torres, defendendo a paz. Os de Preto, porém, quiseram a princípio contra-atacar. Tomaram esta fortaleza e a usaram em seus experimentos para criar exércitos. — Ele parou. — Experimentos que não foram bem-sucedidos daquela vez, mas que levam à criação dos draconianos em nossa época.

— Com esta falha, os magos perceberam o desespero da sua situação. Eles abandonaram Zhaman, unindo-se a seus companheiros no que ficou conhecido como as Batalhas Perdidas.

— Você parece conhecer bem as coisas por aqui — Caramon observou.

Raistlin olhou bruscamente para seu irmão, mas o rosto de Caramon tinha uma expressão inocente — embora houvesse, talvez, uma sombra estranha em seus olhos castanhos.

— Você ainda não entendeu, meu irmão? — Raistlin disse asperamente, parando em um corredor escuro e cheio de correntes de ar. — Eu nunca estive aqui, mas já andei por esses corredores. O quarto onde irei dormir, eu já dormi muitas vezes antes, embora nunca tenha passado uma noite nesta fortaleza. Eu sou um estranho aqui, embora saiba a localização de cada quarto, dos quartos de meditação e estudo no topo até o salão de banquete no primeiro nível.

Caramon também parou. Lentamente, olhou ao redor, encarando o teto empoeirado, vendo os corredores vazios onde a luz do sol se infiltrava através de janelas esculpidas para se deitar nas lajes de pedra no piso. Seu olhar finalmente voltou a se encontrar com o do seu gêmeo.

— Então, Fistandantilus, — ele disse, sua voz pesada — você sabe que aqui também será a sua tumba.

Por um instante, Caramon viu uma pequena rachadura no espelho dos olhos de Raistlin, ele viu... não raiva, mas diversão, triunfo. Então os espelhos brilhantes retornaram. Caramon só se via refletido lá, parado em um feixe da luz fraca do sol de inverno.

Crysania aproximou-se de Raistlin. Ela colocou as mãos em seu braço enquanto ele se apoiava em seu cajado e olhou para Caramon com olhos frios.

— Os deuses estão conosco — ela disse. — Não estavam com Fistandantilus. Seu irmão é forte na sua arte, eu sou forte em minha fé. Não vamos falhar!

Ainda olhando para Caramon, ainda guardando o reflexo de seu gêmeo nas esferas brilhantes de seus olhos, Raistlin sorriu.

— Sim, — ele sussurrou, e houve um leve assobio em suas palavras — os deuses estão mesmo conosco!

No primeiro nível da imensa fortaleza mágica de Zhaman havia grandes salões esculpidos em pedra que em tempos passados foram lugares de encontro e celebração. Havia também, no primeiro nível, salas que antes estavam cheias de livros, projetadas para estudo e meditação silenciosos. Atrás, ficavam cozinhas e depósitos, há muito sem uso e cobertos de pós.

Nos níveis superiores havia grandes quartos cheios de mobiliário antiquado, camas cobertas com roupas preservadas através dos anos pela secura do ar do deserto. Caramon, Crysania, e os oficiais de Caramon dormiam nesses quartos. Se eles não dormiam profundamente, se acordava algumas vezes durante a noite pensando que tinha ouvido vozes cantando estranhas palavras ou vendo vestígios de figuras espectrais esvoaçando pelas trevas enluaradas, ninguém falava sobre isso à luz do dia.

Mas depois de algumas noites, essas coisas foram esquecidas, engolidas por grandes preocupações sobre suprimentos, brigas eclodindo entre humanos e anões, relatos de espiões de que os anões de Thorbardin estavam reunindo um enorme e bem armado exército.

Havia também em Zhaman, no primeiro nível, um corredor que parecia ser um erro. Quem se aventurasse nele descobria que ele saía de um corredor curto e terminava abruptamente em uma parede lisa. Para todo mundo, era como se o construtor tivesse largado as ferramentas com desgosto e desistido.

Mas o corredor não era um erro. Quando as mãos certas eram postas sobre aquele muro, quando as palavras apropriadas eram ditas, quando as runas certas eram traçadas no pó da própria parede, então uma porta aparecia, levando a uma grande escada escavada no granito das fundações de Zhaman.

A escadaria descia, descia, descia para as trevas, para baixo, parecendo que poderia levar a pessoa certa ao âmago do mundo. Para baixo, para as masmorras de Zhaman...

— Mais uma vez. — A voz era suave, paciente, e se enfiava e se retorcia em Tasslehoff como uma cobra. Retorcendo-se ao seu redor, afundava seus dentes curvados na sua carne, sugando sua vida. — Vamos repassar mais uma vez. Fale-me sobre o Abismo, tudo o que você lembrar. Como você entrou. Como é a paisagem. Quem e o que você viu. A Rainha em si, como ela estava, quais suas palavras.

— Eu estou tentando, Raistlin, de verdade! — Tasslehoff choramingou. — Mas... passamos e repassamos tudo nos últimos dias. Não consigo pensar em mais nada. E minha cabeça está quente, meus pés e minhas mãos estão gelados e a sala está rodando e rodando. Se você fizer ela parar de rodar, Raistlin, acho que vou conseguir lembrar.

Sentindo a mão de Raistlin no seu peito, Tas encolheu-se na cama.

— Não! — Ele gemeu, tentando desesperadamente se contorcer para longe. — Eu serei bom, Raistlin! Vou lembrar. Não me machuque, não como o pobre Gnimsh!

Mas a mão do arquimago só descansou de leve no peito do kender por um momento e foi para a sua testa. A pele de Tas queimava, mas o toque daquela mão queimava ainda mais.

— Fique quieto — Raistlin ordenou. Então, levantando Tas pelos braços, Raistlin encarou com atenção dentro dos olhos do kender.

Finalmente, Raistlin colocou Tas de volta na cama e, murmurando com amargura, levantou-se.

Deitado em um travesseiro encharcado de suor, Tas viu a figura de preto pairar sobre ele um instante, então, com uma vibração e um redemoinho de tecido, ele se virou e saiu da sala. Tas tentou levantar a cabeça para ver onde Raistlin estava indo, mas o esforço foi demais. Caiu na cama sem força.

"Por que estou tão fraco?", ele se perguntou. "O que há de errado? Eu quero dormir. Talvez eu pare de sofrer". Fechou os olhos. Mas eles se abriram novamente como se ele tivesse fios presos ao cabelo. "Não, não posso dormir!", ele pensou com medo. "Há coisas lá fora na escuridão, coisas horríveis, só esperando eu dormir! Eu tenho visto eles, eles estão lá fora! Vão me atacar e...".

Como se viesse de uma grande distância, ouvia a voz de Raistlin, falando com alguém. Olhando ao redor, tentando desesperadamente manter o sono longe, Tas decidiu se concentrar em Raistlin. "Talvez eu descubra alguma coisa", ele pensou tristemente. "Talvez descubra o que está errado comigo".

Olhando para cima, ele viu a figura vestida de preto conversando com uma figura mais baixa e sombria. Com certeza, estavam falando sobre ele. Tas tentou ouvir, mas sua mente estava fazendo coisas estranhas, indo brincar em algum lugar sem convidar seu corpo junto. Tas não podia ter certeza se estava ouvindo mesmo ou sonhando.

— Dê a ele mais um pouco da poção. Isso vai mantê-lo quieto — uma voz que soava como a de Raistlin disse à figura baixa e sombria. — Não tem muita chance de alguém ouvi-lo aqui embaixo, mas não quero correr riscos.

A figura baixa e sombria disse algo. Tas fechou os olhos e deixou as águas frias de um lago azul, azul — Cristalmir — baterem em sua pele ardente. Talvez sua mente tenha decidido levar seu corpo junto afinal.

— Quando eu for embora — a voz de Raistlin vinha da água — tranque a porta atrás de mim e apague a luz. Meu irmão tem ficado desconfiado ultimamente. Se ele descobrir a porta mágica, sem dúvida descerá aqui. Ele não deve encontrar nada. Todas as celas devem parecer vazias.

A figura murmurou, e a porta rangeu nas dobradiças. A água do Cristalmir de repente começou a ferver ao redor de Tas. Tentáculos saíram serpenteando, agarrando-o. Seus olhos se abriram.

— Raistlin! — Ele implorou. — Não me deixe aqui. Me ajude! — Mas a porta bateu. A figura baixa e sombria arrastou-se até a cabeceira de Tas. Encarando-a com um horror onírico, Tas viu que era um anão. Ele sorriu.

— Flint? — Ele murmurou através de lábios secos e rachados. — Não! Arack! — Ele tentou correr, mas os tentáculos na água estavam chegando aos seus pés.

— Raistlin! — Ele gritou, freneticamente tentando recuar. Mas seus pés não se moviam. Algo o agarrou! Os tentáculos! Tas lutou, berrando de pânico.

— Calaboca, desgraçado. Bebe isso. — Os tentáculos o agarraram pelo topete e enfiaram uma xícara em seus lábios. — Bebe ou vou arrancar seu cabelo pela raiz!

Engasgando, olhando para a figura descontroladamente, Tas tomou um gole. O líquido era amargo, mas fresco e reconfortante. Ele estava com sede, tanta sede! Soluçando, Tas agarrou a xícara do anão e engoliu. Então ele se deitou no travesseiro. Em pouco tempo, os tentáculos escorregaram para longe, a dor em seus membros sumiu e as águas claras e doces de Cristalmir se fecharam sobre a sua cabeça.

Crysania despertou de seu sonho com a distinta impressão de que alguém a chamara pelo nome. Apesar de não lembrar de ter ouvido som algum, o sentimento era tão forte e intenso que imediatamente acordou, sentada na cama, antes de estar verdadeiramente consciente do que a despertara. Tinha sido parte do sonho? Não. A impressão se mantinha e ficava mais forte.

Alguém estava no quarto com ela! Olhou em volta rapidamente. A luz de Solinari, entrando através de uma pequena fresta do outro lado do quarto, pouco fazia para iluminá-la. Ela não podia ver nada, mas ouviu movimento. Crysania abriu a boca para chamar o guarda…

E sentiu uma mão sobre seus lábios. Então Raistlin materializou-se nas trevas noturnas, sentando-se na sua cama.

— Perdoe-me por assustá-la, Reverenda Filha — ele disse em um sussurro suave, pouco acima de uma respiração. — Eu preciso de sua ajuda e não desejo atrair a atenção dos guardas. — Devagar, ele tirou a mão.

— Eu não me assustei — Crysania protestou. Ele sorriu, e ela corou. Ele estava tão perto que podia senti-la tremer. — Só fiquei surpresa, é tudo. Estava sonhando e você pareceu ser parte do sonho.

— Só me certificando — Raistlin respondeu calmamente. — O Portal está aqui e, portanto, estamos muito próximos dos deuses.

"Não é a proximidade dos deuses que me faz tremer", Crysania pensou com um suspiro trêmulo, sentindo o calor ardente do corpo ao seu lado, sorvendo sua fragrância tóxica e misteriosa. Com raiva, ela se afastou dele, firmemente suprimindo seus desejos e anseios. "Ele está acima de tais coisas". Iria se mostrar mais fraca? Ela voltou ao assunto abruptamente.

— Você disse que precisava da minha ajuda. Por quê? — Um medo repentino a tomou. Agindo impulsivamente, ela agarrou sua mão. — Você está bem, não está? Sua ferida…?

Um rápido espasmo de dor cruzou o rosto de Raistlin, e sua expressão depois ficou amarga e dura.

— Não, estou bem — ele disse sucintamente.

— Graças a Paladine — Crysania disse, sorridente, deixando a sua mão ficar na dele.

Os olhos de Raistlin se estreitaram.

— O deus não me concedeu nenhuma graça! — Ele murmurou. A mão que segurava a dela apertou, machucando-a.

Crysania estremeceu. Por um momento, foi como se o calor ardente do corpo do mago, tão próximo, estivesse sugando o do seu, deixando-a gelada. Ela tentou tirar a mão, mas Raistlin, trazido de seu devaneio amargo por seu movimento, virou-se para ela.

— Perdoe-me, Reverenda Filha — ele disse, soltando-a. — A dor era insuportável. Eu rezei pela morte. E ela me foi negada.

— Você sabe o motivo — Crysania disse, o medo perdido dentro se sua compaixão. Sua mão hesitou por um momento e caiu na colcha, próxima da mão trêmula dele, mas sem tocá-la.

— Sim, e eu o aceito. Porém, ainda não posso perdoá-lo. Mas isto é entre mim e o seu deus — Raistlin disse reprovador.

Crysania mordeu o lábio.

— Aceito minha repreensão. Foi merecida. — Ela ficou em silêncio por um momento. Raistlin também não estava inclinado a falar, as linhas em seu rosto se aprofundando.

— Você disse a Caramon que os deuses estavam conosco. Então, você comungou com meu deus… com Paladine? — Crysania se aventurou a perguntar, hesitante.

— Claro — Raistlin deu seu sorriso retorcido. — Isso a surpreende?

Crysania suspirou. Sua cabeça caiu, o cabelo escuro espalhando-se por seus ombros. O luar fraco na sala fazia seu cabelo preto brilhar, com uma luz suave e azul, fazendo sua pele cintilar com o branco mais puro. Seu perfume enchia a sala, enchia a noite. Ela sentiu um toque no seu cabelo. Erguendo o rosto, ela viu os olhos de Raistlin queimarem com uma paixão que vinha do seu âmago, uma fonte que não tinha nada a ver com magia. Crysania prendeu sua respiração, mas, naquele momento, Raistlin ergueu-se e afastou-se. Crysania suspirou.

— Então você comungou com os dois deuses? — Ela perguntou melancolicamente.

Raistlin deu meia-volta.

— Comunguei com os três — ele respondeu, sem dar importância.

— Três? — Ela se espantou. — Gilean?

— Quem é Astinus senão o porta-voz de Gilean? — Raistlin disse, desdenhoso. — Se, na verdade, ele não for Gilean em pessoa como alguns especulam. Mas, isso não deve ser novidade para você…

— Eu nunca falei com a Rainha da Escuridão — disse Crysania.

— Nunca? — Raistlin perguntou com um olhar penetrante que sacudiu até a alma da clériga. — Ela não conhece o que o seu coração deseja? Ela não o ofereceu a você?

Procurando em seus olhos, consciente da sua proximidade, sentindo o desejo correr no seu corpo, Crysania não conseguiu responder. Então, enquanto ele continuava a observando, ela engoliu em seco e sacudiu a cabeça.

— Se o fez, — respondeu em tom quase inaudível — ela deu com uma mão e tirou com a outra.

Crysania ouviu o farfalhar dos mantos negros como se o mago tivesse se espantado. Seu rosto, visível ao luar, ficou por um momento preocupado e pensativo. Então, suavizou-se.

— Eu não vim aqui discutir teologia — disse Raistlin com um leve esgar. — Tenho preocupações mais imediatas.

— Claro. — Crysania corou, tirando o cabelo embaraçado do rosto. — Mais uma vez, peço desculpas. Você disse que precisava de mim…

— Tasslehof está.

— Tasslehof? — Crysania repetiu com surpresa.

— Sim, e está muito doente. Quase morrendo, na verdade. Preciso das suas habilidades de cura.

— Mas, não entendo. Por quê… Como ele veio parar aqui? — Crysania gaguejou, perplexa. — Você disse que ele tinha retornado para nosso tempo.

— Foi o que eu pensei — Raistlin respondeu gravemente. — Mas pelo visto eu estava enganado. O dispositivo mágico o trouxe aqui, para este tempo. Ele tem perambulado pelo mundo à maneira dos kender, divertindo-se. Eventualmente, ouvindo falar da guerra, ele chegou aqui para compartilhar a aventura. Infelizmente, em suas andanças, contraiu a praga.

— Isso é terrível! Claro que eu vou. — Apanhou seu manto de pele no pé da cama, colocou-o nos ombros, ao fazê-lo, Raistlin se virou. Olhando pela janela, para o luar prateado, ela viu os músculos da sua mandíbula se apertarem, como se discutisse consigo mesmo.

— Estou pronta — Crysania disse em tom suave e profissional, prendendo seu manto. Raistlin virou e estendeu sua mão para ela. Crysania o olhou intrigada.

— Devemos percorrer os caminhos da noite — disse ele em voz baixa. — Como eu lhe disse, não quero alertar os guardas.

— Mas por que não? — Ela disse. — Que diferença...

— O que irei dizer ao meu irmão?

Crysania parou.

— Entendo.

— Viu meu dilema? — Raistlin perguntou, encarando-a atentamente. — Se eu contar a ele, será mais uma preocupação em um momento em que não se pode dar ao luxo de adicionar mais fardos aos que já carrega. Tas quebrou o dispositivo mágico, o que irá chatear Caramon, mesmo ele sabendo que planejo mandá-lo para casa. Mas... eu deveria contar que o kender está aqui.

— Caramon tem estado preocupado e infeliz nos últimos dias — Crysania disse pensativamente, com preocupação em sua voz.

— A guerra não vai bem — Raistlin informou a ela sem rodeios. — O exército está desmoronando ao redor dele. Os homens da planície falam todos os dias em partida. Até onde sei, já podem até ter ido. Os anões sob o comando de Forjardente não são confiáveis, pressionando Caramon a atacar antes que esteja pronto. As carroças de suprimentos sumiram e ninguém sabe o que aconteceu com elas. Seu próprio exército está inquieto, chateado. Além de tudo isso, ainda vai ter um kender perambulando por aí, conversando sem rumo, distraindo-o...

Raistlin suspirou.

— E mesmo assim, não posso, por minha honra, esconder isso dele.

Os lábios de Crysania se apertaram.

— Não, Raistlin. Não acho que seria sensato contar para ele. — Vendo Raistlin em dúvida, ela continuou com seriedade. — Não há nada que Caramon possa fazer. Se o kender está realmente doente, como você suspeita, posso curá-lo, mas ficará fraco por vários dias. Seria apenas mais uma preocupação para seu irmão. Caramon planeja marchar em alguns dias. Vamos cuidar do kender, e quando estiver completamente recuperado, estará pronto para encontrar seu amigo no campo se assim desejar.

O arquimago suspirou novamente, com relutância e dúvida. Então, encolheu os ombros.

— Muito bem, então, Reverenda Filha — ele disse. — Serei guiado por você nisso. Suas palavras são sábias. Não vamos contar a Caramon que o kender retornou.

Ele se aproximou; e Crysania, olhando-o, pegou um sorriso estranho em seu rosto, um sorriso que, só daquela vez, refletiu-se em seus olhos brilhantes. Assustada, chateada sem saber por que, ela recuou, mas ele colocou o braço ao redor dela, envolvendo-a nas dobras suaves de seus mantos, mantendo-a perto.

Fechando os olhos, ela esqueceu aquele sorriso. Aninhando-se, envolta em seu calor, ouvindo seu coração bater rapidamente…

Murmurando as palavras da magia, ele transformou os dois em nada. Suas sombras que pareciam pairar por um instante ao luar também desapareceram com um sussurro.

— Você o está mantendo aqui? Nas masmorras? — Crysania perguntou, estremecendo no ar frio e úmido.

— *Shrak*. — Raistlin fez o cristal no topo do cajado de Magius encher a sala com luz suave. — Ele está deitado ali — o mago disse, apontando.

Uma cama tosca se erguia contra uma parede. Dando a Raistlin um olhar reprovador, Crysania correu para a cabeceira. Enquanto a clériga ajoelhava-se ao lado do kender e colocava a mão em sua testa, Tas gritou. Seus olhos se abriram de repente, mas ele a encarou sem ver. Raistlin, seguindo mais devagar, gesticulou para um anão escuro que estava agachado em um canto.

— Deixe-nos — o mago se moveu e parou ao lado da cama. Atrás dele, ouviu a porta da cela fechando.

— Como você pode mantê-lo trancado na escuridão assim? — Crysania perguntou.

— Você já tratou vítimas de peste antes, Dama Crysania? — Raistlin perguntou em um tom estranho.

Espantada, ela olhou para ele, corou e desviou o olhar. Sorrindo amargamente, Raistlin respondeu à pergunta.

— Não, claro que não. A praga nunca chegou a Palanthas. Nunca atingiu os belos e os prósperos… — ele não fez esforço para ocultar seu desdém, e Crysania sentiu sua pele queimar como se ela que estivesse com febre. — Bem, chegou em nós — Raistlin continuou. — Atravessou as seções mais pobres de Refúgio. Claro, não havia curandeiros. Nem foram muitos que ficaram para cuidar dos aflitos. Até mesmo seus próprios familiares fugiram deles. Pobres e patéticas almas. Fiz o que pude, cuidando deles com a habilidade de ervas que eu tinha. Se eu não podia curá-los, pelo menos podia aliviar sua dor. Meu mestre reprovou — Raistlin falou em voz baixa, e Crysania percebeu que havia esquecido sua presença. — Assim como Caramon, preocupado com a minha saúde, ele disse. Bah! — Raistlin riu sem alegria. — Ele temia por si mesmo. A ideia da praga o assusta mais do que um exército de goblins. Mas como eu poderia virar minhas costas a eles? Eles não tinham ninguém. Miseráveis, moribundos, morrendo sozinhos.

Olhando para ele em silêncio, Crysania sentiu as lágrimas arderem em seus olhos. Raistlin não a via. Em sua mente, estava de volta aos pequenos casebres fedorentos que se amontoavam nos arredores da cidade, como se tivessem fugido para lá. Ele se viu se movendo entre os doentes em seus mantos vermelhos, forçando o remédio amargo garganta abaixo, segurando os moribundos em seus braços nos últimos momentos. Ele trabalhou duro entre os doentes, sem pedir agradecimento, sem esperar nada. Seu rosto, o último rosto humano que muitos veriam, não tinha compaixão nem carinho. Ainda assim os moribundos encontravam conforto. Ali estava um que entendia, alguém que vivia com dor diariamente, alguém que tinha visto a morte e não se assustou…

Raistlin cuidou das vítimas da praga. Fez o que achou que devia fazer, arriscando sua própria vida, mas por quê? Por um motivo que ele ainda não compreendia. Um motivo talvez esquecido…

— De qualquer forma… — Raistlin retornou ao presente. — Eu descobri que a luz machuca seus olhos. Os que se recuperam às vezes são cegados por…

Um berro de terror saiu do kender, interrompendo-o. Tasslehoff o encarava com loucura.

— Por favor, Raistlin! Estou tentando lembrar! Não me leve de volta para a Rainha da Escuridão.

— Silêncio, Tas — disse Crysania suavemente, segurando o kender com as duas mãos enquanto Tas parecia estar tentando, literalmente, subir a parede atrás dele. — Acalme-se, Tas. Sou eu, a dama Crysania. Lembra de mim? Estou aqui para ajudá-lo.

Ele transferiu seu olhar febril de olhos arregalados para a clériga, olhando-a inexpressivamente por um momento. Então, com um soluço, ele se agarrou a ela.

— Não deixe que ele me leve de volta ao Abismo, Crysania! Nem deixe que a leve! É horrível, horrível. Vamos todos morrer, morrer como o pobre Gnimsh. A Rainha me contou!

— Ele está delirando — Crysania murmurou, tentando se desvencilhar das mãos grudadas de Tas e forçá-lo a se deitar. — E que estranhos delírios. É comum nas vítimas da praga?

— Sim — Raistlin respondeu. Olhando atentamente para Tas, o mago ajoelhou-se ao lado da cama. — Às vezes é melhor agradá-los, pode acalmá-los. Tasslehoff…

Raistlin colocou a mão sobre o peito do kender. Imediatamente, Tas caiu de volta na cama, encolhendo-se para longe do mago, tremendo e olhando para ele com horror.

— Serei bom, Raistlin — ele choramingou. — Não me machuque, como fez com o pobre Gnimsh. Relâmpago, relâmpago!

— Tas — disse Raistlin com firmeza, com uma pitada de raiva e exasperação em sua voz que fez Crysania olhar para dele em reprovação.

Mas, vendo apenas um olhar de preocupação fria em seu rosto, pensou que tinha se confundido. Fechando os olhos, ela tocou o medalhão de Paladine em seu pescoço e começou a sussurrar uma oração de cura.

— Eu não vou te machucar, Tas. Shhh, fique quieto. — Vendo Crysania perdida na comunhão com seu deus, Raistlin sibilou: — Conte-me, Tas. Conte o que a Rainha disse.

O rosto do kender perdeu seu rubor brilhante e febril conforme as palavras suaves de Crysania fluíam sobre ele, mais doces e frias do que as águas dos seus delírios. A diminuição da febre deixou o rosto de Tas com uma cor cinza horrível. Um leve brilho de consciência retornou para seus olhos. Mas manteve-os fixos em Raistlin.

— Ela me contou… antes de partirmos… — Tas se engasgou.

— Partir? — Raistlin se inclinou para frente. — Pensei que você tinha dito que escapou!

Tas empalideceu, lambendo os lábios secos e rachados. Tentou desviar os olhos do mago, mas o olhar de Raistlin, brilhando à luz do cajado, segurou o kender rápido, arrancando-lhe a verdade. Tas engoliu em seco. A garganta doía.

— Água — implorou.

— Quando você me disser! — Raistlin rosnou com um olhar para Crysania, que ainda estava ajoelhada, com a cabeça entre as mãos, orando para Paladine.

Tas engoliu em seco.

— Eu... eu pensei que estávamos... fugindo. Usamos o aparelho e começamos... a subir. Eu vi o Abismo, o plano, vazio, cair embaixo de meus pés. E... —Tas estremeceu — não estava mais vazio! Lá... havia sombras e... — ele balançou a cabeça, gemendo. — Oh, Raistlin, não me faça lembrar! Não me faça voltar lá!

— Silêncio! — Raistlin sussurrou, cobrindo a boca de Tas com a mão. Crysania olhou para cima com preocupação, apenas para ver Raistlin acariciando a bochecha do kender. Vendo a expressão aterrorizada e o rosto pálido de Tas, Crysania franziu a testa e sacudiu a cabeça.

— Ele está melhor — disse ela. — Não vai morrer. Mas sombras escuras pairam ao redor dele, impedindo a luz de cura de Paladine de restaurá-lo totalmente. São as sombras dessas febris divagações. Você pode fazer alguma coisa com elas? — Suas sobrancelhas se juntam. — Seja o que for, parece muito real para ele. Deve ter sido algo terrível para ter enervado um kender assim.

— Talvez, senhora, se você saísse, ele se sentisse mais confortável falando comigo — Raistlin sugeriu suavemente. — Somos amigos há tanto tempo.

— Verdade — Crysania sorriu, começando a se levantar. Surpreendentemente, Tas agarrou-a.

— Não me deixe com ele, senhora! — Ele engasgou. — Ele matou Gnimsh! Pobre Gnimsh. Eu o vi morrer! — Tas começou a chorar. — Queimando no relâmpago...

— Ora, ora, Tas — Crysania disse suavemente, fazendo o kender se deitar de forma gentil, mas firme. — Ninguém vai feri-lo. Quem quer que tenha matado este... Gnimsh, não pode feri-lo agora. Você está com seus amigos. Não é, Raistlin?

— Minha magia é forte — Raistlin disse suavemente. — Lembre-se, Tasslehoff. Lembre-se do poder da minha magia.

— Sim, Raistlin — Tas respondeu, ficando muito quieto, preso ao olhar fixo do mago.

— Acho que seria melhor se você ficasse para conversar com ele — disse Crysania em voz baixa. — Esses medos sombrios vão assombrá-lo e atrapalhar o processo de cura. Voltarei para meu quarto sozinha, com a ajuda de Paladine.

— Então concordamos em não contar a Caramon? — Raistlin olhou para Crysania pelo canto do olho.

— Sim — Crysania disse firmemente. — Só iríamos preocupá-lo sem necessidade. — Ela olhou de volta para seu paciente. — Voltarei pela manhã, Tasslehoff. Fale com Raistlin. Alivie sua alma. Depois, durma. — Colocando a mão fria na testa coberta de suor de Tas, ela acrescentou. — Que Paladine esteja com você.

— Caramon? — Tas disse esperançoso. — Você disse Caramon? Ele está aqui?

— Sim, e quando você estiver melhor e descansado, irei levá-lo até ele.

— Não posso vê-lo agora?! — Tas chorou ansiosamente, então lançou um olhar de soslaio temeroso para Raistlin. — Se… se não for muito complicado, claro.

— Ele está muito ocupado — Raistlin disse friamente. — É um general agora, Tasslehoff. Ele tem exércitos para comandar, uma guerra para lutar. Não tem tempo para kenders.

— Não, suponho que não — disse Tas com um pequeno suspiro, deitando de volta em seu travesseiro, os olhos ainda em Raistlin.

Com um tapinha final e suave na cabeça dele, Crysania se levantou. Segurando o medalhão de Paladine em sua mão, ela sussurrou uma oração e se foi, desaparecendo na noite.

— E agora, Tasslehoff — Raistlin disse em uma voz suave que fez Tas tremer — estamos sozinhos. — Com as mãos fortes, o mago puxou os cobertores sobre o corpo do kender e endireitou o travesseiro sob sua cabeça. — Está confortável?

Tas não conseguia falar. Só olhava o arquimago com terror crescente.

Raistlin sentou na cama ao lado dele. Colocando uma mão magra na testa de Tas, ele acariciou preguiçosamente a pele do rosto do kender e ajeitou o cabelo úmido.

— Lembra de Dalamar, meu aprendiz, Tas? — Raistlin perguntou em tom de conversa. — Você o viu, acho, na Torre da Alta Magia, correto? — Os dedos de Raistlin pareciam aranhas no rosto de Tas. — Lembra que em um certo ponto, Dalamar abriu seus mantos, exibindo cinco feridas no peito? Sim, vejo que você se lembra disso. Foi a punição, Tas. Punição por esconder coisas de mim. — Os dedos de Raistlin pararam de rastejar sobre a pele do kender e ficaram em um só lugar, fazendo uma leve pressão na testa de Tas.

Tas estremeceu, mordendo a língua para não gritar.

— Eu… lembro, Raistlin.

— Uma experiência interessante, você não acha? — Raistlin disse, sem dar importância. — Posso queimar a sua carne com um toque, como poderia, digamos… — ele deu de ombros — derreter manteiga com uma faca quente. Kender gostam de experiências interessantes, até onde sei.

— Não… não tão interessante *assim* — sussurrou Tas, sentindo-se miserável. — Eu vou dizer, Raistlin! Eu vou contar tudo que… que aconteceu. — Fechou os olhos por um momento, então começou a falar, o corpo todo tremendo com a lembrança daquele terror. — Não parecia que estávamos subindo do Abismo, mas o Abismo caído debaixo de nossos pés… E então, como eu disse, eu vi que não estava vazio. Eu podia ver sombras e pensei… pensei que eram vales e montanhas…

Os olhos de Tas se abriram. Ele olhou para o mago com admiração.

— Não eram! Essas sombras eram os olhos dela, Raistlin! E as colinas e vales eram o nariz e a boca. Nós estávamos acima do rosto dela! Ela olhou para mim com olhos que eram brilhantes e acesos como fogo, abriu a boca e eu… eu pensei que ela ia nos engolir! Mas nós só subimos mais alto e mais alto e ela caiu abaixo de nós, girando, e então ela virou para mim e ela disse… ela disse…

— O que ela disse? — Raistlin perguntou. — A mensagem foi para mim! Por *isso* ela o enviou! O que ela disse?

A voz de Tas virou um sussurro.

— Ela disse "Venha para casa…".

Capítulo 13

O efeito das suas palavras sobre Raistlin deu um dos maiores sustos da vida de Tasslehoff. Tas já vira Raistlin nervoso antes. Já o vira satisfeito e o vira cometer assassinato, também tinha visto o rosto do mago quando Kharas, o herói anão, enfiou a lâmina de sua espada na sua carne.

Mas nunca vira aquela expressão.

O rosto de Raistlin ficou pálido, tão branco que Tas chegou a pensar que o mago morrera, talvez tenha parado de respirar na hora. Os olhos espelhados pareceram se despedaçar; Tas se viu refletido nos pequenos fragmentos estilhaçados da visão do mago. Então, viu os olhos perderem todo o reconhecimento, ficarem completamente vazios, encarando à frente sem ver.

A mão sobre a cabeça de Tas começou a tremer violentamente. E, com o kender olhando com espanto, viu Raistlin murchar na frente dele. Sua face envelheceu perceptivelmente. Quando ele levantou, ainda encarando invisível ao redor, o corpo todo do mago sacudiu.

— Raistlin? — Tas perguntou nervosamente, alegre pelo mago não estar mais atento, porém perplexo com sua aparência estranha. O kender sentou-se, sem forças. A terrível tontura tinha sumido, junto com aquela estranha sensação de medo. Estava quase se sentindo ele mesmo novamente.

— Raistlin... eu não quis dizer nada. Você *vai* vomitar? Você está muito estranho...

Mas o arquimago não respondeu. Cambaleando para trás, Raistlin caiu contra a parede de pedra e ficou ali, respirando rápido e raso. Cobrindo o rosto com a mão, ele lutou desesperadamente para recuperar o controle de si mesmo, uma luta com algum oponente que era visível para Tas, como se o mago estivesse brigando com um espectro.

Então, com o grito baixo e vazio de fúria e angústia, Raistlin saltou para a frente. Agarrando o Cajado de Magius, suas mantos negros se debatendo ao seu redor, fugiu pela porta aberta.

Olhando por onde Raistlin saiu com espanto, Tas o viu passar correndo pelo anão de guarda na porta. O anão deu uma olhada para o rosto cadavérico do mago enquanto Raistlin passou correndo às cegas por ele, e, com um berro, virou e disparou na direção oposta.

Tão impressionante foi aquilo que Tas demorou alguns momentos para perceber que não era mais um prisioneiro.

— Sabe... — o kender disse para si mesmo, colocando a mão na testa — Crysania estava certa. Me sinto mesmo melhor agora que tirei isso da cabeça. Não fez muito bem ao Raistlin, infelizmente, mas nem ligo para isso. Bem, não muito. — Tas suspirou. — Eu nunca vou entender por que ele matou o pobre Gnimsh. Talvez eu tenha a chance de perguntar a ele um dia.

— Mas, agora — o kender olhou ao redor — A primeira coisa para fazer é encontrar Caramon e contar a ele que estou com o dispositivo mágico e vamos poder ir para casa. Nunca pensei que diria isso — disse Tas, melancolicamente, balançando os pés para o chão — mas "casa" me soa maravilhosamente certo agora!

Ele ia se levantar, mas suas pernas aparentemente preferiam ficar na cama, pois Tas de repente estava sentado de novo.

— Assim não vai dar! — Tas disse, gritando para as partes ofensoras do seu corpo. — Vocês não estariam em lugar algum sem mim! Só lembrem disso! Eu sou o chefe e quando eu digo "mexa", vocês se mexem! Agora, vou me levantar de novo — Tas advertiu severamente suas pernas. — E espero alguma cooperação.

A fala teve algum efeito. Suas pernas se comportaram melhor desta vez e o kender, embora ainda um pouco vacilante, conseguiu caminhar pela sala escura em direção ao corredor iluminado que podia ver além da porta.

Alcançando-o, ele espiou cautelosamente para os dois lados, mas ninguém estava à vista. Rastejando para o corredor, ele não viu nada além de celas, escuras e fechadas como aquela em que ele esteve, e a escada em uma ponta, levando para cima. Olhando para o outro lado, não viu nada lá além de sombras.

— Eu me pergunto onde estou? — Ele caminhou pelo corredor em direção à escada, sendo essa, até onde podia ver, o único caminho para cima. — Ah, bem! — O kender refletiu filosoficamente — Acho que isso não importa. Uma coisa boa sobre ter estado no Abismo é que todo lugar, não importa quão sombrio, parece agradável em comparação.

Ele teve que parar um momento para uma breve discussão com suas pernas, que ainda pareciam muito inclinadas a voltar para a cama, mas essa fraqueza momentânea passou, e o kender alcançou o começo da escadaria. Prestando atenção, conseguiu ouvir vozes.

— Droga — ele murmurou, parando e se abaixando nas sombras. — Tem alguém lá em cima. Guardas, eu acho. Parecem anões. Esses que se chamam... Dewar. — Tas ficou quieto, tentando entender o que as vozes graves estavam dizendo. — Bem que podiam falar uma língua civilizada — ele retrucou irritado. — Uma que fosse compreensível. Mas parecem animados.

A curiosidade finalmente o venceu e Tas rastejou pelo primeiro lance de degraus de pedra e espiou ao virar um canto. Abaixou-se de volta rapidamente com um suspiro.

— Dois deles. Bloqueando a escada. E não há como contorná-los.

Suas bolsas com suas ferramentas e armas se foram, deixadas na masmorra da montanha de Thorbardin. Mas ele ainda tinha sua faca.

— Não que isso vá ajudar muito contra eles — Tas refletiu, imaginando mais uma vez os imensos machados de batalha que tinha visto os anões empunhando.

Ele esperou mais alguns momentos, torcendo para os anões saírem. Realmente pareciam agitados, mas também enraizados ali.

— Eu não posso ficar aqui a noite toda... ou o dia, seja o que for — o kender resmungou. — Bem, como meu pai dizia, "sempre tente a conversa antes do arrombamento". O pior que poderiam fazer comigo, suponho... não contando me matar, claro... seria me trancar de novo. E se eu entendo de fechaduras, eu provavelmente consigo sair novamente em cerca de meia hora. — Começou a subir as escadas. — Foi papai quem disse isso, — ele ponderou enquanto subia — ou o Tio Trapspringer?

Virando a esquina, ele encontrou dois Dewar, que ficaram bem admirados ao vê-lo.

— Olá! — O kender disse alegremente. — Meu nome é Tasslehoff Burrfoot. — Ele estendeu a mão. — E seus nomes são? Ah, vocês não vão dizer. Bem, tudo bem. Eu provavelmente não poderia pronunciá-los de qualquer maneira. Então, eu sou um prisioneiro e estou procurando o sujeito que estava me mantendo prisioneiro em uma cela lá. Vocês provavelmente o conhecem, um usuário de magia que usa preto. Ele estava me interrogando, quando algo que eu disse o pegou de surpresa, acho, porque ele teve um tipo de ataque e saiu correndo para fora da sala. E ele esqueceu de trancar a porta atrás dele. Algum de você viu que caminho ele… oras! — Tas piscou. — Que grosseria.

Isto foi em resposta às ações dos dewar que, depois de encarar o kender com alarme crescente em seus rostos, gritaram uma palavra, viraram de costas e dispararam.

— *Antarax* — Tas repetiu, vendo-os se afastarem, intrigado. — Vamos ver. Isso soa como anão para… para… Oh, claro! Morte ardente. Ah, eles acham que ainda estou com a praga! Mmmmm, isso é conveniente. Ou talvez não?

O kender se viu sozinho em outro grande corredor, tão sombrio e sinistro quanto o que ele acabara de deixar.

— Eu ainda não sei onde estou, e ninguém parece disposto a me contar. O único caminho para fora é aquela escadaria lá embaixo para onde esses dois estão indo, então acho que a melhor coisa a fazer é apenas segui-los. Caramon deve estar por aí aqui em algum lugar.

Mas as pernas de Tas, que já tinham registrado um protesto contra andar, informaram o kender em termos inequívocos que correr estava fora de questão. Ele tropeçou o mais rápido que pode atrás dos anões, mas já tinham subido as escadas e estavam fora de vista quando chegou na metade do corredor. Bufando e sentindo-se um pouco tonto, mas determinado a encontrar Caramon, Tas subiu as escadas atrás. Mas, ao virar uma quina, ele parou de repente.

— Opa — ele disse, e abaixou nas sombras. Colocando a mão sobre a boca, ele severamente se repreendeu. — Calado, Burrfoot! É o exército dewar inteiro.

E parecia mesmo isso. Os que ele seguira encontraram um grupo com cerca de vinte outros anões. Agachado nas sombras, Tas podia ouvi-los gritando excitadamente, e esperava que viessem para cima dele a qualquer momento… mas nada aconteceu.

Ele esperou, ouvindo a conversa, então, arriscando uma espiadinha, viu que alguns dos anões presentes não pareciam dewar. Estavam limpos, com as barbas bem escovadas, e usavam armaduras brilhantes. E não pareciam satisfeitos. Eles olharam severamente para um dos Dewar, como se preferissem arrancar a sua pele a lidar com ele.

— Anões da montanha! — Tas murmurou para si mesmo com espanto, reconhecendo as armaduras. — E, segundo o que Raistlin disse, eles são o inimigo. O que significa que deveriam estar em sua montanha, não na nossa. Se estivermos numa montanha, claro, o que começo a achar possível pela aparência das coisas. Mas fico pensando…

Um dos anões da montanha começou a falar e Tas se animou.

— Finalmente, alguém que sabe falar! — O kender suspirou de alívio. Por causa da mistura de raças, o anão falava em uma versão rude de Comum misturado com anão. A essência da conversa, pelo que Tas podia entender, era que o anão da montanha não dava uma pedra rachada sobre o mago doido ou um kender infestado com a praga vagando por aí.

— Viemos aqui pegar a cabeça desse general Caramon — o anão da montanha rosnou. — Você disse que o mago prometeu que poderia ser arranjado. Se for assim, podemos dispensar o mago. Prefiro não lidar com um manto negro mesmo. E agora me responda isso, Argat. Seu povo está pronto para atacar o exército por dentro? Você está preparado para matar o general? Ou foi somente um truque? Se for assim, irá descobrir que será ruim com seu povo em Thorbardin.

— Nenhum truque! — Argat rosnou, seu punho fechando. — Estamos prontos pra ir. O general está na Sala de Guerra. O mago falou que ia garantir que estivesse sozinho com a escolta. Nosso povo faz os anões da colina atacarem. Quando você mantiver sua parte da barganha, quando batedores derem sinal de que grandes portões para Thorbardin estão abertos…

— O sinal está soando enquanto conversamos — o anão da montanha retrucou. — Se estivéssemos acima do nível do solo, você iria ouvir as trombetas. O exército avança!

— Então nós vamos! — Argat disse. Curvando-se, ele adicionado com um esgar. — Se meu lorde ousar pode nos acompanhar… iremos pegar a cabeça do general Caramon!

— Eu irei acompanhá-los — o anão da montanha disse friamente — Só para ter certeza de que não irá tramar nenhuma outra traição.

O resto do que foi dito foi perdido em Tas, que se recostou contra a parede. Suas pernas formigavam e havia um zumbido nos seus ouvidos.

— Caramon — ele sussurrou, agarrando a cabeça, tentando pensar. — Eles vão matá-lo! E Raistlin fez isso! — Tas estremeceu. — Pobre Caramon. Seu próprio gêmeo. Se ele soubesse isso, provavelmente o teria matado na hora. Os anões não precisariam dos machados.

De repente, o kender ergueu a cabeça.

— Tasslehof Burrfoot! — Ele disse com raiva. — O que você está fazendo… parado como um anão tolo com um pé na lama. Você tem que salvá-lo! Você prometeu a Tika, afinal.

— Salvá-lo? Como, sua maçaneta? — Explodiu uma voz dentro dele que soava como a de Flint. — Lá devem ter vinte anões! E você armado com essa faquinha de matar coelhos!

— Vou pensar em algo — retrucou Tas. — Fique sentado sobre sua árvore.

Houve um som de risada. Ignorando-a resolutamente, o kender levantou-se, puxou sua pequena faca, e rastejou silenciosamente, como só kender pode, pelo corredor.

Capítulo 14

Ele tinha o cabelo escuro e encaracolado, e o sorriso torto que os homens mais tarde achariam tão encantador na sua filha. Ela tinha a honestidade simples e inocente que caracterizaria um de seus filhos e ela tinha um dom, um poder raro e maravilhoso, que passaria para o outro.

Ela tinha magia em seu sangue, assim como seu filho. Mas ela era fraca, vontade fraca, espírito fraco. Assim, deixou a magia controlá-la, e por fim ela faleceu.

Nem Kitiara, de alma forte, nem o fisicamente forte Caramon foram muito afetados pela morte da mãe. Kitiara odiava sua mãe com um ciúme amargo, enquanto Caramon, embora se importasse com a mãe, era bem mais próximo do seu frágil gêmeo. Além disso, as divagações estranhas e os transes místicos de sua mãe a tornavam um completo enigma para o jovem guerreiro.

Mas sua morte devastou Raistlin. O único de seus filhos que realmente a entendia tinha pena dela por sua fraqueza, mesmo enquanto a desprezava por isso. E ele ficou furioso com ela por morrer, furioso porque ela a deixou sozinho neste mundo, sozinho com o dom. Ficou com raiva e, no fundo, ele estava cheio de medo, pois Raistlin viu nela seu próprio destino.

Após a morte de seu pai, sua mãe entrou em um transe de luto do qual nunca saiu. Raistlin ficou desamparado. Nada podia fazer, além de assisti-la se desvanecer. Recusando comida, ela vagueava, perdida, por planos mágicos que só ela podia ver. E o mago, seu filho, ficou abalado até no seu recanto mais íntimo.

Ficou sentado com ela naquela última noite. Segurando a mão abatida na sua, ele observou seus olhos febris e fundos que encaravam maravilhas conjuradas por sua magia enlouquecida.

Naquela noite, Raistlin jurou no fundo de sua alma que ninguém e nada jamais teria o poder de manipulá-lo assim: nem seu irmão gêmeo, nem sua irmã, nem a magia, nem os deuses. Ele, e somente ele, seria a força orientadora de sua vida.

Ele fez esse voto, lavrando isso com um juramento amargo e aprisionante. Mas ele era apenas um garoto ainda, um garoto sozinho na escuridão sentado ao lado da mãe, na noite em que ela morria. Ele a viu dar sua última e trêmula respiração. Segurando a mão fina de dedos delicados (tão parecida com a dele!), ele implorou baixinho, entre lágrimas "Mãe, venha para casa, venha para casa!".

E em Zhaman ouvia essas palavras novamente, desafiando-o, zombando dele. Elas soavam em seus ouvidos, reverberavam em seu cérebro com ruídos selvagens e discordantes. A sua cabeça explodindo de dor, ele bateu em um muro.

Raistlin uma vez viu Lorde Ariakas torturar um cavaleiro capturado trancando-o dentro de uma torre de sinos. Os clérigos sombrios tocaram os sinos de louvor à sua Rainha naquela noite... a noite toda. Na manhã seguinte, o homem foi encontrado morto, com um olhar de horror em seu rosto tão profundo e terrível que mesmo aqueles afogados na crueldade foram rápidos para se livrarem do corpo.

Raistlin sentiu como se estivesse preso dentro de sua própria torre, suas próprias palavras ressoando em seu crânio. Cambaleando, agarrando a cabeça, tentava desesperadamente abafar aquele som.

— Venha para casa... venha para casa...

Tonto e cego de dor, o mago procurava ultrapassá-lo. Cambaleando, sem saber onde estava, só procurava fugir. Seus pés dormentes perderam o equilíbrio. Tropeçando sobre a barra das seus mantos, ele caiu de joelhos.

Um objeto saltou de um de seus bolsos e rolou pelo chão de pedra. Vendo isso, Raistlin engasgou de medo e raiva. Era outra marca de seu fracasso, o orbe do dragão, rachado, escurecido, inútil. Freneticamente, ele agarrou-o, mas deslizou como uma bola de gude no piso, desviando de suas garras.

Desesperado, rastejou atrás daquilo até finalmente parar. Com um grunhido, Raistlin ia segurá-lo, mas parou. Levantando a cabeça, seus olhos se arregalaram. Ele viu onde estava, e se encolheu de volta, tremendo.

À frente dele estava o Grande Portal.

Era exatamente como aquele na Torre em Palanthas. Uma enorme porta oval sobre um estrado elevado, era ornamentado e guardado pelas cabeças de cinco dragões. De seus sinuosos pescoços serpenteando a partir do chão, as cinco cabeças estavam voltadas para dentro, cinco bocas abertas, gritando em tributo silencioso à sua Rainha.

Na Torre de Palanthas, o Portal estava fechado. Ninguém poderia abri-lo, exceto pelo próprio Abismo, vindo na direção oposta, um egresso de um lugar de onde ninguém saía. Este portal também estava fechado, mas ali dois poderiam entrar: um Clérigo de mantos brancos e Infinita Bondade e um Arquimago de Mantos Negros e Mal Infinito. Era uma improvável combinação. Assim, os grandes magos esperavam selar para sempre aquela terrível entrada para um plano imortal.

Um mortal comum, olhando para aquele Portal, veria nada além de trevas rígidas e frias.

Mas Raistlin não era mais comum. Aproximando-se cada vez mais de sua deusa, redobrando suas energias e seus estudos em direção a este objetivo, o arquimago estava suspenso entre os dois mundos. Olhando para a porta fechada, ele quase podia penetrar naquela escuridão! Ele vacilou em sua visão. Tirando o olhar dali, voltou sua atenção para recuperar o orbe.

"Como isso fugiu de mim?", ele se perguntou com raiva. Ele mantinha o orbe dentro de uma bolsa escondida no fundo de um bolso secreto.

Mas então ele zombou de si mesmo, pois sabia a resposta. Cada orbe do dragão era dotado de um forte senso de autopreservação. O de Istar escapou do Cataclismo enganando o rei élfico, Lorac, para roubá-lo e levá-lo para Silvanesti. Quando o orbe não pôde mais usar o insano Lorac, juntou-se a Raistlin. Sustentou a vida de Raistlin quando ele estava morrendo na biblioteca de Astinus. Ele havia conspirado com Fistandantilus para levar o jovem à Rainha da Escuridão. Agora, sentindo o maior perigo de todos à sua existência, estava tentando fugir dele.

Não iria permitir isto! Estendeu a mão e a fechou sobre o orbe.

Houve um grito…

O Portal abriu.

Raistlin olhou para cima. Não se abriu para permitir que passasse. Não, estava aberto para avisá-lo, para mostrar a ele a punição se falhasse.

Prostrado sobre seus joelhos, agarrando a esfera contra o peito, Raistlin sentiu a presença e a majestade de Takhisis, Rainha da Escuridão, erguer-se perante ele. Assustado, encolheu, tremendo aos pés da Rainha Sombria.

Este é o seu fim! As palavras dela subiram em sua mente. *O destino de sua mãe será o seu. Engolido por sua magia, sua vontade será mantida para sempre enfeitiçada, sem sequer o doce consolo de morte para dar fim ao seu sofrimento!*

Raistlin entrou em colapso. Ele sentiu seu corpo encolher, Assim como vira o velho corpo de Fistandantilus murchar ao tocar a pedra de sangue.

Sua cabeça descansando no chão de pedra como se estivesse apoiada no bloco do carrasco de seu pesadelo, o mago estava prestes a admitir a derrota...

Mas havia um núcleo dentro de Raistlin. Tempos atrás, Par-Salian, líder da Ordem dos Mantos Brancos, recebera uma tarefa dos deuses. Precisavam de um usuário de magia forte o suficiente para ajudar a derrotar o mal crescente da Rainha da Escuridão. Par-Salian procurou muito e por fim escolheu Raistlin. Ele vira dentro do jovem mago essa força interna. Era uma massa de ferro fria e disforme quando Raistlin era jovem. Mas Par-Salian esperava que o fogo branco de sofrimento, dor, guerra e ambição forjasse aquela massa no melhor aço temperado.

Raistlin levantou a cabeça da pedra fria.

O calor da fúria da Rainha o rodeava. Suor escorria de seu corpo. Não conseguia respirar com fogo queimando seus pulmões. Ela o atormentava, zombando dele com suas próprias palavras, suas próprias visões. Ela ria dele como vários outros riram antes. E ainda, mesmo com seu corpo estremecendo de medo diferente de tudo que conhecia, a alma de Raistlin exultou.

Perplexo, ele tentou analisar isso. Procurou retomar controle e, depois de um esforço que o deixou fraco e trêmulo, ele baniu os sons ecoantes da voz de sua mãe de seus ouvidos. Fechou os olhos para riso zombeteiro da sua rainha.

A escuridão o envolveu e ele viu no doce frescor das trevas o medo da sua rainha.

Ela estava com medo... com medo dele!

Lentamente, Raistlin se levantou. Ventos quentes sopravam do Portal, fazendo as mantos negros ao seu redor ondularem, fazendo parecer estar envolto em nuvens de tempestade. Ele podia olhar diretamente para o Portal agora. Seus olhos estreitaram-se. Analisou a temível porta com um sorriso sombrio e distorcido. Então, levantando a mão, Raistlin arremessou o orbe de dragão para dentro do Portal.

Batendo na parede invisível, o orbe estilhaçou-se. Houve um grito quase imperceptível. Asas escuras e sombrias esvoaçaram ao redor da cabeça do mago e, com um gemido, as asas se dissolveram em fumaça e foram sopradas para longe.

Força fluiu pelo corpo de Raistlin, força como ele nunca sentira. O conhecimento da fraqueza de seu inimigo o afetou como um licor inebriante. Ele sentiu o fluxo mágico partir da sua mente para dentro de seu coração e, a partir dali, para suas veias. O poder acumulado e combinado de séculos de aprendizado era seu, seu e de Fistandantilus!

E então ele ouviu o límpido e retumbante chamado da trombeta, o som frio como o ar das montanhas cobertas de neve das distantes terras natais dos anões. Puro e estridente, o toque da trombeta ecoou em sua mente, mandando embora as vozes que o distraíam, chamando-o para as trevas, dando-lhe poder sobre a morte.

Raistlin fez uma pausa. Ele não pretendia entrar no Portal tão cedo. Preferia esperar um pouco mais. Mas faria naquele momento, se necessário. A chegada do kender significava que o tempo podia ser alterado. A morte do gnomo garantira que não haveria interferência do dispositivo mágico, a interferência que havia provado a morte de Fistandantilus.

Era chegada a hora.

Raistlin deu um último e demorado olhar no Portal. Curvou-se para sua rainha e se virou, afastando-se determinado pelo corredor.

Crysania rezava ajoelhada em seu quarto.

Ela tinha começado a voltar para a cama depois de voltar da visita ao kender, mas uma estranha sensação de mau presságio a encheu. Era como se o ar tivesse parado, a sensação de espera a fez parar. O sono não vinha. Ela estava alerta, acordada, mais acordada do que jamais estivera em sua vida.

O céu estava cheio de luz: o fogo frio das estrelas queimando na escuridão; a lua prateada, Solinari, brilhando como um punhal. Ela podia ver cada objeto na sala com incrível clareza, cada um parecia vivo, observando, esperando com ela.

Paralisada, ela olhou para as estrelas, traçando as linhas das constelações: Gilean, o Livro, a Balança do Equilíbrio; Takhisis, a Rainha da Escuridão, o Dragão de Muitas Cores e de Nenhuma; Paladine, o Guerreiro Valente, o

Dragão de Platina. As luas: Solinari, o Olho de Deus; Lunitari, a Vela Noturna. Além deles, espalhados nos céus, os deuses menores, e entre eles, os planetas.

E, em algum lugar, a Lua Negra, a lua que apenas os olhos viam.

De pé, olhando para a noite, os dedos de Crysania esfriavam, apoiados na pedra fria. Ela percebeu que estava tremendo e se virou, dizendo a si mesma que era hora de dormir…

Mas ainda havia aquela respiração presa e trêmula na noite. "Espere", sussurrava. "Espere".

Então ela ouviu a trombeta. Pura e estridente, sua música perfurou seu coração, gritando um hino de vitória que ferveu seu sangue.

Naquele momento, a porta do seu quarto se abriu.

Ela não ficou surpresa ao vê-lo. Era como se estivesse esperando a sua chegada, e ela se virou com calma para encará-lo.

Raistlin estava na porta, a silhueta delineada contra a luz das tochas no corredor e delineada também pela luz que vazava, obscura, por baixo de seus mantos, uma luz profana que saía de dentro dele.

Atraída por alguma força estranha, Crysania olhou de volta para os céus e viu, brilhando com a mesma luz escura, Nuitari, a Lua Negra.

Por um momento, ela fechou os olhos, sobrecarregada pela aceleração estonteante do seu sangue, pelas batidas de seu coração. Ao se sentir mais forte, abriu-os de novo e encontrou Raistlin parado à sua frente.

Ela prendeu a respiração. Ela o tinha visto no êxtase de sua magia e o vira lutando contra a derrota e a morte. Agora, ela o via na plenitude de sua força, na majestade de seu poder sombrio. Sabedoria e inteligência antigas estavam marcadas em seu rosto, o rosto que ela mal reconhecia como o dele.

— Chegou a hora, Crysania — ele disse, estendendo as mãos.

Ela segurou as mãos dele. Os seus dedos estavam gelados, os dele queimavam.

— Estou assustada — ela sussurrou.

Ele a puxou para mais perto.

— Você não precisa ter medo — disse ele. — Seu deus está com você. Eu vejo isso claramente. É minha deusa que tem medo, Crysania. Eu sinto o medo dela! Juntos, você e eu iremos cruzar as fronteiras do tempo e entrar no reino da morte. Juntos iremos lutar contra a Escuridão. Juntos, iremos deixar Takhisis de joelhos!

Suas mãos a apertaram contra seu peito, seus braços a rodearam. Seus lábios se fecharam sobre os dela, roubando seu fôlego com seu beijo. Crysania fechou seus olhos e deixou o fogo mágico, o fogo que consumia os corpos dos mortos, consumir a casca fria envolta em branco na qual se escondera por todos aqueles anos.

Ele recuou, traçando sua boca com a mão, levantando seu queixo para que ela pudesse encará-lo nos olhos. E lá, refletido no espelho de sua alma, ela se viu, brilhando com uma aura de luz branca, pura e radiante. Ela viu a si mesma, bela, amada, adorada. Ela se viu trazendo verdade e justiça ao mundo, banindo para sempre a tristeza, o medo e desespero.

— Abençoado seja Paladine — Crysania sussurrou.

— Abençoado seja — Raistlin respondeu. — Mais uma vez, eu lhe dou um encanto. Assim como eu te protegi através do Bosque Shoikan, assim você será protegida ao atravessar o Portal.

Ela tremeu. Puxando-a para perto, segurando-a perto uma última vez, ele pressionou os lábios na testa dela. A dor passou pelo corpo de Crysania e queimou seu coração. Ela se encolheu, mas não gritou. Ele sorriu para ela.

— Venha.

Nas palavras sussurradas de um feitiço alado, eles deixaram a sala para a noite, no momento que os raios vermelhos de Lunitari derramavam-se pela escuridão, sangue trazido pela brilhante faca de Solinari.

Capítulo 15

As carroças com os suprimentos? — Caramon perguntou em um tom contido, o tom de quem já sabe a respostas.

— Sem notícias, senhor — respondeu Garic, evitando o olhar firme de Caramon — Mas… mas os esperamos…

— Eles não virão. Foram emboscados. Você sabe disso — Caramon sorriu, cansado.

— Pelo menos, encontramos água — Garic disse sem graça, mas fazendo um valente esforço para soar alegre, que falhou miseravelmente. Mantendo o olhar fixo no mapa aberto na mesa à sua frente, ele desenhou, nervoso, um pequeno círculo em torno de um pontinho verde no pergaminho.

Caramon bufou.

— Um buraco que fica vazio ao meio-dia. Oh, claro, enche novamente à noite, mas meu próprio suor tem um gosto melhor. Esse negócio maldito deve estar contaminado pela água do mar.

— Mas ainda é potável. Estamos racionamento, claro, e coloquei guardas ao redor. Mas não parece que vai secar.

— Bem, não demora muito e nem teremos gente o bastante para se preocupar com isso — Caramon disse, correndo a mão pelo cabelo encaracolado com um suspiro. Estava quente dentro da sala, quente e abafado. Algum serviçal zeloso demais jogou madeira no fogo antes que Caramon, acostumado a viver ao ar livre, pudesse impedi-lo. O grandalhão abriu uma janela para deixar o ar fresco e frio entrar, mas o fogo rugindo em suas costas ainda assim o queimava bem. — Qual a contagem da deserção hoje?

Garic limpou a garganta.

— Cerca… cerca de cem, senhor — ele disse relutante.

— Para onde eles foram? Pax Tharkas?

— Sim, Senhor. Pelo menos, é o que achamos.

— E mais o quê? — Caramon perguntou severamente, seus olhos estudando o rosto de Garic. Você está escondendo alguma coisa.

O jovem cavaleiro corou. Garic teve o desejo passageiro de que mentir não fosse contra todos os códigos de honra que ele seguia. Como ele teria dado sua vida para poupar dor a este homem, ele quase mentiu. Hesitou, e, ao olhar para Caramon, viu que não era necessário. O general já sabia.

Caramon assentiu devagar.

— Os homens da planície? — Garic baixou os olhos para os mapas. — Todos eles?

— Sim, senhor.

Os olhos de Caramon se fecharam. Suspirando suavemente, ele pegou uma das pequenas figuras de madeira que estavam espalhadas no mapa para representar a colocação e disposição de suas tropas. Rolando-a em seus dedos, ficou pensativo. Então, de repente, com uma maldição amarga, ele se virou e jogou a peça no fogo. Depois de um momento, deixou a cabeça dolorida afundar nas mãos.

— Acho que não culpo Noite Escura. Não será fácil para ele e seus homens, mesmo agora. Os anões da montanha sem dúvida estão mantendo os passos nas montanhas atrás de nós… foi isso o que aconteceu com as carroças. Ele terá que lutar para voltar para casa. Que os deuses o acompanhem.

Caramon ficou em silêncio por um momento, então seus punhos fecharam.

— Maldito seja meu irmão — ele amaldiçoou. — Maldito seja!

Garic se remexeu, nervosamente. Seu olhar percorreu a sala, temendo que a figura vestida de preto se materializasse das sombras.

— Bem — disse Caramon, endireitando-se e estudando o mapa mais uma vez — isso não está nos levando a lugar nenhum. Agora, nossa única esperança, como vejo, é manter o que sobrou do nosso exército aqui nas planícies. Nós temos que atrair os anões para fora, forçá-los a lutar em campo aberto para que possamos utilizar nossa cavalaria. Nós nunca vamos abrir caminho para a montanha, — acrescentou, uma nota de amargura em sua voz — mas pelo menos podemos recuar com a esperança de retomar a Pax Tharkas com nossas forças ainda intactas. Uma vez lá, poderemos nos fortificar e...

— General. — Um dos guardas na porta entrou na sala, ruborizado por ter que interromper. — Peço desculpas, senhor, mas um mensageiro chegou.

— Mande-o entrar.

Um jovem entrou na sala. Coberto de poeira, as bochechas vermelhas de frio, ele lançou ao fogo ardente um olhar desejoso, mas primeiro avançou para entregar a mensagem.

— Não, vá, aqueça-se — disse Caramon, acenando para a lareira. — Fico feliz que alguém possa apreciá-lo. Tenho a sensação de que suas notícias serão ruins de qualquer forma.

— Obrigado, senhor — o homem disse com gratidão. Aproximando-se da chama, ele estendeu as mãos para o calor. — A notícia é que os anões da colina se foram.

— Se foram? — Caramon repetiu com espanto ficando de pé. — Foram para onde? Certamente não volta...

— Eles marcham para Thorbardin. — O mensageiro hesitou. — E, Senhor, os Cavaleiros foram com eles.

— Isso é loucura! — Caramon deu um soco na mesa, fazendo as figuras de madeira voarem e os mapas rolarem para o chão. Seu rosto ficou fechado. — Meu irmão.

— Não, senhor. Aparentemente, foram os dewar. Eu fui instruído a lhe entregar isso. — Tirou um pergaminho do bolso e o entregou a Caramon, que rapidamente o abriu.

General Caramon,

Acabei de ser informado por espiões dos dewar que os portões para as montanhas irão abrir quando a trombeta soar. Planejamos marchar contra eles sem que percebam. Partindo ao amanhecer, chegaremos lá ao anoitecer. Lamento não haver tempo para informá-lo sobre isso. Fique tranquilo, você receberá a participação do saque que lhe for devido mesmo se chegar tarde. Que a luz de Reorx luz brilhe em seus machados.

Reghar Forjardente

A mente de Caramon voltou ao pedaço de pergaminho manchado de sangue que segurara em sua mão pouco tempo atrás. *O mago traiu você...*

— Dewar — Caramon fez uma careta. — Espiões dewar... São espiões sim, mas não nossos! Traidores sim, mas não do povo deles!

— Uma armadilha! — Garic disse, ficando de pé também.

— E nós caímos como um bando de malditos coelhos — Caramon murmurou, pensando em outro coelho na armadilha; vendo, em sua mente, seu irmão libertando-o. — Pax Tharkas cai. Sem grandes perdas. Sempre pode ser retomada, especialmente se os defensores estiverem mortos. Nosso pessoal desertando em massa, os homens da planície indo embora. E agora os anões da colina marchando para Thorbardin, os dewar marchando com eles. E, quando a trombeta soar...

O claro toque de uma trombeta soou. Caramon se assustou. Ele estava ouvindo aquilo ou era um sonho, nascido nas asas de uma visão terrível? Ele quase podia ver acontecendo diante de seus olhos: os dewar, lenta e imperceptivelmente espalhando-se entre os anões da colina, infiltrando-se em suas fileiras. A mão se arrastando para o machado, o martelo...

A maioria do povo de Reghar jamais saberia o que o atingiu, não teria chance de atacar.

Caramon podia ouvir os gritos, o bater das botas de ferro, o choque das armas, e os gritos duros e discordantes de vozes graves. Era real, tão real, verdadeiro...

Perdido em sua visão, Caramon apenas vagamente percebeu a repentina palidez no rosto de Garic. Desembainhando sua espada, o jovem cavaleiro saltou para a porta com um grito que sacudiu Caramon de volta à realidade. Girando, ele viu uma maré negra de anões da escuridão surgindo lado de fora da porta. Viu o brilho do aço.

— Emboscada! — Garic gritou.

— Recuar! — Caramon trovejou. — Não vá lá fora! Os cavaleiros se foram, somos os únicos aqui! Fique dentro da sala. Tranque a porta. — Pulando atrás de Garic, ele agarrou o cavaleiro e o arremessou para trás. — Vocês, guardas, recuem! — Ele gritou para os dois que ainda estavam do lado de fora da porta e que estavam brigando por suas vidas.

Caramon agarrou o braço de um dos guardas para arrastá-lo para dentro da sala, baixando a espada sobre a cabeça do dewar atacante ao mesmo tempo. O elmo do anão se quebrou. Sangue espirrou sobre Caramon, mas ele não prestou atenção. Empurrando o guarda para trás dele, Caramon arremessou-se na horda de anões sombrios agrupados no corredor, sua espada cortando uma faixa sangrenta através deles.

— Recue, seu tolo! — Ele gritou por cima do ombro para o segundo guarda, que hesitou só no momento antes de fazer o que foi ordenado. A investida feroz de Caramon teve o efeito pretendido de pegar os dewar desprevenidos, fazendo-os recuar aos tropeções ao ver a sua fúria de batalha. Mas aquele pânico foi momentâneo. Caramon já podia vê-los recuperando o juízo e a coragem.

— General! Cuidado — gritou Garic, de pé na porta, a espada ainda na mão. Girando, Caramon dirigiu-se de volta para a segurança da sala de mapas. Mas seu pé escorregou nas pedras cobertas de sangue e o grande homem caiu, torcendo o joelho dolorosamente.

Com um uivo selvagem, os dewar saltaram em cima dele.

— Entre! Tranque a porta, você... — o resto da frase se perdeu enquanto ele desaparecia sob uma massa fervilhante de anões.

— Caramon!

Com dor no coração, amaldiçoando-se por ficar para trás, Garic saltou para a briga. Um golpe de martelo atingiu seu braço, e ele ouviu o osso partir. Sua mão esquerda ficou estranhamente frouxa. "Bem", ele pensou, sem prestar atenção na dor, "pelo menos não foi meu braço da espada". Sua lâmina balançou, um anão caiu sem cabeça. A lâmina de um machado assobiou, mas a mão perdeu seu alvo. O anão foi cortado por trás por um dos guardas na porta.

Embora incapaz de ficar de pé, Caramon ainda lutava. Um chute da perna ilesa mandou dois anões cambaleando para trás, para colidir em seus companheiros. Torcendo-se de lado, o grandalhão esmagou o punho de sua espada no rosto de outro anão, espirrando sangue até os cotovelos. Então, no retorno, ele enfiou a lâmina nas entranhas de outro. O ataque de Garic poupou sua vida por um instante, mas parecia que seria só um instante.

— Caramon! Em cima de você! — Gritou Garic, lutando cruelmente. Rolando para ficar de costas, Caramon virou para cima para ver Argat sobre dele, o machado erguido. Caramon levanto sua espada, mas naquele momento mais quatro anões saltaram sobre ele, prendendo-o no chão.

Quase chorando de raiva, sem perceber as armas ao seu redor, Garic tentou desesperadamente salvar Caramon. Mas havia muitos anões entre ele e seu general. A lâmina do dewar já estava caindo, caindo...

O machado caiu, mas caiu de mãos inertes. Garic viu os olhos de Argat se arregalando em profundo espanto. O machado do anão caiu no chão manchado de sangue, pedras tilintando enquanto o próprio anão caía em cima de Caramon. Olhando para o cadáver de Argat, Garic viu uma pequena faca saindo do seu pescoço.

Ergueu os olhos para ver o matador do anão e ofegou, atônito.

De pé sobre o corpo do traidor morto estava, de todas as criaturas possíveis, um kender.

Garic piscou, pensando que talvez o medo e a dor tivessem causado algo estranho em sua mente, fazendo o ver fantasmas. Mas não era hora para tentar entender essa surpreendente ocorrência. O jovem Cavaleiro finalmente conseguira alcançar seu general. Atrás dele, podia ouvir os guardas gritando e empurrando os dewar que, ao verem seu líder cair, tinham perdido muito do entusiasmo por uma luta que deveria ter sido um abate fácil.

Os quatro anões que estavam segurando Caramon recuaram às pressas enquanto o grande homem lutava embaixo do corpo de Argat. Abaixando-se, Garic puxou o anão morto pelas costas da armadura e jogou o corpo de lado, colocando Caramon de pé. O grande homem cambaleou, gemendo, quando seu joelho ferido cedeu sob seu peso.

— Ajude-nos! — Garic gritou desnecessariamente para os guardas, que já estavam ao seu lado. Meio arrastando e meio carregando Caramon, ajudaram o homem ferido a entrar na sala de mapas.

Virando-se para segui-lo, Garic lançou um rápido olhar ao redor do corredor. Os anões escuros o olhavam inseguros. Vislumbrou outros anões atrás deles, anões da montanha, sua mente registrou.

E, aparentemente enraizado no local, estava o estranho kender que veio do nada para salvar a vida de Caramon. O rosto do kender estava pálido, havia um tom verde em seus lábios. Sem saber mais o que fazer, Garic colocou o braço bom ao redor da cintura do kender e, erguendo-o, arrastou-o até a sala de mapas. Assim que entrou, os guardas bateram e trancaram a porta.

O rosto de Caramon estava coberto com sangue e suor, mas ele sorriu para Garic. Então, fechou a cara.

— Droga de Cavaleiro estúpido — ele rosnou. — Eu lhe dei uma ordem simples e você desobedeceu! Eu deveria...

Mas sua voz falhou quando o kender, contorcendo-se no aperto de Garic, ergueu a cabeça.

— Tas — sussurrou Caramon, atordoado.

— Olá, Caramon — Tas disse fracamente. — Eu... eu estou muito feliz em vê-lo novamente. Eu tenho muitas coisas para contar, muito importantes, e... e eu realmente deveria contar agora, mas eu... eu acho... eu estou indo... desmaiar.

— E então é isso — Tas disse suavemente, seus olhos turvos com lágrimas ao olhar para o rosto pálido e sem expressão de Caramon. — Ele mentiu para mim sobre como o dispositivo mágico funcionava. Quando tentei, ele se desfez em minhas mãos. Eu vi a montanha de fogo cair — ele acrescentou — aquilo *quase* fez valer a pena toda confusão. Talvez valesse a pena até morrer para ver. Não tenho certeza, já que não morri ainda, apesar de ter pensado que tinha morrido por um tempo. Mas certamente *não* valeria a pena, porém, se eu tivesse que passar o além-vida no Abismo, que não é um lugar agradável. Eu não posso imaginar por que ele quer para ir lá.

Tas suspirou.

— Mas, de qualquer forma, eu poderia perdoá-lo por isso… — a voz do kender endureceu e sua pequena mandíbula cerrou-se com firmeza— mas não pelo que ele fez com o pobre Gnimsh e o que tentou fazer com você…

Tasslehoff mordeu sua língua. Não queria ter dito aquilo.

Caramon olhou para ele.

— Continue, Tas — ele disse. — Tentou fazer comigo?

— Na… nada — Tas gaguejou, dando a Caramon um sorriso fraco. — Só estou divagando, você me conhece.

— O que tentou fazer? — Caramon sorriu amargamente. — Achei que não tinha mais nada que ele pudesse fazer comigo.

— Mandar matar você — Tas murmurou.

— Ah, sim. — A expressão de Caramon não mudou. — Claro, era isso que a mensagem do anão queria dizer.

— Ele entregou você para… para os dewar — Tas disse, triste. — Eles iam levar sua cabeça de volta para o Rei Duncan. Raistlin mandou todos os Cavaleiros para longe do castelo, falando que você os tinha ordenado a marchar para Thorbardin. — Tas acenou com a mão para Garic e os dois guardas. — Disse aos dewar que você teria apenas seus guarda-costas…

Caramon não disse nada. Ele não sentia nada, nem dor nem raiva, nem surpresa. Estava vazio. Em seguida, uma grande onda de saudades de casa, Tika, seus amigos, Tanis, Laurana, Vento Ligeiro e Lua Dourada, correu para preencher o vasto vazio.

Como se lesse seus pensamentos, Tas apoiou a cabecinha no ombro de Caramon.

— Podemos voltar ao nosso próprio tempo agora? — Ele disse, olhando para Caramon melancolicamente. — Eu estou muito cansado. Assim, você acha que eu poderia ficar com você e Tika por enquanto? Só até melhorar. Não vou incomodar, prometo.

Os olhos turvos de lágrimas, Caramon colocou o braço ao redor do kender e o abraçou.

— O tempo que você quiser, Tas — ele disse. Sorrindo tristemente, ele olhou para as chamas. — Vou terminar a casa. Não vai levar mais do uns dois meses. Então, iremos visitar Tanis e Laurana. Prometi a Tika que faríamos isso. Prometi a ela há muito tempo, mas eu nunca consegui chegar lá. Tika sempre quis conhecer Palanthas, você sabe. E talvez possamos ir até a tumba de Sturm. Nunca tive a chance de me despedir.

— E nós podemos visitar Elistan, e... Oh! — O rosto de Tas demonstrou alarme. — Crysania! A dama Crysania! Eu tentei contar a ela sobre Raistlin, mas não acreditou em mim. Não podemos deixá-la! — Ele saltou para seus pés, torcendo as mãos. — Não podemos deixar dele levá-la para aquele lugar horrível!

Caramon balançou a cabeça.

— Vamos tentar falar com ela novamente, Tas. Acho que ela não vai ouvir, mas pelo menos podemos tentar. — Ele ergueu-se dolorosamente. — Devem estar no Portal agora. Raistlin não pode esperar muito mais. A fortaleza cairá em breve.

— Garic — ele disse, mancando até onde o Cavaleiro estava sentado. — Como está indo?

Um dos outros Cavaleiros tinha acabado de colocar o braço quebrado de Garic no lugar. Eles o fixaram em uma tipoia rude, amarrando-o no seu lado assim que o imobilizaram. O jovem ergueu os olhos para Caramon, rangendo os dentes com a dor, mas conseguindo sorrir.

— Eu vou ficar bem, senhor — ele disse fracamente. — Não se preocupe.

Sorridente, Caramon puxou uma cadeira para perto dele.

— A fim de viajar?

— Claro, senhor.

— Boa. Na verdade, acho que você não tem muita escolha. Este lugar logo vai ser tomado. Vocês precisam sair daqui agora. — Caramon esfregou o queixo. — Reghar me disse que havia túneis correndo por baixo das planícies, túneis que iam de Pax Tharkas para Thorbardin. Meu conselho é encontrá-los, o que não deve ser difícil. Aqueles montes lá fora levam até eles. Vocês devem conseguir usá-los para pelo menos sair daqui com segurança.

Garic não respondeu. Olhando para os outros dois guardas, ele disse calmamente:

— Você diz "seu conselho", senhor. E você? Não vai sair conosco?

Caramon limpou a garganta e começou a responder, mas não conseguiu falar. Olhou para os seus pés. Era um momento que ele temia e, agora que chegara, o discurso que ele preparou com cuidado sumiu da sua cabeça como uma folha levada pelo vento.

— Não, Garic — ele disse finalmente. — Eu não vou. — Vendo os olhos do Cavaleiro piscarem e adivinhando o que estava pensando, o grande homem ergueu a mão. — Não, não vou fazer nada tão tolo a ponto de jogar minha vida fora por alguma causa nobre e estúpida, como resgatar meu comandante!

Garic corou de vergonha quando Caramon sorriu para ele.

— Não — o grandalhão continuou, mais sério. — Não sou um Cavaleiro, graças aos deuses. Tenho bom senso o suficiente para correr quando estou derrotado. E agora... — ele não pôde deixar de suspirar — eu estou derrotado. — Ele passou a mão pelo cabelo. — Não tenho como explicar isso para que você entenda. Não tenho certeza se entendi, não totalmente. Mas... vamos somente dizer que o kender e eu temos um jeito mágico de ir para casa.

Garic olhou de um para o outro.

— Não o seu irmão! — Ele disse, franzindo a testa sombriamente.

— Não — Caramon respondeu — não o meu irmão. Aqui, ele e eu nos separamos. Ele tem sua própria vida para viver e eu finalmente vejo que tenho a minha. — Ele colocou a mão no ombro de Garic. — Vá para Pax Tharkas. Você e Michael façam o possível para ajudar os que lá estiverem sobrevivam com segurança ao inverno.

— Mas...

— Isso é uma ordem, senhor Cavaleiro — Caramon disse duramente.

— Sim, senhor. — Garic desviou o rosto, sua mão roçando rapidamente pelos seus olhos.

Caramon, seu rosto ficando gentil, colocou o braço ao redor do jovem.

— Que Paladine esteja com você, Garic — ele disse, abraçando-o. Virou-se para os outros. — Que ele esteja com vocês todos.

Garic olhou para ele com espanto, lágrimas brilhando em suas bochechas.

— Paladine? — Ele disse com amargura. — O deus que nos abandonou?

— Não perca a fé, Garic — Caramon advertiu, ficando de pé com uma careta de dor. — E se não puder acreditar em um deus, confie em seu coração. Ouça a sua voz acima do Código e da Providência. E, algum dia, você vai compreender.

— Sim, senhor — Garic sussurrou. — E… que quaisquer deuses em que você acredite estejam com você também, senhor.

— Acho que estiveram — Caramon disse, sorrindo com tristeza — por toda a minha vida. Eu que tenho sido muito cabeça-dura para ouvir. Agora, é melhor cair fora.

Um por um, ele se despediu dos outros jovens cavaleiros, fingindo ignorar suas tentativas másculas de esconder suas lágrimas. Ficou mesmo tocado por sua tristeza na partida, uma tristeza que ele compartilhava com tanta força que poderia ter se entregue e chorado como uma criança.

Cautelosamente, os Cavaleiros abriram a porta e espiaram o corredor. Estava vazio, exceto pelos cadáveres. Os dewar tinham sumido. Mas Caramon não duvidava que essa calmaria duraria só o suficiente para se reagruparem. Talvez estivesse esperando reforços. Então, iriam atacar a sala dos mapas e acabar com os humanos.

Espada na mão, Garic levou seus Cavaleiros para o corredor salpicado de sangue, planejando seguir as direções um pouco confusas de Tas sobre como alcançar os níveis mais baixos da fortaleza mágica (Tas se ofereceu para desenhar um mapa para eles, mas Caramon disse que não havia tempo).

Quando os Cavaleiros se foram, e os últimos ecos de seus passos haviam morrido, Tas e Caramon partiram na direção oposta. Antes de irem, Tas pegou sua faca no corpo de Argat.

— E você disse uma vez que essa faca só seria boa para matar coelhos ferozes — Tas disse orgulhosamente, limpando o sangue da lâmina antes de colocá-la em seu cinto.

— Não fale de coelhos — Caramon disse em uma voz tão tensa e estranha que Tas o olhou e ficou espantado ao ver seu rosto mortalmente pálido.

Capítulo 16

Aquele era o seu momento. O momento para o qual tinha nascido. Pelo qual suportou a dor, a humilhação, a angústia de sua vida. O momento para o qual estudou, brigou, sacrificou… matou.

Saboreava isso, deixando o poder fluir sobre e através dele, deixando-o cercá-lo, levantá-lo. Nenhum outro som, nenhum outro objeto, nada neste mundo existia para ele naquele momento além do Portal e da magia.

Mas mesmo enquanto ele exultava no momento, sua mente estava atenta ao seu trabalho. Seus olhos estudaram o Portal, analisaram cada detalhe atentamente, embora não fosse necessário. Ele tinha visto aquilo inúmeras vezes em sonhos, tanto dormindo quanto acordado. O feitiço para abri-lo era simples, nada elaborado ou complexo. Cada uma das cinco cabeças de dragão que cercavam e guardavam o Portal deveria ser saudada com a frase correta. Cada uma deveria ser falada na ordem apropriada. Mas, uma vez isso feito e a Clérigo de Vestes Brancas tivesse exortado Paladine a interceder e manter o Portal aberto, eles entrariam. Iria se fechar atrás deles.

E ele iria encarar seu maior desafio.

O pensamento o excitou. Seu coração acelerado fazia o sangue correr em suas veias, latejando em suas têmporas, pulsando em sua garganta. Olhando para Crysania, ele assentiu. Era hora.

A clériga, seu próprio rosto corado de excitação, olhos já cintilando com o brilho do êxtase de suas orações, tomou seu lugar dentro do Portal, virada para Raistlin. Este movimento exigia que ela colocasse sua total e inabalável confiança nele. Pois uma sílaba falada errada, a respiração errada puxada no momento errado, o menor desvio da língua ou da mão, seria fatal para ela, e para ele mesmo.

Assim os antigos, inventando maneiras para guardar aquele temível portão que eles, por causa de sua insensatez, não puderam fechar, procuravam protegê-lo. Pois para um mago de mantos negros, que teria cometido feitos hediondos que eles sabiam que precisariam ser cometidos para chegar a esse ponto, e um clérigo de Paladine, puro de fé e alma, confiaram dessa forma um no outro era uma suposição ridícula.

No entanto, isso aconteceu uma vez: preso pelo falso encanto de um e a perda de fé do outro, Fistandantilus e Denubis haviam chegado naquele ponto. E aconteceria de novo, pelo visto, com duas pessoas ligadas por algo que os antigos, com toda a sua sabedoria, não haviam previsto: um estranho e profano amor.

Pisando no Portal, olhando para Raistlin pela última vez naquele mundo, Crysania sorriu. Ele sorriu de volta, mesmo com as palavras do primeiro feitiço já se formando em sua mente. Crysania ergueu os braços. Seus olhos olhavam para além de Raistlin agora, para os reinos brilhantes e bonitos onde morava o deus. Ela ouvira as últimas palavras do Rei-sacerdote, conhecia o erro que ele cometera: o orgulho, exigindo ao deus com arrogância o que deveria ter pedido com humildade.

Naquele momento, Crysania entendeu por que os deuses tinham, com raiva justa, infligindo destruição sobre o mundo. E ela sabia em seu coração que Paladine iria responder *suas* orações, como não atendera às do Rei-sacerdote. Aquele era o momento de grandeza de Raistlin. Também era o seu.

Como o Cavaleiro Sagrado, Huma, ela passou por testes. Provas de fogo, escuridão, morte e sangue. Ela estava pronta. Ela estava preparada.

— Paladine, Dragão de Platina, sua fiel serva vem diante de você e implora para que derrame sua bênção sobre ela. Seus olhos estão abertos para sua luz. Finalmente, ela entende o que você, em sua sabedoria, tentou lhe ensinar. Ouça esta oração, ó Radiante. Esteja com ela. Abra este Portal para que ela possa entrar e avançar carregando sua tocha. Ande com ela enquanto ela se esforça para banir as Trevas para todo sempre!

Raistlin prendeu a respiração. Tudo dependia disso! Estava certo sobre ela? Ela possuía a força, a sabedoria, a fé? Era verdadeiramente a escolhida de Paladine?...

Uma luz pura e sagrada começou a sair de Crysania. Seu cabelo escuro brilhava, seus vestidos brancos cintilavam como a luz do sol nas nuvens, seus olhos chamejavam como a lua de prata. Sua beleza naquele momento era sublime.

— Obrigada por atender minha oração, Deus da Luz — Crysania murmurou, abaixando a cabeça. Lágrimas brilharam como estrelas sobre o rosto pálido. — Serei digna de você!

Observando-a, encantado por sua beleza, Raistlin esqueceu seu grande objetivo. Ele só podia olhar para ela, em transe. Pelo tempo de uma batida de seu coração, até mesmo os pensamentos sobre sua magia sumiram.

Então exultou. Nada! Nada poderia pará-lo agora...

— Ah Caramon! — Sussurrou Tasslehoff com admiração.

— Chegamos tarde demais — Caramon disse.

Os dois, tendo aberto caminho pelas masmorras para o nível mais baixo da fortaleza mágica, pararam de repente, com os olhos em Crysania. Envolta em um halo de luz prateada, ela estava no meio do Portal, com os braços estendidos, o rosto erguido para os céus. Sua beleza sobrenatural perfurou o coração de Caramon.

— Tarde demais? Não! — Tas gritou com angústia. — Não pode ser!

— Veja, Tas — Caramon disse, triste. — Veja os olhos dela. Está cega. Cega! Tão cega quanto eu estava na Torre da Alta Magia. Ela não pode ver através da luz.

— Precisamos tentar falar com ela, Caramon! — Tas o sacudiu. — Não podemos deixá-la ir. Isso é minha culpa! Eu que falei sobre Bupu! Ela não teria vindo se não fosse por mim! Vou falar com ela!

O kender saltou para frente, acenando os braços. Mas foi puxado para trás de repente por Caramon, que o agarrou por seu cabelo. Tas gritou de dor, e com o barulho Raistlin se virou.

O arquimago olhou para seu gêmeo e o kender por um momento sem parecer reconhecê-los. Então a compreensão surgiu em seus olhos. Não foi agradável.

— Silêncio, Tas — Caramon sussurrou. — Não é sua culpa. Agora, fique quieto! — Caramon empurrou o kender para trás de um grosso pilar de granito. — Fique aí — o grandalhão ordenou. — Mantenha o pingente seguro… e você também.

A boca de Tas se abriu para discutir. Então, ele viu o rosto de Caramon e, olhando para o corredor, viu Raistlin. Algo passou pelo kender. Ele se sentiu como no Abismo, miserável e assustado.

— Sim, Caramon — ele disse suavemente. — Vou ficar. Eu… eu prometo…

Apoiado no pilar, tremendo, Tas podia ver em sua mente o pobre Gnimsh caído, amontoado no chão da cela.

Dando ao kender um último olhar de advertência, Caramon virou-se e mancou pelo corredor em direção de onde estava seu irmão.

Com o cajado de Magius na mão, Raistlin o observava com cautela.

— Então, você sobreviveu — ele comentou.

— Graças aos deuses, não a você — Caramon respondeu.

— Graças a um deus, meu caro irmão — Raistlin disse com um sorriso leve e retorcido. — A Rainha da Escuridão. Ela mandou o kender para cá, e foi isto que, presumo, alterou o tempo, permitindo que sua vida fosse poupada. Isso lhe alegra, Caramon, saber que deve sua vida para a Rainha da Escuridão?

— E lhe alegra saber que você deve a alma a ela? — Os olhos de Raistlin brilharam, a superfície espelhada rachando por somente um instante. Então, com um sorriso sarcástico, ele ficou de costas. De frente para o Portal, ele ergueu a mão direita e estendeu a palma, seu olhar na cabeça do dragão no canto inferior direito da entrada ovalada.

— *Dragão Negro.* — Sua voz era suave, acariciante. — *Da escuridão para a escuridão / minha voz ecoa no vazio.*

Quando Raistlin falou essas palavras, uma aura de trevas começou a se formar em torno de Crysania, uma aura de luz tão negra quanto a joia da noite, quanto a luz da lua sombria…

Raistlin sentiu a mão de Caramon fechar-se sobre seu braço. Com raiva, ele tentou se livrar daquele aperto, mas Caramon era forte demais.

— Leve-nos para casa, Raistlin.

Raistlin virou-se e olhou, sua raiva esquecida em seu espanto.

— O quê? — Sua voz rachou.

— Leve-nos para casa — Caramon repetiu com firmeza.

Raistlin sorriu desdenhosamente.

— Você é um tolo fraco e estúpido, Caramon! — Ele rosnou. Irritado, tentou se livrar do aperto de seu gêmeo. Era como se tentasse se livrar da morte. — Certamente você deve estar sabendo de tudo o que eu fiz! O kender deve ter lhe contado sobre o gnomo, você sabe que eu te traí. Teria o deixado morto neste lugar miserável. E ainda assim você se apega a mim!

— Me apego a você porque as águas estão se fechando sobre a sua cabeça, Raistlin — Caramon disse.

Seu olhar foi à sua mão forte e queimada de sol segurando o pulso fino de seu irmão, seus ossos tão frágeis quanto os de um pássaro, sua pele branca, quase transparente. Caramon achou que podia ver o sangue pulsando nas veias azuis.

— Minha mão em seu braço. É tudo o que temos. — Caramon fez uma pausa e respirou fundo. Então, sua voz grave de tristeza, ele continuou — Nada pode apagar o que você fez, Raist. Nada pode ser o mesmo entre nós. Meus olhos foram abertos. Eu agora o vejo como você é.

— E ainda assim vem me implorar para ir com você! — Raistlin zombou.

— Eu poderia aprender a viver sabendo o que você é e o que você fez. — Olhando com atenção para os olhos do irmão, Caramon disse suavemente — Mas você tem que viver com você mesmo, Raistlin. E há momentos da noite em que isso deve ser quase insuportável.

Raistlin não respondeu. Seu rosto era uma máscara impenetrável, ilegível.

Caramon engoliu um nó na garganta. Seu aperto no braço de seu gêmeo se intensificou.

— Pense nisso, no entanto. Você tem feito bem em sua vida, Raistlin, talvez mais do que a maioria. Ah, eu ajudei pessoas. É fácil ajudar alguém quando essa ajuda é apreciada. Mas você ajudou aqueles que só jogaram isso na sua cara. Você ajudou quem não merecia isto. Você ajudou mesmo quando sabia que seria inútil e mal-recebido. — A mão de Caramon tremeu. — Ainda tem como você fazer o bem… para equilibrar o mal. Deixe isso. Venha para casa.

Venha para casa… Venha para casa…

Raistlin fechou os olhos, a dor em seu coração quase insustentável. Sua mão esquerda se mexeu, levantou. Seus dedos delicados aproximaram-se da mão do irmão, tocando-a por um momento, tão suave quanto os pés de uma aranha. Nas bordas da realidade, ele podia ouvir a voz suave de Crysania, rezando para Paladine. A encantadora luz branca cintilou sobre suas pálpebras.

Venha para casa…

Quando Raistlin falou em seguida, sua voz era suave como seu toque.

— Os crimes sombrios que mancham minha alma, irmão, você não consegue sequer imaginar. Se você soubesse, se afastaria de mim com horror e repugnância. — Ele suspirou, estremecendo levemente. — E… você está certo. Às vezes, à noite, até eu me afasto de mim mesmo.

Abrindo seus olhos, Raistlin olhou fixamente para seu irmão.

— Mas, saiba disso, Caramon… eu cometi esses crimes intencionalmente e de boa vontade. Saiba disso também: existem crimes mais sombrios perante mim, e irei cometê-los, intencionalmente e de boa vontade. — Seu olhar foi para Crysania, invisível dentro do Portal, perdida em suas orações, brilhando com beleza e poder.

Caramon olhou para ela e seu rosto ficou sombrio.

Raistlin, vendo, sorriu.

— Sim, meu irmão. Ela irá entrar no Abismo comigo. Ela irá antes de mim e lutará minhas batalhas. Ela enfrentará clérigos sombrios, usuários de magia negra, espíritos dos mortos condenados a perambular naquela terra amaldiçoada, além dos inacreditáveis tormentos que minha Rainha pode criar. Tudo isso vai ferir seu corpo, devorar sua mente e rasgar sua alma. Finalmente, quando ela não aguentar mais, irá cair ao chão, nos meus pés… sangrando, sofrendo, moribunda.

— Ela irá, com suas últimas forças, estender a mão para mim para confortá-la. Ela não irá me pedir para salvá-la. Ela é forte demais para isso. Ela dará sua vida por mim de boa vontade, com prazer. Tudo que irá pedir é que eu fique com ela até morrer.

Raistlin respirou fundo, então deu de ombros.

— Mas eu vou passar por ela, Caramon. Passarei por ela sem um olhar, sem uma palavra. Por quê? Porque eu não vou precisar mais dela. Irei continuar em direção ao meu objetivo, e minha força irá crescer enquanto o sangue escorre do coração perfurado dela.

Dando meia volta, de novo ergueu a mão, palma para fora. Olhando para a cabeça do dragão no topo do Portal, ele disse suavemente a segunda música.

— Dragão Branco. Deste mundo para o próximo / Minha voz grita com vida.

O olhar de Caramon foi para o Portal, para a Crysania, a mente tomada por horror e repulsa. Ainda assim, ele segurou seu irmão. Ainda assim, pensou em fazer um último apelo. Então ele sentiu o braço fino sob a sua mão fazer um movimento brusco e tortuoso. Houve um brilho, um movimento rápido e a lâmina do punhal de prata estava pressionada contra a sua garganta, bem onde seu sangue pulsava em seu pescoço.

— Solte-me, meu irmão — Raistlin disse.

E embora ele não golpeasse com a adaga, tirou sangue de qualquer maneira; tirou sangue não da carne, mas da alma. Rapidamente e de forma limpa, cortou o último elo espiritual entre os gêmeos. Caramon estremeceu levemente com a dor afiada em seu coração.

Mas a dor não durou. O elo foi cortado. Finalmente livre, Caramon soltou seu gêmeo sem uma palavra.

Girando, ele começou a mancar de volta para onde Tas esperava, ainda escondido atrás do pilar.

— Um último conselho de cautela, meu irmão — Raistlin disse friamente, retornando o punhal para a corrente que usava no pulso.

Caramon não respondeu, nem parou de andar ou se virou.

— Cuidado com esse dispositivo mágico — Raistlin continuou com um esgar. — Sua Majestade Negra consertou. Foi ela quem mandou o kender de volta. Se vocês o usarem, poderão parar em um lugar muito desagradável!

— Ah, mas ela não consertou! — Tas gritou, saindo de trás do pilar. — Gnimsh que fez. Gnimsh que consertou! Gnimsh, meu amigo. O gnomo que você assassinou! Eu...

— Use-o então — Raistlin disse. — Leve-o e a você mesmo para fora daqui, Caramon. Mas lembre-se de que eu lhe avisei.

Caramon segurou o kender furioso.

— Calma, Tas. Já chega. Isso não importa agora.

Virando-se, Caramon enfrentou seu gêmeo. Embora o rosto do guerreiro estivesse marcado com dor e cansaço, sua expressão era de paz e calma, como se finalmente se conhecesse. Acariciando o topete de Tas suavemente com a mão, ele disse:

— Vamos, Tas. Vamos para casa. Até a próxima, meu irmão.

Raistlin não ouviu. De frente para o Portal, estava mais uma vez perdido em sua magia. Mas, pelo canto do seu olho, enquanto começava o terceiro cântico, Raistlin viu seu gêmeo pegar o pingente com Tas e começar as manipulações que transformariam sua forma para a do dispositivo mágico de viagem no tempo.

"Que se vão! E já vão tarde!", Raistlin pensou. "Finalmente, estou livre daquele imenso idiota!".

Olhando para o Portal, Raistlin sorriu. Um círculo de luz fria, como o duro brilho do sol sobre a neve, cercava Crysania. O pedido do arquimago para o Dragão Branco tinha sido ouvido.

Levantando a mão, encarando a cabeça do terceiro dragão na parte mais abaixo a esquerda do Portal, Raistlin recitou seu canto.

— *Dragão Vermelho. Da escuridão para a escuridão, eu grito / Debaixo dos meus pés, tudo se firma.*

Linhas vermelhas dispararam do corpo de Crysania através da luz branca, através da aura preta. Vermelhas e ardentes como sangue, elas atravessaram o espaço entre Raistlin e o Portal — uma ponte para além.

Raistlin ergueu sua voz. Girando para a direita, ele chamou o quarto dragão.

— *Dragão azul. Tempo que flui / Detenha seu caminho.*

Fluxos azuis de luz correram sobre Crysania e começaram a turbilhonar. Como se flutuasse na água, ela reclinou a cabeça, braços estendidos, seus mantos à deriva no redemoinho de relâmpagos de luz, o cabelo flutuando nas correntes do tempo.

Raistlin sentiu o Portal tremer. O campo mágico começava a se formar e a responder seus comandos! Sua alma tremulou em uma alegria que Crysania compartilhou. Seus olhos brilharam com lágrimas arrebatadoras, seus lábios se separaram em um doce suspiro. As mãos dela se estenderam e, ao seu toque, o Portal abriu!

A respiração de Raistlin ficou presa em sua garganta. O surto de poder e o êxtase que percorreu seu corpo quase o sufocou. Ele podia ver através do Portal. Podia ter vislumbres do plano além, o plano proibido para homens mortais.

De algum lugar, vagamente ouvida, veio a voz de seu irmão ativando o dispositivo mágico — "Teu tempo é teu, apesar da sua travessia… Segure firmemente o começo e o fim… que o destino esteja sobre sua cabeça".

Casa. *Venha para casa…*

Raistlin começou o quinto canto.

— *Dragão Verde. Porque pelo destino até os deuses são destituídos / Que todos chorem comigo.*

A voz de Raistlin voz quebrou, vacilando. Algo estava errado. A magia pulsando através de seu corpo diminuiu, tornou-se lenta. Ele gaguejou as últimas palavras, mas cada respirar foi um esforço. Seu coração parou de bater por um instante, então voltou com um pulo que sacudiu sua estrutura frágil.

Chocado e confuso, Raistlin olhou freneticamente para o Portal. O feitiço final funcionou? Não! A luz ao redor de Crysania começava a vacilar. O campo estava mudando!

Desesperado, Raistlin chorou as palavras da última música de novo. Mas sua voz falhou, voltando para ele como um chicote, ferindo-o. O que estava acontecendo? Podia sentir a magia escorrendo entre seus dedos. Estava perdendo o controle...

Venha para casa...

A voz da sua rainha rindo, zombando. A do seu irmão suplicando, triste. E então, outra voz — uma estridente voz de kender, apenas meio ouvida, perdida em assuntos maiores. Agora brilhou em seu cérebro com luz ofuscante.

Gnimsh consertou... O gnomo, meu amigo...

Como a lâmina do anão penetrou na carne de Raistlin, as palavras lembradas das *Crônicas* de Astinus golpearam sua alma:

"Naquele mesmo momento, um gnomo, prisioneiro dos anões de Thorbardin, ativou um dispositivo de viagem no tempo... o dispositivo do gnomo tinha interagido de alguma forma com os feitiços mágicos delicados e poderosos sendo tecidos por Fistandantilus... uma explosão de tal magnitude que as Planícies de Dergoth foram completamente destruídas".

Raistlin fechou o punho, com raiva. Matar o gnomo foi inútil! A criatura miserável havia adulterado o dispositivo de morrer. A História ia se repetir! Passos na areia...

Olhando para o Portal, Raistlin viu o carrasco sair de lá. Viu a mão erguer o capuz preto, viu o clarão da lâmina do machado descendo, suas próprias mãos levando-o até seu pescoço!

O campo mágico começou a mudar violentamente. As cabeças de dragão ao redor do Portal gritaram em triunfo. Um espasmo de dor e terror contorceu o rosto de Crysania. Olhando nos olhos dela, Raistlin viu o mesmo olhar que tinha visto nos olhos de sua mãe quando encarou sem ver um plano distante.

Venha para casa...

Dentro do próprio Portal, as luzes rodopiantes começaram a girar loucamente. Fora de controle, elas se ergueram ao redor do corpo imóvel como as chamas mágicas se ergueram ao redor dela na cidade da peste. Crysania gritou de dor. Sua carne começou a murchar no belo e mortal fogo da magia descontrolada.

Quase cego com o brilho, lágrimas correram dos olhos de Raistlin ao encarar o vórtice rodopiante. E então ele viu o Portal se fechando.

Jogando seu cajado mágico no chão, Raistlin soltou sua fúria em um grito amargo e incoerente.

Do Portal, em resposta, veio uma gargalhada sonora e zombeteira.

Venha para casa...

Uma sensação de calma tomou conta de Raistlin, a fria calma do desespero. Tinha fracassado. Mas ela jamais o veria rastejar. Se era para morrer, morreria em sua magia...

Levantou a cabeça e ficou de pé. Usando todos seus grandes poderes,— poderes dos antigos, poderes seus, poderes que ele não tinha ideia de que possuía, poderes que surgiram de algum lugar escuro e escondido até de si mesmo — Raistlin levantou os braços e sua voz gritou mais uma vez. Mas desta vez não foi um grito incoerente de desamparo. Desta vez, suas palavras foram claras. Desta vez, gritou palavras de comando—palavras de comando que nunca tinham sido pronunciadas sobre este mundo antes.

Desta vez, suas palavras foram ouvidas e entendidas.

O campo aguentou. *Ele* o fez aguentar! Ele podia se sentir segurando-o. Ao seu comando, o Portal estremeceu e parou de fechar.

Raistlin respirou fundo, trêmulo. Então, pelo canto do olho, em algum lugar à sua direita, viu um brilho. O dispositivo mágico de viagem no tempo fora ativado!

O campo saltou e subiu descontroladamente. Conforme a magia do dispositivo cresceu e se espalhou, suas poderosas vibrações fizeram as próprias rochas da fortaleza começarem a cantar. Em uma onda devastadora, suas canções surgiram em torno de Raistlin. Os gritos dos dragões responderam com raiva. As vozes eternas das rochas e do tempo e as vozes infinitas dos dragões lutaram, fluíram juntas, e finalmente combinando-se em uma cacofonia discordante e atordoante.

O som era ensurdecedor, de ferir os ouvidos. A força dos dois feitiços partiu a terra. O chão abaixo de Raistlin estremeceu. As rochas cantantes se partiram. As cabeças dos dragões metálicos racharam....

O próprio Portal começou a desmoronar.

Raistlin caiu de joelhos. O campo mágico estava se rasgando, espalhando-se como os ossos do mundo. Isso estava se quebrando e se estilhaçando, e, como Raistlin ainda se agarrava a isto, começou a rasgá-lo também.

A dor passou por sua cabeça. Seu corpo convulsionou. Ele se contorceu em agonia.

Era uma terrível escolha a fazer. Se soltasse, iria cair, cair para seu fim, cair para um nada ao qual a mais abjeta escuridão era preferível. E ainda, se continuasse a agarrar, sabia que seria rasgado, seu corpo desmembrado pelas forças da magia que criara e não conseguia mais controlar. Seus músculos seriam arrancados de seus ossos, tendões triturados, articulações estourando.

— Caramon! — Raistlin gemeu, mas Caramon e Tas desapareceram. O dispositivo mágico, reparado pelo único gnomo cujas invenções funcionaram, de fato funcionou. Tinham partido. Não iam ajudar.

Raistlin tinha segundos para viver, momentos para agir. E a dor era tão excruciante que não podia pensar.

Suas articulações estavam sendo arrancadas das juntas, seus olhos tirados do seu rosto, seu coração puxado do corpo, seu cérebro sugado a partir de seu crânio.

Ele podia se ouvir gritando e sabia que era seu grito de morte. Ainda assim lutou, como lutara por toda sua vida.

— Eu… vou… controlar…

As palavras saíam de sua boca, manchadas com seu sangue…

— Eu vou controlar…

Estendendo a mão, fechou ao redor do cajado de Magius.

— Eu vou!

Então ele foi arremessando para a frente em uma onda rodopiante, cegante, atordoante de luzes multicoloridas…

Venha para casa… Venha para casa…

Para acompanhar as novidades da Jambô e acessar conteúdos gratuitos de RPG, quadrinhos e literatura, visite nosso site e siga nossas redes sociais.

www.jamboeditora.com.br

facebook.com/jamboeditora

twitter.com/jamboeditora

instagram.com/jamboeditora

youtube.com/jamboeditora

twitch.com/jamboeditora

Para ainda mais conteúdo, incluindo colunas, resenhas, quadrinhos, contos, podcasts e material de jogo, faça parte da *Dragão Brasil*, a maior revista de cultura nerd do país.

www.dragaobrasil.com.br

JAMBÔ

Rua Coronel Genuíno, 209 • Centro Histórico
Porto Alegre, RS • 90010-350
(51) 3391-0289 • contato@jamboeditora.com.br